제국을 꿈꾸며

제국을 꿈꾸며

발행일   2015년 11월 25일

지은이   송 용 만
펴낸이   손 형 국
펴낸곳   (주)북랩
편집인   선일영   편집 서대종, 김아름, 권유선, 김성신
디자인   이현수, 신혜림, 윤미리내, 임혜수   제작 박기성, 황동현, 구성우
마케팅   김회란, 박진관
출판등록   2004. 12. 1(제2012-000051호)
주소   서울시 금천구 가산디지털 1로 168, 우림라이온스밸리 B동 B113, 114호
홈페이지   www.book.co.kr
전화번호   (02)2026-5777   팩스   (02)2026-5747

ISBN   979-11-5585-822-6 03810(종이책)   979-11-5585-823-3 05810(전자책)

이 도서의 국립중앙도서관 출판예정도서목록(CIP)은 서지정보유통지원시스템 홈페이지(http://seoji.nl.go.kr)와
국가자료공동목록시스템(http://www.nl.go.kr/kolisnet)에서 이용하실 수 있습니다.
(CIP제어번호 : CIP2015031815)

성공한 사람들은 예외없이 기개가 남다르다고 합니다.
어려움에도 꺾이지 않았던 당신의 의기를 책에 담아보지 않으시렵니까?
책으로 펴내고 싶은 원고를 메일(book@book.co.kr)로 보내주세요.
성공출판의 파트너 북랩이 함께하겠습니다.

제국을 꿈꾸며

송용만 장편소설

사랑하는 가족과 대한민국을 위해
우리는 진실을 밝혀야 한다

북랩 book Lab

작가의 말

나는 이 책을 출간하기 전에 졸작『무지개 프로젝트』와『태극기가 바람에 펄럭입니다.(1,2)』를 출간했다. 이 책은 중국과 일본의 역사 왜곡에 한국의 비밀 단체가 그것을 밝혀나가는 과정을 그린 소설이다. 이 졸작을 선전하고 싶은 마음은 추호도 없다. 여기서 내 책을 말한 이유는, 나는 세상 그 어느 나라보다도 대한민국을 가장 사랑했고, 다시 태어난다 해도 대한민국에서 태어나고 싶다고 공공연히 말하고 다녔기 때문이다. 하지만 세월호 사건(나는 세월호 사고를 사건이라 생각한다)이 터지면서 대한민국을 사랑했던 나 자신을 다시 돌아보게 되었고, 대한민국을 결코 사랑할 수 없게 됐다. 내가 자식처럼, 친구처럼 여겼던 조카는 세월호 안에서 구조를 기다리며 목숨을 잃었다.

물론 사고나 사건은 어느 나라에서나 일어날 수 있다. 그렇지만 사후 대책이 중요했다. 우왕좌왕으로 어린 생명들과 일반인들을 수장시키는 나라가, 내가 사랑했던 대한민국인지 실로 믿어지지 않았다. 백번 양보

해서 구조하기 어려운 상황이었다고 해도, 누구 하나 책임지는 사람이 없었고, 오히려 정부와 여당, 언론은 희생자 가족을 죄인으로 만들어 버렸다. 나는 너무 억울해서 참을 수 없었다. 나는 세월호 사건 당일 모든 일을 제쳐두고 팽목항으로 내려갔다. 팽목에서의 9일. 지상에 지옥이 있다면 아마도 팽목항이 지옥이었을 것이다.

올해 5월 출간한 소설 『시간이 멈춘 바다』는 팽목항에서 무슨 일이 있었고, 그 후에 정부와 언론이 어떻게 움직였는지 그것을 고발하는 책이다. 하지만 정부와 언론의 공작으로 국민의 마음이 돌아선 현재, 내 책은 결국 묻혀 버리는 결과를 불러왔다. 나는 이것을 불행으로 생각하지 않고 오히려 다행으로 생각한다. 왜냐하면 다시 펜을 잡아 이 책 『제국을 꿈꾸며』를 출간하게 됐으니까.

이 책에 등장하는 기관이나 정치인은 전부 허구로 쓰였지만, 세월호 특별법과 특별조사위원회의 현재 상황, 보상금 관련 문제와 세월호에 대한 내용은 사실에 입각해서 썼다. 나는 여기에서 우리는 우리가 살고 있는 세상을 다시 한 번 생각해 봐야 한다고 말하고 싶다.

마지막으로 전 책과 이 책이 나오기까지 수고하시고 도와주신 손형국 사장님, 김회란 출판사업부장님과 전화 통화를 해가며 아낌없는 조언을 해 주신 이소현 대리님. 그리고 북랩출판사 직원 모든 분들께 깊은 감사를 드린다.

세월호 사건으로 희생된 내 조카 성원이와 녀석의 친구들, 일반 승객 분들과 정부와 언론의 공작으로 죄인이 된 모든 유가족 여러분께 이 책을 바친다.

송용만

차례

우리는
이런 세상에서
살고 있다

❧

행복했던 대한민국

2002년 한일 월드컵.

"슛, 골!"

"아빠, 골이에요!"

초등학교 저학년으로 보이는 사내아이가 기쁨에 겨워 아빠 이정우를 와락 끌어안았다.

"규민 아빠."

기쁨의 눈물을 머금은 얼굴. 단아한 모습의 아내 한선영이었다.

지구촌의 축제 월드컵. 대한민국과 폴란드의 경기였다. 황선홍의 논스톱 발리슛이 폴란드의 골문을 갈랐다. 짜자작 짝짝. 짜자작 짝짝. 리듬이 실린 박수 소리에 이어 응원가가 흘러나왔다.

"우~리 대한민국 아~아 우리 조국 아~아 영원토록 사랑하리라~."

집 안이 떠나갈 듯 세 사람은 '대한민국'을 목이 터져라 외쳤다. 기쁨의 함성은 실로 대단했다. 그것은 비단 그들만의 기쁨이 아닌 대한민국

전체의 기쁨이요 축제였고, 실로 대한민국 국민 모두가 하나로 뭉쳐서 이루어낸 쾌거인 셈이었다.

이어지는 유상철의 장거리 슛.

"슛, 골! 골!"

"아빠, 또 골이에요! 골!"

아들을 끌어안은 이정우는 자신도 모르게 눈물을 주르르 흘렸다.

"이게 바로 대한민국의 저력이야."

서울시경 광역수사대 형사 이정우. 35세. 보통 키에 호리호리한 체구, 깊은 눈이 매우 지성적으로 보였고, 경찰보다는 학자다운 얼굴이었다. 월드컵을 시청하는 그의 얼굴에서 기쁨의 함성과 웃음이 그치지 않았다.

역사적인 한일 월드컵. 대한민국은 첫 경기에서 폴란드를 2:0으로 격파했다. 이어서 강적 포르투갈과 이탈리아, 무적함대 스페인을 차례로 꺾으며 전 세계를 놀라게 했고, 월드컵 4강 진출을 이루며 축구 역사의 신화를 기록했다. 그렇게 월드컵은 대한민국을 온통 축제 분위기를 만들어 놓으며 성대하게 막을 내렸다.

"우리나라가 월드컵 4강이라니 믿어지지 않아요."

한선영이 말했다.

"좋아, 기분이다. 오늘은 오랜만에 외식이나 하지. 규민아, 먹고 싶은 거 있으면 말해. 아빠가 다 사줄 테니까. 하하하"

"우와, 우리 아빠 최고다!"

아내와 아들을 바라보는 이정우의 사랑스러운 눈빛. 이정우는 심호흡을 깊게 들이켰다. 마치 행복한 순간을 영원히 간직하려는 것처럼.

밤늦은 시간이었지만 비교적 큰 식당엔 사람들로 가득했다. 4강 신화의 여운을 만끽하려는 듯 들려오는 대화의 주제는 온통 월드컵이었다.

"아니, 맛있는 거 다 사 준다니까 고작 갈비야?"

이정우는 다소 실망한 얼굴로 아내를 바라보았다.

"아빠, 나는 갈비가 이 세상에서 제일 맛있어."

"거봐요. 규민이가 제일 맛있다고 하잖아요. 나도 사실 갈비가 먹고 싶었어요."

사르르 눈웃음 짓는 한선영은 아주 행복해 보였다.

잠시 후, 갈비가 테이블에 놓였고, 고기 익는 냄새가 식욕을 재촉했다. 규민이 기다렸다는 듯이 달려들어 갈비를 한 움큼 입에 물었다. 순간 이정우는 고개를 돌려야 했다. 가슴 깊은 곳에서부터 올라오는 뭉클한 감정과 함께 눈물이 핑 돌았다. 말로 표현하기 힘든 미묘한 감정이었다. 나는 아내와 자식을 위해서라면 무슨 일이든지 할 것이다. 이정우는 속으로 다짐했다.

"우리나라의 민족정신은 세계 어느 나라에 비교해도 결코 뒤지지 않아요."

한껏 월드컵의 여운에 고무돼 있는 한선영이 옆 테이블에서 들려오는 소리에 맞장구쳤다.

"맞아, 지구촌을 울릴 것 같은 응원의 함성. 또 거기에 부응한 태극전사들 대단했지. 월드컵 4강 신화라니⋯. 하하하. 나한테 이 세상에서 가장 싫은 나라를 고르라고 하면 한참 생각할 수도 있어. 하지만 가장 좋은 나라를 고르라고 하면⋯."

"생각해 볼 필요도 없이 우리나라 대한민국이야. 이 말 하려고 그랬죠?"

한선영이 대신 하는 말로 보아, 같은 말을 수도 없이 들은 모양이었다.

"나는 누가 뭐래도 대한민국 국민이란 사실이 자랑스러워요."

"규민아, 어떤 어른이 되고 싶어?"

아내에게서 시선을 돌린 이정우가 아들 규민에게 물었다.

"음… 나는 어른이 되기 전에 먼저 인간이 될 거야."

나이에 걸맞지 않게 의젓하게 말하는 규민. 녀석이 말하는 인간은 이미 타고난 생물학적 인간이 아닌 충忠, 효孝, 인仁, 의義의 덕목을 갖춘 인간으로서의 인간을 말하는 것이었다. 그것은 이정우가 입버릇처럼 주입시킨 결과이기도 했다. 대견함에 이정우의 입가에 흡족한 미소가 서렸다.

"규민이는 아직 어린데 너무 어렵게 말하는 거 아녜요?"

"나는 그렇게 생각하지 않아. 조기교육이 바로 서야 이 사회가 그만큼 투명해질 수 있다고 생각해."

그때 식당으로 한 무리의 남자들이 우르르 몰려들었다. 같은 경찰서에 근무하는 후배들이었다.

"우와! 성민이 삼촌이다."

규민의 눈에는 제일 앞서 들어오는 덩치가 산만 한 구성민만 보이는 모양이었다.

구성민이 규민을 번쩍 들어 안았다.

"규민이, 삼촌 기다렸어?"

"응."

"규민이 너, 삼촌한테 '응'이 뭐야. 그리고 다른 삼촌들한테도 인사드려야지."

한선영이 곱게 눈을 흘겼다.

"형수님, 괜찮습니다. 우린 이걸로 만족합니다."

"그래, 어서들 앉아. 우리끼리 먹으니까 고기도 줄지 않고, 영 맛이 없어서 연락했다."

이정우가 살짝 자리를 비켜주며 말했다.

"형님도 참…. 네, 잘 먹겠습니다. 하하하."

덩치만큼이나 호탕하게 웃는 구성민은 광역수사대 내에서 가장 절친한 후배였다.

"형수님은 어떻게 나이 드실수록 더 예뻐지시는 거 같습니다."

구성민이 젓가락을 바쁘게 움직이며 말했고, 한선영의 얼굴이 붉어졌다.

"자, 실없는 얘기 그만하고 어서 먹어."

"네, 형님. 하하하."

구성민의 행동에서 일체의 거리감도 찾아볼 수 없었다. 마치 자신의 식구들을 대하는 것처럼 편해 보였다. 호탕한 성격일 수도 있지만 이정우가 허물없이 대해주는 태도의 영향일 것이다.

"성민아, 그 덩치에 먹는 게 그게 뭐야. 고기는 이렇게 먹는 거야."

이정우는 채 익지도 않은 고기를 한입 크게 물었다. 이에 질세라 구성민은 더 큰 고기를 집어 들었다.

"우리나라가 4강에 올랐으니까 고기는 이렇게 먹는 겁니다."

이정우와 구성민의 모습에 모두가 웃음을 터트렸다.

월드컵의 열기와 4강 신화의 기쁨. 하나로 뭉친 대한민국이 행복했다.

그로부터 십여 년 후.

국민이 하나로 뭉쳤던 그때가 지나가고 대한민국이 아주 시끄러웠다.

"나라를 팔아먹는 이국태 정부는 물러가라!"

"서민의 피를 빨아먹는 다국적기업은 물러가라!"

무더운 한여름이었다. 폭염만큼이나 대한민국이 들끓었다. 곳곳에서 시위가 이어졌고, 정부 규탄의 목소리가 그치지 않았다. 집권 세력인 이국태 정부는 집권 초기부터 공기업 민영화에 박차를 가했다. 그 첫 대상이 인간의 생명줄과 같은 수자원공사의 민영화 추진이었다. 국민의 반대에 부딪혀 난항에 난항을 거듭하던 수자원공사의 민영화는 이국태 정부 집권 중반에 이르러 미국의 다국적기업의 손에 들어갔다. 하지만 국민의 우려와는 달리 다국적기업은 1톤당 730원의 기존 요금을 1톤당 500원으로 인하해 공급했다. 수도 요금은 집권 말기까지 변동이 없었다. 그런데 다국적기업은 바로 두 달 전, 사용량에 따라 엄청난 누진율을 적용할 것이라고 발표했다. 그동안의 적자 운영을 충당해야 한다는 게 이유였다. 그것은 즉각 국민의 피부로 와 닿았다. 물을 많이 쓸 수밖에 없는 무더운 한여름에 폭탄 요금이 부과된 것이었다. 가뜩이나 살기 어려운 생활에 생존에 필수적인 물까지 생활을 위협하는 요소로 눈앞에 나타난 것이었다.

"이국태는 모든 책임을 지고 즉각 사임하라!"

정부를 규탄하는 성난 목소리와 수많은 피켓들. 하지만 이국태 정부는 어떤 이유로도 공권력에 대한 도전은 용납할 수 없다고 발표했고, 경찰력을 동원해 강경 진압에 나섰다. 물대포와 경찰의 진압봉이 시위 현장에 난무했다. 여기서 그치지 않았다. 또 하나의 중대 발표가 그것이었다. 한국철도공사 민영화 추진. 이 정책은 새롭게 출범하는 정부로 위임됐다. 국영기업은 정치, 사회, 경제, 문화의 프레임이 총체적으로 녹아 있는 성격의 기업이다. 민영화의 부정할 수 없는 상업적 이념. 과연 자본의 논리에 의해 움직일 수밖에 없는 민간 기업이 이 모든 것들을 이어받을 수 있을까. 정부의 속셈을 도무지 짐작하기 어려웠다.

대한민국에 새로운 정부가 출범했다. 헌정 사상 최초의 여성 대통령 박미자 대통령. 박미자 정부는 대한민국의 구습을 타파하고 새로운 세상을 구현시킨다는 의미로 신세계정부라고 명명했다. 그런데 신세계정부는 출범 초기부터 심한 잡음이 들리기 시작했다. 대선 당시부터 국가비밀정보기관의 대선 개입 의혹이 서서히 드러나고 있었고, 이국태 정부에서 위임받은 한국철도공사의 민영화 결정을 발표한 것이었다. 이에 이미 엄청난 수도 요금을 경험한 국민들의 심한 비판의 목소리가 일기 시작했다. 여기서 원내 제1야당인 새정치민자당은 즉각 성명을 발표했다. 정보기관의 대선 개입에 한 점 의혹 없는 진상을 규명할 것, 한국철도공사 민영화 정책을 즉각 철회할 것. 두 가지를 촉구했다. 하지만 정부는 야당의 촉구를 일축하고 도리어 정치 공작이라며 국정 운영의 발목을 잡는 행위를 중단하라고 맞섰다.

그로부터 며칠 후, 대한민국 사회는 엄청난 충격에 휩싸일 조짐을 보였다. 대선 부정선거가 사실로 드러나고 있기 때문이었다. 이에 분노한 국민은 광화문광장에 모여 대통령의 사임과 정부의 퇴진을 소리 높여 외쳤다.

"부정선거가 웬 말이냐! 대통령은 즉각 사임하라."

"정부는 더 이상 국민을 우롱하지 말라!"

"대한민국 민주주의는 죽었다!"

"박미자는 물러나라!"

이런 와중에도 정부와 여당은 어떤 목적인지 김현태를 총리로 인준할 태세였다. 신세계정부 초대 총리로 내정된 그는 당내 5선 의원이며 실세 중의 실세였고, 제3공화국 때 유신헌법 제정의 공로를 인정받아 중앙정보부의 요직을 지낸 인물이었다. 그의 이력이 말해주듯 인사청 문회에서 온갖 부정부패를 저지른 사실과, 각종 이권에 개입한 사실이 명백히 드러났다. 국민의 여론을 무시한 정부의 총리 인준 강행. 어떤 정치적인 계산을 깔고 있는 것인지 짐작하기 어려웠다.

"정부는 각성하고 물러나라! 온갖 부정부패를 저지른 김현태는 즉각 정계를 은퇴하라!"

"국민의 목소리를 무시하는 정부는 더 이상 존재할 가치가 없다!"

수많은 피켓과 성난 외침이 광화문광장을 흔들었다. 실로 대한민국 은 시위공화국이라 말할 수 있을 것 같았다. 아주 어지러운 세상이었 다. 시위대가 구호를 외치며 천천히 발을 옮기고 있을 때였다. 대기하 고 있던 경찰 병력이 시위대를 에워쌌다. 이어서 물대포가 시위대를 향 해 무차별적으로 난사됐고, 시위대의 질서정연했던 행렬이 삽시간에 무너졌다. 물대포를 맞은 사람이 비명을 지르며 쓰러졌다. 무너진 시위 대의 발길에 채인 사람들이 고통의 비명을 질렀다. 하지만 경찰 병력의 강경 진압은 그치지 않았다. 때를 기다렸던 것일까. 질서가 무너진 틈 을 타고 시위대로 투입된 경찰들이 곳곳에서 사람들을 연행했다. 그렇 게 시위는 몇 시간 만에 경찰의 강경 진압으로 모두 흩어지는 불운을 맞 았다. 그러나 시위는 이것으로 끝난 게 아니었다. 정부를 규탄하는 또 다른 시위가 계속 예정돼 있기 때문이었다. 신세계정부는 출범 초기부 터 위기를 맞았다.

℞

새로운 이름, 시간호 유족

그로부터 며칠 후, 서울역.

왁자지껄 떠드는 소리와 간간이 들려오는 웃음소리. 친구들을 부르는 소리. 서울역 대합실이 들어서는 학생들로 인해 아주 시끄러웠다. 질서 있게 줄을 지어 들어서는 학생들은 기대와 기쁨으로 가득 차 있었다. 국민고등학교의 수학여행이었다. 기다리고 기다리던 수학여행 길에 오른 학생들은 부푼 가슴을 안고 천천히 플랫폼으로 내려서고 있었다. 국민고등학교는 여느 학교와 다름없이 따뜻한 봄철에 수학여행이 예정돼 있었다. 그런데 어떤 이유인지 연기에 연기를 거듭하더니 3박 4일의 수학여행 일정이 여름으로 잡힌 것이었다.

같은 시각, 택시에서 내린 검은 양복 차림의 사내가 대합실로 들어서고 있었다. 갸름한 얼굴과 호리호리한 체구가 어찌 보면 다소 여성스럽게 느껴지는 사내였다. 하지만 운동으로 단련된 듯 보이는 걸음걸이가 예사롭지 않았고, 몹시 검은 얼굴이 외국인처럼 보이기도 했다. 사내는 얼굴을 감추려는지 주머니를 뒤져 선글라스를 착용하고 느린 걸음으로 열차 플랫폼으로 내려섰다. 사내가 들고 있는 가방은 시중에서 볼 수 있는 여행용 가방과는 뭔가 다르게 보였다. 큼지막하고 딱딱해 보이는 가방은 사각형에 옅은 은색을 띠고 있었다. 팔을 뻗어 시계를 바라보는 것으로 보아 객차 시간을 확인하는 듯 보였다. 사내가 잠시 주위를 둘러보았다. 휴가철을 맞이해 열차를 기다리는 수많은 사람들의 표정은 웃음이 가득 배어 있었다. 사람들을 바라보는 사내. 무엇이 즐거운 것일까. 입가에 웃음을 흘렸다.

잠시 후, 안내 방송이 흘러나왔다.

"시간호 열차가 곧 4번 트랙에 도착합니다. 승객 여러분은 안전선 뒤로 물러서 주셨다가 질서 있게 승차….."

추억의 시간을 만들어 준다는 의미인 '시간호'. 플랫폼으로 들어서는 시간호 열차는 서울발 안동행이었다. 고개를 한껏 들어보아도 플랫폼으로 들어서는 열차의 꼬리가 아주 작게 보였다. 아주 당연하게도 이윤을 추구하는 민영기업인 대한기업에 매각된 한국철도공사는 휴가철의 특수를 고려해 열차를 6량에서 12량으로 늘려 운행하고 있었다. 열차의 거대한 몸체가 거친 숨을 몰아쉬며 승객들 앞에 멈춰 섰다.

"제일 끝 칸이 뭔가 좀 다르게 보이지 않니?"

과자를 입에 문 여학생이 친구 쪽으로 고개를 돌리며 말했다. 하지만 한참 여행에 부풀어 있는 친구는 열차 열두 번째 객실이 다른 객실에 비해 색깔이 약간 다르다는 사실에 별다른 반응을 보이지 않았다. 기대감에 부푼 국민고등학교의 학생들과 일반 승객을 태운 시간호 4404호는 육중한 몸을 움직였다.

"야, 근데 우리가 타는 열차는 4404호가 아니라 4405호잖아. 언제 바꿘 거야?"

창가에 자리를 잡은 남학생이 뭔가 이상하다는 투로 친구를 돌아보며 물었다.

"야, 그런 거 신경 쓰지 마. 4404호가 됐든 4405호가 됐든 우린 즐겁게 가면 돼. 빨리 과자나 꺼내."

"그렇지, 우린 그냥 즐겁게 가기만 하면 되지."

다시 기대감에 부푼 얼굴로 돌아온 학생은 한 무더기의 과자를 꺼내 돌렸다. 그때, 인솔 교사가 문을 열고 객실로 들어섰다.

"학교에서도 말했지만, 아홉 번째 객실까지만 우리 학교 학생들이고, 나머지 세 개 객실은 일반인 승객들이니 돌아다니면서 불편을 주는 없이 없도록! 알겠나?"

"알겠습니다!"

"공부하라고 할 때는 대답도 안 하는 녀석들이 이럴 때는 크게 대답하는구나."

학생들이 즐거운 웃음을 터트렸다. 몸을 돌린 교사가 다른 칸 객실로 향하고 학생들은 다시 떠들기 시작했다.

"야, 안동 가면 어디부터 갈까?"

"안동 하면 하회마을이지."

"벌써부터 파도 소리가 귓가에 들리는 거 같은데…."

"야, 우리는 지금 부산이 아니라 안동에 가는 거야. 아까부터 얘는…."

"참, 그렇지. 어쨌건 이번 여행에서 나는 반드시 여자 친구를 만들 거다. 기대해라."

"여자 친구? 그럼 우리 학교 여자애들은?"

"영, 마음에 드는 애가 없어서…."

"니가 마음에 드는 애가 없는 게 아니라, 너를 마음에 들어 하는 여자가 없는 거 아냐?"

"그런가?"

친구들이 모두 웃음을 터트렸다.

어지러운 세상에 대한 보상심리일까. 수학여행을 가는 학생들과 휴가를 떠나는 일반인들의 표정은 아주 즐거워 보였다. 열차는 기대에 부푼 학생들의 설레는 가슴을 안고 아주 경쾌하게 달려 도시를 점점 벗어났다. 길게 드러누운 녹음이 우거진 산과, 푸른 벌판. 그 사이로 물을 잔뜩 머금은 오밀조밀한 푸른 빛깔의 논들. 사각의 유리창은 계속해서 바뀌는 한 폭의 풍경화를 연신 담아내기에 바빴다.

열차 가장 뒷자리에 자리 잡은 검은 양복의 선글라스가 차창에서 고개를 돌려 승객들을 바라보았다. 짙은 선글라스 때문인지 표정은 읽히지 않았다. 그의 옆 좌석엔 자리가 비어 있었다. 벌써 열차는 한 시간여를 달려 최초 역에 가까워지고 있었지만 출발할 때와 변함없이 자리에 앉는 사람은 보이지 않았다. 사내의 딱딱한 가방만이 좌석을 차지하고 있을 뿐이었다. 조용한 시간을 즐기기 위해서 두 개의 좌석을 모두 예매한 것일까, 아니면 다른 이유가 있는 것일까. 그는 가만히 고개를 돌려 가방을 바라보고 이어서 시계를 바라보았다. 이윽고 분침과 초침이 일치가 되며 11시 정각을 가리켰다. 사내는 그 시간을 기다렸다는 듯 가방을 움켜쥐고 서서히 몸을 일으켜 화장실로 들어갔다.

"여기군."

혼잣말을 흘린 그는 가만히 환기구 커버를 잡아당겼다. 이미 나사가 풀려 있던 것일까. 커버는 부드럽게 딸려 나왔다. 은색을 띠는 원통형의 자그마한 물체. 사내가 찾고 있던 것 같았다. 찰칵! 열릴 것 같지 않던 가방이 거대한 입을 벌렸다. 무언가 묵직해 보이는 전자장치가 푸른빛을 깜빡거리고 있었다. 사내는 조심스럽게 물건을 들어 올려 원통형의 물체와 연결시켰다. 그의 손놀림과 행동은 일체의 망설임도 찾아볼 수 없었다. 또한 한 치의 실수도 용납하지 않을 것처럼 아주 정교하고 능숙했다. 사전 조사와 준비가 철저했음을 짐작하고도 남았다. 하지만 이상한 건, 누구나 고개만 옆으로 돌리면 쉽게 눈에 띄는 장소였다. 앞선 그의 행동으로 보아 결코 실수는 아닌 듯했다. 잠시 후, 화장실을 나서는 그는 아무 일 없었다는 표정으로 자신의 자리로 돌아와 이어폰을 꼽고 두 눈을 감았다. 장엄하고도 묵직한 경음악이 그의 귀를 파고들었다.

"따다다단!"

사내가 가장 좋아하는 베토벤의 '운명교향곡'이었다. 장엄하고 우렁찬 음악은 마치 주변의 소리를 잠식할 것처럼 기세가 점점 빨라졌다.

"따다다단! 따다다단…."

타고난 운명은 타인에 의해 얼마든지 침해당할 수 있다. 아니 어쩌면 그것 또한 타고난 운명이리라. 사내는 속으로 읊조렸다.

"잠시 후, 이 열차는 ○○역에 정차할 예정입니다. 내리실 손님은 놓고 내리는 물건이 있는지 다시 한 번 확인해 주시기 바랍니다. 즐거운 여행 되십시오."

정차 역을 알리는 방송 소리에 이어 사내의 '운명교향곡'이 멎었다. 열차를 내리는 그의 손에는 딱딱한 가방이 들려 있지 않았다. 대신 작은 리모컨이 가방이 들려 있던 손에 쥐어져 있었다. 사내는 시계를 바라보았다. 열차는 5분 후에 출발할 것이다. 시간은 충분하다. 사내가 역 대합실 계단으로 뛰어올랐다. 이어서 화장실로 들어가 천장의 텍스를 가만히 밀어 올렸다. 미리 갖다 놓은 것일까, 아니면 누군가 갖다 놓은 것일까. 사내의 손에 잡혀 모습을 드러낸 가방은 묵직해 보였다. 지퍼를 개봉하는 그의 손이 즐겁게 움직였고, 입술에 미소가 서렸다. 소음기가 장착된 최신식 저격용 라이플. 사내는 능숙한 솜씨로 조립을 끝내고 망원경에 한쪽 눈을 갖다 댔다. 4404호의 운전실 내부 곳곳이 크게 들어왔다. 여기까지 걸린 시간은 불과 3분 남짓이었다.

시간호 4404호가 다시 육중한 몸을 움직이기 시작했다. 흐트러지지 않는 자세로 서서히 움직이는 열차를 뚫어지게 응시하는 사내. 아직은 때가 아니다. 조금 더 기다려야 한다. 이윽고 기관사가 작동 레버를 끝까지 올렸다. 동시에 사내가 방아쇠를 당겼다.

"푸슝!"

작동 레버를 잡은 기관사가 그대로 계기판에 얼굴을 박았다.

"푸슝!"

또 한 발의 탄환이 부기관사의 이마를 뚫고 지나갔다. 탄환이 뚫고 지나간 유리창의 작은 구멍만이 엄청난 사건을 알고 있는 듯했다. 처참한 대형 참사가 바로 눈앞으로 다가오고 있었다.

사내의 얼굴과 진짜 이름을 알고 있는 사람은 극소수에 불과했다. 암호명 '운명'. 그는 운명으로 통했다. 망원경에서 눈을 뗀 운명은 잠시 멀어지는 열차를 뚫어지게 바라보았다. 그 과정의 시간을 음미하려는 것일까. 화장실에서 빠져나와 주차장으로 향하는 발걸음은 여유 있어 보였다. 미리 갖다 놓은 듯 보이는 승용차에 오른 그는 곧바로 기관사 없이 질주하는 시간호 열차를 쫓기 시작했다. 이윽고 넓은 도로로 진입한 승용차는 앞서가는 자동차들을 무섭게 추월했다. 입가에 흐르는 미소. 그는 역시 주어진 임무와 시간을 충분히 음미하려는 것 같았다. 그는 전속력으로 차를 몰아 시간호 열차를 따라붙었다.

바로 그 시각.

군복을 차려입은 남자가 화장실에서 나와 자리로 향했다. 벌써 세 번째였다. 누구에게도 말 못할 고민인 전립선 질환을 앓고 있는 그는 언제나 여행이 부담스러웠다. 화장실이 딸린 열차는 그나마 괜찮았다. 버스 여행은 그가 가장 싫어하는 여행이었다. 자리에 돌아온 그는 무언가 찝찝한지 표정을 풀지 않았다.

"최 병장님, 왜 그러십니까?"

같이 휴가 나온 김 상병이 물었다.

"야, 김 상병, 화장실에 뭔가 이상한 게 있어. 같이 좀 가보자."

"뭔데 그러십니까, 최 병장님. 혹시 여자 팬티라도 있다는 겁니까?"

김 상병이 음험한 눈빛을 보냈다.

"지금 농담할 기분 아냐. 그리고 우리 뒷자리에 앉아 있던 사람, 그 사람 처음부터 뭔가 이상했어. 검은 양복에 짙은 선글라스. 조금 전에 ○○역에서 내린 거 같은데 가방이 그대로 있잖아."

최 병장의 표정이 점점 굳어졌다. 김 상병이 잽싸게 고개를 들어 뒷자리를 바라보았다. 짙은 은색을 머금은 딱딱해 보이는 가방만이 덩그러니 놓여 있었다.

"빨리 가보자."

최 병장이 화장실 문을 열어젖혔다. 김 상병의 눈이 휘둥그레졌다. 환풍구 안쪽으로 보이는 전자장치는 원통형으로, 휴대폰 두 개를 합쳐 놓은 크기였다. 우측 상단에서 붉은빛이 깜박거리며 바로 밑의 숫자가 점점 줄어들고 있었다. 아마도 시간을 예약해 놓은 것 같았다.

"이거 혹시…."

김 상병의 뒷말이 나오기도 전에 최 병장이 소리쳤다.

"시한폭탄!"

군대에서 지뢰탐지병으로 있는 두 사람은 어렵지 않게 시한폭탄을 알아보았다. 김 상병이 엉겁결에 손을 뻗었다.

"안 돼, 손대지 마! 저거, 잘못하면 터질 수 있어."

등줄기에서 식은땀이 흘렀다. 시간은 점점 줄어들었다. 57분 59초. 남아 있는 시간이었다.

"너는 여기에서 어떤 핑계를 만들어서라도 사람 출입을 통제시켜. 절대로 시한폭탄 얘기를 하면 안 돼. 대혼란이 벌어지면 감당하기 힘들어. 나는 승무원을 찾아서 열차를 멈추게 할 테니까."

최 병장이 침착하게 말했다. 하지만 가슴의 두근거림은 점점 빨라지고 있었다. 김 상병이 겁먹은 얼굴로 고개를 끄덕였다. 지금 열차를 멈추게 할 수 있다면 시간은 충분하다. 한 차례 심호흡을 깊게 내쉰 최 병장은 최대한 침착하게 승객들을 지나쳐 갔다. 몇 칸을 뛰는 듯 빠르게 발을 옮겼다. 그때, 정복 차림의 승무원이 눈앞으로 들어왔다.

"잠시 드릴 말씀이 있습니다."

승무원의 얼굴이 하얗게 질렸다. 급히 화장실로 가 시한폭탄을 확인하는 그의 눈동자가 크게 벌어졌다. 운전실로 향하는 그의 구둣발 소리가 아주 크게 들렸다. 최 병장이 승무원을 따라붙었다.

"문 좀 열어 주십시오!"

승무원은 운전실의 문을 두드리고 소리를 쳤지만, 어찌된 일인지 굳게 잠긴 운전실의 문은 열리지 않았다.

"빨리 문을 열란 말이야!"

보고 있던 최 병장이 합세해 문을 치며 미친 듯이 소리쳤다. 당연하게도 운전실에서는 일절 반응이 없었다. 서로를 바라보는 두 사람의 눈동자가 공포로 물들었다.

같은 시각, 철도공사 교통관제센터.

철도공사 교통관제센터에는 전 직원이 동원돼 있었다.

"긴급 상황입니다. 4404호와 교신이 안 됩니다."

전 직원이 매달려 4404호를 멈추기 위해 상황판을 조작하고 있었지만, 열차의 움직임을 알리는 붉은빛은 멈추지 않고 계속해서 빠르게 움직였다.

"시간호 4404호를 멈출 수가 없습니다."

"스카다(SCADA 원격감시 및 제어)가 무용지물입니다."

여기저기서 숨넘어갈 것 같은 소리가 계속해서 들렸다.

"어떻게 좀 하란 말이야!"

상황판을 바라보는 경영총괄본부장 김인문은 자신도 모르게 큰 소리를 질렀다. 그 옆에서 대한기업 철도공사 사장으로 임명된 정승민은 눈을 감고 있었다. 간혹 감은 눈이 움찔거리고 아랫입술을 심하게 깨물었다.

"열차의 탑승 인원이 얼마나 됩니까?"

눈꺼풀을 들어 올린 정승민이 무겁게 물었다.

"출발 당시 830여 명에서 경유 역 하차 인원을 뺀다 하더라도 6백여 명의 승객이 4404호에 탑승하고 있는 것으로 집계됐습니다. 승객 대부분이 국민고등학교 학생들입니다."

김인문이 역시 무겁게 대답하고 묵묵히 서 있는 정승민을 바라보았다. 사람의 생사가 달려 있는 기로에서 무슨 생각을 하고 있단 말인가. 기업 이윤의 자본 논리? 열차는 시속 150㎞로 무섭게 질주했다.

"그 사진이 폭발물이 맞는다고 합니까?"

정승민은 4404호의 승무원이 카카오톡으로 보내준 폭발물 사진을 묻는 것이었다.

"매우 유감이지만 폭발물이 확실하답니다."

정승민이 고개를 좌우로 흔들었고, 이미 관제센터 안에 자리 잡은 각 언론사의 기자들이 연신 카메라와 펜을 움직였다.

"남은 시간은 48분 54초입니다!"

누구의 소린지 알 수 없었지만 그것은 중요하지 않았다. 상황판의 전자시계가 점점 줄어들고 있었다.

"어서 빨리 손을 써야 합니다!"

하지만 우왕좌왕할 뿐 뚜렷한 대책은 나오지 않았다. 45분, 44분… 39분. 시간은 점점 줄어들고 있었다. 그때 관제센터 안으로 누런 색깔의 옷으로 통일한 사람들이 대거 들어서고 있었다. 고명호 대통령 비서실장과 사고 대책 관계자들이었다. 하지만 이미 너무 많은 시간이 지체된 상태였다. 기자들이 사고 대책 관계자들 앞으로 우르르 몰렸다.

"지금 정부의 대책은 뭡니까?"

"한시가 급합니다."

연이은 기자들의 질문에도 뚜렷한 대책이 없는 것일까. 대답이 흘러나오지 않았다.

"국민의 엄청난 대참사로 이어질 다급한 시점에 대통령은 왜 모습을 보이지 않습니까?"

기자의 질문은 부질없는 것일까. 아니면 대통령은 다른 어디에서 대책을 강구하고 있는 것일까. 무응답에 어떤 예측도 할 수 없었다.

"지금 상황에서 대형 참사를 줄일 수 있는 최선의 대책은 무엇입니까?"

실로 믿을 수 없는 비서실장의 질문이었다. 역시 정부는 어떤 대책도 없음이 확실했다.

"폭발물이 설치된 장소는 열차 제일 끝, 열두 번째 객실입니다. 그래서 승객들을 폭발물이 있는 객실에서 최대한 멀리 대피시켜야 할 거 같습니다."

"그걸 지금 대책이라고 말하는 겁니까?"

그와 동시에 기자가 나섰다.

"그럼 정부는 어떤 대책을 강구하고 있는 겁니까?"

사고 대책 관계자들이 무겁게 고개를 숙였다.

"설명으로 해체 불가능합니까?"

비서실장이 물었다.

"저희가 분석해본 결과 열차에 설치된 폭발물은 C-⋯."

"폭발물의 이름을 묻는 게 아닙니다."

비서실장이 경찰특공대 폭발물처리반 경관의 말을 자르며 다시 물었다.

"신고한 군인은 군대에서 지뢰탐지병이라고 했지 않습니까?"

"전문가도 부착된 폭발물을 떼어내기 어렵고, 해체하기는 더더욱 어려운 폭발물로 분석됐습니다."

경관이 이마에 흐르는 땀을 닦으며 간신히 대답했다.

"남은 시간 20분 23초입니다."

"그래도 시도는 해 봐야죠."

경관이 역시 무겁게 고개를 끄덕였다.

"너무 많은 시간이 흘렀지 않습니까?"

기자의 화난 목소리가 철도공사 교통관제센터에 울렸다.

시간호 4404호.

"열차를 멈출 수 없는 모양이야."

승무원의 풀죽은 목소리에 최 병장이 그대로 바닥에 주저앉았다.

"그럼 이제라도 승객들에게 알려야 하지 않겠습니까?"

"승객들에게 알리면 어떻게 하겠다는 건가. 이 열차는 지금 시속 150㎞로 달리고 있어. 여기서 뛰어내리기라도 하겠다는 건가? 자네도 알다시피 대혼란이 벌어질 수 있어."

그때 승무원의 휴대전화가 울렸다. 잠시 후, 전화를 끊은 그의 얼굴에 일말의 희망이 드리웠다.

"승객들을 이 객실에서 최대한 멀리 대피시키라고 하는군. 경찰특공대 폭발물처리반을 투입시킨다고 말했네."

"폭발물처리반이요? 시간이 급박합니다!"

"최 병장님, 혹시 그 남자의 가방에 뭐라도…."

최 병장이 김 상병의 말이 끝나기도 전에 급히 뛰었다. 딱딱한 가방은 의외로 손쉽게 열렸다. 하지만 입을 벌린 가방 안에는 아무것도 보이지 않았다. 정말 먼지 하나 묻어 있지 않은 것처럼 아주 깨끗했다. 망연자실함에 그 자리에 털썩 주저앉았다.

승무원이 떨리는 손으로 확성기를 움켜잡았다.

"승객 여러분, 한 분씩 일어나서 열차 앞 칸으로 이동해 주시기 바랍니다."

승무원의 확성기 소리에 승객들이 웅성거리기 시작했다.

"무슨 일인데 그럽니까?"

사실을 말하기는 아주 곤란하다. 대혼란이 일어날 것이다.

"우와, 경찰차다! 한 대, 두 대, 세 대…. 엄마, 소방차도 많이 있어."

아이의 소리에 승객들이 뭔가를 감지했다. 수십 대의 경찰차가 경광등을 밝히고 사이렌을 울리며 철길 건너에서 열차를 따라붙고 있었다. 소방차와 구급차가 그 뒤를 바싹 쫓았다. 언제 다가왔는지 군용 헬기와 경찰 헬기가 천둥 치는 소리를 내며 열차 바로 위로 접근했다. 이어서 열차 창문으로 무언가가 내려오는 게 보였다. 줄사다리였다. 아마도 누군가 열차로 투입되는 것 같았다. 그제야 승객들은 사태의 심각성을 깨달았는지 얼굴이 하얗게 질려갔다.

"당황하지 마시고 빨리 이동해 주세요."

승무원은 직업의식과 자신에 대한 통제력이 아주 강한 모양이었다.

"지금 열차에 무슨 일이 있는 겁니까!"

"지금 어떤 상황이냐구요!"

계속해서 이어지는 목소리.

"열차에 시한폭탄이 있습니다!"

누군가의 날선 외침이었다.

이런 젠장. 승무원의 얼굴이 몹시 일그러졌다. 이제 일어날 대혼란을 어떻게 감당해야 한단 말인가. 열차가 순식간에 아수라장으로 변했다. 여기저기서 비명이 들렸고, 밀고 밀리는 다툼이 벌어졌다.

"승객 여러분, 질서를 지켜주세요!"

무의미한 외침이었다.

"아악!"

그때 창문이 깨지는 소리와 여자들의 비명이 같이 들렸다. 뒤를 돌아본 승객들이 일순간 숨을 멈췄다. 줄사다리를 놓친 경찰특공대원이 창문을 넘어서다 추락했다. 동시에 철로에 부딪친 팔이 그대로 절단돼 피를 뿌리며 공중으로 솟구쳐 올랐다. 여기저기서 비명과 울음이 터졌다.

헬기 안에서 카메라를 짊어진 기자가 현장을 하나도 놓치지 않으려는 듯 카메라를 연신 돌려댔다. 뒤를 이어서 경찰특공대원이 운전실의 대형 유리에 소총을 난사했다. 엄청난 굉음과 함께 유리 파편이 특공대원의 얼굴을 덮쳤다. 비명도 지르지 못하고 추락. 튕겨진 몸이 철로를 붉게 물들였다. 진입을 포기한 경찰 헬기가 높이 날아올랐다. 마침내 경찰특공대원 한 사람이 열차 진입에 성공했다.

"여깁니다!"

승무원이 외쳤고, 열차 객실로 무사히 진입한 경찰특공대원이 승객들을 밀치며 화장실로 뛰었다. 남은 시간 9분 23초. 열차는 멈추지 않고 계속해서 질주했다. 운전실 진입까지는 실로 난관이었다. 지금 바로 열차를 멈춘다 해도 대형 참사는 피할 수 없을 것 같았다.

"승객 여러분, 이렇게 움직이시면 안 됩니다!"

확성기는 최 병장의 손에 들려 있었다.

"군인 아저씨, 우리 엄마 좀 찾아주세요."

대혼란에 엄마를 잃은 여자아이가 최 병장에게 매달렸다.

"저리 비켜!"

한 남자가 힘없이 아이를 바라보는 최 병장을 밀치고 지나갔다. 남은 시간 7분 25초. 이미 늦었다. 하지만 포기할 순 없다.

"김 상병, 빨리 아무 가방이나 뒤져서 옷을 꺼내 입어. 최대한 입을 수 있는 데까지 껴입고 빨리 앞 칸으로 이동해. 우리 살아서 다시 보자."

"최 병장님…."

거수경례를 올리는 김 상병의 두 눈에 눈물이 그렁그렁 맺혔다.

남은 시간 5분 23초.

학생들 객실. 학생들의 울음소리와 비명. 창문을 두드리는 소리. 눈물을 머금은 전화 통화 소리가 객실을 가득 메우고 있었다. 인솔 교사 또한 믿을 수 없는 현실에 넋이 나간 얼굴을 하고 있을 뿐 일체의 미동도 없었다. 허공을 주시하고 약간 벌어져 있는 입술이 마치 실성한 사람처럼 보였다.

"거봐, 우린 4404호가 아니라 4405호를 탔어야 했어. 왜 우리가 4404호를 타서 죽어야 하냐구."

남학생이 울부짖었다.

"엄마, 그동안 너무 미안했어. 사랑해."

마침내 전화를 끊은 여학생이 눈물을 흘리며 전화기를 떨어뜨렸다.

다른 객실. 가방과 옷가지로 아이를 감싸 안은 최 병장은 앞으로 무작정 내달렸다. 끝에서 일곱 번째 객실을 지나오는 동안 단 한 명의 승객도 보이지 않았다. 거리의 풍경이 눈앞으로 다가왔다가 순식간에 사라졌다. 이윽고 세 번째 객실에 도착하자 문이 열리지 않았다. 아마도 승객들로 꽉 차 있는 모양이었다.

"문 좀 열어주세요. 아이만이라도 들어가게 해 주세요!"

굳게 잠긴 문은 열리지 않았다. 시계를 바라보았다. 남은 시간 3분 23초. 아이는 절체절명의 혼란 속에서도 신기하게도 잠이 들어 있었다. 객실을 둘러보니 휴가철이라 그런지 모포가 많이 보였다. 모포를 끌어와 최대한 아이를 감싸 주었다. 한숨을 내쉰 그는 휴대전화를 꺼내 통화를 시도했다. 아마도 마지막 통화일 것 같았다.

"엄마."

"도착하려면 아직 멀었니?"

시간호에 탑승했다는 사실을 말하지 않은 것 같았다.

"어, 갑자기 일이 좀 생겨서…."

눈물이 앞을 가려 말이 이어지지 않았다.

"너, 혹시 시간호에 타고 있는 건 아니지?"

"아니야, 좀 늦을 거 같으니… 기다리지 말고… 일찍 자. 엄마…."

"그래, 헌데 이게 무슨 날벼락이니? 시간호에는 아이들이 타고 있다던데…."

최 병장이 전화를 끊었다. 남은 시간 1분 3초. 최 병장은 모포를 뒤집어쓰고. 아이를 감싸 안았다. 32초, 31초… 9초, 8초…. 최 병장이 이를 악물었다. 3초, 2초, 1초. 순간 엄청난 굉음과 함께 심한 충격이 느껴졌다. 콰콰콰쾅! 공중으로 튀어 오르는 열차 꼬리가 연결된 객실을 들어 올렸다. 이어서 연쇄 폭발이 일어났다. 공중을 선회하던 헬기가 파편을 피해 높이 날아올랐다. 불꽃을 머금은 수많은 파편이 가로수와 전신주를 덮쳤다. 전신주가 넘어지며 설상가상으로 열차를 덮쳤다. 지지직거리며 다시 불꽃이 일었다. 곧바로 엄청난 화염이 열차를 덮쳤다. 하지만 어찌된 일인지 사고 현장을 향해 겨우 세 대의 소방차와 두 대의 구급차만 현장으로 달려갈 뿐이었다. 어서 빨리 화재를 진압해야 사망자를 줄일 수 있는 게 아닌가. 모를 일이었다.

이날 사고로 대한민국은 경찰관을 포함해 사망자 321명과 부상자 291명의 엄청난 대참사를 겪었다. 사망자는 너무나 애석하게도 어린 학생들이 대부분이었다. 이날 이후로 대한민국에는 시간호 유족이라는 새로운 이름이 만들어졌다. 그해 여름은 잃어버린 여름이었다.

삼 일 후, 청와대 춘추관.

대기하고 있던 기자들이 일제히 기립했다. 박미자 대통령이 들어섰다. 고명호 비서실장이 그 뒤를 따랐다. 대통령의 대국민담화 발표. 침울한 표정의 대통령이 카메라를 정면으로 응시하며 입을 열었다.

"먼저 시간호 사건으로 부모와 자식을 잃은 가족들에게 심심한 애도를 표합니다."

대통령이 뒤로 한 발 물러나 깊게 고개를 숙이고 다시 제자리로 돌아왔다.

"존경하는 국민 여러분, 시간호 사건이 어떻게 해서 일어났는지 필요하다면 특검을 동원해서 모든 진상을 낱낱이 밝혀 엄정하게 처벌하겠습니다. 또한 그것이 부족하다면 시간호 특별조사위원회를 조직해 충분한 예산, 인력 및 시간을 보장하고 누구도 간섭하지 못하도록 독립성을 보장하겠습니다."

기자들의 키보드 두드리는 소리와 카메라 소리. 춘추관이 아주 시끄러웠다.

"존경하는 국민 여러분께서 힘을 실어주십시오. 이런 노력은 정부만이 해낼 수 있는 일이 아닙니다. 모든 국정의 중심은 국민에게 있고…."

서두에 빠지지 않고 등장하는 '존경하는 국민'은 문맥상 표현이 다소 어색했다. 하지만 존경하는 국민은 계속해서 등장했다. 국민의 뜻대로 하겠다는 의지의 표명인 것인가.

"존경하는 국민 여러분, 시간호 사건의 의혹 없는 진상을 밝힐 수 있도록 힘을 실어주기 바랍니다. 사랑하는 가족을 잃고 비통에 잠겨 있는 유족 분들이 여한이 남지 않도록 그 목소리에 귀를 기울이고 슬픔을 다독일 수 있는 채널을 항상 열어두겠습니다. 존경하는 국민 여러분…."

대통령은 대국민담화에서 '존경하는 국민'을 수도 없이 연발했다. 그러나 과연 존경의 의미대로 의혹 없는 진실이 규명될 수 있을 것인가.

이윽고 대국민담화를 마친 대통령이 춘추관을 빠져나갔다.

"실장님, 시간호 사건 당일 대통령님은 어디에 계셨는지 한 말씀 부탁합니다."

춘추관을 빠져나가려던 비서실장 고명호가 난감한 표정으로 몸을 돌렸다. 잠시 말이 없던 그의 입에서 믿을 수 없는 말이 흘렀다.

"그때 대통령님이 어디에 계셨는지 저는 알 수 없습니다."

너무 놀란 기자가 고명호를 이상하게 쳐다보았다.

"아니, 대통령님의 일거수일투족을 파악하고 계셔야 할 분이 그걸 말씀이라고 하십니까?"

하지만 입을 꾹 다문 고명호는 몸을 돌려 춘추관을 빠져나갔다.

뭔가 이상하다. 과연 시간호 사건의 의혹 없는 진실 규명이 가능할까. 특별검사를 최종적으로 임명하는 결정권자는 대통령이다. 따라서 특별검사가 대통령과 정치권의 눈치를 보지 않고 성역 없는 수사를 할 수 있다고 그 누가 장담할 수 있겠는가. 대통령의 대국민담화, 그 어떤 사적 감정과 정치적인 계산 없이 가족을 잃은 국민의 입장을 최대한 고려한 것인지 판단하기 어렵다. 기자의 멍한 시선은 한동안 계속됐다.

ᛦ

소소했던 일상이 깨져 버린 세상

그로부터 두 달 후.

대여섯 가구가 들어선 다세대 주택의 한 집 안에서 치지직거리는 잡음 소리가 들렸다. 언제 방송이 중단됐는지 TV는 잡음 소리와 함께 희미한 불빛을 불이 꺼진 거실에 쏟아놓았다. 흩어진 옷가지와 아무렇게나 널브러진 술병들, 그리고 바닥에 흩어진 수많은 사진과 깨진 액자, 새벽 4시를 갓 넘긴 벽시계, 꺼질 것 같지 않은 TV 화면. 몹시 지저분한 거실이었다.

까칠한 수염의 헝클어진 머리의 남자가 소파에 기댄 채 잠들어 있었다. 그 옆에서 쌔근거리며 잠든 아이는 젖살이 통통한 것으로 보아 초등학교 저학년쯤으로 보였다. 까칠한 수염의 남자는 자면서도 술병을 놓지 않았다. 붉게 달아오른 얼굴로 보아 몹시 술에 취해 잠든 것 같았다. 잠시 후, 무엇에 놀란 듯 사내의 몸이 움찔거리더니 부스스한 얼굴을 들어 올렸다. 곧바로 그의 두 눈에서 눈물이 쏟아졌다. 그는 허겁지

겹 거실에 흩어진 사진 한 장을 들어 올려 뚫어지게 바라보았다. 굵은 눈물이 사진을 적셨다. 어린아이를 안고 환하게 웃음진 단아한 모습의 여성은 아내였고, 고등학교 교복을 단정히 차려입은 제법 듬직해 보이는 녀석은 큰아들이었다. 뒤에서 아내와 아들을 양손으로 감싼 자신은 아주 행복한 웃음을 짓고 있었다. 아내와 아들은 무엇을 예견한 것일까. 사진 속의 얼굴들은 몹시 슬퍼보였다.

"어떻게 나한테 이런 일이…."

울음을 머금은 목소리. 그의 어깨가 점점 심하게 떨렸다. 서울시경 광역수사대 이정우였다. 그는 두 달 전 발생한 시간호 사건으로 사랑하는 아내와 아들을 잃은 시간호 유족이었다. 이 사건으로 사랑하는 아내와 큰아들을 잃고, 죽는 그날까지 한시도 잊을 수 없는 장례를 치른 그는 믿기 힘든 현실에 지난 두 달 동안 거의 집 안에만 틀어박혀 아무것도 한 일이 없었다. 아니, 무엇을 어떻게 해야 할지 몰랐다. 아내와 큰아들이 없는 황량한 집 안에서 그를 상대해준 것은 독한 술과, 십여 년을 넘게 끊었던 담배였다.

"여보, 사랑해요. 아빠, 사랑해."

시간호에 갇혀 있던 아내 한선영과 큰아들 규민의 마지막 전화 목소리였다. 수학여행을 떠나기 전 목소리가 귓전을 계속 울린다.

"규민 아빠, 왜 이렇게 불안한지 모르겠어요. 차라리 수학여행을 보내지 않았으면…."

규민이 수학여행을 떠나기 며칠 전부터 아내의 계속되는 말이었다.

"그렇다고 수학여행을 안 보낼 순 없잖아. 정 그렇게 불안하면 당신이 따라가 보는 건 어때? 눈치가 빠른 녀석이니 들키지 않게 일반 승객으로 가장해서…."

그렇게 아내는 일반 승객으로 가장해 시간호에 올랐다.

술병을 들어 올려 들이키려던 그가 옆으로 고개를 돌리더니 다시 술병을 내려놓았다. 쌔근거리는 숨소리. 아무것도 모르고 잠든 아들은 이제 막 초등학교에 입학한 둘째 아들 재민이었다. 이정우는 잠시 잠든 아들의 얼굴을 뚫어지게 바라보았다. 엄마와 형의 죽음을 어떻게 설명해야 한단 말인가. 설명할 방법도, 설명할 자신도 서지 않았다. 그때, 수학여행을 만류했으면 아내와 아들은…. 머리를 쥐어뜯고 싶었다. 내가 과연 세상을 살아갈 수 있을까.

"정신을 차려야 합니다."

"시간호 사건에 어떤 내막이 있는지 그것을 밝혀야죠."

며칠 전 자신을 찾아왔던 사람들은 사랑하는 가족을 잃은 시간호 유족들이었다.

다시 술병을 들어 올리던 그는 무엇을 결심한 것일까. 손에 든 술병을 이내 내려놓았다. 그의 결심을 알아주기라도 하려는 듯 어두워 있던 세상에 새벽이 밝아오고 있었다.

서울공원으로 허름한 승용차가 들어섰다. 곳곳에 도색이 벗겨진 차는 아마도 십여 년은 족히 넘은 것처럼 보였다. 비교적 한산한 곳에 주차를 시킨 이정우는 어린 아들의 손을 잡고 무거운 발을 옮겼다. 잘 정돈된 가로수 길을 조금 걸으니 둥근 모양의 하얀 건물이 고개를 내밀었다. 발을 옮길수록 건물의 몸체는 아주 크게 다가왔다. 시간호 사망자들을 추모하는 합동분향소였다. 전국 곳곳에 설치된 분향소는 두 달이 지난 지금까지도 추모 행렬이 계속해서 이어지고 있었다. 줄에 매달린 노란색 리본들. 시간호 희생자들을 추모하는 리본이었다.

"이 반장님."

누군가 부르는 소리에 이정우가 눈을 들었다. 햇빛을 등지고 걸어오는 왜소하고 털털해 보이는 남자. 사회신문 사회부 기자 정문석이었다.

"어떻게 위로를 드려야 할지…."

이정우가 살며시 고개를 숙이고 그를 지나쳤다.

"이 반장님, 시간호 사건에 뭔가 이상한 점이 있습니다. 좀 더 알아보고 조만간 연락드리겠습니다."

기자의 소리에 잠깐 발을 멈췄다가 다시 걸었다.

분향소 앞에 당도한 이정우는 자신도 모르게 아들을 잡은 손에 힘을 주었다.

"아빠, 아파."

"어, 아빠가 미안."

"근데 아빠, 여기는 어디야?"

자신도 이곳은 처음이었다. 경찰에 몸담은 지 어언 15년의 세월. 민완 형사로서 시신을 수도 없이 봐 왔지만 이곳 분향소는 선뜻 들어서기가 어려웠다. 아내와 아들, 꿈 많은 어린 영혼들, 두 손 모아 자식의 미래를 염원하던 엄마, 아빠의 영혼들. 이루지 못한 꿈과 이루지 못한 염원들. 이 모든 것들을 간직한 분향소는 세상 그 어떤 말로도 위로할 수 없는 곳이었다.

"아빠, 엄마하고 형아는 왜 안 와? 열 밤만 자면 온다고 했잖아."

순간 이정우가 얼굴을 높이 들었다. 살짝 비친 눈물이 햇빛을 받아 반짝거렸다. 도저히 발이 떨어지지 않았다.

"재민아, 그만 가자."

재민의 손을 잡은 그는 지나온 길을 다시 걸었다. 아빠 손을 잡은 재민이 자꾸만 뒤를 돌아보았다.

　오성호텔.

　짙은 선글라스에 검은 양복 차림의 사내가 호실에서 나와 엘리베이터에 몸을 실었다. 호텔에 처음 들어섰을 때와는 달리 짐이 가벼운 것으로 보아 잠시 어디를 가는 것 같았다. 호리호리한 몸. 몹시 시커먼 얼굴. 암호명 '운명'이었다. 그는 인파가 붐비는 시내로 접어들었다. 쌀쌀한 기운이 감도는 바람이 불어왔다. 흙냄새를 동반한 바람이었다. 그는 흙냄새를 맡으려는 듯 숨을 한껏 들이켰다. 하지만 흙냄새는 그 자신만 느끼고 있는 것인지도 모를 일이었다. 그는 무엇을 생각하는지 숨을 내쉬고 잠시 하늘을 바라보았다. 잔뜩 찌푸린 하늘에서 금방이라도 비가 쏟아질 것 같았다.

　잠시 후, 운명을 태운 택시는 광화문광장을 돌아 한 고층 빌딩의 지하 주차장으로 향했다. 곳곳에 시위의 흔적이 남아 있었다. 운명은 잠시 고개를 돌려 조금 전까지 치열했던 시위 현장을 바라보았다. 하지만 짙은 선글라스 때문인지 그의 표정은 읽을 수 없었다. 운명이 차창을 조금 내렸다. 이어서 깊은숨을 들이켰다.

　"이 시위가 언제나 끝나려나."

　택시 기사가 룸미러를 바라보며 말했다.

　시간호 사건으로 꿈도 펼쳐보지도 못한 어린 생명들의 희생을 눈앞에서 지켜본 대한민국은 국가적으로 트라우마를 겪었고 아직 치유가 되지 않은 상태였다. 자연스럽게 정부 비판의 시위는 시간호 사건에 묻혀 버렸고, 비밀정보기관 대선 불법 개입의 진상 규명 목소리 또한 같이 묻혀 버리는 결과를 가져왔다. 여기서 여당은 과거 중앙정보부 출신 김현태 총리 인준을 만장일치로 통과시켰다. 정부는 이에 앞서 시간호 사건이 북한 공작원의 소행이라는 증거 발표와 주적主敵이라는 강한 용어를 연일 사용했고, 반드시 대가를 치를 것이라고 북한에 강력히 경고했다. 이 난국에 김현태 총리 인준은 아주 적법한 인사 조치라고 덧붙였다. 이것이 한 달 전부터 국민을 광화문광장에 다시 모이게 만드는 도화선으로 작용했다. 이에 국민은 납득하기 어려운 증거와 정부의 무능력한 늑장 대응을 꼬집으며 "시간호 사건을 정치적으로 이용하지 말라." "진실을 밝혀라."라는 구호를 외치며 광화문광장에 다시 모였다. 그렇게 바로 조금 전까지 치열했던 시위 현장은 경찰의 강경 대응으로 모두 흩어진 상태였다.

"손님, 제 개인적인 생각인데 현 정부 정말 너무하는 거 같지 않아요?"

하지만 뒷좌석의 사내는 들었는지 못 들었는지 아무 반응이 없었다.

"아니, 쇠도 녹이는 열기 속에서 종이가 타지 않고 남아 있었다는 게 납득하기 어렵잖아요. 그리고 북한 공작원이 자기가 범인이라고 광고하는 것도 아니고 가방에 폭파 지령서를 넣고 다녔다구요? 참 나."

여전히 사내는 표정이 없다. 하지만 택시 기사는 입을 계속 놀렸다.

"그리고 이상하잖아요. 시간호 내부 CCTV는 복원 불가능하다고 해도 서울역 CCTV가 특정 시간대만 녹화되지 않았다는 게 납득하기 어렵고, 하필 그 시간대에 통신 선로에 문제가 발생했다는 것 또한 뭔가 이상해요."

시종일관 사내의 표정 없는 얼굴은 그대로였다. 그제야 민망한 택시 기사가 룸미러에서 시선을 돌렸다.

"여기서 세워 주시오."

막 지하 주차장으로 들어서려던 택시가 급히 정차했다.

"거스름돈은 됐소."

운명이 건물 안으로 사라졌다.

"참, 뭐 하는 사람인데 저렇게 무게를 잡고 그래?"

불만 섞인 말과 달리 택시비를 확인하는 기사의 얼굴엔 웃음이 가득 배어 있었다.

건물 안으로 들어선 운명은 잠시 뒤를 돌아보더니 곧바로 화장실로 향했다. 이어서 큼지막한 가방을 열자 변장에 필요한 용품이 가득했다. 운명의 손놀림은 아주 민첩했고 능숙했다. 아마도 변장술은 훈련에 의해 매우 숙달된 것 같았다. 한참이 지나 화장실을 나서는 그의 모습은 전혀 다른 사람으로 변해 있었다. 덥수룩한 수염에 허름한 점퍼 차림은 건설 노동자를 연상시켰다.

"국회의원 김현태 402호."

자신만이 알아들을 수 있는 작은 소리였지만 아주 잔인한 음성이었다. 그의 얼굴이 분노로 물들었다. 시계를 바라보았다. 이제 곧 나올 시간이다. 잠시 심호흡을 내쉬었다. 아마도 감정 조절의 방편이리라. 운명은 로비를 벗어나 인파 속으로 스며들었다.

"감축합니다, 의원님. 내일부터 대한민국의 총리님이시죠. 다시 한 번 감축합니다."

김현태와 함께 로비를 벗어난 보좌관이 기분 좋게 말했다. 그의 말투에서 짙은 아부성이 묻어났다.

"미개한 놈들."

"네?"

"자네한테 한 얘기가 아니야."

김현태는 광화문광장에 어지럽게 널려 있는, 찢기고 발에 밟힌 피켓을 바라보았다. 그의 축 늘어진 볼살과 뾰족한 턱선이 어딘지 모르게 매우 얍삽해 보였다. 길게 이어진 눈매는 뱁새눈의 형상이었고, 눈동자는 무엇을 탐색하기라도 하듯 쉬지 않고 움직였다. 자신의 이익을 위해서라면 무슨 일이든지 벌일 수 있는 전형적인 모략배의 얼굴이었다.

"의원님, 잠시만 기다리십시오. 차를 가져오겠습니다."

보좌관이 지하 주차장으로 사라졌을 때였다.

"저, 죄송하지만 불 좀 빌릴 수 있습니까?"

덥수룩한 수염에 허름한 점퍼 차림의 사내는 담배를 들고 있었다. 어딘지 모르게 눈매가 아주 매섭게 보였다. 어디선가 본 듯한 얼굴. 하지만 기억이 잘 떠오르지 않았다.

'이놈이 감히 누구한테….'

김현태가 매우 불쾌한 표정을 지었다.

"담배 끊은 지 오래됐소."

"왜요? 그렇게 오래 살고 싶습니까."

"이 사람이, 내가 누군 줄 알고…."

말을 멈춘 김현태가 사내의 본 듯한 얼굴에서 시선을 거두지 않았다. 기억이 떠오른 것일까. 사내의 정체를 알아챈 그의 두 눈이 크게 벌어지고 턱이 덜덜 떨렸다. 사내의 눈동자가 살기를 품고 있었기 때문이었다.

"살려 주십시오."

"당신들은 인간도 아니야."

"제발 살려 주십시오. 돈이라면 얼마든지…."

목숨을 구걸하는 김현태는 아주 비열해 보였다.

"돈?"

인정 없는 운명의 손이 순간 위로 올랐다가 내려갔다. 누구도 눈치채기 힘든 번개 같은 동작이었다. 곧바로 몸을 돌린 운명은 인파 속으로 스며들었다. 김현태는 목의 따끔거림에 손을 뻗었다. 이어서 찾아오는 심한 어지럼증. 구토가 느껴졌다. 다리에서 힘이 빠져나가며 입에서 거품이 일었다. 숨 쉬기가 어려웠다.

"여기 사람이 쓰러졌어요!"

"누구, 119좀 불러 주세요!"

수많은 인파가 의식을 잃어가는 김현태를 내려다보았다.

❡ 서울시경 광역수사대

"소주나 한잔 하러 가자."

"형님, 아무렇지도 않으세요?"

구성민의 목소리에 심한 불만이 묻어 있었다. 자리에서 일어서는 이정우는 몹시 지쳐 보였다. 푹 들어간 퀭한 눈에 마치 세수를 하지 않은 듯 푸석한 얼굴은 지난 두 달 동안의 심적 고통을 그대로 말해주고 있었다.

"형님, 벌써 광수대 팀장 진급에서 몇 번째냐구요."

"이거 혹시 형님이 시간호 유족이기 때문에 진급에서 배제된 게 아닙니…."

옆에 있던 후배가 이정우의 눈치를 살피며 구성민의 어깨를 툭 쳤다. 후배들의 푸념으로 보아 이정우는 또 승진 심사에서 제외된 거 같았다.

"군대에서는 육사 출신, 여기에서는 경찰대 출신 아주 다 해 먹어라."

"시발, 무슨 놈의 나라가 이 모양이야."

아주 당연하게도 이정우의 얼굴엔 진급에는 아무 관심 없는 표정이 역력했다.

"나 먼저 가 있을 테니까 천천히 따라들 와."

이정우는 후배들의 푸념을 뒤로하고 경찰서를 나서 식당으로 향했다. 계절은 가을의 문턱이었지만 무더위는 세상을 녹일 것처럼 맹위를 떨치고 있었다. 연일 계속되는 열기는 무엇이 안타까운 것일까. 이미 시간은 서산으로 해를 뉘엿뉘엿 넘기고 있었지만 기세를 전혀 수그리지 않았다. 이정우는 식당으로 들어서려다가 밖에 놓여 있는 식탁에 자리를 잡았다. 담배 하나를 다 피울 무렵, 후배들이 따라와 자리에 앉았다.

"죄송합니다, 형님. 제가 괜한 말을 꺼내서…."

뒷머리를 긁적이며 구성민이 말했다. 괜한 말이란 무의식중에 튀어나온 시간호 유족을 말하는 것이리라. 이정우가 아무렇지 않은 표정으로 그의 넓은 등을 가볍게 쳤다.

"괜찮아."

그래도 못내 미안한 것일까. 구성민은 자신의 큰 몸을 낮춰 이정우를 살며시 끌어안았다. 이어서 곧바로 밀려드는 짠한 감정. 단아한 모습의 형수 한선영과 제법 의젓하게 자라준 규민이 눈앞으로 지나갔다. 다시는 볼 수 없다고 생각하니 코끝이 찡해졌다. 감정을 드러내지 않은 이정우의 얼굴을 차마 마주 바라보기 힘들었다.

"그나저나 형님, 이대로 보고만 계실 겁니까? 형님이 팀장을 하셔야죠."

그것을 들키지 않으려는 것일까. 구성민이 화제를 돌렸다.

"정말 이대로 보고만 있으면 안 됩니다. 뭔가라도 보여줘야죠."

또다시 이어지는 푸념.

"그럼 항명이라도 하겠다는 말이야?"

이정우가 다시 담배를 꺼내 물었다.

"자, 현실성이 없는 얘기는 그만하고 술이나 마셔."

몇 순배의 술잔이 돌았을 때 이정우의 휴대전화가 몸을 떨었다. 계장 전인태로부터 걸려온 전화였다. 이정우가 순간 자리에서 튕기듯 일어섰고, 후배들의 시선이 일제히 이정우를 향했다. 전화를 받는 이정우의 얼굴이 삽시간에 몹시 일그러졌다. 표정으로 보아 무언가 큰일이 터진 듯했다. 잠시 후 전화를 끊은 그는 일어서며 짧게 한마디 했다.

"빨리들 일어서. 큰 사건이야."

"무슨 사건인데요?"

"김현태 씨가 병원으로 이송 도중 사망했다는군."

"김현태라면… 총리로 인준된…."

"그래, 바로 그 사람이야."

"그런데 병원으로 이송 도중에 사망이요? 교통사고라도 당했답니까?"

구성민은 뛰면서도 계속 물었다.

"구 형사, 반장님도 지금 전화를 받은 거잖아."

옆으로 따라붙은 동료 형사가 말했다.

김현태는 정치계의 거물이다. 그런 그가 야심한 시간도 아닌 시간에 대로에서 피살을 당하다니. 이정우는 실로 믿기 어려웠다.

"이 반장, 빨리 와!"

전인태가 정문으로 들어서는 이정우를 보고 소리쳤다. 이미 주차장에는 한 대의 차량도 보이지 않았다. 사건의 성격상 대거 출동한 모양이었다. 이정우의 팀이 전인태의 차량에 급히 몸을 실었다.

"목격자에 의하면 허름한 옷차림의 사내와 접촉한 후 쓰러졌다는군."

"목격자는 지금 어디에 있답니까?"

이정우가 물었다.

"관할 지구대에 있는데 목격자는 너무 기대하지 마. 전화상으로 말했던 게 전부니까."

전인태가 덧붙여 말했다.

"자네도 알다시피 지금 다른 팀은 여러 사건으로 이 사건을 맡기가 어려운 실정이야. 그래서 하는 말인데 이번 사건, 자네가 맡아줘야 되겠어. 이미 짐작하고 있겠지만 어쩌면 청와대까지 걸려 있을 수 있으니 항상 신중하고. 그리고 언제든지 얘기해. 병력 지원은 아낌없이 해줄 테니까. 이번 사건만 잘 해결되면…."

전인태가 뒷말을 삼켰고, 이정우가 무겁게 고개를 끄덕였다. 이렇게 큰 사건을 자신에게 주는 이유를 짐작하기는 어렵지 않은 일이었다. 그것은 시간호 유족으로서 시위 참가와 혹시라도 있을지 모를 불상사를 막기 위한 방편인 것을.

"윗선에서 이미 결정된 거니까 서로 돌아가는 즉시 특별수사본부를 차리게. 모든 수사 진행 상황을 하나도 빠짐없이 항상 나한테 보고하고."

"알겠습니다."

"하필 이렇게 어지러운 시국에 총리로 인준된 사람이 피살을 당해."

구성민의 목소리였다.

"김현태의 사무실이 바로 저기야."

잠시 피살 현장을 둘러본 이정우는 몸을 돌려 김현태의 사무실을 바라보다가 전인태의 이어지는 말에 다시 몸을 돌렸다. 차량의 전조등 빛을 머금은 전인태의 심하게 벗겨진 머리가 빛을 발했다.

"내가 자네를 왜 좋아하는지 아나? 자네는 우리 광수대에서 가장 유능한 형사야. 그건 나뿐만이 아니라 모두가 인정하는 사실이고. 잘할 것이라 믿네. 그리고 가슴 아픈 얘기지만 가족들 일은 매우 유감이야. 시간호 사건으로 아내와 자식을 잃은 자네의 심정은 십분 이해해. 하지만 돌이킬 수 없는 사건을 어쩌겠나. 가슴에 묻고 가야지."

이정우는 고개를 숙이고 김현태의 사무실로 발을 옮겼다.

김현태의 사무실은 기분 탓인지 매우 음산해 보였다. 여기저기 오가며 한참을 수색해 보았지만 단서로 보일 만한 것은 눈에 띄지 않았다. 거대한 어항에서 육식 어종으로 보이는 관상어가 이빨을 드러내고 낯선 방문자들을 바라보았다. 잠시 관상어를 바라본 이정우가 몸을 돌리며 말했다.

"성민이는 나하고 다시 피살 현장을 둘러보고 국과수에 들러서 갈 테니까 너희들은 관리사무실로 가서 CCTV를 전부 확보하고, 피살 현장 근처에 있는 카메라까지 전부 확보해서 들어가. 자, 빨리빨리 움직여. 서에 들어가서 보자."

바로 그 시각, 맞은편 도로에서 U턴한 검은색 세단이 김현태의 피살 현장을 천천히 지나치는 듯하더니 급히 정차했다. 아주 짧은 시간, 이정우와 세단의 운전석 사내의 눈이 마주쳤다. 짙은 선글라스. 곧바로 세단은 피살 현장을 지나쳤다. 선글라스의 시선이 한참 백미러에 고정된 채 남아 있었다.

국립과학수사연구소.

"여기, 피가 응고된 자국이 보이죠?"

검시관의 말에 이정우가 고개를 숙였다. 피가 응고된 자국은 마치 자그마한 붉은 점이 찍힌 것처럼 보였다. 수사 경험상으로 보아 아마도 예리한 주삿바늘에 찔린 흔적 같았다.

"그럼 혹시…."

"맞아요. 주삿바늘. 반장님이 오시면 보여드리려고 핏자국을 지우지 않고 있었어요."

검시관은 탈지면에 알코올을 묻혀 핏자국을 지웠다. 바늘 자국이 선명하게 드러났다.

"정확한 사인은 부검을 해 봐야 알겠지만 목격자의 진술을 토대로 제일 먼저 검시했던 부분입니다. 추측컨대 부교감신경흥분제로 10㎎ 투여만으로 호흡 정지와 심장마비로 즉사에 이르는 맹독성 물질인 '브롬화네오스티그민'(neostigmine bromide, $C_{12}H_{19}BrN_2O_2$)일 가능성이 높습니다. 반장님도 아시겠지만 청산가리로 알려진 시안화칼륨에 비해 다섯 배나 강한 독성을 지닌 물질이구요."

뒤통수를 얻어맞는 느낌이었다.

"하지만 김현태 씨는 병원으로 이송 도중 사망했다고 했지 않습니까?"

이정우가 의문을 표하고 다시 말했다.

"그렇다면 혹시 고통을 주기 위해 일부러 적은 양을 주입했을 가능성도 배제할 수 없겠군요."

"역시 반장님이시군요. 저도 같은 생각입니다. 이 정도의 범행을 저지를 수 있는 사람이 그것을 모르고 있지는 않을 겁니다. 김현태 씨가 겪을 고통을 생각한 의도적인 범행이죠."

원한 관계에 의한 피살? 하지만 김현태 같은 인물이 어디 한두 사람에게 원한을 샀겠는가. 사건의 성격과 범행의 수법으로 보아 단독 범행일 가능성은 희박하다. 그럼 전문가가 고용됐다는 말인데, 현 여당의 실세, 그것도 총리로 인준된 인물을 청부 살해할 수 있는 인물은 누구란 말인가. 또한 목적은 무엇이란 말인가. 이정우는 자신도 모르게 깊은숨을 내쉬었다.

"정확한 사인이 밝혀지는 대로 연락하겠습니다."

이정우가 국립과학수사연구소를 빠져나갔다.

"거기 누구 전화 좀 받아."

이미 한 손에 전화를 들고 있는 구성민은 빗발치듯 걸려오는 전화에 정신을 차릴 수가 없었다.

"광수대 형사 구성민입니다. 잠깐만요… 네, 말씀하세요. 범인이 어느 방향으로 갔다구요?"

그 와중에도 특별수사본부의 전화는 그치지 않고 계속해서 걸려왔다. 대부분 김현태의 범행 현장 목격자 전화였다. 하지만 허름한 점퍼 차림의 사내라는 것 외에 어떠한 단서와 정보도 찾을 수 없었다. 김현태의 통화 기록과 주변 인물의 통화 기록 또한 특이점을 발견할 수 없었다. 벌써 이정우는 범행 현장과 김현태 사무실이 있는 건물의 CCTV를 몇 번이나 검색해 보았지만 범인으로 보이는 허름한 점퍼 차림의 사내는 어디로 사라졌는지 행방이 묘연했다. 범행 후 감쪽같이 사라진 것이었다. 놈은 분명 철저한 사전 조사와 치밀한 계획을 세워 놓고 CCTV의 반경을 피해서 움직였을 것이다. 또한 국과수에선 검시관의 추측대로 김현태의 목 부분에서 미세한 양의 브롬화네오스티그민이 검출됐다는 검시 결과를 보내왔다. 이제 남은 것은 인근을 지나는 교통수단을 조사해야 하지만 공범이 있다면 범행 직후 교통수단을 제공했으리라. 가슴이 답답했다.

"그렇다면 혹시….."

혼잣말을 흘린 이정우는 CCTV를 다시 검색해 보았다. 곧이어 두 눈에 허름한 옷차림의 사내가 화장실로 들어가기 전에 검은 양복의 선글라스가 화장실로 들어가는 모습이 포착됐다. 화면을 정지시킨 후 잠시 고개를 갸웃거렸다. 1시간이 지난 후 용의자가 나온다.

"왜요? 수상한 사람이라도 있어요?"

언제 다가왔는지 구성민이 옆에 와 있었다.

"여기를 봐. 이 사람, 화장실로 들어갔는데 1시간이 넘도록 안 나오고 있어. 대신 1시간 후에 용의자가 나오고 있고. 용의자는 그전에 화장실로 들어가는 모습이 전혀 없어."

"형님도 보셨잖아요. 거기 화장실은 입구가 두 개. 하나는 바로 밖으로 나갈 수 있는 문이구요. 아마도 그쪽으로 나갔겠죠. 그리고 용의자 또한 그 문으로 들어왔을 수 있구요."

그것을 모르는 바가 아니다. 하지만 무언가 찜찜하다.

"두 사람을 동일 인물로 보기엔 다소 무리가 있지 않을까요?"

말로 표현할 수 없는 직감이 뇌리를 가득 채운다. 이정우는 구성민의 말을 뒤로하고 선글라스의 표정과 자세를 꼼꼼하게 살폈다. 이어서 무엇을 보았는지 화면을 역방향으로 돌린 후 다시 재생 버튼을 클릭했다.

"성민아, 이 사람 다리의 움직임을 집중해서 봐. 거의 티가 나지 않지만 다리를 약간 절고 있어."

"글쎄요. 그런 거 같기도 하고 아닌 거 같기도 하고. 저는 잘…. 그런데 화질이 좋지 않아서 그런가? 이 사람 얼굴이 아주 시커멓게 보이네요."

"자세히 봐. 아주 미세하지만 분명 다리를 절고 있어."

다리에만 정신을 집중한 탓인지 구성민의 말을 흘려들은 듯했다.

"그런데 이 사람 떡 벌어진 어깨에 민첩해 보이는 몸놀림이 뭔가 다르게 보이지 않습니까?"

구성민도 무언가 직감한 거 같았다.

"나도 그렇게 보여. 운동으로 단련된 것 같은 신체와 한 걸음 한 걸음이 예사롭지 않은데."

이정우는 잠시 생각하더니 용의자를 화면에 불러와 자세와 걸음걸이를 자세히 살폈다. 순간 그의 눈이 예리한 빛을 뿜었다. 무의식적인 걸음걸이는 속일 수 없다.

"선글라스와 용의자는 동일 인물이야!"

이정우의 큰 소리에 후배들이 몰려들었다.

"놈은 변장을 하고 수사에 혼선을 주기 위해 시간을 지체한 것이야."

다가온 계장 전인태가 CCTV를 유심히 살폈다. 그의 고개가 끄덕거렸다.

"빨리 수배 전단지를 만들어서 반경 10㎞ 내에 있는 모든 편의 시설과 숙박업소에 배포해."

삼 일 후, 오성호텔.

이정우가 이끄는 광역수사대 형사들이 오성호텔 로비로 들어섰다. 호텔 직원이 기다렸다는 듯이 비상키를 형사에게 건네며 말했다.

"제가 신고했습니다. 그 사람이 조금 전에 들어가 아직 나오지 않았습니다."

"이놈이 확실하죠?"

구성민이 재차 확인하려는 듯 수배 전단지를 내밀며 물었다.

"네, 맞습니다. 확실해요."

1201호 스위트룸. 김현태 살해 용의자가 묵고 있는 호실이었다. 예상대로 놈이 묵고 있는 호텔은 김현태 사무실이 한눈에 내려다보이는 곳에 위치해 있었다. 놈은 독 안에 든 쥐다. 하지만 설불리 접근하면 큰 봉변을 당할 수 있다. 여기서 실수하면 큰일이다. 이정우는 형사들을 두 팀으로 나눴다.

"혹시라도 모르니 너희들은 비상계단에 잠복해 있다가 시간을 봐서 올라와. 너희들은 나를 따라오고."

지시를 받은 건장한 형사들이 비상계단으로 뛰어올랐고, 후배들이 이정우와 함께 엘리베이터에 몸을 실었다. 소리 없이 부드러운 움직임. 엘리베이터 안에서 밖이 훤히 내려다보였다. 고급스러운 붉은 융단이 깔려 있는 12층 복도. 다행히 발소리를 숨길 수 있었다. 이정우가 후배들에게 지시하고 권총을 빼 들었다. 그런데 이상하게도 긴장감이 느껴지지 않는다. 믿을 수 없게도 마치 흔한 일상 같은 느낌이다.

"형님, 왜 그러세요?"

구성민의 속삭이는 듯한 소리에 잠시 멍해 있던 정신이 돌아왔다. 이윽고 문 앞에 서서 비상키를 꽂아 넣으며 가만히 문을 밀었다. 동시에 안으로 뛰어들며 소리쳤다.

"경찰이다!"

사방으로 총을 겨누며 민첩하게 발을 옮겼다. 이어서 화장실 문을 열어젖히고 옷장을 잡아당겼다. 하지만 인기척이 전혀 느껴지지 않았다. 용의자의 어떤 흔적도 찾을 수 없었다.

"형님, 어떻게 된 거죠?"

서로를 바라보는 믿을 수 없는 눈동자.

"놈이 눈치를 채고 있었을까요?"

무리에서 들려오는 소리에 이정우가 무겁게 고개를 끄덕이고 입을 열었다.

"놈은 이 호텔 어딘가에 있어."

그때, 귀에 꽂은 리시버에서 소리가 들렸다.

"반장님, 그쪽으로 갈까요?"

"아니야, 놈이 눈치를 채고 호실을 빠져나갔다. 비상계단과 엘리베이터를 집중 감시해."

"알겠습니다."

리시버를 통해 움직이는 발소리가 크게 들렸다.

"전체 호실을 빠짐없이 확인한다."

이정우의 지시에 복도로 나온 형사들이 발 빠르게 움직였다.

똑똑.

"호텔 프런트에서 나왔습….."

이정우의 말이 끝나기도 전에 호실의 문이 열렸다. 형사들의 시선이 일제히 문으로 향했다. 문을 열고 나오는 놀란 표정의 여자는 세련된 옷차림에 빼어난 미모의 소유자였다. 얼굴이 조금 시커멓게 보였지만 도리어 그것은 어떤 신비감으로 다가왔다. 짙은 향수가 유혹적이었다.

"Сейчас что делаешь?"(지금 뭐 하고 있어요?)

"러시아어 아닌가요?"

구성민이 이정우를 보고 물었다.

"한국말 못해요?"

이정우가 신분증을 꺼내 보였지만 고개를 흔드는 여자는 한국말을 전혀 모르는 듯 고개를 연신 흔들었다. 형사들이 길을 내주자 평온한 표정으로 바뀐 여자는 무엇이 바쁜지 도착한 엘리베이터에 급히 몸을 실었다.

"아무래도 교포 같은데요."

이정우는 엘리베이터의 문이 닫힐 때까지 시선을 거두지 않았다. 저 여자를 어디서 봤을까. 분명 처음 보는 여자가 아니다. 하지만 생각이 나지 않는다. 이내 생각을 접은 그는 손을 들어 지시했다. 이제 남은 호실은 단 두 곳뿐이었다. 형사들이 발 빠르게 움직였다. 그러나 그 어디에서도 용의자의 행방은 찾을 수 없었다.

"실례 많았습니다."

마지막 호실을 나서는 형사들. 무언가 큰 실수를 범했다는 사실을 깨달았다.

"형님, 아무래도⋯."

구성민의 바람 빠지는 목소리였다. 이런 낭패가 어디 있단 말인가. 용의자를 바로 앞에 두고도 못 알아보다니. 놈은 분명히 남자다. 그런데 왜 여자로 변장한 놈의 얼굴이 낯설지 않단 말인가. 낭패를 당한 이정우가 후배들의 뒤를 따라 엘리베이터에 몸을 실었다. 잠시 후, 맞은편 건물 옥상에서 호텔을 벗어나는 이정우를 누군가 지켜보고 있었다. 망원경을 손에서 무겁게 내려놓는 사내. 김현태 살해 용의자 암호명 '운명'이었다. 그는 무엇을 확인하기라도 하려는지 내려놓은 망원경을 다시 들어 올렸다. 그의 고개가 살며시 끄덕거리는 것 같았다. 잠시 이정우를 물끄러미 내려다본 운명이 천천히 몸을 돌려 옥상을 내려섰다. 바닥에 떨어진 여성용 가발과 옷이 바람에 흩날렸다.

의뢰인

밤 9시를 조금 넘긴 시각, 한 대의 승용차가 도심을 벗어나 갈대숲이
우거진 수로로 들어섰다. 수로와 조금 떨어진 곳에 승용차를 주차시킨
사내는 질펀한 땅에 발을 내렸다. 발을 옮길 때마다 물을 머금은 진흙
이 잘 닦인 구두를 더럽혔다.

"시발, 오늘 닦은 구둔데. 왜 하필 이런 곳에서….''

험한 말투와 험상궂은 얼굴. 흥신소를 운영하는 직업과 잘 어울리는
모습이었다. 천태산. 이름에 걸맞게 큰 체구와 묵직한 발걸음은 마치
탱크를 연상시켰다. 구름이 달빛을 삼키며 음산한 기운이 감돌았다.

"참 유별난 사람이야. 귀신 나오겠네. 아우 시발."

천태산은 무서움을 이기려는 듯 연신 욕설을 내뱉었다. 그나마 흔들
리는 작은 손전등이 위안이라면 위안이었다. 그렇게 5분여를 걸으니
금방이라도 쓰러질 것 같은 목조건물이 손전등의 작은 불빛에 잡혔다.
건물 앞으로 몹시 마른 갯벌이 넓게 펼쳐졌다. 아마도 오래전에 사용했

던 염전인 것 같았다. 삐거덕. 금방이라도 부서질 것 같은 문이 소름끼
치는 소리를 지르며 방문자를 맞이했다.

"거기까지. 그 자리에서 들어."

안에서 들려오는 중후한 목소리. 천태산이 발을 멈췄다.

"손전등을 언제까지 들고 있을 텐가."

순간 천태산의 두 눈이 궁금증을 자아냈다. 지난번 의뢰인의 목소리
와 다르게 들렸기 때문이었다. 이 사람들의 정체가 궁금하다. 대체 이
사람들은 무엇을 하는 사람들이란 말인가. 하지만 언제나 엄청난 사례
비를 지급하는 만큼 호기심은 절대 금물이다. 손전등을 잡은 손이 자연
스럽게 아래로 떨어졌다.

"엉뚱한 곳에서 단서가 잡힌 모양이야."

잠시 말이 없다. 하지만 대답을 기다리는 게 아니다. 지금까지 자신은
의뢰인 앞에서 단 한 번도 입술을 움직인 적이 없었다. 자신은 그저 의
뢰인의 지시만 받아 행동했을 뿐이다.

"기자가 그것을 알아낸 거 같아."

그것이라면 뭘까. 언제나 의뢰인은 이유를 감추고 말한다. 오직 결과
만을 의뢰한다. 그렇다면 혹시…. 순간, 건장한 그의 몸이 잠시 휘청거
렸다.

"자신 없는 표정은 금물이야. 선택의 여지가 없어."

"하지만…."

천태산은 처음으로 입을 열었다.

"시간은 오늘 밤뿐이야."

"…."

"설마 내가 항상 자네를 지켜보고 있다는 사실을 잊은 건 아니겠지?"

반 협박이다. 하지만 거부할 수 없다. 목조건물에서 몸을 돌리며 결심한 듯한 얼굴. 천태산은 손전등을 잡은 손에 힘을 주었다.

천태산의 승용차가 한 아파트 주차장으로 들어섰다. 다닥다닥 붙어 있는 복도식 아파트는 사람들 사이에서 닭장 아파트라고 불리는 원룸 아파트였다. 도심을 약간 벗어나 한적한 곳에 자리 잡은 아파트는 '나홀로주의'에 젖은 사람들이 대다수 입주해 있었다. 15층 높이에 양옆으로 들어선 아파트. 층당 가구 수가 40여 가구를 넘겼다. 닭장 아파트라고 불릴 만했다. 출입구는 한가운데 위치한 커다란 현관과 복도 양옆으로 터져 있는 작은 유리문, 총 세 곳이었다.

정문석 사회신문 사회부 기자. 오늘 밤 안으로 처리해야 할 대상이었다. 작은 유리문을 통과한 천태산은 계단으로 발을 옮겼다. 시간은 자정에 가까워지고 있었다. 숨을 헐떡이며 15층에 도착했다. 긴 복도 천장에 매달린 감지등이 침입자가 움직일 때마다 길을 밝혀 주었다. 다행히 아직까지 복도로 나온 사람은 없었다. 이윽고 천태산은 1519호 앞에 멈춰 섰다. 주머니에서 철사를 꺼낸 그는 능숙한 솜씨로 보조키에다 꽂아 넣어 몇 번을 움직였다. 흥신소를 운영하며 배운 기술이었다. 찰칵. 손에 느껴지는 감촉. 조심스럽게 문을 당겨 천천히 안으로 들어가 흉기를 빼 들었다. 아무렇게나 놓인 운동화와 구두가 발에 밟혔다. 고개를 살짝 돌리니 침대가 보였고 옷도 벗지 않은 기자가 세상모르고 잠들어 있었다. 술 냄새가 진동했다. 아마도 술에 취해 잠든 듯 보였다. 어쩌면 더 잘된 일인지도 모를 일이었다. 순간 그는 망설이는 자신을 발견했다. 아무것도 모르고 편안하게 잠든 얼굴. 하지만 의뢰인이 말했듯 이미 선택의 여지는 없다. 발로 툭툭 건드려 보았다. 기자는 전혀 인기척을 느끼지 못하고 있었다. 흉기를 사용하고 싶지 않았다. 흉기를 다시 주머니에 찔러 넣은 그는 왜소한 기자를 들쳐 업고 베란다로 향했다. 이어서 대형 창을 한껏 열어젖혔다. 바로 그때였다. 세상모르고 잠든 줄 알았던 기자가 갑자기 깨어나 등을 사정없이 밀치며 바닥으로 떨어졌다.

"누구세요!"

공포에 질린 목소리였다. 천태산은 흉기를 사용하지 않은 자신을 질책했다. 곧바로 달려들어 기자의 목을 움켜잡아 눌렀다. 허우적거리는 기자의 손에 무엇인가 잡혔다. 무거운 재떨이였다. 사정없이 괴한의 얼굴을 강타했다.

"아악!"

천태산이 얼굴을 부여잡고 비명을 질렀다. 재떨이는 사정없이 날아들었다. 머리가 깨지며 피가 흘렀다. 천태산은 고통을 무릅쓰고 몸을 날려 기자를 덮쳤다. 머리를 부여잡아 타일 바닥에 힘껏 내리찍었다. 두 번 실수는 용납하지 않으려는지 재떨이를 잡아 몇 번을 더 내리쳤다. 기자의 몸이 이내 축 늘어졌다. 잠시 숨을 돌린 그는 의식을 잃어가는 기자를 내려다보았다. 이어서 그를 힘껏 들어 베란다 난간에 걸쳤다.

"개인적인 원한은 없소. 부디 다음 생에서는 대한민국에서 태어나지 마시오."

기자의 몸이 하늘을 날았다.

시 외곽에 자리 잡은 식당은 드나드는 손님들이 많았다. 탱자나무가 넓은 뜰의 울타리를 대신했고, 중앙에는 아름드리나무가 우뚝 서 있었다. 곳곳에 놓여 있는 야외 테이블에는 빈자리를 찾을 수 없을 정도로 손님들로 가득 차 있었다. 테이블 사이마다 놓여 있는 투박해 보이는 항아리가 정겹게 보였다. 그때 주차장으로 한 대의 승용차가 들어섰다. 승용차에서 내리는 건장한 사내들. 이정우가 이끄는 광역수사대 형사들이었다. 마침 술자리를 끝낸 듯 보이는 손님들이 항아리에다 담배를 비벼 끄며 일어섰다. 자연스럽게 형사들이 그 자리를 차지했다. 밤늦은 시간이 무색할 정도로 손님들은 계속 드나들었다.

"형님, 여기는 순댓국이 일품입니다. 저기 보이시죠?"

이정우가 구성민의 목소리에 고개를 돌렸다. 뒤편에 걸어 놓은 큰 가마솥에서 하얀 김이 계속해서 피어올랐다.

"저 장작불은 1년 365일 꺼지지 않는답니다."

"구 형사는 어떻게 모르는 데가 없어."

동료 형사의 목소리는 칭찬인지 핀잔인지 구분이 가지 않았다. 잠시 후, 소주와 순댓국이 테이블에 놓였다. 하지만 같이 놓여 있는 물병은 아주 작았다. 주문하는 물은 추가 요금이 발생했다. 수도 요금이 엄청나게 오르면서 어쩔 수 없이 나타난 새로운 현상이었다.

"야, 니가 계산할 거 아니면 물 좀 그만 마셔."

옆 테이블에서 들려오는 불만 섞인 목소리였다.

"시발, 물은 내가 살 테니까 술은 니가 사라."

초저녁부터 취해 있는 남자는 건설 노동자 같은 행색이었다. 그의 입에서는 연신 욕설이 터졌다.

"시발, 무슨 놈의 나라가 물도 제대로 못 마셔. 더러워서 원. 이렇게 살기는 점점 힘이 드는데 시간호 유족들 시위는 언제 끝나는 거야. 도대체 유족들이 원하는 진실이 뭔지 모르겠어. 정부도 최선을 다한다고 약속했고 이제 그만큼 했으면 된 거 아니야? 정말 지긋지긋하다구. 그

많은 보상금을 어디다 쓰려고 하는지….”

불만이 심한 목소리였다.

“아니, 저 사람이….”

이정우가 일어서는 구성민의 손을 잡아 다시 앉혔다.

“이 사람아, 한국철도공사는 이미 대한기업으로 넘어갔어. 기업의 이윤을 추구하는 자본 논리에 의한 움직임만 아니었다면 늑장 대응도 없었을 것이고, 사건의 규모도 줄일 수 있었을 것이야.”

이정우는 옆 테이블 낯선 사내의 말에 아무 반응이 없었다. 목구멍을 넘어가는 소주 삼키는 소리가 크게 들렸다. 후배들이 그런 이정우의 모습을 묵묵히 바라보았다.

“그건 니 생각이고 나는 물을 마음대로 먹을 수 있는 나라로 이민을 가든가 해야겠다.”

“이민 갈 돈도 없는 주제에….”

계속해서 이어지는 핀잔. 순간 테이블이 엎어지며 술병이 깨지는 살벌한 소리가 들렸다.

“너, 계속 나 무시할래?”

금방이라도 주먹질이 오갈 것처럼 보였다. 보다 못한 형사들이 일어섰다. 그와 동시에 이정우가 만류했다.

“그냥들 앉아.”

분에 받힌 사내는 상대방을 잠시 노려보더니 테이블을 벗어나 지나가던 택시에 몸을 실었다.

“자, 신경 쓰지 말고 술이나 마시자.”

옆자리의 손님들은 깨질 것 같은 분위기를 다시 환기시키려는 듯 소주잔을 기울이며 화제를 돌렸다.

"우리 아들이 군대 가니까 집이 텅 빈 거 같아."

"참, 자네 아들이 벌써 그렇게 됐나? 대한민국에서 군대라…. 참 애석하군."

"네? 무슨 말이세요?"

"대한민국에서 성공하고 싶으면 일단 군대에 가지 말아야 해. 이건 선택이 아니라 필수야."

이정우 일행이 옆에서 들려오는 의외의 소리에 귀를 기울였다.

"그리고 부동산 투기는 최소 두 개 이상은 돼야 하고."

"맞습니다. 위장 전입과 자녀들의 이중국적 또한 빠트릴 수 없는 필수이구요."

맞장구치는 사내의 말에 모두가 웃음을 터트렸다.

"친일파 후손들이 대대손손 부귀영화를 누리면서 권력을 잡고 있는 참 이상한 나라야. 오죽했으면 독립운동을 하면 삼 대가 망한다는 말이 나왔겠어. 참 더러워서."

"그러니까 나라가 이 모양이죠."

씁쓸한 표정의 구성민이 옆 테이블로 향했던 고개를 돌리며 입을 열었다.

"참, 우리나라가 어떻게 될지…. 저 사람들 말이 하나도 틀리지 않네요."

"갈수록 서민들만 어려워지는 거 같습니다. 나랏밥을 먹으면서 이런 말 하기는 뭐하지만, 현 정부는 정말 어디로 가고 있는지, 국민의 애달픈 소리를 듣고 있는지 도무지 모르겠습니다."

이어지는 후배의 푸념에 잠시 정적이 흘렀다.

"자, 식기 전에 빨리 먹자."

이정우가 수저를 들며 말했다.

"맛, 괜찮으시죠?"

구성민의 말에 이정우가 건성으로 고개를 끄덕였다. 모래를 씹는 기분. 시간호 사건 이후로 단 한 번도 음식의 맛을 느낄 수 없었다. 순간적인 웃음을 짓고 나면 엄청난 공허함과, 아내와 자식을 지켜주지 못했다는 죄책감으로 표정을 관리해야 했다. 심지어는 아침에 일어날 때마다 빠트리지 않았던 기지개조차도 시간호 사건 이후로 단 한 번도 힘 있게 펴본 적이 없었다.

"왜 더 드시지 않고…. 그만 드시려구요?

순댓국이 절반도 줄어 있지 않았다.

"아니야, 많이 먹었어."

구성민의 말에 이정우는 또 건성으로 대답했다.

시간은 자정을 넘어 새벽으로 다가서고 있었다. 후배들이 먼저 경찰서로 들어갔고, 큰 테이블에는 구성민과 이정우 단 둘만 남았다.

"형님, 과연… 정부는 대통령의 대국민담화대로… 한 점 의혹 없는 진실을 밝히려고 할까요?"

구성민의 말투가 몹시 조심스럽다.

"어떻게 생각하나?"

담배를 뽑아 든 이정우가 되물었다.

"알 만한 사람들은 다 압니다. 어디까지 파편이 튈지도 모르는데 과연 의혹 없는 진실 규명이 가능할까요? 형님도 아시잖아요. 벌써부터 무엇을 감추려고 하는 듯한 정부의 움직임. 그래서 곳곳에서 정부 규탄 시위가 일어나고 있는 것을….."

이정우는 무슨 생각에 잠겨 있는지 묵묵히 듣고만 있다가 말을 자르며 화제를 돌리려 했다.

"그 얘기는 그만하고 김현태 살해 사건에나 신경 써."

"아니 형님, 한국철도공사가 민영화만 되지 않았다면 이런 결과도 없었을 겁니다. 돈벌이에 급급해 의무적으로 해야 할 안전 점검도 제대로 이루어지지 않았구요."

구성민은 작정한 듯 입을 쉬지 않았다.

"화장실에 설치된 폭발물을 발견하지 못했다는 게 말이 되냐구요. 저는 정말 분통이 터져서…."

이정우가 새로 꺼낸 담배에 불을 붙였다.

"그리고 재민이의 앞날에 대해서 생각해 보셨어요? 연로하신 어머님이 언제까지 재민이를 키우시…."

말을 중단시키듯 이정우의 휴대전화가 몸을 떨었다. 전인태였다.

"네. 정문석 기자 잘 알고 있습니다. 네? 집에서 투신했다구요?"

이정우의 두 눈이 크게 벌어졌다.

공교롭게도 사건 현장은 바로 한길 건너 아파트였다.

"정문석 기자가 투신했다는군."

"투신이요? 시발, 세상 참."

숨을 헐떡이며 사건 현장에 도착하니 들것에 실린 시신이 녹색 경광등을 밝힌 구급차에 실리고 있었고, 구경 나온 입주민들이 사건 현장의 주변에서 서성거렸다. 이정우는 사람들을 뚫고 시신으로 다가갔다. 잠시 심호흡을 내쉰 그가 시신을 덮고 있는 하얀 천을 내리려 하자 제복 경찰이 급히 다가와 손을 잡았다.

"누군데 시신에 함부로 손을 댑니까?"

옆에 있던 구성민이 신분증을 내밀었다.

"실례했습니다."

거수경례를 올린 그는 덧붙여 말했다.

"시신이 너무 처참합니다."

이정우는 아랑곳없이 천을 내렸다. 말 그대로였다. 절반 이상이나 날아간 얼굴과 잘린 팔다리. 하지만 이정우는 고개를 돌리지 않았다. 아니, 오히려 무엇을 들으려 하는지 고개를 바싹 디밀었다. 그때 정문석은 합동분향소 앞에서 분명히 뭐라고 얘기했었다. 하지만 무엇을 말했는지 잘 기억이 나지 않는다. 고개를 더 디밀었다.

"혹시 뭐 찾으시는 거라도….”

묻는 제복 경찰은 의아한 시선을 거두지 않았다.

"시간호 사건에 이어 김현태 사건. 이 나라가 정말 이상하게 돌아가네."

한 입주민의 말이 귀를 스치고 지나감과 동시에 기억이 떠올랐다.

"이 반장님, 시간호 사건에 뭔가 이상한 점이 있습니다. 좀 더 알아보고 조만간 연락드리겠습니다."

분명했다. 얼마 전, 시간호 희생자 합동분향소 앞에서 들었던 말이었다. 정문석은 무엇을 알아보고 있었을까. 죽음이 그것과 관련이 있는 것은 아닐까. 관록이 묻은 이정우의 직감은 두 사건을 연결시키고 있었다.

그때 바로 옆 수목이 무성한 정원에서 구역질 소리가 들렸다.

"저분이 최초 목격자랍니다."

젊은 제복 경찰은 구역질을 하고 나오는 나이 지긋한 경비원을 가리켰다.

"쿵, 소리가 나서 나와 보니….”

말을 제대로 잇지 못하는 경비원은 또다시 욕지기가 느껴지는지 정원으로 들어갔다.

이정우와 구성민이 정문석의 집으로 향했다. 음산하게 느껴지는 불빛. 정문석의 원룸 1519호는 형사로 보이는 사람들이 대거 들어차 있었다. 소란스러운 소리에 입주민들이 복도를 서성이며 기웃거렸다.

"어디에서 오셨습니까?"

짧은 머리의 덩치 큰 사내가 폴리스라인을 넘어서는 이정우와 구성민의 앞을 가로막으며 물었다.

"시경 광수대에서 나왔습니다."

이정우가 대답했다.

"광수대요? 잘 아시겠지만 여기는 우리 관할입니다."

"물론 잘 압니다. 개인적으로 잘 아는 분이라….."

"그러시군요. 아시는 분이라니 매우 유감입니다. 증거물은 거의 확보한 상태이니 둘러보세요."

1년 전에 잠깐 방문한 적이 있었다. 그때에 비해 그다지 달라진 건 없어 보였다. 침대와 책장이 좁은 방을 거의 절반이나 차지하고 있었고, 베란다 가까운 쪽에 자리 잡은 작은 책상이 가구의 전부였다. 책장에 어지럽게 꽂혀 있는 수많은 책들. 그 옆으로 간이용 옷걸이에 대충 걸어 놓은 계절 옷들. 1년 전과 비교해 옷이 조금 늘어난 것 외엔 그다지 변한 게 없는 것 같았다.

주위를 탐색하던 이정우의 시선이 한곳에서 멈췄다. 베란다 타일 바닥이었다. 아직 마르지 않은 피가 홍건했고 물건이 어지럽게 흩어져 있었다. 치열한 격투의 흔적이리라. 정황상 타살임에 틀림없었다. 그때 정문석은 무엇을 알아낸 것일까. 그것 때문에 살해를 당한 것일까, 아니면 단순 강도에 의한 살해인가. 이정우는 천천히 주위를 둘러보았다.

창틀을 따라가던 시선이 벽을 거쳐 아래로 향했다. 바닥을 지나치던 시선이 다시 돌아왔다. 쌓아 놓은 신문더미 밑에 살며시 보이는 것은 두꺼운 유리 재질의 재떨이였다. 채 마르지 않은 혈흔에 선명한 지문이 묻어 있는 것처럼 보였다. 지문이 만약 범인의 것이라면 부정할 수 없는 강력한 증거물이었다.

"형님."

다가온 구성민이 속삭이듯 불렀다. 그의 시선도 재떨이에 꽂혀 있었다. 이정우가 살며시 고개를 끄덕이고 눈짓했다. 구성민이 전화기를 빼 들었다.

"아, 여보세요. 여보세요. 전화가 왜 이렇게 안 들리지?"

구성민의 큰 소리에 고개를 돌렸던 형사들이 다시 고개를 돌려 하던 일을 계속했다. 구성민은 '여보세요'를 연발하며 베란다로 향했다. 주위의 눈치를 살피던 그는 잽싸게 재떨이를 집어 들었다.

"잠깐만요. 그거 뭐죠?"

들켰다. 구성민의 얼굴이 일그러졌다.

"아, 이거 재떨인데 여기 떨어져 있었습니다."

마지못해 재떨이를 형사에게 내밀었다.

"고맙소."

"우린 이만 가보겠습니다. 수고들 하시오."

아파트를 나서는 두 사람을 새벽바람이 훑고 지나갔다.

시간호 유족들의 보상금,
과연 국고에서 지급되는 것인가

전국적으로 시간호특별법제정 국민서명운동이 일어났다. 시간호 사건은 공교롭게도 한국철도공사를 대한기업이 인수한 직후 발생한 사건이었다. 이에 국민은 인수인계 과정에서 안전 점검 매뉴얼이 제대로 이루어졌는지, 그것을 공개하라고 목소리를 높였다. 또한 시간호 사건과 조금이라도 연관 있는 정치인을 낱낱이 밝혀 무거운 법적 책임을 지워야 한다고 정부에 강력히 촉구했다. 다시는 이런 사건을 되풀이해서는 안 된다는 재발 방지 차원의 국민적 염원이고 바람이었다. 이것이 시간호특별법제정의 핵심 골자였다. 안전한 나라에서 살고 싶은 국민의 염원이 담긴 목소리. 대통령 또한 대국민담화에서 시간호 사건의 진실을 밝힐 것을 국민 앞에 약속했다. 그러나 그것은 지켜지지 않았고, 언제부턴가 무슨 이유인지 시간호특별법제정의 본질이 흐려지기 시작했다.

서울시청 앞은 전국 각지에서 상경한 사람들로 가득 찼다. 정부 규탄의 목소리를 높여가며 질서 있게 움직이고 있을 때였다.

"시간호특별법을 제정하라!"

"국민을 배신하는 대통령은 물러나라!"

어디선가 들려오는 소리에 시위의 행진이 멈췄다.

"정부는 국민과의 약속을 지켜라!"

머리에 붉은 띠를 두른 다섯 명의 남자들이 소리를 지르며 시위 행렬에서 앞으로 뛰어나왔다. 그들의 손에는 모두 기다란 몽둥이가 들려 있었다. 남자들의 눈초리는 매우 사납게 보였다.

"파렴치한 정부를 가만히 보고만 있으면 안 됩니다!"

그들은 앞으로 돌진하며 분노의 소리를 멈추지 않았다. 몽둥이를 사납게 휘두르며 전진했다. 몽둥이에 맞은 진압 경찰의 방패가 부서졌다. 경찰 버스에 올라탄 남자가 사정없이 몽둥이를 휘둘렀다. 버스의 유리창이 박살 나며 아스팔트로 떨어져 내렸고, 버스에 올라탄 남자를 저지하던 경찰이 몽둥이에 맞아 피를 뿌리며 쓰러졌다. 하지만 경찰은 방어만 할 뿐 그 어떤 대응도 하지 않았다. 한번 불이 붙은 남자들의 몽둥이질은 멈추지 않았다. 대형 버스가 삽시간에 무너져 내렸고, 경찰들의 비명이 곳곳에서 들렸다. 실로 아비규환이었다. 이에 보다 못한 경찰이 폭력 시위자들을 연행하며 시위는 일단락됐다.

"이름!"

"천태산이오."

"나이!"

"서른넷이오."

경찰서로 연행된 천태산은 취조를 받고 있었다. 시간호 폭력 시위를 주도한 혐의였다.

"시간호 폭력 시위를 주도한 이유가 뭐야?"

천태산은 무엇을 작정했는지 입술을 움직이지 않았다.

"이봐, 내말 안 들려?"

천태산은 무엇을 믿는 것일까. 입술을 꾹 다문 그는 도전하듯 팔짱을 졌다.

"이 새끼가 어디서…."

그때 취조실의 문이 벌컥 열리며 수사계장이 뛰어 들어와 무언가 귓속말을 흘렸다.

"네? 아니…."

이해할 수 없다는 형사의 표정. 이어서 얼굴이 심하게 일그러졌다. 잠시 후, 천태산은 아무 일 없었다는 듯 경찰서를 나섰다.

"형님, 뭘 어떻게 하셨기에 우리가 이렇게 쉽게 풀려날 수 있어요?"

"형님 말이 사실이었네요."

"형님, 정말 대단하시네요. 하하하."

따라붙은 후배들의 감탄 어린 목소리가 계속 들렸다.

"그건 알거 없고 자, 이건 수고비야. 어디 가서 술 한잔 하고 들어가. 내가 또 연락할 테니까 핸드폰 항상 켜두고. 어디 가서 사고치지 말고 조용히들 있어. 괜히 이상한 소문 만들지 말고."

"알겠습니다, 형님."

돈 봉투를 받아 든 후배들이 깊이 고개를 숙였다.

후배들과 헤어진 천태산은 바쁜 걸음으로 흥신소로 향했다. 계단을 막 올라서서 잠시 주위를 둘러보았다. 새벽 시간. 옆으로 늘어선 작은 사무실들. 불이 켜진 곳은 보이지 않았다. 유리창을 넘어 들어온 달빛이 시커먼 복도를 비추고 있을 뿐이었다. 곧바로 자신이 운영하는 흥신소로 발을 들여놓았다. 이어서 입가를 지나가는 미소. 언제 갖다 놓았는지 큼지막한 가방이 테이블에 놓여 있었다. 그 옆으로 글이 빼곡히 적힌 용지가 보였다. 글을 읽어 내려가는 그는 연신 고개를 끄덕였다.

"이 정도라면 아무것도 아니지. 흐흐흐."

무엇이 좋은지 천태산의 입가에 미소가 다시 피어올랐다. 그는 가방을 앞에 놓고 잠시 숨을 들이켰다. 이어서 담배를 빼 물었다. 마치 그 시간을 충분히 음미하기라도 하려는 것처럼. 담배 연기를 길게 내뿜은 그는 서서히 가방을 열었다.

"이야! 하."

곧바로 터지는 기쁨의 함성. 자신이 생각했던 금액보다 훨씬 많은 금액이었다. 이제 나는 푼돈을 벌기 위해 더 이상 유부남, 유부녀의 뒤꽁무니를 쫓지 않을 것이다. 이자들의 정체가 누군지 궁금하지도 않다. 그 누가 됐든 죽는 그날까지 충성을 맹세하리라.

"와! 하하하."

그의 웃음소리가 시커먼 복도를 지나갔다. "우리의 손은 미치지 않는 곳이 없고, 우리의 말을 거역할 수 있는 사람은 존재하지 않아요." 여자의 마지막 말이 귓전을 울린다.

삼 일 전, 천태산은 밤늦은 시각, 누군가를 기다리고 있었다.

"올 시간이 됐어."

시계를 바라보며 혼잣말을 흘린 그는 몹시 불안한 얼굴로 좁은 사무실을 서성거렸다.

"내가 사람을 죽이다니…."

그는 죄책감에 시달리는지 자신의 머리를 감싸 쥐었다.

"그래, 나는 이제 그놈한테 어떤 의뢰가 들어온다 해도 하지 않을 것이야. 오늘 네놈의 정체를 반드시 밝히고 말겠다. 오늘 네놈의 얼굴에 심한 기스를 내 주마."

그는 정문석 살해의 죄책감과 의뢰인에 대한 분노를 동시에 느끼고 있었다. 사납게 눈을 치켜뜬 그는 서슬 퍼런 잭나이프를 뒷주머니에 살며시 찔러 넣었다. 시곗바늘이 자정을 가리킬 무렵 흥신소의 문이 살며시 열렸다. 천태산의 손이 뒷주머니로 다가갔다. 순간 자신의 눈을 의심했다. 긴 생머리의 늘씬한 여자가 흥신소로 들어오는 게 아닌가. 허벅지를 완전히 드러낸 짧은 미니스커트 차림. 30대 초반으로 보이는 여자는 한눈에 보아도 빼어난 미모의 소유자였다. 손에 들린 넓적한 가방이 무겁게 보였다. 아무래도 자신이 기다리는 사람이 아닌 것 같았다.

"천태산 씨, 언제까지 그렇게 서 있을 건가요?"

뒤통수를 얻어맞는 느낌.

"그럼….."

여자가 살며시 고개를 끄덕이고 소파에 몸을 앉혔다. 담배를 빼 무는 모습이 아주 익숙해 보였다. 연기를 길게 내뿜는 여자의 붉은 입술이 무척 도발적이다. 대체 이 사람들의 정체는 무엇이란 말인가. 그때그때마다 의뢰인이 바뀐다. 순간 오금이 저리며 잭나이프를 잡은 손에 힘이 빠졌다. 바꿔 꼬는 다리 사이로 여자의 팬티가 살며시 비쳤다. 다분히 의도적인 것 같았지만 천태산은 그 어떤 감정도 느끼기 어려웠다.

"지난번 일은 수고 많았어요. 약속한 사례금입니다."

테이블 위에 가방을 올린 여자가 눈짓을 보냈다. 가방을 확인하는 천태산은 벌어진 입을 다물지 못했다.

"대체 당신들의 정체는….."

자신도 모르게 목소리가 떨려 나왔다.

"우리 정체가 궁금하시다…. 인간은 늘 호기심을 품고 살죠. 하지만 그 호기심이 때에 따라 약이 될 수도 있고 독이 될 수도 있어요. 그래도 궁금하신가요?"

여자의 붉은 입술에 묘한 미소가 감돈다. 세상에 죽음의 미소가 있다면 저 미소일 것이다. 천태산은 태어나 처음으로 여자가 이렇게 무서울 수도 있다는 걸 처음 알았다. 자신도 모르게 고개를 가로저었다.

"이번 일은 지난번 일에 비하면 아주 쉬운 일입니다."

도무지 거부할 수 없다. 여자의 붉은 입술은 계속해서 움직였다.

"우리의 손은 미치지 않는 곳이 없고, 우리의 말을 거역할 수 있는 사람은 존재하지 않아요."

흥신소를 나서는 여자의 마지막 말이었다.

"아무려면 어떤가. 돈이면 다 해결되는 세상이야."

금고를 열어 가방을 집어넣은 천태산은 기분 좋은 얼굴로 흥신소를 나섰다.

신문을 펼쳐 든 이정우. 묵묵한 표정은 무엇을 생각하는지 판단하기 어려웠다. 하지만 아주 가끔 부르르 떨리는 눈동자가 무언가 심경의 변화를 겪는 듯 보였다.

[시간호 유족들 폭력배로 돌변하다. 시간호 유족들을 감싸주었던 국민의 자비심은 이제 한계에 다다랐다. 엄청난 액수의 보상금을 정부는 약속했다. 혹시 보상금이 너무 작은 것은 아닐까.]

조동일보 첫 지면을 장식하는 분노 서린 논평이었다. 논평은 여기에서 그치지 않고 시간호 유족들의 보상금 산출 방식과 액수를 같이 실었다. 보는 이들의 입이 벌어질 만한 액수였다. 이미 대한기업은 철도공사를 매입하는 과정에서 은행권에 엄청난 자금을 대출했고, 문어발식

경영으로 사실상 파산을 맞이했다. 이에 정부는 책임을 지고 시간호 유족들에게 보상금을 지급한 뒤, 대한기업에 구상권을 청구함과 동시에 숨은 자금을 추적해 압수한다고 발표했다. 그러나 이것은 정부의 꼼수였다. 왜냐하면 시간호 사건을 바라본 국민은 자발적으로 성금모금운동에 나섰다. 즉 정부가 지급한다는 보상금은 국민이 모은 성금으로 이루어지는 것이었다. 한마디로 정부의 생색내기용 발표였다. 그러나 이사실을 보도하는 언론은 없었다. 앞뒤 말을 모두 뺀 정부와 언론의 발표. 국민은 이 발표를 그대로 믿었고 정확한 사실 내용을 아는 이는 많지 않았다.

이정우가 무거운 표정으로 신문을 내려놓았다.

"형님, 소식 들으셨죠?

옆으로 다가온 구성민이 물었다. 하지만 다른 생각 속에 빠져 있던 이정우는 무엇을 묻고 있는지 몰라 대답할 수 없었다.

"정문석 기자가 자살이라니…. 아니, 지금 뭐가 어떻게 돌아가고 있는지 도무지 원."

그제야 정신이 제자리를 찾았다. 정문석은 모든 정황상 분명한 타살이다. 그런데 자살로 처리되다니. 이정우는 복잡한 생각을 떨쳐내려는 듯 머리를 흔들었다.

"누가 지금 거기에 신경 쓰라고 그랬어? 정문석 기자 사건이 우리 사건이야? 김현태 씨 살해 사건에나 신경 써야 할 거 아냐."

언제 다가왔는지 전인태가 구성민의 넓은 등을 찰싹 때리고 지나갔다. 단 며칠 만에 검찰로 넘어간 정문석 사건은 자살로 결론지어질 것 같았다.

"하지만 계장님…."

"너 자꾸 그럴래? 그리고 이 반장!"

몸을 돌린 전인태가 못마땅한 시선으로 구성민을 바라보더니 이정우로 향했다.

"이 반장, 설마 딴생각하고 있는 건 아니겠지? 한시라도 경찰이라는 본분을 잊어서는 안 돼."

이정우가 가만히 고개를 숙였다.

"그래야지. 자, 여기 있지 말고 빨리빨리 움직여. 김현태 씨 사건 빨리 해결해야 할 거 아냐."

이정우는 후배들에게 간단하게 지시한 후 구성민을 불렀다.

"성민아, 나랑 같이 ○○서에 가보자."

○○경찰서는 정문석 사건을 맡은 경찰서였다.

"형님, 계장님이 아시면 어떻게 하시려구요."

하지만 먼저 앞장선 이정우는 문을 열고 나가는 도중이었다.

러시아워에 걸린 승용차는 가다 서다를 반복하며 교차로에 멈춰 섰다.

"너도 알겠지만 정문석은 분명한 타살이야. 그의 죽음에 시간호 사건이 연결돼 있는 것 같아."

"네? 시간호 사건과 정문석 사건이 연결돼 있는 것 같다구요? 무슨 근거라도 있어요?"

구성민이 운전대를 잡은 이정우를 바라보며 물었다.

"근거는 없어. 그러니까 이제부터라도 근거를 찾아야지."

"근거를 어디서부터 어떻게…."

"너, ○○서에 친척이 있다고 했지?"

"네, 성철이 형이요. 큰아버지 아들인데 제가 하루 늦게 태어나서 동생이 됐습니다. 어렸을 땐 형이라고 부르기 싫어서 무진장 싸웠거든요.

이렇게 나이를 먹은 지금까지도 형 소리가 자연스럽게 나오지 않고 있어요. 지금도 어쩔 땐 성철이라고 이름을 부를 때가 있어서 아버지한테 꾸중 들을 때가 많습니다."

구성민은 어딘지 모르게 약간 씁쓸한 표정을 지었다.

"아버님이 지금도 그렇게 엄하신가?"

"전직 차관을 지내신 분이라 그런지 설교가 이만저만이 아닙니다. 지금도 어쩔 땐 집에 들어가면 숨이 막힐 때가 있으니까요. 아마 제가 경찰이라는 직업을 택한 이유도 그런 아버지를 향한 반항심이 작용했을 거 같기도 합니다. 처음에는 아예 호적을 파버린다고 난리도 아니었어요."

이정우가 쓴웃음을 지었다.

○○경찰서까지는 평소 이십여 분 남짓한 거리였지만 러시아워 탓인지 거의 한 시간 정도 걸려 도착했다. 두 사람은 강력 3반으로 들어섰다.

"어? 성민아, 연락도 없이 무슨 일로 왔어?"

마치 씨름 선수 같은 거대한 체구의 형사가 환하게 웃으며 반갑게 맞아주었다. 한눈에 보아도 두 사람은 많이 닮아 있었다. 큰 덩치는 집안의 내력인 것 같았다.

"성철이 형, 잠깐 시간 좀 내줘."

"자식, 그렇게도 부르기 싫은 '형' 소리를 하는 걸 보니 무슨 부탁이 있어서 왔구나. 그래 가자."

구성철은 기분 좋은 웃음을 흘리며 두 사람을 따라 나섰다. 세 사람은 근처 편의점에서 내놓은 노상 테이블에 자리를 잡았다.

"이정우 반장님이시죠? 말씀 많이 들었습니다. 시간호 유족이시라구요. 어떻게 위로의 말씀을 드려야 할지…."

이정우가 고개를 숙여 답례를 표했다.

"그런데 어쩐 일로 저를….."

"정문석 기자 사건에 대해서 궁금한 게 있어서요."

구성철이 의문을 표했다.

"정 기자는 이미 자살로 판명됐습니다. 그리고 정 기자 사건은 강력1
반이 맡고 있는데 궁금한 사항이 있으시면 거기로 가보셔야죠."

"형도 알다시피 우리는 김현태 씨 사건을 맡고 있잖아. 아는 사람도
없는데 불쑥 찾아간 사실을 우리 계장님이 아시는 날엔 가만히 있지 않
을 거 같아서 형을 찾아온 거야."

구성철이 잠깐 난감한 표정을 지었다.

"그렇다면 제가 어떻게 도와드려야 되겠습니까?"

"증거 물품 좀 볼 수 있습니까? 잠깐이면 됩니다."

"증거 물품이요? 무슨 문제라도 있는 겁니까?"

"아니, 문제는 없어. 사실 반장님하고 정 기자는 평소 잘 알고 지내던
사이였어. 정 기자가 죽기 얼마 전에 어떤 내용을 반장님한테 전해줄
게 있다고 했는데 그게 아무래도 증거 물품 중에 적혀 있는 모양이야.
그게 반장님한테는 중요한 내용이거든. 그것만 확인하고 금방 나올게."

구성민이 순간 기지를 발휘했다.

"형, 비밀은 꼭 지켜줘야 해."

'형' 소리를 많이 들은 구성철은 기분이 좋은지 흔쾌히 승낙했다.

"비공식적인 일이라 시간은 많이 못 드립니다."

"고맙습니다."

잠시 후, 증거물 보관소에 들어온 두 사람은 어렵지 않게 정문석 사건
의 증거물 보관함을 찾을 수 있었다.

"형님, 재떨이가 없는데요."

용의자의 것으로 추정되는 지문이 묻어 있는 재떨이. 그 강력한 증거물은 어디에 있는지 찾을 수 없었다. 이미 예상했던 바였다. 하지만 마음 한편에선 직감이 틀리기를 바랐었다.

"재떨이는 분명 누군가 빼돌렸어. 국과수에 들어갔으면 아마도 자살로 위장하기 힘들었겠지."

구성민이 무겁게 고개를 끄덕였다. 두 사람은 혹시라도 있을지 모를 작은 단서라도 찾기 위해 유심히 보았지만 단서로 보일 만한 물건은 보이지 않았다.

"형님, 어떻게 이렇게 사건 현장의 증거물이 빈약할 수가 있죠?"

구성민이 연신 고개를 갸웃하며 물었다.

"자, 일단 나가자."

도로는 한산했다. 한 시간 남짓해 걸렸던 시간이 평소 이십여 분의 시간을 회복했다. 어느새 세상은 캄캄한 어둠 속으로 달려가고 있었다. 자신들의 근무처인 경찰서에 도착한 두 사람은 눈치를 살피며 조심스럽게 문을 열고 들어섰다.

"이 반장, 어디 갔다 오는가."

전인태의 눈초리가 예사롭지 않았다.

"네, 김현태 씨 사건…."

"너한테 안 물어봤어."

무안한 구성민이 전인태의 뒤를 돌아 의자에 몸을 앉혔다.

"김현태 사건이 발생한 지 거의 두 달이 다 돼가고 있어. 그런데 지금까지 밝혀진 게 뭔가. 선글라스와 허름한 남자가 동일 인물이라는 것 외에 뭐가 있나."

이정우는 어떤 대답도 할 수 없었다.

"그리고 이 반장은 용의자를 바로 앞에서 놓쳤어. 내가 이 반장 입장을 봐서 상부에 축소시켜 보고했지만, 그 일이 그냥 넘어갈 문제인가? 나는 이 반장을 이해해. 하지만 그건 내 인간적인 감정인 것이지, 경찰이라는 본분의 감정은 그것을 이해할 수 없다는 것을 알아야 해. 이 반장, 누차 말하지만 경찰이라는 본분을 절대 잊어서는 안 돼."

이정우는 '죄송합니다'라는 말도 제대로 할 수 없었다.

"필요하다면 내 선에서 며칠 휴가를 줄 테니 좀 쉬었다 오든가."

"아닙니다."

"정말 괜찮은가?"

"괜찮습니다."

"그럼 오늘만이라도 일찍 들어가서 좀 쉬었다가 출근하게."

"네, 감사합니다."

앞으로 다가간 전인태가 이정우의 어깨를 살며시 두드리고 지나갔다.

집으로 돌아온 이정우는 소파에 쓰러질 듯 몸을 눕혔다. 정면으로 보이는 식탁. 먹다 남긴 컵라면에 초점 없는 시선이 머물렀다. 그 옆에서 말라가는 김치. 아무렇게나 뒹구는 수저와 술병. 파리가 윙윙거리며 부지런히 오갔다. 옆으로 옮겨가는 시선은 말라 있던 김치에 머물다 자리를 옮기는 파리를 따라갔다. 잠시 공중을 맴돌던 파리가 마침내 자리를 찾았는지 한곳에 내려 앉았다. 파리를 바라보는 시선에 초점이 잡혔다. 아내와 아들이 환하게 웃고 있다. 사진 속으로 보이는 행복한 세상은 다시는 갈 수 없는 세상이 됐다. 순간 굵은 눈물이 주르르 흘렀다. 이어서 텅 빈 집안을 구석구석 살폈다. 변한 건 없다. 밥을 먹으며 오순도순 얘기를 나누었던 식탁도 제자리, 아내와 함께했던 포근한 침대도 제자리였다. 금방이라도 아내와 아들의 웃음소리가 들려올 것만 같다. 지금 여기가 내가 그토록 사랑했던 대한민국이란 말인가. 갈수록 국민이 등 돌리는 나라. 과연 누구를 위해서 등을 돌리는지 알 수 없다. 이윽고 그의 몸이 소파에 깊게 묻혔다.

"아빠, 하하하. 어지러워."

규민을 목말 태운 이정우가 몇 바퀴를 더 돌았다.

"규민 아빠, 그러다 넘어지면 어쩌려고…."

집 앞 공원에서 남편과 아들을 바라보는 한선영은 아주 행복한 얼굴이었다.

"규민아, 꽉 잡아. 이번에는 더 빨리 돈다."

"하하하."

끊임없이 이어지는 웃음소리. 푸른 하늘과 형형색색의 꽃들이 빙글빙글 돌았다. 그렇게 온 가족이 웃음 짓고 있을 때였다. 믿을 수 없는 일이 펼쳐졌다. 푸르렀던 하늘이 시커멓게 변하면서 어깨가 가벼워졌다.

"아빠!"

소리치며 멀리 달아나는 아들. 옆에 있던 아내는 어디로 갔는지 보이지 않았다. 이정우는 두 발에 힘을 모아 달아나는 아들을 쫓았다. 순간 발을 멈춰야 했다. 땅에서 솟아오른 거대한 콘크리트 벽.

"규민아!"

목이 터져라 소리쳤지만 소리가 나오지 않았다. 이정우는 곧바로 몸을 돌렸다. 또 솟아오른 거대한 콘크리트 벽. 꼼짝없이 갇혔다. 두 벽이 자신을 향해 좁혀 왔다. 순식간에 옴짝달싹도 할 수 없었다. 엄청난 폐소공포가 찾아왔다. 입에서 침이 흐르며 숨이 가빠졌다.

"아악!"

눈이 번쩍 뜨였다. 악몽이었다. 옷이 축축했다. 천장을 바라보니 희미했던 형광등이 마침내 수명을 다했는지 몹시 깜빡거리고 있었다. 또다시 흐르는 눈물. 이정우는 밝아오는 세상을 보기 싫은 듯 다시 눈을 감았다.

생존자 최 병장

이정우의 승용차가 아름드리 가로수가 길게 펼쳐진 도로를 질주했다. 한쪽 손에 턱을 괸 모습이 깊은 생각 속에 빠져 있는 듯 보였다. 대체 이 정부의 속셈을 도무지 모르겠다. 신물이 올라왔다. 여기에 중립을 지켜야 할 언론은 또 어떤가. 언론은 며칠 전 있었던 시간호 유족들의 취중 폭행 사건을 대서특필했다. 취중 폭행 사건은 다른 사건에 비하면 아주 경미한 사건에 불과하다. 쌍방 합의만 이루어지면 그 자리에서 끝날 수 있는 게 취중 폭행 사건이다. 그런데 담당 경찰서는 누구의 지시를 받았는지 사건을 크게 확대하고, 언론은 기다렸다는 듯 당사자들을 마치 폭력배와 파렴치범으로 몰고 갔다. 다른 이유는 없었다. 단 하나의 이유, 그것은 당사자들이 시간호 유족이었기 때문이었다.

정부와 기업의 안일한 대처로 부모와 자식을 잃은 가족들은 더 이상 대한민국 국민이 아니었다. 경찰공무원이라는 직업에 회의가 느껴졌고, 경찰복을 당장이라도 벗어던지고 싶은 심한 충동을 느꼈다. 하지만 그렇게 하지 못하는 결정적 이유가 있었다. 바로 조금 전, 시간호 생존자 최 병장과의 만남이 그것이었다.

이정우는 이날 오전 아주 우연히 인터넷 한 '트위터'의 작은 글을 접할 수 있었다. 그것은 가히 충격적인 내용이었다. "가방 안에 북한의 지령서는 없었다."라는 글을 발견한 것이었다. 두 달이 넘어서 깨어난 시간호 생존자 최 병장에 의해 작성된 내용이었다. 자신은 시한폭탄을 제일 먼저 발견한 사람이고, 폭발을 저지하기 위해 용의자의 가방을 확인했지만 그 어떤 내용물도 찾을 수 없었다는 글을 올렸다. 여기에 정부의 늑장 대응과 늑장 구조를 이해할 수 없다는 글을 같이 남겼다. 물론 인터넷에는 시간호 사건에 대해 수를 헤아릴 수 없을 정도로 많은 음모론이 떠돌고 있었지만 이정우의 직감은 무언가 다른 게 있을 것이라고 판단했다. 즉시 최 병장의 소재를 파악한 그는 최 병장을 만나고 경찰서로 돌아가는 중이었다.

최 병장은 의식이 돌아온 직후, 부모님에 의해 조용한 시골병원으로 옮겨져 치료를 받고 있었다. 마을을 벗어나 산 가장자리에 자리 잡은 병원은 아주 아늑하게 느껴졌다.

"제가 직접 확인했습니다. 그 가방에 지령서는커녕 머리카락 하나 보이지 않았습니다."

병상에 누워 있는 최 병장은 입술을 부르르 떨며 말했다. 아마도 체력 저하로 한기가 든 모양이었다.

"용의자의 얼굴을 기억할 수 있겠나?"

이정우가 담요를 덮어주며 말했다.

"그놈은 처음부터 내릴 때까지 선글라스를 쓰고 있었습니다. 하지만 다시 보면 분명히 알 수 있습니다."

"그런데 어떻게 그 사람이 용의자라고 단정할 수 있었나?"

최 병장이 잠시 주위를 둘러보았다. 2인용 병실에서 창가에 자리 잡은 환자는 교통사고 환자인 듯했다. 그는 잠시 머뭇거리더니 작은 소리로 말했다.

"사실 저는 전립선 질환을 앓고 있습니다. 형사님은 모르시겠지만 수시로 마려운 오줌 때문에 고민이 이만저만이 아니거든요."

창가 쪽의 환자가 움직이는 소리에 최 병장이 잠깐 말을 멈췄다가 다시 말했다.

"그날도 여지없이 화장실을 들락날락했구요."

"그러니까 자네가 화장실을 나오고 용의자가 들어갔다는 말이군. 바로 후에 자네가 또 들어가고."

이정우가 대신 말했다.

"맞습니다. 그놈이 화장실에서 나오고 난 후에 그게 보였습니다."

"그렇다면 왜 그때 바로 신고하지 않았나."

"그게 폭발물인지 상상조차 하지 못했으니까요."

"혹시 용의자의 특이점은 없었나? 아주 자그마한 특이점이라도 괜찮으니까 잘 생각해 봐."

잠시 말이 없던 최 병장이 고개를 갸웃거렸다.

"왜, 뭔가 이상한 게 있는 건가?"

"글쎄요… 이제 와서 생각해 보니 그놈 얼굴이 뭐랄까, 뭔가 어울리지 않게 시커멓게 보였던 거 같아요."

"얼굴이 시커멓게 보였다구?"

"네, 어딘가 모르게 어색한 느낌이었어요. 하여간 좀 이상했습니다."

순간 이정우는 구성민의 말이 떠올랐다.

"형님, 이놈 얼굴이 시커멓게 보이지 않나요?"

이정우는 자신의 주머니를 뒤져 한 장의 사진을 꺼냈다.

"조금 전에 용의자를 다시 보면 알 수 있다고 했지? 이 사람이 맞나?"

사진을 받아든 최 병장. 검은 양복의 선글라스가 자신을 비웃는 것 같았다. 최 병장의 입술이 부르르 떨리며 몸을 떨었다. 최 병장은 극도의 분노를 느끼며 입술을 깨물었다.

"이놈이 맞아요! 틀림없어요. 단 한순간도 잊어본 적이 없습니다."

최 병장의 큰 소리에 창가의 환자가 고개를 돌렸다.

"근데 어떻게 이 사진을…."

이정우는 최 병장의 말이 들리지 않았다. 마치 둔기에 얻어맞은 것처럼 그는 한동안 움직일 수조차 없었다. 마침내 일어선 그가 최 병장을 향해 손을 내밀어 악수를 청했다.

"몸조리 잘하게."

"네, 안녕히 가세요."

병실의 문을 여는 것과 동시에 뒤에서 소리가 들려왔다.

"형사님이 이 사건을 맡으셨나요?"

잠시 멈춰 선 이정우. 그의 입에서 무거운 한마디가 흘러나왔다.

"나도 시간호 유족이네."

이정우는 경음기 소리에 퍼뜩 생각에서 깨어났다. 룸미러를 바라보니 뒤에 바짝 붙은 한 대의 승용차가 연신 상향등을 깜빡거렸다. 아마도 편도 1차선 도로에서 길을 비켜 달라는 신호 같았다. 속도계를 바라보니 시속 40㎞를 간신히 넘기고 있었다. 미안한 생각에 길 가장자리로 차를 바짝 붙였다. 뒤따라오던 승용차가 천천히 추월해 갔다. 어느새 가로수의 짙은 녹음이 검게 변해 있었다.

그런데 놈은 무엇 때문에 김현태를 죽였을까. 김현태는 여당의 실세이고 시간호 사건을 어떻게든 축소시키려 했던 사람이다. 그래서 총리로 인준되지 않았는가. 시간호 사건과 김현태의 죽음. 도무지 연결되지 않는다. 또한 이제 막 의식을 회복한 사람의 말을 전적으로 믿기에는 다소 무리가 있는 것 같기도 했다. 연이어 떠오르는 이정우의 생각을 담은 차는 그렇게 한참을 달렸다. 그런데 이상하게 한참을 달려도 외길은 계속됐고 교차로 하나 보이지 않았다. 아마도 깊은 생각 속에 빠져 있다 보니 길을 잘못 든 것 같았다. 여기가 대체 어디지? 시계를 바라보니 시간은 벌써 1시간 이상이나 지나 있었다. 그렇다면 서울로 들어서고도 남을 시간이었다. 하지만 낯선 길은 도무지 어디가 어딘지 분간하기도 힘들었다. 서울 근교에 이런 데가 있었는지 의심이 들 정도였다.

그렇게 조금 더 달리니 공사 현장을 알리는 안내판과 원뿔 표지판이 아무렇게나 놓여 있었다. 비포장도로가 시작됐다. 빗물에 패인 흙길은 몹시 울퉁불퉁했고 심한 먼지를 동반했다. 바로 그때였다. 전조등을 밝힌 승용차가 정면에서 모습을 드러냈다. 자세히 보니 조금 전 자신을 추월해 갔던 차였다. 뭔가 불길한 직감. 아니나 다를까. 천천히 질주해 오던 차가 갑자기 속도를 올렸다. 이정우의 두 눈이 크게 벌어졌다. 길은 외길. 피할 곳이 없었다. 흙먼지를 동반한 차가 무섭게 질주해 왔다. 바퀴에 밟힌 철근이 비명을 지르며 튀어나가고 원뿔 표지판이 하늘을 날았다.

선택의 여지가 없다. 급히 안전띠를 푼 이정우는 차문을 열어젖히고 그대로 몸을 날렸다. 끼익! 동시에 귀를 찢을 듯한 급브레이크 밟는 소리. 가까스로 충돌을 모면한 승용차가 흙먼지 속에서 정지했다. 승용차는 곧바로 후진하더니 다시 정지했다. 잽싸게 몸을 일으킨 이정우가 권총을 빼 들었다. 승용차는 그 자리에서 움직이지 않고 상대를 위협하는 엔진 소리만 크게 높였다. 금방이라도 상대방을 덮쳐 버릴 것 같은 기세였다. 이정우와 승용차는 서로를 노려본 채 그 자리에 못 박힌 듯 서 있었다. 순간 구름에 가려 있던 달빛이 고개를 내밀며 차량의 내부를 비추었다. 하지만 시커먼 어둠 속에서 모자를 눌러쓴 사내의 얼굴은 식별하기 어려웠다.

"경찰이다! 차에서 내려!"

마치 사나운 맹수가 울부짖듯 엔진 소리가 더 크게 들리기 시작했다.

"경고한다! 차에서 내리지 않으면 발포하겠다!"

그와 동시에 승용차가 무섭게 돌진했다. 탕! 이정우는 방아쇠를 당김과 동시에 풀숲으로 몸을 날렸다. 순간 비명이 흘렀다. 팔을 타고 흐르는 뜨듯한 액체. 이정우는 자신의 어깨를 움켜잡았다. 다시 후진한 승용차가 흙먼지를 동반하고 어둠 속으로 서서히 사라졌다.

서울시 외곽에 자리 잡은 한 요정.

승용차에서 내린 말쑥한 양복 차림의 남자가 청사초롱이 매달린 육중한 기와집 앞에 발을 멈췄다. 한 손으로 안경을 고쳐 쓰는 모습이 매우 권위 있게 보였다. 하지만 기름지고 퉁퉁하게 살찐 얼굴이 다소 호감이 가지는 않았다. 정만호. 3선 의원으로 박미자 대통령의 최측근이었다. 대선 당시 대선캠프를 진두지휘했고, 박미자가 대통령에 당선될 수 있게 만든 일등 공신이었다. 차기 총리 후보로 물망에 오른 인물이기도 했다. 시간호 사건의 미흡한 대처로 현 총리가 사임을 표명했고, 총리로 인준된 김현태가 살해되면서 그 자리에 정만호가 오를 것이라는 소문이 자자했다. 정만호가 대문 앞에 이르자, 기다렸다는 듯 한복을 곱게 차려입은 빼어난 미모의 여인이 그를 맞이했다.

"총리님, 어서 오세요."

여자가 한껏 미소를 흘리며 말했다.

"총리는 무슨…."

말은 그렇게 했지만 얼굴엔 아주 흡족한 미소가 서렸다.

"이미 정재계에 소문이 돌고 있다는 거, 저도 잘 알아요. 앞으로도 종종 찾아주셔야 해요."

여자가 팔짱을 끼며 몸을 바싹 밀착시켰다. 유혹적인 진한 향기에 정만호는 잠시 정신이 몽롱했다.

"총리님, 이따가 뵐게요."

정만호는 자신도 모르게 발걸음에 절로 힘이 들어갔다.

"저쪽 매화방입니다."

손을 뻗어 호실을 안내한 여자는 종종걸음으로 사라졌다.

"안녕하십니까."

정만호는 문을 여는 것과 동시에 허리를 깊게 숙였다. 하지만 상대방은 어떤 이유인지 바라만 볼 뿐 입을 열지 않았다. 흔들림 없는 꼿꼿한 자세는 언제까지나 계속될 것처럼 보였다. 정만호는 자신도 모르게 힘을 잃어가는 다리에 힘을 주어야 했다. 시종일관 꼿꼿한 자세. 하얀 얼굴에 턱이 뾰족한 사내. 국적과 나이를 가늠하기 힘든 얼굴이었다. 어찌 보면 동양인 같기도 하고, 그와 반대로 서양인처럼 보이기도 했다. 동그란 무테안경이 매우 인상적이었다. 몸에 걸친 푸른색 두루마기가 실내의 조명을 받아 어떤 신비감을 주고 있었다.

"언제까지 그렇게 서 있을 것이오."

마침내 사내의 입이 열렸다. 어딘지 모르게 발음이 약간 이상했지만 사내의 한국어는 유창했다.

"아, 네."

정만호는 마치 바늘방석에 앉는 기분이었다.

"요즘 들어 돈오의 마음이 아주 착잡합니다."

사내는 자기 자신을 스스로 '돈오'라 칭하고 있었다. 깨달음에 이르는 돈오. 하지만 사내의 매서운 눈빛에서 종교적인 깨달음과는 다른 무엇인가가 느껴졌다.

"정 의원, 대한민국에 총리가 몇 명이나 될 것 같소."

대답을 듣기 위한 질문이 아니다. 정만호는 듣고 있을 수밖에 없었다.

"대통령과 총리, 모두 한 사람이오. 필연적으로 승자와 패자가 가려질 수밖에 없지. 그럼 정 의원은 그 한 사람, 승자에 부합하는 노력을 하고 있다고 생각하시오?"

잠시 정적이 흐른다. 그 시간이 숨 막힐 듯 무겁게 느껴졌다.

"정 의원, 우리의 손은 미치지 않는 곳이 없고, 우리의 말을 거역할 수 있는 사람은 존재하지 않소."

"제가 어떻게 그것을 모를 리가 있겠습니까."

"그래서 이미 선택받았으니 관망의 지혜라도 발휘하고 있다. 뭐 그런 말이오? 대통령을 보좌하는 자리, 그렇게 쉬운 자리 아닙니다."

그제야 정만호는 돈오의 시종일관 불편한 심기를 알아챘다. 그것은 시간호 사건 발생 시간 동안 대통령의 부재였던 것이다. 멍청한 놈. 비서실장이란 인간이 기자들 앞에서 대통령의 동선을 아예 모르고 있었다고 말하다니. 도대체 정신이 있는 놈인가. 실로 분통 터지는 일이 아닐 수 없었다.

"우리가 이 신세계정부를 탄생시키기 위해 얼마나 많은 자금과 인력을 투자한지 잘 알 것이오. 그런데 영 마음에 들지 않아. 우리가 개입하지 않으면 무엇 하나 제대로 하는 일이 없어. 정 의원, 혹시 당을 옮겨볼 의향은 없소?"

"네? 무슨 말씀이신지…."

"다음 대선 때는 야당을 밀어줄 생각인데…. 음, 아니오. 하도 답답해서 해본 말이오. 그리고 대통령은 무슨 생각으로 시간호 특별조사위원회 구성에 동의를 했는지 이해할 수 없어. 그렇게 앞뒤 생각 없이 하는 말 때문에 내가 아주 머리가 아파요. 거기에 전혀 예측 못한 김현태 살해 사건이 겹치고."

"시간호 특조위 문제는 심히 염려하지 않으셔도 됩니다. 이미 만반의 준비를 끝내 놓고 시기만 기다리고 있습니다. 염려 놓으시지요."

돈오의 얼굴에 처음으로 미소가 서렸다. 비록 옅은 미소였지만 믿을 수 없게도 아주 해맑은 미소였다.

"우리 이쯤에서 술이나 한잔 합시다."

잠시 후, 두 사람 앞에 거나한 술상이 차려졌고 빼어난 미모의 여인들이 합석했다. 그런데 여인들의 옷차림은 여느 때와 분명히 달랐다. 한복 차림이 아닌 가슴의 굴곡이 훤히 드러나는 하얀 민소매 티셔츠에, 역시 엉덩이와 미끈한 다리의 각선미를 강조한 딱 달라붙는 청바지 차림이었다. 아마도 돈오의 취향을 잘 알고 있는 요정의 배려인 듯했다. 술과 여인의 향기가 어우러지면서 정만호의 얼굴이 몹시 붉어졌다. 하지만 돈오의 주량은 대단했다. 벌써 최고급 사케 '니시끼노 마노즈루'가 열 병 가까이 비워졌지만 돈오의 하얀 얼굴은 처음 그대로였고, 시종일관 꼿꼿한 자세는 흐트러짐이 없었다.

"정 의원, 내가 사용하는 돈오라는 칭호, 우리 가문에서도 아무나 사용할 수 있는 칭호가 아니란 걸 잘 알 것이오. 일정 연령에 도달해 혹독한 시험을 통과한 후손에게만 주어진다는 사실을."

상대를 뚫어질 듯 바라보는 돈오의 눈빛. 순간 정만호가 자세를 바로하며 여인들에게 눈짓했다. 뜻을 알아차린 여인들이 호실을 빠져나갔다.

"돈오, 깨달음. 무엇을 깨달았겠소."

돈오는 향기로운 사케를 한 모금 삼켰다.

"우리는 인간의 심리를 깨달았고 돈의 흐름을 깨달았소. 이를 깨달은 현명하신 선조들께서는 은행을 설립했고 돈의 흐름을 조종했지. 과연 각국에서 일어나는 사고와 테러가 이념과 분노, 또는 실수에 의해 발생한다고 생각하시오? 부인하진 않겠소. 하지만 돈의 흐름과 밀접한 관계가 있다는 사실도 전혀 배제할 수가 없는 것이오."

잠시 침묵의 시간. 정만호는 시간이 흐를수록 몸이 더 움츠러드는 자신을 발견했다.

"정 의원, 인정하기 싫지만 곳곳에서 균열의 조짐이 보이고 있소."

눈치 빠른 정만호는 즉각 표정을 관리했다. 무능하다는 인식을 심어줄 수 없기 때문이었다. 하지만 그것을 알아챈 것일까. 무표정한 돈오의 얼굴. 도무지 속을 읽기 어려웠다.

"정 의원, 내가 너무 말이 많았소. 우리 또 한번 여흥을 즐깁시다. 하하하."

돈오가 호탕한 웃음을 지었다. 그 웃음소리는 마치 독사가 풀을 헤치며 지나가는 소리처럼 들렸다. 정만호는 자신의 퉁퉁한 몸이 마치 어린아이처럼 움츠러드는 것을 느꼈다.

특별수사본부.

자신이 지휘하는 수사본부로 들어선 이정우. 후배 형사들의 놀란 듯한 시선. 흙투성이 옷과 가시에 긁힌 얼굴에 핏자국이 선명히 남아 있었다.

"반장님!"

"괜찮아."

이정우가 쓰러질 듯 의자에 몸을 부렸다. 이어서 겉옷을 조심스럽게 벗었다. 붉게 물든 하얀 티셔츠. 이정우의 입에서 자신도 모르게 고통의 신음이 흘렀다.

"이게 무슨 일입니까."

"야, 빨리 구급약 가져와!"

이정우의 팔을 잡은 조 형사가 고개를 돌리고 소리쳤다.

특별수사본부가 아주 시끄러웠다.

"그런데 성민이는 어디 갔나?"

"같이 가셨던 게 아니었어요? 반장님이 나가시고 성민이 형님이 곧바로 따라 나가셨는데….."

그때 문이 벌컥 열리며 구성민이 뛰어 들어왔다.

"형님!"

놀란 구성민이 한달음에 달려가 이정우를 부축했다.

"형님, 어떻게 되신 겁니까. 전화도 계속 안 받으시고. 제가 얼마나 걱정했다구요."

이정우가 휴대전화를 빼 들었다. 아마도 배터리가 다 된 듯 전화기는 켜지지 않았다.

"반장님, 다행히 상처는 깊지 않습니다. 그런데 어디서 이렇게 다치신 겁니까?"

"형님, 정말 다행입니다.

구성민이 안도의 숨을 내쉬었다.

"형님, 대체 어디서 이런 봉변을 당하신 겁니까?"

"자, 일단 한자리에 모여 봐."

긴 탁자에 형사들이 모두 착석했다.

"내 얘기 잘 들어. 우리가 맡고 있는 김현태 씨 사건. 이 사건은 시간호 사건과 연결돼 있는 것 같아."

후배들이 마치 불에 댄 듯 놀란 눈빛을 보냈다.

"아무래도 김현태 씨 살해 용의자가 시간호를 폭파시킨 장본인 같아. 놈을 잡기 전까진 확실히 단정 지을 수 없지만 충분한…."

뒷말을 삼킨 이정우. 그는 자신도 모르게 어금니를 힘껏 깨물었다. 아마도 솟아오르는 감정을 통제하는 듯 보였다. 감정에 쏠리는 순간, 형사는 총기를 소지한 깡패가 될 수도 있는 것이다.

"네? 김현태 씨 살해 용의자가 시간호를 폭파시켰을 것이라구요? 김현태 씨는 사실 형사 입장에서 이런 말 하기는 뭐하지만 천하의 간신 같은 사람입니다. 자신의 이익을 위해서라면 무슨 짓이든 서슴지 않고 벌일 인간이죠. 그리고 시간호 사건을 어떻게든 축소시키려고 자신이 가진 힘을 최대한 이용하려 했던 사람이기도 하구요. 도무지 연결이 안 되는데요."

앞에 앉은 비쩍 마른 후배가 말했다. 그의 의문은 지극히 당연한 것이었다.

"형님, 그러면 혹시 정문석 기자 사건도…."

구성민이 급히 뒷말을 삼켰다. 그것은 자신과 이정우만 알고 있어야 할 사안이었기에. 이를 알아챈 이정우가 얼른 입을 열었다.

"연결이 안 되면 연결 고리를 찾아야지."

"반장님 말씀이 맞는다면 이 사건이 어디까지 연결돼 있을지 조금 무서운 생각이 듭니다."

말을 마친 비쩍 마른 형사가 쭈그려 앉아 벌벌 떠는 시늉을 했다. 그의 순간 개그에 누군가 풋 하고 웃음을 흘렸고, 여기저기서 짧은 웃음소리가 연이어 들렸다. 급히 이정우의 눈치를 살핀 구성민이 고개를 돌려 눈총을 주었다. 하지만 그 역시 순간 지었던 웃음기가 완전히 사라진 얼굴은 아니었다. 묵묵히 후배들을 바라보는 이정우는 분위기를 맞추어 주려는 듯 입술을 조금 움찔거렸다. 하지만 곧바로 밀려드는 엄청난 공허함과 함께 마치 죄를 짓고 있는 죄책감에 얼굴이 몹시 일그러졌다. 주위가 몹시 어색한 분위기에 휩싸였다.

"형님, 근데 무슨 근거라도 찾은 게 있는 겁니까?"

질문하는 구성민은 어색한 분위기를 깨려는 듯 보였다.

"며칠 전 의식을 회복한 시간호 생존자 증언을 확보하고 오는 길이야."

"아무리 그래도 이제 막 의식을 회복한 사람의 말을 전적으로 다 믿기엔 무리가 있지 않을까요?"

"나도 처음에는 그렇게 생각했어. 그런데 지금 내가 입은 상처는 시간호 생존자를 만나고 오다가 어떤 괴한에 의해서 공격을 당한 상처야. 뭔가 느껴지지 않나?"

"괴한이라구요?"

책상을 치며 일어선 구성민의 입에서 씩씩거리는 숨소리가 크게 들렸다.

"어떤 놈이 감히 대한민국 경찰을 공격한답니까?"

그의 숨소리가 더욱 거칠게 들렸다. 마치 성난 곰을 보는 듯했다.

"나, 계장님한테 가서 보고하고 올 테니까 어디서부터 시작해야 할지 충분히 숙고해 봐."

특별수사본부를 나서는 이정우는 밀려드는 통증에 어깨를 움켜잡았다. 이어서 입술을 잘근 깨물었다.

대한민국이 또다시 시끄러워지기 시작했다. 그것은 SNS를 통해 급격하게 퍼져가고 있는 내용 때문이었다. "가방 안에 지령서는커녕 아무것도 없었다." 이정우가 접했던 시간호 생존자 최 병장의 글이었다. 여기에 음모론을 좋아하는 한 네티즌은 "가방 안에 지령서는 분명히 있었다. 다만 북한의 지령서가 아닐 뿐이다. 그렇다면 지령서는 어디로부터 나온 것일까."라는 글을 남겨 찬반 논란을 불러오기도 했다. 갈수록 국론이 양분되고 계속해서 말이 바뀌는 정부의 불신이 깊어질 무렵, 정부는 지령서를 발견했다는 정보기관에 사실 여부를 파악해 거짓이 밝혀지면 엄중 문책하겠다고 말했다. 하지만 점점 깊어지는 정부의 불신은 줄어들지 않았다. 이에 시민연대를 비롯해 노동조합은 삼 일 앞으로 다가온 시간호 사건의 100일을 맞아 대규모 집회를 예고하고 성명을 발표했다. 납득할 수 있는 진실 규명과, 민영화 과정에서 부정부패가 있었는지 투명하게 공개하라고 강력하게 촉구했다. 이것에 대한 방어책인 것일까. 이에 언론은 신문 첫 지면에 시간호 폭력 시위의 현장 사진과 정부의 발표를 같이 개제했다.

[갈수록 수렁에 빠져드는 대한민국의 경기. 희망이 보이지 않는다. 언제까지 이대로 지속될 것인가. 의식 있는 국민 참여가 필요하다.]

연일 계속되는 정부의 발표였다. TV 방송국 또한 질서 있는 시간호 시위 장면 보도는 극도로 자제하고, 다소 격렬한 장면만 짜깁기 보도를 하는 행태를 보였다. 마치 시간호 유족들이 폭력배 집단이고, 경기 침체의 주범인 것처럼.

그러던 어느 날이었다. 호남고속도로를 질주하던 고급 세단이 군산 톨게이트를 빠져나가 작은 항구로 들어섰다.

"회장님, 다 왔습니다."

운전석의 사내가 말했다. 하지만 뒷자리에 자리 잡은 노신사는 눈을 감은 채 말이 없었다. 대한기업 유병현 명예회장. 칠순을 바라보는 나이에도 자세는 꼿꼿했고 근엄한 얼굴에 위엄이 서려 있었다.

"회장님."

"개새끼들, 나한테 돈 받아먹은 정치인들은 수도 없이 많아. 그런 인간들이 이제 와서 나를 모함해?"

그는 끓어오르는 화를 참을 수 없는지 두 눈을 감은 채 소리쳐 말했다. 유병현은 기업체 회장에서 하루아침에 사정기관에 쫓기는 신세로 전락했다.

"폭발물이 설치된 열두 번째 객실은 운행 한 시간 전에 바뀐 거야. 그런데 안전 점검 매뉴얼을 제대로 지키지 않았다는 게 말이 되냔 말이야."

정치인을 향한 연이은 분통. 승용차의 문은 열리지 않았다.

"이봐, 내가 이 바닥에서 어떻게 성공한 줄 아나?"

유병현이 눈을 들어 올리며 물었다.

"대충은 알고 있습니다."

"그래, 이제 와서 하는 얘기지만, 세상에는 믿을 사람이 하나도 없어. 내 삶의 신조가 무엇인지 아나? 그것은 바로 '자력갱생'이야. 내가 있어야 부모가 있고 자식도 있는 법이야. 내가 죽으면 무엇을 알 수 있고, 무엇을 할 수 있겠나. 나는 삶의 신조대로 살아왔고 행동해 왔어. 이것은 어쩌면 모든 기업인이 본받아야 할 삶의 철학 같은 것이야. 안 그런가?"

"네, 맞는 거 같습니다."

"젊은 사람이 대답이 왜 그러나. 딱 부러지지 못하고."

"네?"

"맞는 거 같은 거야, 맞는 거야?"

"네, 맞습니다."

"에이, 쯧."

유병현이 다소 언짢은 표정을 지었다.

어느새 붉은 노을이 푸른 바다를 물들이면서 크고 작은 어선들이 항구로 들어서고 있었다. 아주 잠깐 사이에 붉은 바다가 검게 변했다. 생선 비린내가 코를 찔렀다. 이어 차체를 두드리는 요란한 소리가 들렸다. 강풍을 동반한 소나기였다. 소나기는 쉽게 그치지 않을 것 같았다. 굵은 빗방울이 차체를 마구 때렸다. 그때 빗속을 뚫고 전조등을 밝힌 승용차가 다가왔다. 유병현이 기다렸다는 듯 잽싸게 내려 승용차로 다가가 뒷자리에 자리를 잡았다. 아주 잠깐 사이에 옷이 흠뻑 젖었다.

"자네는 나가 있어."

옆으로 자리를 옮겨 유병현을 맞이하는 사내의 말투는 명령에 가까웠다. 오십 중반으로 보이는 근엄한 얼굴에서 범접하기 힘든 권위가 느껴졌다. 그는 김 부장으로 통하는 사내였다. 운전석의 사내가 고개를 숙여 보이고 잽싸게 자리를 피해 주었다.

"회장님, 본의 아니게 죄송합니다."

김 부장이 고개를 숙였다.

"내가 언제까지 이렇게 떠돌아다녀야 하겠소?"

"지금 나라가 몹시 어지럽습니다. 이 위기를 극복하지 못하면…."

"그러니까 이 위기를 극복하기 위해 나를 희생양으로 사용한다, 뭐 그런 말 아니오?"

기분이 상했는지 유병현의 목소리 톤이 조금 올라갔다.

"부인하지 않겠습니다. 회장님이 도와주시지 않으면 누가 도와주겠습니까."

"왜 자꾸 같은 말을 반복하게 만드시오. 그래서 내가 언제까지 이렇게 다녀야 한다는 말이오."

"얼마 남지 않았습니다. 우리 정부는 국민의 시선이 자연스럽게 옮겨갈 수 있게 만반의 준비를 하고 있습니다. 그게 지금 서서히 나타나고 있구요. 조금만 참고 기다려 주십시오."

"김 부장도 알다시피 내가 입만 뻥긋하면 다칠 사람이 아주 많아요. 나, 그렇게 호락호락한 사람 아닙니다."

"물론 잘 알고 있습니다. 그래서 제가 직접 이렇게 찾아뵌 게 아닙니까."

"그렇다면 한 가지 부탁 좀 합시다."

"무슨 부탁이신지…."

"이리 가까이."

김 부장이 귀를 바싹 가져갔다. 순간 그는 얼굴에서 번갯불이 이는 것을 보았다. 분이 풀리지 않은 유병현이 김 부장의 머리채를 휘어잡아 무릎에 힘껏 내리찍었다. 앞니가 깨진 김 부장이 고통의 비명을 질렀다. 유병현은 마치 끝장을 보려는지 머리채 잡은 손을 멈추지 않고 계속 흔들었다. 순식간에 뒷좌석이 붉은 피로 흥건했다.

"이 개새끼야. 뭐? 조금만 참으면서 기다리라고? 내가 네놈들 속셈을 모를 줄 알아! 나한테 돈 받아 갈 때는 온갖 아양 다 떨더니 이제 와서 나를 이렇게 만들어! 지랄들 하지 말고 지금까지 받아간 돈 다 가져와. 그렇지 않으면 나도 가만있지 않을 것이야."

그때 밖에 있던 운전기사가 무엇을 느꼈는지 문을 열어젖혔다. 그의 두 눈이 휘둥그레졌다.

"너도 이 꼴 나고 싶지 않으면 비켜!"

운전기사를 밀친 그는 자신의 차로 돌아가 눈짓했다. 유병현의 차를 따라붙는 굵은 비는 아마도 잠깐 내렸다 그치는 소나기가 아닌 듯했다. 이내 승용차는 빗속으로 완전히 모습을 감추었다.

다음 날, 조동일보는 특종을 외치면서 대서특필했다.

[시간호 사건과 유병현. 그는 의무적으로 해야 할 안전 점검을 제대로 하지 않았다. 본지 기자가 조사한 바로는 유병현은 철도공사 인수 과정에서 안전 점검 매뉴얼을 받았는데도 불구하고 돈벌이에 급급해 안전 점검 요원들을 대거 감원시키는 우를 범했다. 또한 안전 요원들의 임금을 대거 삭감시켜 근로 의욕을 떨어뜨렸으며 매뉴얼 자체도 입맛대로 고친 사실이 드러났다. 그 결과 미리 막을 수 있었던 참사를 불러온 결과를 가져온 것이었다.]

조동일보의 머리기사였다. 이에 질세라 TV 방송국은 방송 시작부터 끝나는 시간까지 유병현의 취미 생활과 심지어는 그의 종교관까지 문제 삼아 도마 위에 올려놓고 난상 토론을 벌였다. 유병현이 시간호 사건의 주범으로 전락하는 순간이었다. 한마디로 유병현은 공공의 적이었다. 이를 지켜보는 국민은 목소리를 높이기 시작했다. "시간호 사건의 진실 규명의 열쇠는 유병현이 가지고 있다. 그를 찾아야 한다."라고.

"과연 시간호 사건 진실의 열쇠는 유병현에게 있는 것인가. 유병현의 취미와 종교관을 시간호 사건과 연결 짓는 정부와 언론. 무언가 이상하다." 의식 있는 사람들의 작은 외침이었다. 그렇게 국민의 호응을 얻지 못한 시간호 사건 100일 집회는 흐지부지 끝나고 말았다. 하지만 정부를 비판하는 불신의 불씨는 언제 어느 때든 다시 타오를 준비를 하고 있었다.

❦

종교단체 개벽파

평택 인근. 대여섯 대의 대형 버스가 줄지어 이동하고 있었다. 철망으로 막힌 유리창. 평택 시내를 빠져나가 외곽도로를 질주하는 대형 버스는 경찰 버스였다. 이윽고 경찰 버스는 거친 숨소리를 내뱉으며 한 지점에 모두 정지했다. 곧바로 젊은 경찰들이 방패와 진압봉을 들고 버스에서 내려 민첩하게 도열했다. 산 위로 통하는 길을 막고 있는 육중한 철문은 제복 차림의 사람들을 달가워하지 않는 듯, 굳게 서서 그들의 움직임을 내려다보고 있는 것처럼 보였다. 그때 산을 내려오는 수많은 남녀노소의 사람들. 그들과 경찰이 철 대문을 사이에 두고 대치했다. 양측 간에 보이지 않는 팽팽한 긴장감이 흘렀다.

이곳은 유병현이 태어난 장소였다. 대한기업은 이곳을 기리기 위해 엄청난 임야를 매입해 농장과 생활관, 유병현의 가르침을 교육하는 교육관을 설립했다. 문제는 여기에 있었다. 매스컴에 연일 질타를 받는 유병현의 종교관이었다. 열렬한 개신교 신도였던 유병현은, 거기에 머무르지 않고 자신의 철학과 이념을 담은 또 하나의 종파를 설립했다. 이름 하여 '개벽파'였다. 새로운 세상을 연다는 의미인 개벽. 이것이 정부가 유병현을 몰아세우는 이유인 것인가. 너무나 포괄적 의미인 개벽은 기존의 관습과 문화를 모두 뒤집어 새로운 세상을 만든다는 의미일 수도 있다. 또한 어떤 종교도 그렇듯, 맹목적인 일부 과격 신도들은 종교의 입장을 내세워 폭력과 테러를 일삼는다. 그것은 후에 개벽이 되면 신이 보상해 줄 것이라는 믿음 때문이다. 자신들의 종교가 세상을 구할 수 있는 유일한 길인 것이다. 정부는 이보다 더 좋은 대상을 찾을 수 없었던 것일까. 여하튼 철도공사를 인수한 대한기업, 그들의 종교관, 모든 게 절묘하게 맞아떨어졌다.

"자, 우리는 협상하러 왔소. 그러니 어서 문을 여시오!"

확성기를 손에 든 경찰 간부가 소리쳤다.

"이대로 돌아가지 않으면 모든 것을 폭로하겠소!"

이에 질세라 앞서 있던 개벽파 신도 정 집사가 경찰을 향해 소리쳤다. 그는 유병현의 최측근이자 경호원이었다. 땅을 굳게 디딘 두 다리가 흔들리지 않을 것처럼 아주 강해 보였다.

"정 집사, 그러지 말고 문 좀 열어 봐."

"아니, 김 부장님. 이거 너무하시는 거 아닙니까?"

양복을 말쑥하게 차려입은 김 부장은 경찰들을 헤치고 앞으로 나섰다. 그의 얼굴은 몹시 상해 있었다. 얼굴을 반쯤 가린 큼지막한 안경도 유병현에게 입은 심한 상처를 전부 감출 수는 없는 모양이었다.

"잠깐 뒤로 물러가들 있어요. 그리고 기자들 단속 좀 해 주시고."

그는 무슨 비밀 얘기라도 할 요량인지 확성기를 손에 잡은 경찰에게 지시했다.

"전원, 뒤로 돌아! 10보 앞으로 이동. 제자리에 섯!"

확성기 소리와 경찰의 발소리가 잠시 주위를 맴돌았다. 김 부장이 한 걸음 더 나섰다.

"정 집사, 정말 이렇게 나올 거야?"

"김 부장님, 벌써 몇 번을 말했잖아요. 회장님은 여기에 안 계신다고."

"그건 우리도 알아."

잠시 말을 멈춘 김 부장은 턱짓으로 가리키며 말했다.

"저기 기자들 보이지? 우리가 이렇게 돌아가면 기자들이 뭐라고 하겠어."

"그러니까 입장이라도 세워 달라 그런 말입니까?"

다소 비아냥거리는 말투였다.

"김 부장님, 뭔가 잊고 계시는 거 같은데 우리가 어디 남입니까. 허허거리면서 여기를 다니실 때는 언제고 이제 와서… 지금 대체 뭐를 하자는 겁니까? 언제부터 대한민국이 종교 탄압 국가로 변했나요? 김 부장님, 우리를 더 이상 시간호 사건 희생물로 이용하려고 하지 마세요. 다시 한 번 얘기하지만 우리는 남이 아닙니다."

"이 새끼가 보자보자 하니까…."

"시발, 욕하지 마. 회장님한테도 욕 한번 안 들어봤어. 당신이 뭔데 욕하고 지랄이야."

심한 모욕감에 김 부장의 얼굴이 몹시 구겨졌다.

"마지막으로 경고한다. 후회할 짓 하지 마."

"당신이나 후회할 짓 하지 마."

바로 몸을 돌린 김 부장이 손을 들어 지시했다. 그의 수신호에 양측 간에 함성이 터졌다. 육중한 철 대문 사이로 욕설과 고성이 오갔고, 사정없는 몽둥이질에 철 대문이 날카로운 비명을 질렀다. 마침내 몽둥이질과 발길질에 육중한 철 대문이 처참한 소리를 지르며 무너졌다. 놀란 개벽파 신도들이 풀숲으로 도망치고, 정 집사가 앞서 오는 경찰의 면상을 후려쳤다. 그것에 용기를 얻은 것인가. 몸을 돌렸던 건장한 신도들이 정 집사와 합세했다. 그들은 진압봉에 맞서려는 듯 숲에 뒹구는 비교적 굵은 나뭇가지를 주워 들었다. 곳곳에서 피가 튀기고 잔잔했던 풀숲이 몹시 어지럽게 변했다. 계속해서 밀고 올라오는 경찰들. 수적 열세도 있었지만 젊은 경찰들을 상대하기는 버거웠다. 마침내 지친 정 집사와 합세했던 신도들이 그 자리에서 체포됐다. 너무나 싱겁게 끝나 버린 싸움이었다. 이날 경찰은 개벽파의 농장과 교육관, 다른 부대시설을 모두 집중 수색했지만 유병현의 행방은 어디에서도 찾을 수 없었다고 발표했다.

"나는 이번 일만 마무리하고 한국을 떠난다."

천태산은 먼 산을 바라보며 혼자 중얼거렸다. 그는 죽을 때까지 충성을 맹세했던 자신과의 서약을 잊은 것일까. 아마도 수중에 들어온 엄청난 돈에 마음이 바뀐 것이리라. 그때 공원으로 뛰어오는 발소리. 후배 전홍수였다.

"형님, 이 정도면 감쪽같죠?"

전홍수의 모습은 평소와 다르게 보이지 않았다. 다만 안경과 손목시계가 평소와는 조금 다른 모습이 전부였다. 천태산이 흡족한 얼굴로 고개를 끄덕거렸다.

"그래, 그 정도면 됐어. 완벽해."

"사람들을 붙여 놨으니 곧 연락이 올 겁니다."

잠시 기다리니 전홍수의 휴대전화가 요란하게 몸을 떨었다.

"어디? 아, 거기 잘 알지."

통화 내용으로 보아 위치를 파악하고 있는 거 같았다.

"형님, 시간호 유족들이 자마루술집으로 들어갔다고 합니다."

"노파심에서 하는 얘기지만 눈치 채면 곧바로 도망쳐. 화가 난다고 싸우지 말고."

전홍수의 성격과 몇 번의 폭력 전과를 잘 알고 있는 그는 염려가 되는지 누차 당부했다.

"염려 마세요. 그나저나 이번에는 제대로 된 걸 찍어야 하는데 영 걸리지 않네요. 이번이 벌써 세 번짼데."

그의 말로 보아 지난 몇 번에서 성과를 거두지 못한 모양이었다.

며칠 전, 돈 가방과 같이 놓여 있던 쪽지에는 새로운 의뢰가 적혀 있었다. 좋게 표현해서 의뢰인 것이지 명령이나 다름없었다. 천태산은 전홍수에게 의뢰를 맡기고 있는 중이었다. 시간호 폭력 시위로 이미 어느 정도 얼굴이 알려진 그로서는 앞에 나설 수가 없었다. 그가 택한 최선의 선택이었다.

"자, 이제 천천히 가 봐. 혼자 들어가지 말고 아는 친구 있으면 연락해서 같이 가도록 해. 나중에 문제 생기지 않게 최대한 자연스럽게 행동하고."

"형님, 저를 믿으세요. 혼자 가도 충분합니다."

"너, 말 안 들을래?"

천태산의 부라리는 눈빛. 전홍수가 꼬리를 내렸다.

"알겠습니다."

마지못해 대답한 전홍수가 승용차에 올라타 자마루술집으로 향했다.

멀어지는 승용차를 바라보는 천태산.

'이 불안감은 뭐지?'

땅거미가 내려앉는 어스름한 시간에 불안감을 느끼는 건 아닐 것이다. 그는 알 수 없이 밀려드는 불안감에 자신도 모르게 몸을 떨었다.

"그래, 나는 이번 일만 마무리되면 무조건 한국을 떠난다."

천태산은 불안감을 없애려는 듯 힘주어 말했다.

친구와 자마루술집으로 들어선 전홍수. 잠시 주위를 둘러본 그는 대여섯 명의 남자들이 잘 보이는 곳에 자리를 잡았다. 사십 초·중반으로 보이는 남자들은 시간호 유족들이었다. 전홍수는 아무렇지 않게 안경을 고쳐 쓰고 손목시계의 버튼을 눌렀다. 고성능 카메라가 내장된 몰카였다. 그렇게 술자리가 깊어졌을 때였다. 술기운이 오른 탓인지 시간호 유족들의 입에서 비판과 분노가 쏟아지기 시작했다.

"야, 이거 정말 너무하는 거 아냐? 시간호 사건이 발생한 지 석 달이 훨씬 지나가는데 밝혀진 게 하나도 없잖아."

"그러게. 나는 지금도 술만 먹으면 미쳐 버릴 거 같아. 집에 들어가기가 싫어. '아빠, 다녀오셨어요?' 하고 환하게 웃던 녀석을 다시는 볼 수 없다고 생각하면 차라리 먼 나라로 이민이라도 떠나고 싶은 심정이야."

"지금까지 우리에게 돌아온 건 하나도 없어."

"왜 없어요? 아주 많잖아요."

"뭐가 있는데?"

"폭력배, 사회적 죄인, 파렴치범. 또 뭐가 있을까요?"

허탈한 웃음에 이어 누군가 말을 받았다.

"나쁜 놈들, 병신 같은 놈들, 돈밖에 모르는 미련한 놈들. 그리고…."

그는 순간 목이 메는지 말을 잇지 못했다.

"내 딸이 다시 돌아오면 내가 가장 하고 싶은 게 뭔지 알아요? 다른 건 다 필요 없고 따뜻한 밥을 지어서 같이 먹고 싶어요."

"시발, 우리가 왜 이렇게 된 거죠?"

"이게 다 정부의 계산되고 계획된 농간이야."

"대한민국이 이런 나라였다니 시발, 참."

술기운과 감정에 못이긴 유족들의 말투가 점점 거칠어졌을 때였다. 기회를 포착한 건너 테이블의 전홍수가 회심의 미소를 흘리며 천천히 일어섰다. 매우 불량기 가득한 모습이었다.

"거, 술 잘 마시고 있는데 왜 욕을 하고 그러세요. 술맛 떨어지게. 대한민국에서 사건으로 가족을 잃은 사람들이 당신들뿐입니까? 조용히 들 하고 술이나 쳐드세요."

전홍수의 다분히 의도된 시비였다. 가뜩이나 분이 쌓일 대로 쌓인 유족들이 일제히 일어섰다. 쌓이고 쌓인 감정과 분노가 한순간에 폭발했다. 테이블이 엎어지며 소주병이 깨지는 소리가 살벌하게 들렸다. 분이 풀리지 않은 유족이 전홍수의 멱살을 잡고 흔들었다. 하지만 전홍수는 어떤 대응도 일절 하지 않았다.

"하늘 아빠, 그만하세요. 이러면 우리한테 좋을 거 하나도 없다는 거 잘 아시잖아요."

그것을 모르는 바가 아니다. 하지만 정말 너무들…. 마지못해 멱살을 푼 남자가 돌아서서 어금니를 힘껏 깨물었다. 가까스로 분노를 통제하는 듯 보였다. 마침내 한바탕 회오리가 지나간 술집에 불이 꺼졌다.

다음 날, TV 방송국은 뉴스를 통해 시간호 유족들이 폭력을 행사했다는 뉴스를 보도했다.

"시간호 유족들이 또 폭력을 행사한 것으로 드러났습니다. 경찰에 따르면 시간호 유족들은 어젯밤 9시경 자마루술집에서 술을 마시던 중 맞은편에서 술을 마시고 있던 남자와 시비가 붙어….”

　방송국의 뉴스 보도였다. 여기서 짚고 넘어갈 대목은 ‘또’라는 표현이었다. 또 시간호 유족이 폭력을 행사한 것으로 드러났습니다. ‘또’를 강조한 아나운서의 보도. 다분히 의도적으로 보였다. 마치 시간호 유족이 항상 문제를 일으키고 폭력배라는 인식을 심어주려는 것처럼. 그 이유와 과정, 앞뒤 말을 모두 빼버리고 오로지 결과만을 보도하는 뉴스. 시간호 유족들이 또 폭력을 행사했다. 또 폭력을 행사했다…. 국론을 분열시키는 원인은 시간호 유족도 아니고 이를 바라보는 국민도 아니다. 국론 분열의 주범은 바로 정부와 언론이었다.

　“그래, 수고 많았다. 이건 수고비니까 좋은 데 가서 거하게 술이나 한잔 해.”

　전홍수를 만난 천태산은 그의 어깨를 가볍게 두드리며 봉투를 건넸다. 봉투를 확인하는 전홍수는 입이 벌어졌다.

　“형님, 무슨 돈을 이렇게 많이…. 말씀하신 돈보다 훨씬 많은 거 같은데.”

　“조금 더 넣었어.”

　“감사합니다, 형님.”

　“항상 입조심해. 그리고 나 당분간 연락이 안 될 거다. 염려하지 말고.”

　“어디 먼 데라도 가시나 보죠?”

　“아니야, 그런 게 있어. 자, 그럼 다음에 보자.”

　전홍수와 헤어진 천태산이 시내를 벗어나 어두운 골목길로 접어들었다. 자신의 흥신소가 바로 앞이었다. 그때 앞에서 홀연히 나타난 여자가 깜빡거리는 가로등을 지나 걸어오고 있었다. 드문드문 가로등이 꺼진 골목길은 얼굴을 식별하기 어려웠지만, 걷는 자태와 얼굴 윤곽이 상당한 미인임에 틀림없었다. 여자의 검은 안경이 고혹적이었다. 문득 어디선가 보았다는 느낌이 들었다. 생각하는 사이, 여자가 바로 앞으로 다가왔다. 순간 천태산은 그 자리에서 움직일 수 없었다. 자신을 스치고 지나가는 여자의 소름끼치는 미소. 잠시 동안 천태산은 어안이 벙벙한 채로 서 있었다. 무언가 영상이 지나갔다.

"바로 그 여자야!"

천태산 자신도 모르게 소리가 터졌다. 하지만 여자의 모습은 이미 사라진 후였다. "우리의 손은 미치지 않는 곳이 없고, 우리의 말을 거역할 수 있는 사람은 존재하지 않아요." 호기심은 절대 금물이라던 의뢰인. 그런데 왜 저 여자가 여기에서 나를 그냥 지나친 것일까. 그리고 소름끼치는 미소. 순간 불안감이 엄습했다. 아니나 다를까, 바로 그때 자신을 향해 걸어오는 두 명의 건장한 사내들. 말로 표현하기 힘든 압도당하는 느낌이 들었다. 그제야 계속됐던 불안감의 실체를 알 수 있을 거 같았다.

"이런, 시발."

천태산은 잭나이프를 빼 들었지만 자신이 없었다. 천태산은 흥신소를 향해 뛰었다. 순식간에 당도한 그는 문을 열고 들어서 열쇠를 돌렸다. 하지만 긴장한 탓인지 잘 돌아가지 않았다. 계단을 뛰어 올라오는 구둣발 소리. 등줄기에서 식은땀이 흘렀다. 이내 포기한 그는 창가로 다가가 문을 활짝 열었다. 재차 얼굴이 일그러졌다. 3층 높이. 뛰어내리기에는 너무 높았다. 망설이는 사이에 계단을 막 올라선 사내들이 문을 사정없이 밀치고 들어섰다.

"나는 당신들이 시키는 대로 다 했어. 그런데 왜….."

무표정한 얼굴로 접근해 오는 사내들은 마치 기계인간 같았다. 천태산은 발악적으로 앞서 오는 사내를 향해 잭나이프를 휘둘렀다. 하지만 이미 자신은 사내의 상대가 아니었다. 번개 같은 발차기에 잭나이프가 소리를 내며 바닥으로 떨어졌다. 뒤를 이어 타는 듯한 옆구리의 통증. 숨을 쉬기가 어려웠다. 천태산은 그대로 바닥에 널브러져 애원의 눈빛을 보냈다.

"살려 주세요."

하지만 앞으로 다가서는 사내들은 시종일관 표정이 없었다. 정말 더럽게 걸렸다는 생각이 들었다. 사내가 발을 들어 올리는 모습이 어렴풋하게 보였다. 포기한 천태산은 두 눈을 감았다. 바로 그때였다. 흥신소의 문이 서서히 열리며 누군가 들어서고 있었다. 검은 양복의 선글라스를 쓴 호리호리한 남자였다. 사내들이 매서운 얼굴로 아랑곳없이 접근하는 남자를 바라보았다.

"누군지 모르겠지만 의뢰할 일이 있으면 내일 찾아오시오."

그러나 남자는 움직이지 않고 묵묵히 시선을 고정시켰다. 암호명 '운명'이었다. 그의 눈빛이 활활 타올랐다.

"이 사람이 귀가 먹었나?"

"살려 주세요."

쓰러져 있던 천태산이 간신히 일어서며 말했다.

사내들의 움직임보다 운명의 움직임이 빨랐다. 급소를 파고드는 손가락이 고도의 살상력을 갖추고 있었다. 정통으로 급소를 맞은 앞선 사내가 소리도 지르지 못하고 힘없이 쓰러졌다. 발차기를 살짝 피한 운명이 손을 뻗어 사내의 인중을 강타했다. 건장한 몸이 쿵 소리를 내며 책상을 덮쳤다. 천태산의 믿을 수 없는 눈초리. 얼른 일어나 감사를 표했다.

"정말 고맙습니다. 사례는 충분히….."

천태산의 말이 끝까지 이어지지 않았다. 정통으로 염천(목젖. 급소에 해당함)을 얻어맞아 숨이 막혔다. 곧바로 또 한 번의 충격이 일었다. 천태산은 자신을 구해준 사내의 행동을 이해할 수 없었다. 그의 눈이 서서히 감겼다.

"여기는 들어올 수 없습니다."

젊은 제복 경찰이 폴리스라인을 제치고 들어서는 사내를 향해 말했다. 이정우가 신분증을 내밀자, 거수경례를 올렸다.

"오늘 아침에 관리사무실 직원이 발견해 신고했습니….."

제복 경찰은 욕지기가 느껴지는지 말을 제대로 잇지 못했다. 똑바로 누워 천장을 향한 시신은 한 구였다. 시신 앞에 쪼그려 앉은 이정우는 꼼꼼히 시신을 살피는 것 같았지만, 반쯤 감긴 눈동자는 초점이 잡혀 있지 않았다. 무언가 다른 생각에 빠져 있는 듯 보였다.

"신분증 여기 있습니다."

제복 경찰의 소리에 풀려 있던 초점이 바로 잡혔다. 이정우는 시신을 꼼꼼히 살폈다. 시신이 비교적 온전한 것으로 보아 원한이나 치정에 얽힌 살인은 아닐 것이다. 하지만 완전히 배제할 순 없다. 바로 잡힌 시선이 경찰의 직분을 작용시킨 듯 보였다. 제복 경찰은 시신과 조금이라도 멀리 떨어지려는지 고개를 돌리고 뒷걸음으로 문 앞으로 이동했다.

"형님, 이렇게 말도 없이 오시면….."

언제 따라 들어왔는지 구성민이 바로 옆으로 와 쪼그려 앉았다. 이정우는 사망자의 신분증을 살폈다.

"천태산, 80년생이면… 서른…."

"형님, 이 사건 정말 맡으실 겁니까?"

심한 불만이 묻어 있는 목소리였다. 하지만 이정우는 대답이 없다.

"우리는 토사구팽 당한 겁니다. 지금 특별수사본부 애들이 뭐라고 하는 줄 아시냐구요."

"특별수사본부는 이미 해체됐어. 그렇게 불만들이 많으면 다 빠지라고 해. 나 혼자 할 테니까."

전에 없던 서늘한 눈빛이었다. 구성민은 입을 다물 수밖에 없었다. 김현태 살해 용의자와 시간호 폭파범이 동일 인물이란 사실을 보고 받은 본청은 며칠 만에 경찰청장 직권으로 이첩했고, 그 후에 어떤 이유인지 국정원으로 이첩됐다는 소식이 들렸다.

그때, 계단을 뛰어 올라오는 발소리가 크게 들렸다. 곧이어 건장한 사내들이 흥신소로 들어섰다. 광역수사대 형사들이었다.

"반장님, 아니 공조수사도 아니고 하루아침에 특별수사본부를 해체시켜 버린다는 게 말이 됩니까?"

또다시 이어지는 푸념에 구성민이 눈짓했다.

"근처에 있는 CCTV 모조리 확보해서 서로 들어가."

이정우는 후배들의 말을 무시하고 말했다.

"어디 다녀오시게요?"

구성민의 물음에 이정우는 말없이 고개를 끄덕이고 몸을 돌렸다.

벌거벗은 이정우는 무엇을 참고 있는지 이를 꽉 물고 있었다. 냉탕에 들어온 지 거의 이십여 분이나 됐다. 체온 저하로 입술이 파랗게 변해가고 온몸이 가시에 찔린 듯 따끔거렸다. 하지만 그는 일어서지 않았다. '시간호 유족들 또 폭력을 행사하다.' '시간호 유족들 또 폭력을 행사하다.' '시간호 유족들….' 뉴스 앵커의 말이 계속해서 귀를 맴돌았다. 부르르 떨리던 몸이 일순간 크게 요동쳤다. 극도의 분노를 참고 있는 듯했다.

이정우는 특별수사본부 해체 즉시 경찰복을 벗고 싶었다. 아니 벗어 던지고 싶었다. 이 생각은 시간호 사건 이후 줄곧 따라다니며 자신을 괴롭혔다. 하지만 그때마다 경찰복을 벗을 수 없는 합리화를 만들었다. 시간호 생존자 최 병장의 증언이 그것이었고, 어린 아들 재민이의 앞날이 그것이었다. 내가 진정 아들의 앞날을 위해 경찰복을 벗지 못하고 있는 것인지, 아니면 폐인이 될 수 있는 나 자신의 앞날을 걱정한 것인지 어느 것 하나 자신 있게 긍정할 수도, 부정할 수도 없었다. 곧바로 밀려드는 죄책감. 어린 아들이라도 보아야 무언가 결정을 내릴 수 있을 것 같았다. 이정우가 냉탕을 빠져나왔다.

한 시간여를 달린 이정우의 승용차가 어촌 마을을 지나 한 작은 항구로 들어섰다. 차를 주차시킨 그는 곧바로 대합실로 들어서 배편을 확인했다. 다행히 마지막 배편이 남아 있었다. 그가 태어난 고향은 이곳에서 삼십여 분이 떨어져 있는 작은 섬마을이었다. 홀로 되신 어머니가 고향을 지키고 계셨고, 재민은 자연스럽게 어머니가 보살펴주고 있었다. 한참을 기다리니 작은 배가 항구로 들어섰다. 섬과 육지를 하루 세 번 오가는 연락선과 같았다. 연락선에 올라탄 이정우가 선수船首에 서서 출렁이는 바다에 시선을 던졌다.

"규민 아빠, 우리 나이 먹으면 여기 고향으로 내려와서 살아요."

아내의 목소리가 들리는 듯했다. 그때는 아내와 초등학생의 규민, 갓 태어난 재민, 네 식구가 함께 이 배를 탔었다. 지금과 같이 선수에 서서 함께 바다를 바라보았다. 웃음이 있었고, 희망이 있었고, 삶의 재미가 있었다. 여기 바로 이 자리에서 충忠, 효孝, 인仁, 의義의 인간으로서의 덕목도 가르쳤다. 그런데 지금은 웃음도, 희망도, 재미도 모두 사라졌고, 인간으로서의 덕목도 모두 부질없는 가르침이었다. 남은 것은 분노와 증오뿐이다.

"아빠, 나도 이다음에 어른이 되면 멋진 경찰이 될 거야."

"우리 규민이가 생각하는 멋진 경찰은 어떤 경찰이야?"

엄마가 사랑스럽게 물었다.

"음, 아빠 같은 경찰."

규민의 재롱 섞인 대답에 이정우와 한선영이 웃음을 터뜨렸다.

이정우가 얼굴을 높이 들었다. 아무도 없었지만 눈물을 감추고 싶은 모양이었다. 연락선의 엔진소리가 점점 작아지더니 이내 완전히 사라졌다. 배에서 내린 이정우는 부두에서 기울어가는 해를 바라보며 한참을 그 자리에 서 있었다. 그는 캄캄한 어둠을 기다리고 있었다. 아내와 자식을 잃은 모습을 그 누구에게도 보여주고 싶지 않기 때문이었다.

이윽고 깊은 바다가 해를 완전히 삼키면서 섬마을에 어둠이 찾아왔다. 이정우는 천천히 발을 옮겨 고향 집을 찾았다. 허름한 기와집. 자신이 태어난 집이었다. 한때는 마을에서 열 손가락 안에 들어가는 집이었다. 하지만 세월 탓인지 담장이 군데군데 헐어 있었고, 깨진 기와지붕 사이로 잡초가 자라 있었다. 대문 앞에 선 이정우는 선뜻 발을 들여놓지 못했다. 아내와 자식을 잃은 자신의 모습. 또 한 번 어머니 가슴에 못질을 하는 것은 아닐까. 이정우는 차마 발을 들여놓을 수 없었다. 그때 뒤에서 인기척이 느껴졌다.

"아이고, 이게 누구여. 재민 애비 아니냐."

들일을 나갔다 오시는지 어머니 손에는 호미가 들려 있었다.

"어머니…."

깊게 패인 주름살. 호미를 잡은 어머니의 손이 몹시 앙상했고, 재민을 맡기러 왔을 때보다 더 늙어 보였다. 순간 이정우의 눈에서 눈물이 주르르 흘렀다. 눈물을 보이기 싫은 이정우는 옆으로 고개를 돌렸다. 다행히 어둠이 눈물을 감추어 주었다.

"재민이는 자고 있을 거다."

어머니의 눈물 섞인 음성이었다. 어머니 역시 무엇을 감추려고 하는지 얼굴을 숙인 채 집 안으로 들어섰다.

"밥 안 먹고 왔지? 조금만 기다리렴."

호미를 든 손으로 부엌으로 들어가는 어머니. 어머니의 뒷모습에서 시선을 돌린 이정우는 재민이 잠든 방으로 몸을 들여놓았다. 쌔근거리는 숨소리. 세상의 욕심이 하나도 깃들지 않은 얼굴. 천사의 얼굴이었다. 문득 떠오르는 생각이 자리를 잡았다. 병든 세상의 치유를 헤아릴 수도 없이 많은 종교가 할 수 있을까. 아니면 철학이, 그것도 아니면 교육이, 이념은 생각해 볼 필요도 없다. 어쩌면 종교, 철학, 이념, 모두 사람과 사람 사이를 분열시키고 양분시키는 정치적인 도구는 아닌가. 그래도 세상의 종교인과 철학자는 병든 세상을 치유하려고 무던히 노력한다. 하지만 그것이 과연 노력으로 될 수 있을까. 이정우는 고개를 가로저었다. 성경에서 말하는 것처럼 노력을 떠나 이미 간직하고 있는, 아이와 같은 마음을 회복하면 될 수 있지 않을까. 그렇다면 나는 어떤가. 나 또한 세상의 욕심을, 증오를 간직하고 살고 있지 않은가. 이정우는 끊임없이 밀려드는 생각을 멈추고 자고 있는 아들을 한참 동안 바라보았다. 그때 문이 열리며 밥상이 들어왔다.

"재민아, 아빠 오셨다. 어서 일어나."

어머니의 큰 소리에도 깊은 잠에 빠진 재민은 눈을 뜨지 못했다.

"어머니, 그냥 놔두세요. 어차피 오늘은 여기서 자고 갈 거니까요."

"그건 그렇고, 이제 여기 사람들도 시간호 얘기만 나오면 시큰둥한 반응을 보이니 어떻게 돌아가는 세상인지 모르겠다. 세상인심이라는 게 그게 아닌데 참. 도무지…."

수저를 들던 이정우의 손이 허공에서 멈췄다.

"아이고, 내가 밥상머리 앞에서…. 어서 먹으렴."

"네."

이정우는 오늘도 아침을 거르고 점심은 빵으로 대신했다. 입맛과 시장기를 잘 느끼지 못하는 일상은 계속됐다. 짧은 시간에 자신이 좋아하는 음식을 준비한 어머니. 이정우는 맛을 느낄 수 없었지만 수저를 부지런히 움직였다. 조금이라도 어머니의 걱정을 덜어드리려는 마음인 듯했다.

"밥 더 갖다 주렴?"

"아니에요. 어머니. 많이 먹었어요."

"재민이 녀석, 뭐를 알고 있는 거 같기도 하고. 어떻게 엄마, 형 소리를 한마디도 안 해. 저 어린 녀석이…."

어머니는 목이 메는지 물을 한 모금 들이켰다. 이윽고 밥상이 물러가고 이정우는 아들과 나란히 누웠다. 꼼지락거리는 아들의 고사리 같은 손에 자신의 손을 살며시 포개 보았다. 알 수 없는 무언가가 가슴 깊은 곳에서부터 차고 올라왔다. 눈물이 핑 돌았다. 아무래도 오늘 밤 쉽게 잠은 올 것 같지 않았다. 이정우는 담배를 찾아 방을 나섰다. 밖으로 나와 하늘을 올려다보니 수많은 별들이 하늘에 가득했다. 저 별들을 가득 품고 있는 하늘에도 마음이 있다면 시간호 사건으로 전 국민이 슬픔에 빠져 있을 때 하늘은 어떤 감정을 느꼈을까. 그 누가 말했던가. 하늘의 마음은 어머니의 마음이라고. 과연 그럴까. 한숨을 실은 담배 연기가 하늘을 날았다.

"왜, 잠이 안 오니?"

이정우는 옆으로 오는 어머니의 모습에 급히 담뱃불을 비벼 껐다.

"에미가 지금까지 살아오면서 가장 듣고 싶은 말이 뭔지 아니?"

"네?"

"돌아가신 니 애비 탓도 있겠지만 너는 어릴 때부터 지금까지 엄마라는 소리는 한 번도 안 하고 어머니라고만 불렀어. 에미는 그게 영 싫었거든. 지금이라도 엄마라고 불러줄 수 있겠니?"

순간 콧날이 시큰해졌다. 그러고 보니 남들이 다 부르는 '엄마' 소리를 단 한 번도 해본 적이 없었다. 그의 입에서 우물거리는 소리가 흘러나왔다.

"엄…마."

"그래, 정우야 많이 힘들지?"

어머니가 아들을 가만히 끌어안았다.

"엄…마, 엄마, 엄마. 흑흑흑…."

어머니의 품에 안긴 이정우가 어깨를 심하게 떨며 어린아이처럼 눈물을 마구 쏟았다. 별을 가득 품은 하늘이 두 사람을 가만히 내려다보았다.

"우와, 아빠 와 있었네?"

새벽 즈음에 깜빡 잠이 든 모양이었다. 이정우는 아들을 꼭 끌어안았다. 녀석은 제 아빠를 보고도 엄마와 형을 물어보지 않았다. 어느새 연락선이 올 시간이 가까워지고 있었다. 급히 옷을 챙겨 입은 이정우는 집을 나섰다.

"그래, 다음에 올 때는 연락이라도 하고 오렴."

"네."

"아빠, 나 한 번 업어주면 안 돼?"

살며시 미소 띤 이정우가 등을 내밀었다. 등에 찰싹 달라붙은 녀석이 이정우의 귀에 대고 살며시 속삭였다.

"아빠, 나 사실 엄마하고 형아가 어디 있는지 알고 있어."

순간 이정우가 움직이던 발을 멈췄다.

"선생님이 그러는데 엄마하고 형아는 먼 나라에서 자고 있다고 했어. 그러니까 다음에 올 때는 거기 가서 엄마하고 형아 깨워서 꼭 같이 와야 돼. 엄마하고 형아는 잠꾸러기야."

참을 수 없는 눈물이 주르르 흘렀다.

대체 이 정부는 이 어린 녀석에게 무슨 짓을 하고 있는 것인가. 새롭게 만들어진 이름, 시간호 유족. 이 슬픈 이름은 시간이 흐를수록 온갖 부정적인 의미를 가진 이름으로 자리 잡았다. 누구를 위한 길인가. 그렇게 이정우는 아들을 업은 채 부두에 도착했다. 하지만 도저히 발이 떨어지지 않았다.

"재민아, 아빠 바쁘니까 빨리 내려야지."

어머니의 측은한 목소리였다.

"아빠, 다음에 올 때는 엄마하고 형아 데려온다고 나랑 약속해."

등을 내리는 녀석은 헤헤거리며 이정우의 새끼손가락을 찾아 걸었다.

"재민아, 아빠 보내드리고 할미하고 학교 가야지."

"재민아, 할머니 말씀 잘 듣고 학교 잘 다니고 있어."

이정우가 떨어지지 않는 발을 간신히 움직여 연락선에 몸을 실었다.

이윽고 배가 서서히 움직였고 부두가 점점 멀어졌다. 그의 시선은 어머니와 아들에게서 떨어지지 않았다. 그래, 아직은 때가 아니다. 그 '때'를 기다리자. 이정우는 무엇인가를 마음속으로 다짐했다.

"아빠! 꼭 약속 지켜."

재민의 지킬 수 없는 약속을 실은 연락선이 이내 부두에서 완전히 사라졌다.

ɤ

정부의 의도는 무엇인가

　이 무렵 정부는 시간호 사건 특별조사위원회(이하 특조위)의 시행령을 발표했다. 너무나 애석하게도 시간호특별법제정은 정부의 강력한 반대에 부딪혀 국회에 상정되지도 못하고 사실상 무산될 위기에 처해 있었다. 그나마 특조위가 간신히 명목만 잡고 있을 뿐이었다. 이것도 못마땅한 것일까. 정부는 시간호 유가족과 야당의 요구안을 전면 배제하고, 자신들의 입맛에 맞게 특조위의 시행령을 발표한 것이었다. 이에 야당과 시간호 유가족이 정부의 시행령을 전면 폐기하라고 목소리를 높였다. 그 이유는 정부의 시행령은 특조위를 허수아비로 만드는 것이었기 때문이었다.

　특조위 활동은 각 소위원장과 민간 조사관들을 중심으로 진행되어야 함에도 불구하고 정부의 시행령은 이를 무력화하는 것으로 채워져 있었다. 조사 대상에 포함된 기관의 공무원들이 특조위 구성원으로 대거 임명했고, 수적으로도 우위를 점하게 만들었다. 또한 공무원이 조사한 내용을 공무원이 심사한다는 내용도 포함시켰다. 한마디로 도둑질한 당사자가 자신의 행위를 조사해 심사 발표한다는 것과 다름없는 내용이었다.

대체 박미자 정부는 시간호 사건에서 무엇을 숨기고 싶은 것일까. 대통령이 약속했던 특조위의 독립성도 지켜지지 않았다. 이것은 특조위의 임무를 축소시킴으로써 진상 규명을 방해하겠다는 의도를 분명하게 드러낸 것이었다. 이에 대해 특조위는 수차례 다양한 방법을 통해 반대 의사를 명확히 표명했고, 유가족 역시 정부의 시행령 폐기를 강력하게 요구했다. 하지만 정부와 이미 돌아선 국민의 마음이 그것을 호응해 주지 않았다. 참으로 이상한 대한민국이었다.

서울역 대합실.

몹시 허름한 옷차림의 남자가 대합실 주변에서 무엇인가를 찾고 있었다. 그의 손에는 햄버거가 들려 있었고, 몹시 배가 고픈 듯 이미 반쯤 먹은 햄버거를 한입에 몰아넣었다. 그 와중에도 남자는 눈동자를 쉬지 않고 움직였다. 그렇게 한참을 서성거리고 있을 때였다. 얼굴을 알아보기 어려울 정도로 큼지막한 안경과 넓은 챙의 모자를 깊게 눌러쓴 남자가 걸어왔다. 순간 긴장한 유병현은 자신도 모르게 뒷걸음쳤다.

"회장님."

낮은 소리지만 분명한 발음. 강 집사가 확실했다.

"저를 바라보지 마시고 밖으로 나오십시오."

유병현은 아무도 눈치채지 못하게 강 집사를 따라 나섰다. 밖으로 나온 강 집사는 사방을 두리번거리더니 안심한 얼굴로 유병현에게 다가갔다.

"여기는 괜찮은 거 같습니다."

그제야 강 집사는 허리를 깊이 숙였다. 허름한 옷차림과 덥수룩한 수염. 누가 보아도 과거 대한기업을 경영하던 회장님과 연결시킬 수 없는 모습이었다. 이미 전국에 수배령이 떨어졌지만 누구 하나 의심하고 바라보는 이는 아무도 없었다. 하지만 방심은 금물이다.

"대체 이게…. 내가 언제까지 이런 모습으로 다녀야 한단 말인가."

유병현은 스스로 생각해도 화가 치밀었고 믿을 수 없었다. 그도 그럴 것이 얼굴을 가득 덮은 수염은 언제 면도를 했는지 알 수 없을 정도로 더부룩했다.

"회장님, 조금만 참으십시오."

"그래야지. 거기는 지금 상황이 어떤가?"

"김 부장 그놈, 은혜를 모르는 놈입니다. 달면 삼키고 쓰면 뱉는 대한 민국의 전형적인 관료주의에 물든 놈입니다. 정 집사와 김 집사가 체포되고 수십 명이 경찰 조사를 받고 풀려났습니다."

"김 부장 그 개새끼, 그때 아주 숨통을 끊어 놨어야 했는데…."

못내 아쉬운 표정의 유병현은 두 손을 말아 쥐었다.

"네? 무슨 말씀이신지…."

"아니야, 그런 게 있어. 그럼 정 집사와 김 집사는 어떻게 될 거 같은가?"

"아마도 실형을 피하기는 어려울 거 같습니다."

크게 터지는 한숨. 유병현은 자신도 모르게 주먹 쥔 손에 힘을 주었다. 그때 세련된 옷차림의 남자가 두 사람을 지나치는 듯하더니 다시 몸을 돌렸다. 무엇을 의심한 것일까. 예리한 눈빛을 가득 품은 눈초리는 곧장 유병현에게 향했다. 긴장한 두 사람이 슬슬 뒷걸음쳤다.

"잠깐만요. 당신 혹시….".

순간 강 집사가 사내에게 달려들어 면상을 후려치고 앞으로 달렸다.

벌떡 일어난 사내가 두 사람을 향해 뛰었다.

"야, 김명호. 돈을 갚아야 할 거 아냐!"

의외의 소리에 두 사람이 뛰던 발을 멈췄다. 아마도 다른 사람으로 착각한 거 같았다. 하지만 소란스러움에 사람들이 몰려들고 있었다. 자칫 들킬 수도 있는 상황이었다. 두 사람은 대기하고 있던 승용차에 급히 올랐다.

두 사람을 쫓던 남자, 순간 무엇을 느낀 것일까. 고개를 갸웃했다. 곧바로 소리가 터졌다.

"유병현이야!"

그는 경찰서로 달렸다.

"회장님, 제가 안전한 거처를 마련해 놨으니 거기에서 앞으로의 계획을 세우시지요."

"알았네."

안도의 숨소리. 차창 밖으로 고층 빌딩과 서울의 야경이 서서히 지나갔다. 등잔 밑이 어둡다는 말이 있지 않은가. 그것을 믿는 것일까. 유병현은 서울 시내 한복판으로 들어와 있었다.

유병현은 수많은 불빛이 깜빡이는 차창 밖으로 시선을 던졌다.

나는 한때 제왕으로 불리며 군림했던 사람이다. 그런데 하루아침에 이 꼴이라니. 사실 철도공사 비공개 입찰 때 우리 대한기업은 그것을 운영할 만한 재력과 능력이 없었다. 그래서 입찰가도 아주 낮은 금액으로 써냈지 않은가. 그런데 어떻게 우리에게 철도공사가 낙찰됐는지 지금 생각해도 이상했다. 입찰부터 낙찰까지 모든 게 비공개로 이루어진

철도공사. 아마도 이 모든 일은 처음부터 철저한 계획을 가지고 우리를 죽이려는 심산인 것이리라. 김 부장의 말을 믿은 게 잘못이었다.

'회장님, 저를 믿고 입찰에 참가하세요. 제가 도와 드리겠습니다.'

어느 날 불쑥 찾아온 김 부장의 말이었다.

유병현은 끓어오르는 분노를 참을 수 없는지 거친 숨을 몰아쉬었다. 가다 서다를 반복하며 이십여 분을 달린 승용차는 고풍스러운 기와집에 도착했다. 전통 한옥을 현대에 맞게 개조한 개량 한옥이었다.

"회장님, 여기는 과거 안기부에서 안가로 사용했던 곳입니다. 지금은 민간에게 양도돼 개인 주택으로 사용하고 있는데, 안기부에서 사용했던 장비와 의료 시설이 그대로 보존돼 있습니다. 회장님이 지내시기엔 안성맞춤입니다."

"이런 곳을 어떻게 알아냈나."

"우리 신도 중에 권영훈 집사라고 있지 않습니까. 그 집사의 친척이 전두환이 정권을 잡을 수 있게 많은 자금을 지원했었다고 합니다. 그 대가로 전두환이 퇴임하면서 직접 하사한 집이라고 했습니다."

내부로 들어서니 과연 말대로 오래된 컴퓨터와 마치 병원의 수술실에 버금가는 의료 장비가 깨끗하게 보존돼 있었다. 유병현은 다소 안심이 되는 듯 피곤한 몸을 소파에 앉혔다.

"회장님, 인정하기 싫지만 이번 사태는 아마도 회장님이 잡히지 않으면 쉽게 끝날 일이 아닙니다. 어차피 정부는 희생양을 필요로 합니다."

"강 집사, 우리는 처음부터 이용당한 것이야. 정부의 희생양이라는 건 지금 만들어진 게 아니란 말이지."

"그래서 드리는 말씀입니다."

"내가 여기에서 빠져나갈 무슨 좋은 방안이라도 있다는 말인가?"

"회장님이 안 계시는 개벽파는 상상할 수 없습니다. 다행히 우리 신도 중에는 각계각층의 지식인과 전문인 들이 회장님의 가르침을 따르고 있습니다."

"이 사람, 강 집사. 왜 그렇게 말을 어렵게 돌리나. 요점을 말해야 될 게 아닌가."

유병현의 엄한 얼굴을 바라보는 강 집사. 그의 얼굴에 보이지 않는 만족한 미소가 스치고 지나갔다. 역시 자신이 믿고 따르는 유병현은 아직 건재했다.

"죄송합니다. 말씀의 요점은 또 하나의 회장님을 만드는 것입니다."

유병현의 아연실색한 얼굴.

"아니, 그게 가능한가? 그럴 만한 사람을 어디서 구하고 어디에서 어떻게 만든단 말인가."

"바로 여기가 그곳입니다."

부두를 스쳐가는 바람은 제법 한기를 띠고 있었다. 계절은 완연한 가을. 부두의 풍경은 평화롭게 보였다. 바다위에서 흔들리는 선박, 돛대 위에 사뿐히 내려앉는 갈매기. 부두에서 흔히 볼 수 있는 풍경이었다. 노상에서 생선을 길게 늘여 놓은 노점상의 상인들이 행인들을 향해 호객 행위를 하기 바빴다. 조금 떨어진 곳에서 그것을 바라보는 한 대의 승용차. 승용차에 타고 있는 두 명의 남자들은 이정우와 구성민이었다.

"저분이 전홍수 어머니란 말이지?"

이정우가 고갯짓하며 물었다. 머리에 수건을 두른 육십 초반으로 보이는 햇볕에 시커멓게 그을린 얼굴. 나이에 비해 심하게 굽은 허리에서 삶의 무게를 짐작할 수 있을 것 같았다. 여인의 시커먼 얼굴과 어머니의 앙상한 얼굴이 겹쳐 보였다.

"네, 그놈이 오늘은 와야 될 텐데…. 죽은 천태산과는 교도소에서 만나 출감 후 자주 만나고 다녔던 거 같습니다. 통화 기록을 보더라도 그렇고, 천태산이 살해되기 몇 시간 전에 통화했던 기록도 확보했습니다. 전홍수 그놈을 만나봐야 뭔가 잡힐 거 같습니다."

구성민은 이정우가 고향 집에 내려가 있는 동안 많은 조사를 한 듯 줄줄이 쏟아 놓았다.

"나 없는 동안 수고가 많았어."

"형님도 참 별말씀을…."

"그런데 전홍수가 천태산을 살해했을 가능성은 아주 없는 건가?"

"네, 전홍수는 사람을 죽일 만큼 간이 큰 놈이 아닙니다. 전과 기록을 보더라도 폭력 전과가 대부분인데, 대부분 힘이 약한 부녀자나 어린 학생들이 대상이었구요. 그리고 천태산의 사망 시간에 전홍수는 술집에서 술을 마시고 있던 것으로 조사됐습니다. 알리바이가 확실해요. 그런데 이놈이 의외로 보기 드문 효자더라구요."

"보기 드문 효자?"

"네. 어머니가 몇 해 전 병에 걸려 1년을 넘게 입원했었는데, 단 하루도 병상을 떠나지 않고 병수발을 들었다고 하더라구요. 저도 이런 놈은 처음 봅니다."

벌써 세 시간을 기다렸지만 전홍수는 모습을 보이지 않고 있었다. 날은 벌써 어둑한 시간으로 접어들었고, 근처 횟집에서 내놓은 간판에 등이 밝혀졌다. 노점상의 상인들이 하나둘 짐을 챙기기 시작했다. 전홍수 어머니 역시 짐을 챙겨 일어서고 있었다.

"형님, 오늘도 틀린 거 같은데요. 서로 들어가시죠."

"기다려 봐."

이정우가 무슨 생각인지 차 문을 열었다.

"형님, 어디 가시게요?"

말없이 차를 내린 이정우는 짐을 챙기는 전홍수 어머니에게 다가갔다.

"아주머니 생선 얼마예요?"

"다 팔고 이거 남았는데 내가 싸게 드리리다. 오천 원만 내슈."

여인의 얼굴에 웃음꽃이 피었다.

"이거 원래 얼마에 파시는 건데요?"

"원래는 이만 원이 넘는 건데 장도 끝났고, 손님 인상이 좋아서 내가 싸게 드리는 거요."

이정우는 지갑을 열어 이만 원을 손에 쥐어주었다.

"아이고, 오천 원만 내면 되는데…."

"그냥 받아두세요. 남는 게 있으셔야죠."

"아이고, 젊은 양반, 복 많이 받으슈."

생선 비닐봉지를 손에 든 이정우가 승용차에 올랐다.

"형님, 이 많은 생선을 사서 뭐 하시려구요."

"서에 들어가서 애들이나 나눠줘."

"형님도 참."

시동이 걸린 승용차가 천천히 후진해 도로로 진입하고 있을 때였다.

"잠깐만!"

이정우가 소리쳤다.

드디어 전홍수가 모습을 드러냈다. 잽싸게 차를 내리는 이정우와 구성민. 전홍수를 향해 서서히 접근했다. 두 사람을 발견한 전홍수가 무엇을 감지했는지 뒷걸음쳤다.

"홍수야! 오랜만이다."

구성민이 전홍수를 향해 반갑게 손을 흔들며 걸었다.

"누구?"

"나 모르겠어? 우리 저기서 만났잖아. 거기가 어디더라…."

그와 동시에 전홍수가 잽싸게 몸을 돌려 도망치기 시작했다. 두 사람이 동시에 뛰었다.

전홍수 어머니의 얼굴이 아연실색했다.

"아니, 저 양반이…. 아이고, 일을 어째."

"거기 서!"

입간판이 구르고 몸을 부딪친 사람들이 쓰러졌다. 여기저기서 여자들의 비명이 터졌다. 거리는 점점 좁혀졌다. 뒤를 돌아본 전홍수가 차도로 뛰어들었다. 끼익! 귀청을 찢는 급브레이크 소리. 이어서 차량 추돌 소리가 동시에 들렸다. 이정우와 구성민이 차도로 뛰었다. 또 한 번 급브레이크 소리와 수많은 전조등이 세 사람을 쫓았다. 차도를 건넌 전홍수가 골목길로 들어서 상가 건물로 들어섰다. 금방이라도 숨넘어갈 것처럼 헉헉대면서 계단을 뛰어올랐다. 건물은 5층 건물. 대부분 상가는 비어 있었다. 마지막 5층에 이르러 전홍수는 옥상 문을 열어젖혔다.

"이런, 시발."

더 이상 달아날 곳이 없었다.

"야! 전홍수…."

옥상으로 들어선 이정우와 구성민이 가쁜 숨을 몰아쉬었다. 곧바로 전홍수의 손목에 수갑이 채워졌다.

"너를 천태산 살해 혐의로 체포한다."

"네? 제가 태산이 형님을 왜 죽여요? 저는 태산이 형님이 시키는 대로만 한 거라구요."

　전홍수가 이정우의 노련한 유도신문에 걸렸다. 어느새 항구 도시에 수많은 등이 밝혀졌다.

　"똑바로 말 안 할래?"

　"정말 저는 시간호 유가족을 따라다니면서 폭력을 유도한 죄밖에 없어요. 그게 답니다. 태산이 형님이 누구한테 사주를 받고 있었는지 저는 정말 아는 바가 없어요. 그리고 이 수갑 좀 풀어 주세요. 사람이라도 올라오면 어떡하라구."

　구성민의 으름장에도 전홍수의 대답은 달라지지 않았다. 대체 시간호 유가족이 무엇 때문에 사회적 죄인으로 만들어져야 한단 말인가. 국민 대다수가 시간호 사건 진실 규명을 외친다면 그것과 관계된 사람들은 무엇을 잃는단 말인가. 집요하게 국민이 시간호 사건에서 등을 돌리게 만드는 의도가 과연 무엇인가. 거기에 대체 무엇이 있는가. 이정우는 한동안 전홍수를 빤히 바라보다가 수갑을 풀어줬다.

　"어머니가 몸이 많이 불편해 보이시던데 빨리 가서 도와드려. 어머니 걱정 끼치지 말고 살아야지. 자, 미안하게 됐으니까 이거 얼마 안 되지만 어머니 고기나 사다 드려."

　이정우가 5만 원권 지폐 두 장을 손에 쥐어주며 어깨를 가볍게 다독여 주었다.

　"아니, 형사님. 웬 돈을…."

　"빨리 가서 어머니 도와드려."

　돈을 받아든 전홍수가 영문을 모르겠다는 얼굴로 계단을 내려갔다.

　"형님, 저놈을 이렇게 빨리 풀어주시면…. 설마 저놈이 전혀 숨김없이 모든 걸 말했다고 생각하시는 건 아닌 거죠? 그리고 돈은 또 뭡니까?"

구성민이 이해할 수 없는 표정으로 물었다.

"전홍수는 다시 올라올 거야. 기다려 봐."

"네? 저놈이 다시 온다구요?"

구성민은 이해할 수 없는 표정을 풀 수 없었다. 잠시 기다리니 계단을 뛰어올라오는 소리가 들렸다.

"진짜네요. 아니 어떻게…."

과연 이정우의 말대로 전홍수가 숨을 헉헉거리며 옥상으로 들어섰다.

"형사님, 제가 이 얘기는 안 하려고 했는데…. 아이 증말."

번화가의 밤거리는 불야성을 이루고 있었다. 매스컴에서 연일 외치는 불경기도 이곳은 예외인 것 같았다. 이정우와 구성민이 한 술집으로 향했다. 전홍수가 말한 박수명이 운영하는 룸살롱이었다.

"형님, 근데 전홍수가 다시 올라올 거라고 어떻게 아셨어요?"

"그건 니가 나한테 말해줬잖아."

"네? 제가요?"

"보기 드문 효자."

그제야 구성민은 이해를 하는 듯 보였다.

"그럼 전홍수 어머니에게 사신 생선은요? 계산된 행동이었나요?"

"그건…."

이정우는 어떤 대답도 할 수 없었다. 거기엔 진심과 계산됨, 두 가지 감정이 담겨 있었기 때문이었다.

"나도 사실 전홍수가 올라올 거라고 말했지만 올라오지 않을 줄 알았어."

구성민이 웃음을 터트렸다.

이정우의 말대로 헉헉거리며 옥상으로 들어선 전홍수는 의외의 정보를 쏟아놓았다.

"역 지점에 가시면 박가 놈이, 아니 박수명이 운영하는 '야화' 룸살롱이 있을 겁니다. 사채와 일수놀이로 많은 돈을 번 놈인데, 그놈은 아주 안 좋은 악취미를 가지고 있어요. 아주 심한 관음증 환자거든요. 지가 운영하는 술집에도 몰카를 설치해 놓고…. 아마 그곳뿐이 아닐 겁니다. 그놈은 장소와 대상을 안 가리는 놈이니까요. 그거 때문에 태산이 형님한테 호되게 맞기도 하고 여러 차례 혼나기도 했지만 그때뿐이었습니다."

전홍수는 쉬지 않고 말했다.

"태산이 형님하고 요 근래 자주 만나고 다니더라구요. 그놈을 만나면 뭔가 건질 게 있을 겁니다."

이윽고 룸살롱으로 들어선 이정우와 구성민이 비어있는 홀로 들어가 자리를 잡았다. 곧바로 진한 화장의 여자가 홀로 들어섰다.

"아가씨, 뭐 하나 물어봅시다. 박 사장님 지금 여기에 계신가요?"

구성민이 물었다.

"사장님이요? 지금 안 계시는데 왜요?"

"빌린 돈 갚으러 왔습니다."

"아, 그러세요. 근데 어쩌죠? 오늘 안 들어오실 거 같은데."

"이런, 그럼 연락해서 빨리 들어오시라고 하세요. 빌린 돈으로 술 다 먹기 전에."

구성민의 순간 능청스러운 기지에 이정우가 보이지 않게 웃음을 터트렸다. 어김없이 밀려드는 미안함과 죄책감. 일상 자체가 구속이었다. 고개를 돌릴 수밖에 없었다.

"알았어요. 연락하고 올게요."

잠시 후, 여자가 문을 열고 들어섰다.

"사장님 곧 오실 거예요."

말을 마친 여자는 아예 자리를 잡았다.

"이거 미안합니다. 우리 둘이 마시다가 사장님 오시면 부를게요."

이정우의 말에 여자가 아쉬운 얼굴로 홀을 나서며 고개를 돌렸다.

"혹시 공무원이세요?"

사람을 많이 상대해 본 직감이 발동한 듯했다.

"공무원처럼 보이나요? 그냥 회사원입니다."

"꼭 공무원처럼 보여서요."

여자가 사라지자, 구성민이 주머니에서 뭔가를 꺼냈다. 크기와 모양이 휴대전화와 비슷한 몰카 탐지기였다. 안테나를 길게 빼고 이어폰을 꽂았다. 한눈에 보아도 몰카 위치는 파악하기 어렵지 않았다. 천장에 박혀 있는 조명등. 아니나 다를까. 그곳을 지나던 탐지기가 반응을 보였다. 조명등을 뜯어낸 구성민이 몰카를 어렵지 않게 찾았다. 그곳뿐이 아니었다. 탐지기는 계속해서 반응을 보였다. 십여 분도 안 돼 다섯 개를 더 찾았다.

"하, 이놈 이거 제대로 걸렸네요."

그때 문이 열리며 박수명이 들어섰다. 짧은 머리에 턱이 뾰족한 인상이 매우 날카롭게 보였다.

"누가 나한테 돈을 갚으러 오셨…."

두 눈이 휘둥그레진 박수명. 동시에 구성민이 그의 멱살을 잡아 소파에 패대기쳤다. 엎어진 박수명은 포기한 듯 순순히 수갑을 받았다.

"박수명, 하나하나 열거해 볼까? 음란물유포죄, 성매매특별법위반,

성폭력범죄의 처벌 등에 관한 특례법 위반, 그리고 너 동종 범죄로 집행유예 기간이지. 거기에 불법 사채까지 이번에 들어가면… 어디 계산 좀 해 볼까?"

구성민이 능글맞게 말했다.

"아이고, 형사님, 제발 좀 봐주십시오."

"우리가 어떻게 봐줘야 되는데?"

"형사님, 태산이 형님 살해 사건으로 찾아오신 거 다 알고 있습니다."

"눈치 하나 빠르네."

박수명은 자신의 범죄를 선처받으려는 듯 숨김없이 털어놓기 시작했다. 묵묵한 이정우는 그의 입에서 시선을 떼지 않았다.

"그래서 천태산의 사무실에도 몰카를 설치했다구?"

그 말이 사실이라면 사건 해결의 결정적인 증거 자료였다.

"네. 태산이 형님은 다방 아가씨들을 수시로 사무실로 불러서…."

뒷말은 중요하지 않았다.

"그거 지금 어딨어?"

구성민이 급하게 물었다.

"어디에 있긴요. 살인 사건 현장을 제가 어떻게 들어갑니까. 누군가 건드리지 않았다면 그 자리에 있겠죠. 오른쪽 창문을 보시면 샷시 중간 부분에 틈이 조금 벌어져 있을 겁니다. 소파가 정면으로 보이는 위치요."

✞

국민을 통합시키는 수단

어스름한 길, 군데군데 텃밭이 보였고, 허름한 집들은 대부분 판자와 슬레이트로 지어져 있었다. 골목길은 몹시 지저분했다. 집 안에서 내놓은 연탄재와 검은 비닐봉지에 담긴 쓰레기들이 주변에 아무렇게나 흩어져 있었다. 서울 도심 외곽의 달동네였다. 지저분한 골목을 비추는 가로등은 점점 희미해지며 휴식 시간을 기다리는 듯 보였다. 새벽을 알리는 두부 장수의 종소리, 이어서 개 짖는 소리가 들렸다. 그때 골목 저편에서 허름한 옷차림의 남자가 텃밭을 지나 골목으로 들어서고 있었다. 그는 무엇에 쫓기는지 연신 뒤를 돌아보았다. 하지만 그 대상은 보이지 않았다. 그래도 가시지 않는 불안한 눈초리. 몹시 지저분한 얼굴이 더 지저분하게 보였다. 마침내 집 앞에 다다른 그는 또다시 뒤를 돌아보더니 집 안으로 사라졌다.

"유병현이 확실합니다. 옷차림도 서울역 CCTV에 찍힌 모습하고 똑같구요."

골목 저편에 서 있는 승용차에서 들려오는 말이었다.

김 부장이 담배를 빼 물었다. 자신도 모르게 필터를 힘껏 깨물었다. 이어서 새로 해 넣은 앞니가 흔들리는 것 같았고 시린 느낌이 드는 것도 같았다. 승용차에서의 느닷없는 봉변, 그 일만 생각하면 자다가도 벌떡 일어난 적이 한두 번이 아니었다. 하지만 사적인 감정으로 인해 대의를 그르칠 순 없는 일.

"부장님, 어떻게 할까요. 지금 들이칠까요?"

하지만 김 부장은 입술을 잘근잘근 깨물 뿐 대답이 없다. 이어서 그의 입에서 나온 담배 연기가 좁은 승용차에 가득 찼다.

"부장님."

"그냥 출발해."

그의 입에서 의외의 대답이 흘렀다.

"네? 지금 들이치면 빠져나갈 구멍이 없습니다. 그리고 항상 대동하고 다니는 경호원도 없구요. 지금이 절호의 기회입니다. 다른 수를 쓰기 전에 체포를 해야…."

"김 경위, 내 말이 안 들리나? 어차피 독 안에 든 쥐야."

"하지만…."

보기 드문 서늘한 눈빛. 입을 다문 김 경위가 마지못해 차를 출발시켰다. 잠시 불편한 침묵의 시간이 흘렀다.

"김 경위, 세상이 원리 원칙대로 돌아간다고 생각하나. 원리 원칙대로 돌아갔다면 자네는 경위에서 머무르지 않고 벌써 경정이 되고도 남았어. 세상은 그런 것이야."

김 경위는 의중을 파악하려고 애썼다.

"유병현 저 늙은이는 우리를 위해서 존재하는 사람이야. 처음부터 죽을 때까지. 지금 저 늙은이가 죽어버리면 우리는 또 다른 희생물을 찾아야 해. 그걸 경찰이 할 텐가?"

"전 솔직히 무슨 말씀이신지 감이 잡히지 않습니다."

"우리의 최대의 목적은 관심과 시선, 증오와 멸시, 비난과 외면, 이런 것들이야. 이 모든 것들을 유병현이 안고 가야지. 아니 안겨줘야지. 안 그런가?"

그제야 김 경위는 이해하는지 고개를 끄덕였다.

"저 늙은이는 아직 잡으면 안 돼. 너무 빨라. 지금 잡으면 국민의 관심사가 없어지잖아. 그럼 그 시선이 또 어디로 향하겠나. 경찰의 무능함을 질타하는 국민의 감정. 그만큼 국민의 시선이 유병현에게 쏠려 있다는 증거인 셈이지. 아직은 때가 아니야."

날은 완전히 밝아 있었고, 어느새 승용차는 도심 한복판으로 들어섰다.

"유병현이 빠져나갈 수 없도록 밀착 감시해. 잘 알아서 하겠지만 감시 요원들 수시로 바꾸는 것도 잊어서는 안 돼. 눈치가 빠른 늙은이니 항상 주의하고."

여러 가지를 당부한 김 부장은 승용차에서 내려 한 건물로 들어섰다.

"아니, 김 부장님. 아침 일찍부터 여긴 어쩐 일로…."

"이 감독님, 오랜만이오."

이 감독이 김 부장이 내민 손을 어정쩡하게 잡았다.

"제작사와 감독을 같이 하니 많이 힘드시죠."

"아닙니다. 제가 좋아서 하는 일인데요 뭐."

"호칭이 애매하군요. 이 사장님이라고 불러야 할지 이 감독님이라고 불러야 할지."

"그냥 이 감독이라고 불러주십시오. 저는 그게 좋습니다."

"그렇지, 예술가는 무엇을 하든 예술가로 남아 있어야 합니다. 그래야 이 사회가 그만큼 윤택해지는 게 아니겠소. 내가 그래서 이 감독님을 좋아하는 겁니다."

이 감독이 머쓱한지 뒷머리를 긁적였다.

"참, 지난번 영화는 아주 재밌게 잘 봤소. 흥행 성적은 좀 어떤가요?"

"김 부장님이 재밌게 보셨다니 몸 둘 바를 모르겠습니다. 그런데 애석하게도 흥행 성적은 영 좋지 않습니다. 시국이 어지러워서 그런지 투자금은 고사하고 당장 코앞으로 다가온 은행 이자도 내지 못할 형편입니다."

"그래요? 음, 식사 전이죠? 나하고 밥이나 먹으면서 잠깐 얘기 좀 합시다."

이른 아침 시간이라 그런지 문을 연 식당은 잘 보이지 않았다. 누가 먼저랄 것도 없이 눈에 들어온 해장국 집으로 자연스럽게 들어섰다. 넓은 식당에는 유흥업소 종사자들로 보이는 짙은 화장의 여자들이 아침부터 소주와 해장국을 먹고 있었다. 잠시 후, 테이블에 밑반찬이 놓이고 조금 이어서 해장국이 날라져 왔다.

"이 감독님, 우리도 소주나 한잔 할까요?"

아침부터 소주…. 그것도 김 부장이. 이 감독은 순간 생각했던 거절의 명분을 지울 수밖에 없었다.

절반의 해장국과 한 병의 소주가 거의 비워지는 시간에도 김 부장의 입에서는 별 의미 없는 말만 흘러나올 뿐 목적은 흘러나오지 않았다. 이 감독은 속을 알 수 없는 김 부장과의 자리가 몹시 불편해지기 시작했다.

"이 감독님, 영화를 만들고 흥행시키는 데 제일 힘든 게 무엇이오?"

드디어 목적을 말하는 것일까. 하지만 짐작하기 어려웠다.

"그건 우선 제작비를 손에 꼽을 수 있구요. 그리고 출연 배우와 장소, 시나리오와 광고 등등 딱 집어서 말하기는 어렵습니다. 설령 이 모든 것들을 제 뜻대로 맞춘다 해도 흥행은 보장할 수 없는 게 현실이구요. 어차피 영화 제작은 일종의 도박일 수도 있습니다. '모' 아니면 '도'죠."

"그렇군요."

대화가 자연스럽게 이어지지 못하고 자주 끊긴다. 그렇다고 일어설 수도 없다. 김 부장이 누구인가. 이 감독은 불편한 자리를 빨리 뜨고 싶은지 엉덩이를 들썩거렸다. 마침내 소주와 해장국을 완전히 비운 김 부장이 천천히 입을 열었다.

"이 감독님, 그 모든 것들을 지원해 주면 최고의 영화를 만들 수 있겠소?"

이 감독은 순간 자신의 귀를 의심했다. 김 부장이 무엇 때문에….

"제작비와 흥행은 걱정하지 마시고 최고의 배우와 최고의 시나리오 작가를 섭외해서 영화를 만들어 보시오."

이 감독의 얼굴에 놀라움과 기쁨이 동시에 교차했다. 하지만 도무지 영문을 모르겠다는 얼굴이었다.

"단, 조건이 있소. 줄거리는 내가 정해주는 대로 하시고, 두 달 안에 제작을 끝내 주시오."

"두 달 안에요? 그리고 줄거리는 어떤….."

"할 수 있겠소, 없겠소?"

목적을 말한 김 부장은 곧바로 일어서려고 했다. 다른 사람을 찾아 볼 테니 빨리 결정하라는 뜻과 같았다. 이 감독은 순간 고민하지 않을 수 없었다. 하지만 당장 코앞으로 다가온 은행 이자를 갚지 못하면 제작사는….

"네, 줄거리를 보고…."

이 감독은 마지못해 대답했다.

"좋소, 승낙하신 거로 알고 줄거리는 내일 인편으로 보내드리겠소. 자, 우리 자주 봅시다."

김 부장이 나간 후에도 이 감독은 자리에서 일어설 수 없었다. 다시 일어설 수 있는 기회인가. 아니면 예술을 이용해 권력을 미화시켰다는 이유로 충무로에서 불명예스러운 퇴진을 당할 것인가. 결정이 쉽지 않았다.

"그래, 어차피 정치도 사람이 하는 것이고, 예술도 사람이 하는 것이야. 무슨 차이가 있나."

자신도 모르게 입 밖으로 나온 소리가 다소 컸는지 술을 마시던 여자들이 흘깃거렸다. 그것에 개의치 않고 어깨에 잔뜩 힘을 준 그는 식당 문을 힘차게 열어젖혔다.

다음 날, 이 감독은 한 남자를 통해 아주 간단하게 쓰인 김 부장의 영화 줄거리를 받았다. 이 감독이 줄거리를 천천히 눈으로 읽기 시작했다.

"주인공은 과거 운동권 출신이다. 자신이 겪고 있는 고난과 역경을 국가권력이 만든 사회시스템의 책임으로 돌린다. 자연스럽게 국가권력을 아주 싫어한다. 그러던 어느 날, 어떤 사건이 터지고 주인공은 국가권력의 도움으로 벗어나게 된다. 자신을 언제나 국가권력이 보호해 주고 있었다는 사실을 깨닫게 되는 주인공. 그러던 또 어느 날, 국가권력은 예기치 않은 사건에 휘말려 위기를 맞게 된다. 이에 주인공은 국가권력을 위해 앞장서서 사람들을 모으고 장렬한 최후를 맞이한다."

읽기를 다 마친 이 감독은 하마터면 남자 앞에서 욕설을 내뱉을 뻔했다. 역시 자신의 예상은 빗나가지 않았다. 아니 줄거리는 자신의 예상을 훨씬 뛰어넘는 것이었다. 이런 허무맹랑한 주제로 영화를 제작해 흩어진 민심을 얻으려고 하다니…. 자신도 모르게 실소가 터졌다. 비웃음에 가까운 소리에 남자가 빤히 바라보았다.

"김 부장님한테 가서 이대로 전하세요. 사람 가지고 장난치지 마시라고."

굳은 얼굴로 사무실을 빠져나가는 남자. 그의 뒷모습이 왠지 불쌍하게 보였다. 당장 내일로 다가온 이자를 갚지 못한다면…. 그렇지만 가슴은 오히려 후련하고 홀가분했다.

하하하. 사무실에 퍼지는 웃음소리. 이 감독의 가슴 시원한 웃음소리였다.

"형님, 어떻게 하시겠어요?"

구성민의 계속되는 물음에도 이정우는 어떤 결정을 내릴 수 없었다.

"잠깐만 생각 좀 해 보자."

구성민을 향해 손바닥을 들어 보이고 어젯밤 보았던 박수명의 몰카를 다시 그려 보았다. 충격을 넘어서 가히 상상을 초월하는 장면이었다. 이건 대체 무엇이란 말인가. 흥신소로 느닷없이 등장한 검은 양복의 사내들. 그들을 뒤따라 들어온 김현태 살해 용의자. 그와 동일 인물인 시간호 폭파 용의자. 몰카에는 분명 시간호 폭파 용의자에 의해 검은 양복들과 천태산이 살해됐다. 녹화 장면은 거기에서 그쳐 있었다. 메모리 용량이 한참이나 남았는데도 불구하고 어떤 이유인지 더 이상의 녹화 장면은 찍혀 있지 않았고, 한참이 지난 후에 사건을 신고한 관리사무실 직원과 제복 경찰의 모습이 찍혀 있었다. 몰카 고장이라고 진단할 수 없는 부분이다. 시신을 빼돌리는 부분만 빠져 있기 때문이었다. 그렇다면 누군가 녹화 장면을 지웠다고 봐야 한다. 하지만 누군가 지웠다면 왜 몰카를 없애지 않고 그 자리에 다시 갖다 놓은 것일까. 여기에는 분명 의도와 목적이 있다. 그 목적은, 그 목적은… 따라올 테면 따라오란 말인가. 그런데 검은 양복들의 시신을 빼돌린 이유는 또 무엇이란 말인가. 도무지 짐작하기 어려웠다. 예기치 않게 자신이 맡았던 김현태 사건이 다시 찾아온 것이었다. 그것은 시간호 사건이기도 했다. 이정우는 풀리지 않는 추리에 양쪽 관자놀이를 세게 눌렀다. 지끈거리는 머리 때문이었다.

"아직 아무한테도 얘기 안 했지?"

"네, 형님하고 저만 알고 있습니다."

이정우가 고개를 끄덕였다.

"그래서 어떻게 결정하실래요?"

"일단 우리 둘만 알고 있는 거로 하고 천천히 생각해 보자구."

"그러다 계장님이 아시는 날엔…."

그때 들리는 발걸음 소리. 전인태였다.

구성민이 잽싸게 자리로 돌아가고 이정우가 서류를 매만졌다.

"이 반장, 천태산 사건은 언제 보고할 텐가?"

"그게 아직…."

"천태산 사건은 동네 양아치 사건이야. 그런데 아직까지 아무런 진척이 없다는 말인가?"

"아닙니다. 이미 주변 인물들의 탐문 수사를 마쳤고 곧 윤곽이 잡힐 거 같습니다."

"음, 그래야지. 조만간 좋은 소식 줄 거라 믿네. 그리고 너무 늦었지만 미안하네. 특별수사본부 해체 건 그건 내 선에서 어떻게 해볼 도리가 없었어. 조직사회라는 게 다 그런 거 아닌가."

전인태가 이정우의 어깨를 다독이며 지나갔다.

"형님, 잠시만요."

구성민이 말하고 밖으로 향했다. 곧바로 이정우가 따라 일어서 발을 옮겼다.

"반장님, 왜 요즘 구 형사하고만 다니세요? 우리가 알아서는 안 될 내용이라도 있습니까?"

뒤통수가 가려워지는 볼멘소리. 그러고 보니 시간호 사건 이후로 대인 관계에도 뭔가 이상 조짐을 보이고 있었다. 그것은 누구도 믿고 싶지 않고, 만나고 싶지 않은 대인기피증 그 이상이었다. 이 증상은 날이 갈수록 더 심해졌고, 심지어는 생사고락을 함께했던 후배들인데도 이 증상은 예외를 두지 않았다. 어쩌면 국가권력의 반발심일 수도 있는 것 같았다. 부하이기 전에 국가공무원이지 않은가. 하지만 왠지 모르게 구성민은 달랐다. 자신이 생각해도 이상했고, 이해하기 어려웠다. 내 무의식이 무너지는 나를 지켜주기 위해 구성민을 방어기제로 삼은 것인가. 모를 일이었다. 이정우는 대답 없이 경찰서를 나서 구성민의 차에 올랐다.

ℷ

몰카에는 무슨 내용이 담겨 있을까

이정우와 구성민이 전자상가로 향했다. 고층 빌딩이 즐비한 거리를 부지런히 오가는 사람들. 지하철역을 빠져나온 사람들은 무엇이 바쁜 듯 계단을 뛰듯이 올라 거리로 들어서고 있었다. 바쁘게 돌아가는 세상에 몸을 맞추려고 하는 것일까. 길게 드러누운 상가를 바쁜 걸음으로 오갔다. 거리는 바쁘게 움직이는 사람들의 마음을 읽고 있는 것인지, 내용물을 알 수 없는 종이 박스와 곳곳에 흠집이 남아 있는 중고 모니터가 지나는 사람들의 시선을 끌기에 바빴다.

이정우와 구성민을 태운 승용차가 굴다리를 넘어 전자상가가 빼곡히 들어찬 건물 앞에서 멈췄다. 차에서 내린 두 사람은 잠시 거리를 지나 좁은 골목으로 들어섰다. 종류를 알 수 없는 음식 냄새가 진동했다. 쇠를 깎는 소리가 그쳤다가 다시 들렸다. 두 사람이 식당과 철공소를 지나 간판이 몹시 낡은 상가로 들어섰다.

"어이구, 이게 누구여. 이 반장 아닌가?"

검은 머리를 찾아볼 수 없는 백발에 주름 가득한 얼굴이었다. 거의 코 밑까지 내려온 안경이 금방이라도 떨어질 것처럼 보였다. 얼른 두루마리 화장지를 내려놓은 그는 악수를 청했다. 그는 경찰청 정보 분석 요원이었다. 십수 년 전, 동료 경찰의 모함으로 불명에 퇴직 전까지는.

"어떻게 잘 지냈…."

그의 삼킨 뒷말. 이정우의 현실을 잘 알고 있는 듯했다.

"선배님, 잘 지내고 계시죠?"

이정우가 아무렇지 않은 표정으로 인사했다.

"나야 뭐, 나이가 먹으니 몸이 어제 다르고 오늘 달라. 하루에도 화장실을 몇 번이나 가고."

"선배님, 저는 안 보이세요?"

구성민이 퉁명스럽게 말했다.

"그래, 이놈아. 니 큰 덩치 때문에 손님들이 왔다가도 무서워서 다시 나가겠다."

작은 상가에 웃음소리가 퍼졌다.

"참, 선배님도…. 말씀이 거치신 건 여전하세요."

이들의 대화에서 오랜 친분 관계가 느껴졌다.

"그런데 이렇게 두 사람이 같이 온 걸 보니 뭔가 중요한 거라도 갖고 온 모양이지?"

"우리가 선배님 말고 믿을 분이 누가 있겠어요."

구성민이 능글맞게 말했다.

"이놈아, 올 때마다 그 소리 좀 안 할 수 없겠냐."

"그랬나요? 하하하."

이정우가 몰카를 꺼내 책상에 내려놓았다. 선배가 몰카를 집어 유심히 바라보았다.

"복원 가능하시죠? 시간대는 새벽 1시 20분부터 1시 40분 정도. 삭제된 부분만 복원 부탁드릴게요."

"이거 최신형 같은데…. 흔히 도촬 카메라로 불리는 기종이네. 근데 여기에 뭐가 찍혀 있나? 나한테 이걸 주는 걸 보니 국과수를 믿을 수 없는 모양이지?"

전직 경찰의 직감일까. 몰카를 바라보는 눈매가 예사롭지 않았다. 이정우와 구성민이 고개를 끄덕였다. 그런 두 사람을 예리한 눈으로 바라보는 선배.

"좋아, 벌써부터 긴장감이 드네. 이거 정말 오랜만에 느껴보는 짜릿한 감정인데."

"언제까지 가능할까요?"

"음, 힘들 거 같기도 하고. 일단 내일 밤까지 기다려 보게. 내가 연락하겠네."

"그럼 잘 부탁드리겠습니다."

흡족한 얼굴로 상가를 나서는 두 사람을 바라보는 선배. 그는 또 신호가 온 듯 급히 화장지를 챙겨 화장실로 향했다.

기다림의 시간은 초조하고 불안했다. 시간은 벌써 자정에 가까워지고 있었다. 하지만 좀처럼 전화기는 반응을 보이지 않았다. 이윽고 자정에 가까웠던 시간이 자정을 넘어섰다. 선배님의 실력으론 무리인 것일까. 차에서 나온 이정우가 담배를 빼 물었다.

"형님, 아무래도 선배님의 실력으론 무리가 있는 거 같은데요."

뒤를 따라 나온 구성민, 그 또한 자신과 같은 생각이었다.

"이제 어떡하죠? 계장님한테 언제까지 숨길 수도 없고."

"그만 들어가서 쉬어. 내일 보자."

"네, 그럼 형님도 들어가서 쉬세요."

집 앞에 당도한 이정우는 선뜻 계단에 발을 올려놓지 못했다. 온 가족이 모여 행복했던 추억이 아주 멀게 느껴지기도 하고 바로 어제처럼 느껴지기도 했다. 한참을 그 자리에 서 있던 그는 마지못한 듯 계단에 발을 올렸다. 그때 전화기가 몸을 떨었다. 선배였다. 가슴의 두근거림. 이어서 목소리가 흘러나왔다.

"이 반장, 이게 대체 뭔가."

선배의 숨 가쁜 소리는 계속 이어졌다.

"이놈은 김현태 살해 용의자로 전국에 수배령이 떨어졌던 놈 아닌가. 그리고 갑자기 들이친 이놈들은 대체 누군데 시체를 들고 나가는가?"

복원 성공이었다.

"제가 즉시 거기로 가겠습니다."

전화를 끊은 그는 곧바로 구성민에게 전화를 걸었다.

"네, 형님, 저도 지금 연락받았습니다. 지금 바로 출발하겠습니다."

이정우의 승용차가 거친 소리를 내며 출발했다. 한산한 새벽도로. 이정우는 가속페달을 끝까지 밟았다. 어느새 길게 늘어진 상가 건물 앞에 도착해 차를 멈췄다. 선배의 상가는 차가 들어설 자리가 없었다. 뛰어야 했다. 뛰는 시간이 아주 길게 느껴졌다. 새벽 시간, 불이 꺼진 상가 건물은 몹시 음산하게 보였다. 급히 골목으로 들어선 이정우는 식당과 철공소를 빠르게 지나쳐 선배의 상가에 도착했다. 그런데 어찌된 일인지 불이 꺼진 상가는 너무나 조용했다. 무언가 불길한 직감. 권총을 빼들었다. 살며시 문을 열어 보았다. 아무도 보이지 않았다. 천천히 발을 옮겨 뒷문으로 향했다. 화장실로 통하는 문이었다. 그때 스르르 열리는 뒷문.

"누구야!"

즉각 권총을 겨누고 소리쳤다. 아무 반응이 없었다. 이정우는 경계 자세로 서서히 움직였다. 바로 그때 신음 소리가 들렸다. 고통의 신음은 틀림없는 선배의 목소리였다. 한달음에 달려가 화장실에 도착했다. 이어서 크게 벌어지는 이정우의 입술. 변기에 앉아 있는 백발노인. 아니 이미 백발은 붉게 물들어 있었다.

"선배님!"

이정우가 선배를 끌어안았다. 간신히 숨이 붙어 있는 선배는 무엇을 말하고 싶은지 입술을 달싹거렸다. 하지만 무슨 말인지 알아들을 수 없었다. 선배의 고개가 서서히 아래로 향했다.

"선배님! 안 됩니다!"

이미 늦었다. 변기와 타일 바닥에 붉은 피가 흥건했다. 바로 그때 누군가 뛰어 들어오는 소리. 구성민이었다.

"선배님!"

"이미 늦었어."

두 사람은 선배의 죽음 앞에서 움직이지도 못하고 멍하게 서 있었다.

검은색 승용차가 한옥이 즐비한 거리를 지나고 있었다.

"지금 어디로 가는 건가."

김 부장이 눈을 감은 채 물었다.

"유병현 감시 도중에 뭔가 이상한 점을 발견했습니다."

김 경위가 말했다.

"왜, 그 늙은이가 신통술이라도 부린다는 말인가?"

"제가 보기엔 그렇습니다."

눈을 뜬 김 부장이 기분이 상한 듯 김 경위를 빤히 바라보았다.

"제가 감히 어떻게 부장님께 농담을 하겠습니까."

그제야 상황 파악이 된 김 부장이 허리를 곧추 세웠다.

"바로 여깁니다."

승용차가 육중한 대문 앞에 멈췄다. 올려다보니 곧게 뻗은 대들보가 미려한 기와집을 굳건히 받치고 있었다. 대문은 누구도 받아들이지 않겠다는 자세로 입을 굳게 다물고 있었다.

"아니, 여기는 과거 안기부에서 안가로 사용했던 집이 아닌가."

"맞습니다. 조사해 보니 현재는 동신물산 대표의 소유로 확인됐습니다. 그 사람은 열렬한 개벽파 신도이구요. 우리가 감시하던 유병현이 어젯밤에 여기서 나오는 모습을 확인했습니다."

"그러니까 유병현이 여기서 신통술을 부렸단 말이지."

"네, 맞습니다."

"하, 이것 봐라. 교활한 늙은이."

"우리가 감시했던 사람은 진짜 유병현이 아니었습니다. 비슷한 사람을 유인해서 행세를 시킨 것으로 드러났습니다. 어떻게 할까요? 더 이상 지체하다 잘못하면 일이 아주 어렵게 돌아갈 수 있을 거 같습니다."

"그럼 감시했던 노인네는 지금 어디에 있는가."

"우리 요원들이 잡아두고 있습니다."

김 부장이 담배를 빼 물었다. 잠시 침묵의 시간. 내가 너무 시간을 지체한 것일까. 아니면 조금 더 기다려야 하나. 마침내 결정을 내린 김 부장이 담배를 비벼 끄고 말했다.

"지금 즉시 기자들 눈치 못 채게 병력 지원 요청해."

"알겠습니다."

잠시 기다리니 두 대의 순찰차가 경광등과 사이렌을 요란하게 울리며 들어서고 있었다.

"이런 멍청한! 빨리 가서 사이렌 끄라고 해!"

김 부장이 소리쳤다.

곧이어 대여섯 명의 제복 경찰들이 순찰차에서 뛰어내려 벽에 바싹 붙었다. 바로 그때였다. 폭이 넓은 모자를 눌러쓴 노인이 건장한 남자들의 호위를 받으며 길을 올라오고 있었다. 유병현이었다.

"저기야!"

누구의 소린지 알 수 없었다. 경찰들이 유병현을 향해 뛰었다. 유병현과 경호원들이 도망치기 시작했다. 골목을 울리는 수많은 발소리. 맞닥뜨린 경찰과 경호원들이 난투극을 벌였다. 고함과 비명이 동시에 터졌다. 수적으로 우세한 경찰들이 승기를 잡았다. 유병현과 경호원들이 그 자리에서 체포됐다. 김 부장이 흡족한 얼굴로 유병현에게 다가갔다.

"회장님, 우리를 상대하려고 하시다니 너무 무모하시군요. 이제 회장님이 주신 훈장을 돌려드려야겠군요."

김 부장이 앞니를 드러낸 얼굴을 유병현에게 바싹 들이댔다. 그런데 뭔가 이상했다. 뭔가 직감한 김 부장이 유병현의 폭이 넓은 모자를 벗겼다. 그의 입에서 헛바람이 새나왔다. 유병현이 아니었다.

"늙은이는 아직 저기에 있어!"

정신을 차린 김 부장이 소리쳤다.

경찰들이 한옥으로 다시 뛰었다. 그들의 입이 벌어졌다. 활짝 열려 있는 대문. 안으로 들어서니 사람이 머무른 흔적만 있을 뿐 누구도 보이지 않았다. 김 부장의 완벽한 패배였다. 대체 늙은이는 몇 명을 더 만들어 놓았단 말인가. 소파에 쓰러질 듯 앉은 그는 실없는 웃음을 흘렸다. 이어서 큰 웃음소리가 한옥을 울렸다.

"강 집사, 지금쯤 김 부장 그놈 얼굴이 어떻게 변해 있을까? 하하하"

도심을 빠져나가는 승용차 안에서 들리는 목소리와 호탕한 웃음소리였다.

"이게 다 강 집사 덕분이야."

"아닙니다. 회장님이 안 계시는 우리 개벽파는 상상할 수 없습니다."

'김 부장, 내가 그렇게 호락호락한 사람처럼 보였나? 너는 처음부터 나를 잘못 건드렸어. 그 대가는 반드시 갚아주마.'

이를 악문 유병현은 지친 눈을 감았다. 그렇게 얼마나 달렸을까. 부르는 소리에 눈이 떠졌다.

"회장님, 다 왔습니다."

바라보니 숲이 우거진 산이었다.

"조금만 올라가시면 별장이 있습니다. 여기는 회장님이 계셨던 안기부의 안가보다 더 안전한 곳입니다. 올라가 보시면 아시겠지만 누가 접근한다 해도 바로 알 수 있는 자리에 있습니다."

"여기도 우리 신도 소유의 별장인가?"

"네, 맞습니다."

산을 오르는 유병현은 다소 숨이 차는 듯 숨이 거칠어졌다. 막상 산을 오르니 별장은 보이는 것과 많은 차이가 있었다. 그렇게 한참을 더 오르니 비교적 작은 별장이 바로 눈앞에 보였다. 과연 말대로 산 아래가 한눈에 보였고, 굽이굽이 뻗은 길 위에서 사람들이 다니는 모습이 선명하게 보였다. 그 누가 온다 해도 피할 수 있는 시간은 충분할 거 같았다.

그때 별장 문이 열리며 옷을 잘 차려입은 여자가 모습을 드러냈다.

"회장님, 기다리고 있었습니다."

이십 중반으로 보이는 다소 얼굴이 넓적한 여자였다.

"회장님의 식사를 책임질 영양사입니다."

강 집사가 말했다.

"회장님, 저희도 있습니다."

어디에 있었는지 건장한 청년들이 모습을 드러내며 깊게 허리를 숙였다.

"회장님의 신변을 지켜드릴 경호원들입니다."

역시 강 집사였다. 유병현은 그들에게 있어서 한마디로 신적인 존재였다.

"바람이 차갑습니다. 들어가시죠."

신을 앞세운 개벽파 신도들이 별장 안으로 사라졌다. 강한 바람이 한순간 별장을 훑고 지나갔다.

"형님."

구성민의 부르는 소리. 하지만 이정우는 고개를 돌리지 않았다. 아니 돌릴 수가 없었다.

"반장님, 이대로 명령을 받아들이시게요?"

"막상 이렇게 챙기려고 하니까 별로 없군."

이정우는 자그마한 종이 박스에 물건을 다 챙기고 후배들을 바라보며 말했다. 90일의 정직 명령. 다소 무거운 징계가 내려졌다. 하지만 어쩌면 그것은 가벼운 처벌일 수도 있었다. 이유야 어떻든 자신의 실수로 무고한 사람이 희생됐지 않은가. 거기에 사건 해결의 결정적인 증거물인 몰카까지 없어지는 돌이킬 수 없는 실수를 범했다. 15년 경찰 인생 최대의 수치요 실수였다.

"이 반장, 어쩌면 잘된 일인지도 몰라. 고향에 내려가서 푹 쉬었다 오게. 그러면 마음도 훨씬 가벼워질 거야. 내가 거기로 한 번 내려가겠네. 바다에 낚싯대 던져놓고 이런저런 얘기나 하세."

다가간 전인태가 어깨를 다독여 주었다.

이정우는 잘 알고 있었다. 계장이 힘써주지 않았다면 아마도 90일 정직 처분이 아니라 즉각 해고됐을 수도 있었다는 사실을. 사실 경찰복을 벗는 것쯤은 두렵지 않았다. 갈수록 심해지는 대인 기피 현상에 예리했던 직감과 판단력이 눈에 띄게 둔해졌다. 민완 형사로서의 자격이 상실됐다고 보아야 했다. 하지만 마치 숙명처럼 끈질기게 따라붙는 시간호 폭파 용의자. 경찰복을 벗기에는 아직 일렀다.

"형님, 꼭 다시 오실 거죠?"

구성민이 큰 몸을 숙여 이정우를 가만히 끌어안았다.

"반장님, 꼭 다시 오셔야 됩니다."

후배들의 이어지는 목소리에 이어 전인태가 손을 내밀어 악수를 청했다.

"자, 그럼 다시 올 거라 믿고 나는 들어가겠네. 잘 쉬었다 오게."

"네."

"형님."

구성민의 잠긴 목소리.

이정우가 그의 손을 가볍게 잡았다 놓으며 어깨를 살며시 두드려 주었다.

"그래, 괜찮아."

구성민은 슬픈 눈동자로 이정우의 승용차가 완전히 사라질 때까지 그 자리에 서 있었다. 형님, 꼭 다시 오셔야 합니다. 이내 그의 두 눈에 눈물이 그렁그렁 맺혔다.

바람은 제법 쌀쌀했다. 계절은 가로수가 옷을 갈아입는 완연한 가을로 접어들었다. 차창을 열어젖힌 이정우는 온몸으로 바람을 받았다. 마치 무엇을 털어내려고 하는 것처럼. 비가 오려는 것일까. 흐릿했던 하늘이 시커멓게 변했다. 곧이어 차창을 두드리는 작은 소리들. 뒤를 이어 세차게 차창을 두드리는 소리. 장대비였다. 길가에 차를 세운 그는 멍한 시선으로 밖을 바라보았다. 부지런히 오가는 와이퍼를 바라보는 것일까. 아니면 부지런히 오가는 차들을 바라보는 것일까. 그것도 아니면 세차게 떨어지는 장대비를 바라보는 것일까. 한참이나 멍한 시선은 계속됐다. 그는 더 이상 보고 싶지 않은지 두 눈을 감았다. 망막을 가득 채운 수많은 영상들. 그의 감은 눈이 움찔거렸다.

"성민아, 그 덩치에 먹는 게 그게 뭐야. 고기는 이렇게 먹는 거야."

고기를 크게 한입 무는 자신의 모습에 이어 스쳐가는 또 다른 영상.

"형님, 그게 아니구요. 고기는 이렇게 먹는 겁니다."

크게 입을 벌린 구성민이 망막을 가득 채운다. 배꼽을 잡으며 웃는 후배들의 얼굴들에 이어 또 다른 영상이 자리를 잡았다.

"아이, 도저히 못하겠어요."

얼굴을 붉히며 뒤로 물러서는 아내 한선영.

"그 말이 뭐가 그렇게 어려워. 자, 여보. 얼마나 좋아. 한 번만 불러봐."

앞으로 다가서며 보채듯 말하는 자신.

"정말 못하겠어요. 다음에 할게요."

유난히도 수줍음을 많이 탔던 사랑스러운 아내의 붉게 물든 얼굴.

"정말 이러기야?"

그때 방에서 나온 규민이 자신 앞에 서서 회심의 미소를 지으며 말한다.

"여보! 됐지?"

소리쳐 말한 녀석이 잽싸게 방으로 들어간다. 순간 터지는 아내와 자신의 웃음소리. 언제까지나 계속될 것만 같았던 행복. 불과 1년 전이었다. 하지만 지금은… 지금은… 지금은…. 이정우는 망막을 채운 영상이 사라질까 쉽게 눈을 뜨지 못했다. 하지만 세상은 이것 또한 질투하는 것일까. 아니면 현실을 바라보라고 말하는 것일까. 망막을 빠져나간 영상은 자리를 잡지 않았다. 두 눈을 힘없이 들어 올린 그는 천천히 차에서 내렸다. 장대비는 그치지 않았다. 비에 흠뻑 젖은 옷이 무거워졌다. 이어서 서서히 벌어지는 입술. 작은 경련이 이는가 싶더니 어깨가 심하게 떨렸다. 그의 울음소리를 머금은 장대비는 그치지 않았다.

집으로 돌아온 이정우는 젖은 몸 그대로 소파에 드러누웠다. 어디를 가야 하나. 떠오르는 고향 집. 어머니와 아들. 이런 모습으로 갈 수는 없었다. 어머니에겐 불효였고, 아들에겐 자격 미달이었다. 한참을 생각해도 도무지 갈 곳이 없었다. 그렇게 얼마의 시간이 흘렀을까. 한기가 드는지 몸이 으슬으슬 떨렸다. 하지만 몸을 일으키고 싶지는 않았다. 그때 몸을 울리는 가벼운 진동. 전화가 걸려왔다. 받고 싶지 않았다. 하지만 전화는 끈질기게 계속 몸을 울렸다. 이정우가 마지못해 전화기를 들었다.

"여보세요."

"이정우 선생님 되시죠?"

상냥한 여자 목소리였다.

"네, 그런데요. 어디십니까?"

"참, 말씀드리기가….'"

여자의 주저하는 기색으로 보아 무언가 좋지 않은 내용 같았다.

"선생님, 여기는 장학재단입니다."

"아, 네."

장학재단. 이정우는 아내와 아들의 사망보상금을 장학재단에 기부 의사를 밝혔고, 보상금 지급 기관에서 자동으로 장학재단에 이체시킬 수 있는 은행 계좌를 만들었다. 아마도 보상금이 장학재단으로 지급된 모양이었다. 그런데 무언가 문제가 발생한 것일까. 여자의 주저하는 기색은 계속됐다.

"무슨 문제라도 있는 겁니까?"

"문제라기보단… 전에 말씀하셨던 금액보다 많은 차이가 있어서요. 뭔가 착오가 있는 건 아닌지….'"

"착오라뇨?"

"네, 말씀하셨던 금액에서 삼천만 원이… 적게 들어왔어요."

여자는 못내 미안한지 말을 우물거렸다.

"그럴 리가 없을 텐데…. 일단 제가 알아보고 연락드리겠습니다."

전화를 끊은 이정우는 보상금 관련 기관에 바로 전화를 걸었다.

"네, 잠시만요. 담당자님 연결해 드릴게요."

여직원의 음성은 지극히 사무적으로 느껴졌다. 잠시 기다리니 중후한 남자의 목소리가 흘러나왔다.

"어떻게 된 거죠?"

이정우가 물었다.

"보상금은 정확히 지급된 게 맞습니다. 왜냐하면 장례비를 제하고 지급했으니까요."

이정우는 도통 무슨 말인지 알아들을 수 없었다. 장례비는 정부에서 지원해 준다고 했지 않은가. 정부에서도 그렇게 발표했고, 국민 또한 그렇게 알고 있는 내용이다. 아무래도 자신이 잘못 들은 모양이었다.

"다시 한 번 말씀해 주세요."

"장례비를 제하고 지급했습니다."

순간 뒤통수를 호되게 얻어맞은 느낌이었다. 잠시 멍하고 아무 생각도 떠오르지 않았다.

"장례비를 제하고 지급했다구요?"

간신히 정신을 차리고 물었다.

"네."

귀찮은 듯 아주 짧은 대답이었다.

"아니, 장례비는 정부에서 지원해 준다고 약속한 부분이잖아요!"

자신도 모르게 목소리가 커지면서 말이 계속 나왔다.

"안일하게 대처해서 그 많은 인명을 희생시켰으면 최소한의 양심이라도 있어야 되는 게 아닙니까. 사람 목숨 가지고 장난치는 것도 아니고. 대체 지금 뭐 하는 겁니까!"

"선생님이 뭔가 잘못 알고 계신 거 같은데 처음부터 방침이 그렇게 정해졌습니다. 정부는 교육부에 정해진 방침을 하달했구요. 교육부에서 발표하지 않은 것을 가지고 여기에 따지실 일이 아닙니다."

이정우는 점점 숨이 거칠어졌다.

"아니, 모든 국민이 장례비는 정부에서 지급해 준다고 알고 있습니다. 그건 대체 어떻게 된 겁니까?"

"선생님, 저도 그런 소문은 들어서 알고 있는데 소문의 진원지까지 우리가 파악해야 될 부분이 아니잖아요."

"대체 이 정부는 시간호 사건에 일말의 반성도 없고 아무것도 책임지지 않으려고 하는데…."

담당자가 말을 자르고 나섰다.

"저는 모릅니다. 따지실 일이 있으면 상부 기관으로 가보세요."

전화는 일방적으로 끊겼다. 화를 참지 못한 이정우는 전화기를 집어던졌다. 누가 최종 결정을 내렸단 말인가. 대통령인가. 아니면 관련 기관의 독단적인 결정인가. 그렇다면 대통령은 이 내용을 알고 있는 것인가. 아니면 모르고 있어서 아무 말도 없단 말인가. 이정우는 그 자리에서 움직일 수조차 없었다.

사실이 그랬다. 보상금 지급 기관은 장례비를 제한 금액을 시간호 유족들에게 지급하기 시작했다. 일말의 양심도 없는 정부. 하지만 국민 대다수가 시간호 사건에서 등을 돌린 지금, 그 누구도 관심이 없었다. 아니, 오히려 이제 그만 좀 했으면 좋겠다는 정서가 자리 잡은 지 이미 오래였다. 이념과 정치색을 띤 시간호 유족. 먹고살기도 힘든 세상에 집회와 시위로 세상을 어지럽히는 시간호 유족. 이제 국민의 마음을 완전히 돌렸다고 믿는 것일까. 그것을 믿는 정부와 여당과 언론의 멋진 승리인 것이리라. 실로 찬사와 기립박수를 받을 만한 정부와 여당과 언론의 아주 멋진 승리. 이정우의 두 눈에서 불길이 일었다.

정부가 일으키는 바람

바람이 불어왔다. 이어서 사사삭거리는 소리. 바람을 등지고 서 있는 김 부장은 무수히 흔들리는 갈대를 바라보고 있었다. 바람이 일으키는 갈대의 소리가 더욱 스산하게 들렸다.

"김 경위, 바람이 일으키는 소리를 가만히 들어보게."

김 부장이 가만히 눈을 감았다. 김 경위는 처음 보는 의외의 모습에 잠시 어안이 벙벙한 얼굴로 그를 바라보았다.

"어떤가. 무슨 소리가 들리는가?"

뜨끔한 김 경위가 바로 눈을 감아 바람의 소리에 귀를 기울였다. 하지만 의중을 몰라 대답이 궁색했다.

"네, 사사삭거리는 갈대 소리가 들리고…."

"또 무슨 소리가 들리는가?"

"나뭇가지 흔들리는 소리에…."

"또…."

"풀이 넘어지는 소리….'

"바로 그거야."

"네?"

김 경위는 도무지 무슨 뜻인지 알아챌 수 없었다. 눈꺼풀을 들어 올린 김 부장의 시선은 여전히 갈대에 꽂혀 있었다.

"세상은 바로 그런 것이지. 시간호 사건은 부정할 수 없게도 정부의 근시안적 정책과 안일한 대처에 의해서 무고한 사람들이 희생된 사건이야. 이 사실은 국민 모두가 알고 있는 자명한 사실인 거고. 하지만 우리는 이 모든 난관을 극복해내고 여기서 멋지게 승리했어. 김 경위, 안 그런가?"

김 경위는 여전히 김 부장의 의중을 파악하기 어려웠다.

"우리는 승리를 쟁취하기 위해 시간호 사건에 여러 가지 바람을 일으켰지. 불경기라는 바람, 이념이라는 바람, 정치색이라는 바람, 보상금이라는 바람. 재미있지 않나?"

"하지만 솔직한 제 생각은… 세상이 그렇게 단순한 거 같지 않다는 생각이 듭니다."

갈대에 꽂혀 있던 김 부장의 시선이 김 경위를 향했다.

"호오. 그런가? 자네는 세상을 바라보는 눈이 나와 많이 다르군."

순간 강한 역풍이 불어온 것일까. 아름드리나무가 반대로 흔들리기 시작했다.

"그렇다면 시간이 그것을 증명해 주겠다는 말처럼 들리는군. 그게 아니면 역사가 증명해 주든가."

김 부장이 호탕하게 웃었다. 반대로 흔들리는 아름드리나무의 움직임에도 그의 웃음소리는 그치지 않았다.

검은 양복의 선글라스가 한 아파트 단지로 들어섰다. 움푹 들어간 시멘트길, 아무렇게나 쭉쭉 뻗어 있는 정원수. 곳곳에 칠이 벗겨진 아파트 벽체에는 심하게 녹슨 철근이 삐죽 솟아 있었다. 아마도 재건축이 결정된 오래된 아파트 같았다. 그것을 증명해 주려는 것일까. 밤으로 들어서는 시간에도 불이 켜지는 집은 많지 않았다.

재건축이 결정된 오래된 아파트. 곳곳이 비어 있는 이곳이 암호명 '운명'의 은신처였다.

이윽고 현관으로 들어선 그는 계단에 발을 올렸다. 엄청난 속도. 순식간에 제일 위층 15층에 도착해 문 앞에 섰다. 문 틈새로 살짝 보이는 머리카락. 자신이 꽂아 놓은 머리카락이었다. 침입자는 없었다. 능숙한 솜씨로 현관문을 개방한 그는 재빠르게 집 안으로 몸을 집어넣었다. 전등을 사용하지 않으려고 하는 것인지 손전등을 꺼내 어둑한 집 안을 일일이 살폈다. 만에 하나 있을지 모를 침입자를 확인하는 것이리라. 세 개의 방과 욕실 베란다를 꼼꼼히 살폈다. 모든 것은 자신이 놓아둔 그 위치 그대로였다. 긴장감이 풀리며 자신도 모르게 긴 숨이 흘렀다.

바로 그때 무엇을 발견했는지 그의 얼굴이 굳어졌다. 책상으로 옮겨 간 시선이 모서리에서 멈췄다. 세 개의 머리카락은 분명 중간에 있어야 했다. 모서리에 걸쳐 있는 한 개의 머리카락. 그나마 두 개의 머리카락은 어디로 갔는지 보이지도 않았다. 들켰다. 어떻게 알아냈을까. 이곳에서 너무 오래 머무른 게 실수였다. 지체할 시간이 없다. 어서 빨리 벗어나야 한다. 아니나 다를까. 계단을 올라오는 발소리들. 어림잡아 대여섯 명 이상이었다. 곧바로 들리는 문 잡아당기는 소리. 운명은 재빠르게 베란다로 나섰다. 미친 듯이 수납장의 물건을 꺼냈다. 이윽고 벽체가 드러났다. 두드려 보았다. 공간의 소리. 틀림없었다.

푸슝! 푸슝! 소음기가 장착된 총소리에 이어 건장한 남자들이 집 안으로 들어섰다. 그와 동시에 운명이 벽을 향해 몸을 던졌다. 화재 발생 시 옆집으로 통하는 비상구였다. 역시나 비어 있는 옆집. 현관문을 열어젖힌 그는 미친 듯이 계단을 뛰어내렸다.

"저쪽이야!"

두 패로 갈라진 사내들이 운명을 쫓았다. 계단을 울리는 수많은 발소리들. 엄청난 속도로 현관을 빠져나온 운명은 지하 주차장으로 향했다. 드문드문 매달린 형광등. 그나마 제대로 불이 켜진 형광등은 많지 않았다. 방향을 잡기 어려웠다. 그때 전기실의 문이 열리며 한 남자가 모습을 드러냈다. 복장으로 보아 관리사무실 직원 같았다. 운명은 남자를 밀치고 전기실로 뛰어들었다. 이어서 엄청난 크기의 변압기를 향해 총을 난사했다. 곧바로 찾아오는 칠흑 같은 어둠. 전기실을 빠져나온 운명은 칠흑 같은 어둠 속에서 귀를 집중했다. 저벅저벅 들리는 발소리들. 이어서 서너 개의 불빛이 이리저리 움직였다. 손전등을 밝힌 사내들이 운명을 찾아 손전등을 조심스럽게 움직였다.

"저기 있다!"

운명의 모습이 손전등에 잡혔다. 푸슝! 푸슝! 사내들의 빗나간 총알과 응사하는 운명의 총알이 벽체와 바닥을 뚫었다. 아연실색한 관리사무실 직원이 계단을 뛰어오르다 넘어졌다. 뒤를 살핀 운명은 입을 벌리고 있는 벽 속으로 뛰어들었다. 천장과 벽면을 길게 지나는 크고 작은 수많은 배관들. 난방 공급관의 압력계에서 증기가 솟아오르고 있었고, 천장을 지나는 수도 배관에서 물이 떨어지고 있었다. 길게 이어진 배수로에는 지저분한 물이 계속 흘렀다. 손전등을 밝힌 운명은 앞으로 천천히 나아갔다. 쌓아 놓은 종이 박스와 아무렇게나 뒹구는 PVC 파이프.

이름을 알 수 없는 설비 자재들이 가득 들어찬 지하 공간은 아주 넓었고 막힘없이 뚫려 있었다. 천천히 발을 옮기던 그때 사내들의 발소리가 들렸다. 운명은 앞으로 달렸다.

"저쪽이야!"

지하 공간으로 들어선 사내들이 운명을 바싹 쫓았다. 그렇게 얼마나 달렸을까. 시커먼 벽체가 길을 가로막았다. 잽싸게 방향을 튼 운명은 배관으로 뛰어올라 몸을 바싹 엎드렸다. 느껴지는 뜨뜻한 감촉. 난방 배관인 듯싶었다. 고개를 숙인 한 명의 사내가 난방 배관 밑으로 서서히 접근했다. 운명은 숨을 죽이고 사내를 주시했다. 순간 사내가 무엇을 느꼈는지 고개를 위로 들었다. 그와 동시에 운명이 권총 손잡이로 사내의 후두부를 강타했다. 비명도 지르지 못한 사내가 그대로 거꾸러졌다. 다시 자리를 잡은 운명은 바닥을 주시했다. 이어서 들려오는 발소리들. 운명의 얼굴이 굳어졌다. 더 이상 피할 곳이 없었고, 권총의 총알도 남아 있지 않았다. 사내들이 바로 앞까지 접근했다.

"우리 요원이 여기 쓰러져 있습니다!"

앞선 사내의 외침에 이어 사내들의 시선이 위를 향했다. 동시에 사내들의 총구가 일제히 향했다.

"이제 네놈은 여기가 끝이다."

설상가상으로 쓰러져 있던 사내까지 일어서 정신을 차리고 있었다. 빠져나갈 구멍이 없었다. 배관에 납작 엎드린 운명은 포기한 듯 눈을 감았다. 바로 그때였다. 지하 공간에 울려 퍼지는 수많은 발소리들. 이어서 소리치는 음성이 들렸다.

"경찰이다! 너희들은 모두 포위됐다. 무기를 버리고 순순히 투항하라!"

순식간에 바로 앞까지 접근한 십 수 명의 경찰들이 사내들을 정조준
했다.

"어서 무기를 버리고 투항하라!"

낭패한 얼굴의 사내들이 권총을 바닥에 떨어뜨렸다. 곧바로 수갑을
채운 경찰들이 사내들을 끌고 나갔다. 그때 끌려가던 한 사내가 고개를
돌려 배관에 납작 엎드린 운명과 눈을 맞췄다. 다음을 기약하자는 무언
의 의미인 것인가. 사내의 입술에 묘한 웃음이 스쳤다.

낚싯대를 드리운 수염이 덥수룩한 남자가 찌를 바라보고 있었다. 강
가에 자리 잡은 지 얼마 되지 않은 것일까. 어망에는 물고기 한 마리도
보이지 않았다. 하지만 수면으로 올라온 찌는 연신 입질을 멈추지 않고
있었다. 그런데도 남자는 낚싯대를 바라만 볼 뿐 물고기를 낚지 않았
다. 잠시 후 입질이 멈춘 것을 확인한 남자는 낚싯대를 들어 미끼를 갈
아 끼웠다. 그의 행동으로 보아 물고기를 잡을 마음이 없는 것 같았다.
이정우는 미끼를 갈아 끼운 낚싯대를 다시 던져 넣었다. 이어서 담배를
빼 문 그는 라이터를 찾았다. 하지만 양쪽 주머니를 뒤져 보아도 라이
터는 보이지 않았다. 이내 포기한 그는 담배를 내려놓았다.

"이걸 찾나?"

바라보니 전인태가 라이터를 내밀며 자리를 잡았다.

"아니, 계장님."

"내가 이 사람아, 자네 때문에 얼마나 고생한 줄 아나? 무작정 낚싯대
를 챙겨 자네 고향 집으로 내려갔었어."

"고향집에요?"

"자네가 없었지만 바로 올라올 수 없었지. 그 덕에 어머니와 재민이

하고 하루를 같이 지내면서 많은 얘기를 했었네."

순간 이정우가 난감한 표정을 지었다.

"내가 그렇게 눈치가 없는 사람인지 아나? 안심해. 자네의 정직 처분은 입 뺑긋도 안 했으니까. 그냥 사건을 해결하고 지나는 길에 들렀다고 얘기했으니까."

이정우가 안심이 되는 듯 담배 연기를 길게 뱉었다.

"재민이 녀석, 얼굴이 많이 탔더군. 어찌나 큰삼촌이라 부르면서 달라붙던지 올라오는 길 내내 눈에 밟혀 혼났네. 어머니는 그 전보다 더 건강이 안 좋아지신 거 같더군."

"그러셨군요. 그런데 여긴 어떻게 아시고…."

"참 일찍도 물어보는군. 언제였던가. 나하고 같이 왔었지 않나? 자네는 서울로 올라가는 차 안에서 여기를 꼭 다시 찾아온다고 몇 번을 말했었지. 자네가 여기 있을 줄 알았네. 음, 나도 사실 여기에 와서 강줄기를 바라보면 세상의 모든 시름이 잊히는 기분이야. 이 강줄기는 막힌 곳이 있으면 그곳을 돌아서 가고 바위가 있으면 그것을 피해서 가지. 그래서 자연은 아주 평화로워."

강물을 응시한 전인태의 시선은 자신의 말처럼 아주 평화롭게 보였다.

"하지만 인간은 어떤가. 막힌 곳이 있으면 그 곳을 뚫어서 가고, 바위가 있으면 그것을 아예 없애 버리지. 그래서 늘 자그마한 일에도 양보 없이 헐뜯고 싸우잖아. 인간은 자연에게서 배워야 한다고 누차 말하지만 그건 허울 좋은 말뿐이야. 인간은 아직 멀었어."

갈대를 스치는 바람이 두 사람을 감싸고 지나갔다.

"나는 이다음에 퇴직하면 이런 곳에서 여생을 마무리하고 싶네."

강물을 응시한 전인태의 시선은 계속 고정돼 있었다.

"정우야, 우리가 다시 옛날로 돌아갈 수 있을까? 정우야, 정말 미안하다."

"무슨 말씀이세요, 형님."

'옛날'이라는 단어가 두 사람을 허물없이 돈독했던 친분 관계를 상기시켜주는 것일까. 두 사람의 호칭은 자연스럽게 바뀌어 있었다.

"그때가 언제였더라? 그래, 3년 전이었지. 김광수의 이봉진 의원 아들 유괴 사건. 아무런 단서도 없었고, 동일 전과가 있는 용의자만 수사선상에 올려놓은 상태였지. 극구 부인하는 놈들 때문에 정말 난감했어. 그때 자네의 공이 컸어."

두 사람의 망막을 가득 채운 사건은 3년 전에 일어난 사건이다. 검사 출신 국회의원 이봉진의 아들 세민이 한밤중에 감쪽같이 유괴된 사건이었다. 철저한 사전 조사와 완벽한 계획 속에 범해진 사건은 자칫 완전범죄로 끝날 수도 있는 사건이었다. 사건 해결을 맡은, 당시 광역수사대 팀장 전인태는 사활을 걸어야 했다.

3년 전, 한여름 밤이었다. 이봉진이 살고 있는 아파트에 화재가 발생해 입주민들이 대거 대피하는 소동이 벌어졌다. 하지만 화재는 결국 감지기 오작동으로 밝혀졌고, 대피했던 주민들이 다시 집으로 들어가 한밤중의 소동은 가볍게 끝나는 것처럼 보였다. 그런데 거기에서 이봉진의 아들 세민이 감쪽같이 사라진 것이었다. 몇 시간을 기다려도 아들은 돌아오지 않았고, 결국 새벽에 이르러서야 경찰에 신고한 사건이었다. 즉각 전인태를 중심으로 특별수사본부가 차려졌다. 하지만 특별수사본부는 며칠이 지나도록 단서 하나 잡을 수 없었다. 유괴범은 무엇을 노린 것일까. 전화 한 번 걸어오지 않는 상황이었다. 주변 인물과 원한 관계가 있을 법한 사람들을 전부 조사해 보았지만 어디에서도 혐의점을 찾을 수 없었다. 단지 동일 범죄 전과가 있는 사람들을 용의선상에 올려놓은 것이 전부였다. 자칫 미궁 속으로 빠질 듯한 어느 날이었다.

"형님, 드디어 찾았습니다."

"뭐를 찾았단 말인가."

이정우의 소리에 전인태가 모니터 앞으로 시선을 던졌다.

"여기를 보세요. 불이야! 하고 소리치는 듯 보이는 이 남자. 모자를 푹 눌러쓰고 고개를 숙이고 있어서 잘 분간할 수 없지만 무언가 바닥에 대고 입술을 움직입니다. 소리치고 있는 게 확실합니다. 다분히 의도적으로 보입니다. 이를 뒷받침할 수 있는 증거로 몇 분 후에 놀란 주민들이 현관을 빠져나오고 있는 모습이 CCTV에 찍혀 있구요."

전인태가 모니터를 뚫어지게 바라보았다.

"그런데 이 사람은 놀란 사람들이 나오자마자 몸을 돌려 어디론가 사라집니다. 그리고 조사 결과 관리실 직원들은 화재감지기 오작동은 가끔 일어난다고 증언했었죠. 실제로 아파트 주민들은 화재발신기가 작동해도 관리실에 전화를 할 뿐이지 대피는 안 한다고 했구요. 가끔 울리는 화재발신기 오작동을 잘 알고 있다는 증거입니다."

"그럼 이 사람이 각 계단에 있는 화재발신기를 작동시키고 현관을 빠져나오는 모습을 보면 알 수 있겠군."

"애석하게도 각 계단에는 CCTV가 없습니다. 그래서 현관의 CCTV 영상을 모조리 확인해 봤습니다."

"그 영상에는 그 사람이 없었단 말이지? 음, 하지만 지나가다가 화재발신기 소리를 듣고 소리칠 수도 있지 않은가. 고개를 숙인 이유는 신체상의 결함일 수도 있고. 아니면 무엇을 보고 있을 수도 있는 거잖아. 그것만으론 부족하지 않을까?"

"그래서 관리사무실에 의뢰해서 화재시스템을 총괄하는 방재실을 확인해 봤습니다. 거기에서 누군가 화재발신기를 조작했던 사실을 확인할 수 있었구요. 시스템을 잘 알고 있는 사람의 소행이 확실합니다. 또한 놈은 CCTV가 있는 위치를 교묘하게 피해서 움직인 겁니다. 놈이 아이를 유괴해서 감쪽같이 사라진 이유가 여기에 있었죠."

"좋았어!"

전인태의 숨이 트이는 외침이었다.

수사본부는 모든 장비를 동원해서 CCTV 영상을 토대로 용의자의 이름과 소재를 파악할 수 있었다. 그 결과 용의자는 아파트 단지를 자주 왕래하며 소방시설을 관리하는 소방업체 직원으로 파악됐다.

한밤중, 유력한 용의자 김광수의 차를 따라붙은 광역수사대 형사들. 그들의 미행을 모르는 김광수는 도심을 벗어나 한산한 도로를 달리고 있었다. 30여 분을 더 달린 승용차가 도로를 벗어나 비포장도로로 들어섰다. 오르막길을 조금 오르니 넓은 저수지가 펼쳐졌고, 승용차는 저수지 중간 지점에서 멈췄다. 곧바로 차에서 내린 그는 손전등을 밝히고 산을 오르기 시작했다. 그렇게 얼마나 올랐을까. 눈앞에 보이는 자그마한 농가 주택에서 멈췄다. 주위를 두리번거린 그는 곧바로 대문 안으로 들어섰다.

"이제 오는구나."

어머니로 보이는 허리가 구부정한 노파가 반갑게 맞이했다. 하지만 눈을 제대로 맞추지 못하는 것으로 보아 시각 장애가 있는 듯했다. 그때 건넌방에서 나온 어린아이가 뛰어오며 외쳤다.

"우와! 삼촌, 맛있는 거 사 왔어요?"

그를 삼촌이라 부르며 반기는 아이는 놀랍게도 이봉진의 아들 세민이었다.

"어, 그래. 여기 네가 좋아하는 피자 사 왔다."

세민을 번쩍 들어 올린 김광수는 녀석의 통통한 볼에 입을 맞췄다. 마치 친자식을 대하는 것처럼 얼굴엔 함박웃음까지 서려 있었다. 바로 그때 전인태가 이끄는 광역수사대 형사들이 들이닥쳤다.

"김광수! 너를 이봉진 아들 유괴 혐의로 긴급 체포한다."

김광수의 손에 곧바로 수갑이 채워졌고, 모든 것을 포기한 그는 순순히 형사들을 따랐다. 그때 세민이 앞을 가로막으며 울면서 소리쳤다.

"우리 삼촌 왜 잡아가요? 우리 삼촌이 얼마나 좋은 삼촌인데…."

소란스러운 소리에 노파가 더듬거리며 마당에 발을 디뎠다.

"얘 광수야, 거기 무슨 일 있니?"

손을 휘휘 젓는 모습이 앞을 볼 수 없는 모양이었다.

"할머니, 나쁜 아저씨들이 삼촌 잡아가요."

"광수야, 이게 무슨 소리냐?"

노파는 심한 시력 저하에 청각에도 문제가 있는 거 같았다. 김광수를 끌고 나가는 형사들은 걸음을 멈출 수밖에 없었다.

"엄마… 아무 일도 아니야. 그냥… 친구들하고 어디 좀 갔다 오려구."

김광수의 울먹이는 목소리.

"아, 거기 우리 광수 친구들이우?"

노파는 대답을 들으려는 듯 앞으로 한 걸음 옮겼다. 휘휘 젓는 손짓에 이정우가 만져졌다. 노파의 두 손은 곧바로 이정우의 손을 찾아 쥐었다.

"우리 광수 친구 맞수?"

어떤 대답도 할 수 없고, 어떤 행동도 취할 수 없는 상황이었다. 참으로 난감했다.

"우리 광수가 참 착하다우. 그래서 이렇게 착한 친구들이 여기까지 찾아와 주고 고마우이."

"엄마…."

김광수는 쏟아지는 눈물을 참으려고 하는지 부들부들 떨리는 입술을 연신 깨물었다.

"참, 내 정신 좀 봐. 조금만 기다리슈. 내 얼른 밥해 줄 테니 먹고들 가우. 이 늙은이가 앞은 제대로 안 보이지만 우리 아들 친구들인데 밥 한 끼 못 해주겠수? 콜록."

마른기침 사이로 엷게 피어나는 미소. 아무것도 모르는 노파는 아들을 잡으러 온 형사들을 친구라고 믿는 듯했다. 몹시 굽은 허리. 그치지 않는 마른기침. 부엌으로 향하는 노파. 힘든 발걸음. 처량한 모습을 바라보는 전인태와 이정우는 도저히 발을 뗄 수 없는 듯 그 자리에 못 박힌 듯 서 있었다.

"형사님, 염치없지만 마지막으로 어머니께 밥을 챙겨드리고 싶습니다."

전인태의 눈치를 살핀 이정우가 수갑을 풀어 주었다. 순간 수갑을 적시는 눈물. 이정우의 눈물이었다. 사건의 전말은 이랬다. 얼마 전, 아들을 잃은 김광수는 자신의 아들과 너무나 닮은 세민을 우연히 보았고, 곁에 두고 아들처럼 키우고 싶은 욕심에 유괴를 한 것으로 드러났다. 결국 한밤중의 유괴 사건은 슬픔을 머금은 사건으로 종결됐다. 이 공로를 인정받은 전인태는 너무나 과분하게도 일 계급 특진의 영예를 안았다.

망막을 가득 채웠던 영상이 지나가고, 이정우는 가만히 낚싯대를 들어 올렸다.

"그때 자네가 아니었다면 나는 아마도 지금쯤은 경찰복을 벗고 시골에서 땅을 일구고 있을지도 몰라."

이정우의 입술에 슬픈 미소가 감돌았다.

"김광수 어머니가 돌아가실 때까지 자네가 자주 왕래를 해 가며 보필한 거 다 알고 있네."

"알고 계셨군요."

"자네는 아주 인간적이고 감성적이야. 그때 수갑을 적시던 눈물. 나는 자네의 그 얼굴을 지금도 잊을 수 없어. 자네는 범인을 잡는 형사보다는 사람의 마음을 잡는 예술가가 더 잘 어울려."

"참, 형님도…."

미끼를 다 갈아 끼운 이정우는 낚싯대를 던져 넣었다.

"정우야."

어딘지 모르게 슬픔이 깃든 목소리. 이정우가 전인태를 가만히 응시했다.

"정말 미안하다."

"왜 자꾸 그런 말씀을 하시고 그래요, 형님."

"그래, 그 얘기는 나중에 하고…. 이제 복귀할 날도 얼마 남지 않았으니 고향 집에 내려갔다 와야지."

"그래야죠."

"그런데 이 사람아, 왜 그렇게 모르나?"

말투와는 달리 전인태의 얼굴에는 웃음이 담겨 있었다.

"뭘요?"

"이 사람, 아직 멀었어. 이런 데 오면 라면을 가지고 와야 하는 거 아닌가? 내 그럴 줄 알고 라면을 준비해 왔네. 파 송송 썰어 넣고 계란을 풀어서 아주 맛있게 끓여 주지. 하하하."

전인태가 호탕한 웃음을 웃으며 자신의 승용차로 향했다. 하지만 그의 뒷모습이 어딘가 모르게 슬퍼 보였다.

두툼한 옷차림에 주머니에 손을 집어넣은 사람들이 한 극장으로 몰려들고 있었다. 극장으로 들어서는 사람들의 얼굴은 모두 기대감에 가득 찬 얼굴이었다. 그것을 증명하듯 영화를 보고 나오는 사람들의 얼굴은 슬픔과 감동에 젖은 얼굴들이었다. 이름 하여 '여명'. 갓 개봉한 이 영화는 연일 흥행 기록을 갈아치우며 매진에 매진을 거듭했고, 잠재적 관객들을 유혹했다. 역대 사상 최고의 제작비와 최고의 배우들이 출연한 '여명'. 이 감독이 거절한 영화는 다른 감독에 의해 아주 잘 만들어졌다.

영화가 시작되는 듯 극장 안은 숨 쉬는 소리만 가끔 들릴 뿐 작은 소리 하나 들려오지 않았다. 잠시 후 우렁찬 음악 소리와 주연배우로 출연한 잘생긴 배우가 스크린을 가득 채웠다. 가장 뒷자리에 자리 잡은 김 부장과 김 경위는 마치 영상 하나라도 놓치지 않으려는 듯 스크린에 고정시킨 시선을 움직이지 않았다. 그렇게 시간은 흘러 영화는 종반으로 접어들었다. 곧이어 숨 가쁜 음악 소리와 도망치는 주인공. 영화에 빠져 있는 관객들은 자신들도 모르게 손을 말아 쥐었다. 이윽고 괴한들에게 잡힌 주인공. 괴한들을 바라보는 장면에서 카메라가 느리게 돌며 주인공의 얼굴을 크게 클로즈업했다. 슬픔과 고뇌에 찬 주인공의 눈빛. 가히 명장면이었다. 그때 주저 없이 방아쇠를 당기는 괴한. 탕! 극장을 울리는 한 발의 총성. 모두가 숨을 죽였다. 붉게 물든 가슴을 움켜잡은 주인공. 또다시 카메라는 느리게 움직이며 주인공의 쓰러지는 장면을 크게 클로즈업했다.

"안 돼!"

동시에 여기저기서 목소리가 터졌다. 흙바닥에 쓰러진 주인공을 내려다보는 괴한이 조용히 읊조린다.

"무엇 때문에 목숨을 버리는가."

이어서 심한 고통으로 몸을 움직거리는 주인공이 간신히 피가 흐르는 입을 연다.

"나에게… 있어서… 국가란…."

마지막 말을 다하지 못한 주인공이 숨을 헐떡거리며 스르르 눈을 감았다. 이윽고 극장 안에 불이 켜지며 영화는 종영됐다. 하지만 관객들은 벅찬 감동에 쉽게 자리에서 일어서지 못했다. 김 부장 역시 일어서지 못하고 스크린에 고정된 시선을 거두지 않았다. 믿을 수 없게도 그의 눈에서 두 줄기의 눈물이 흘렀다. 한참을 앉아 있던 그는 마침내 자리에서 일어서 극장을 나섰다.

"부장님, 저기 이 감독이 있습니다."

차에 오르려던 김 부장이 김 경위의 소리에 고개를 돌렸다. 김 부장을 발견한 이 감독이 앞으로 다가가 고개를 숙였다.

"영화를 보고 나오는 길이오?"

"네."

"아주 잘 만든 영화라는 생각이 드는데 이 감독 생각은 어떻소."

눈초리와 말투에 가시가 돋쳐 있었다.

"네, 저도 그렇게 생각하고 있습니다."

"그래요? 그럼 한 가지 물어보리다."

이 감독은 불편한 자리를 얼른 피하고 싶었지만 그것을 눈치챈 김 부장이 쉽게 놓아주지 않았다.

"영화 마지막에서 주인공은 '나에게 국가란'이란 말을 남기고 숨을 거둡니다. 그럼 하지 못한 주인공의 뒷말이 무엇이라고 생각하시오. 영화를 잘 보셨다면 충분히 짐작할 수 있을 거 같은데."

불쌍한 인간. 이 감독은 앞에 선 김 부장이 불쌍해 보였다.

"나에게 국가란 어머니와 같다. 쉽게 짐작할 수 있는 뒷말이죠."

"호오, 역시 이 감독이오. 나에게 국가란… 어머니와 같다. 이 얼마나 가슴 벅차고 멋진 말이오. 그럼 우리 다음에 만나서 소주나 한잔 합시다."

악수를 건넨 김 부장이 몸을 돌리려고 할 때였다.

"자식을 보호해 주지 않는 어머니, 자식의 고통을 외면하는 어머니는 어머니로서의 자격이 없는 겁니다."

일순간 김 부장이 마치 성난 황소처럼 몸을 돌려 저벅저벅 걸어왔다.

"지금 뭐라 그랬소? 다시 한 번 말해 보시오."

"자식을 보호해 주지 않는 어머니는…."

순간 이 감독은 번쩍이는 불빛을 보았다. 따귀를 맞은 볼이 금세 벌겋게 달아올랐다.

"이 감독, 내 얘기 똑바로 들어. 국민의 권리는 국가가 있기 때문에 존재하는 것이야. 국가를 사랑하는 마음이 그래서 필요한 것이고. 내 말 알겠나? 건방진 놈."

이 감독을 잠시 노려본 그는 다시 승용차로 향했다. 하지만 이 자리를 쉽게 물러서지 않으려는 것일까. 이 감독의 입술이 움직이기 시작했다.

"국가를 사랑하는 마음이 그래서 필요한 것이라구? 하하하."

그 자리에 서서 한참을 웃은 이 감독. 그 역시 무엇을 작정한 것일까. 마지막 한마디를 날렸다.

"국민을 사랑하는 마음이 곧 국가를 사랑하는 마음입니다."

차에 오르려던 김 부장이 순간 멈칫했다. 잠시 무엇을 생각하는 듯하

더니 차에 올랐다. 그를 태운 승용차가 서산으로 기우는 해를 따라 사
라졌다.

수사계장은 무엇을 알고 있는 것일까

이정우가 도망치는 한 남자를 쫓고 있었다.

"형님, 저쪽입니다!"

"너는 저쪽으로 가."

둘도 없는 파트너 이정우와 구성민. 반대로 돌아선 두 사람은 도망치는 남자를 향해 쏜살같이 발을 놀렸다. 사십 중반을 넘어선 이정우. 그의 뛰는 속도는 젊은 사람 못지않게 빨랐다. 하지만 어찌 보면 최후의 발악을 하고 있는 것처럼 보이기도 했다. 바로 며칠 전, 광역수사대에 다시 복귀한 그는 자신의 몸을 쉬지 않고 움직였다.

재개발이 결정된 폐쇄된 전철역 주변은 곳곳이 비어 있었고, 아무렇게나 방치된 잔뜩 녹슨 공사 자재가 흉물스럽게 보였다. 그곳을 빠르게 지나치는 세 사람의 뛰는 발소리는 멈추지 않았다. 그렇게 한참을 달리니 길게 늘어선 상가가 펼쳐졌고, 이미 주인이 떠난 자리에는 셔터가 내려져 있었다. 순간 발을 멈춘 이정우는 귀를 쫑긋 세웠다. 위쪽에서 들리는 발소리. 잽싸게 건물을 돌아 몸을 낮췄다. 아니나 다를까. 이미 반쯤 떨어져 나간 창살 사이로 범인의 움직이는 발이 보였다. 이정우는 가차 없이 범인의 발목을 잡아챘다. 순간 창살에 몸이 낀 범인이 발악했다. 그때 도착한 구성민. 쏜살같이 위로 올라간 그는 범인의 손목에 수갑을 채웠다. 마침내 범인을 검거한 두 사람이 경찰서로 향했다.

"이 반장, 수고 많았어. 역시 이 반장이야!"

계장 전인태가 낮게 소리치며 경찰서로 들어서는 범인의 등을 찰싹 때렸다.

"이놈이 거기에 숨어 있을지 어떻게 알았나."

등을 맞은 범인이 잡혀서 억울하다는 표정을 지었다.

복귀한 지 며칠이 지나지 않은 시점에서 이정우의 활약은 가히 눈에 띄게 돋보였다. 시간이 흐르면서 시들해지기도 하련만 그의 멈추지 않고 뛰는 발은 계속됐다. 그러고 보니 그의 뛰는 발은 최후의 발악이 아니었고, 무엇을 잊기 위한 처절한 몸부림도 아니었고, 쌓인 분노를 표출하는 앙갚음도 아니었다. 언젠가는 나타나리라. 언젠가는 나타나리라. 끊임없이 스스로를 담금질해 마치 숙명처럼 따라붙는 시간호 폭파 용의자 운명을 기다리는 것이었다. 그러던 어느 날이었다. 몹시 술에 취한 전인태가 한밤중에 전화를 걸어왔다.

"이 반장, 아니 정우야. 긴히 할 얘기가 있으니 나 좀 보자."

"네, 형님."

무엇을 감지한 것일까. 약속 장소로 향하는 이정우는 왠지 모르게 발걸음이 무거웠다. 거리로 나선 그는 주위를 둘러보았다. 이미 앙상한 뼈만 남은 가로수에 성탄절을 축하하는 오색등이 알알이 박혀 있었고, 점포에서 내놓은 스피커에선 크리스마스 캐럴이 흘러나오고 있었다.

횡단보도를 건너 큰 건물 앞에 이르니 3층에 자리 잡은 간판이 보였다. 이정우를 배려한 것일까. 약속 장소는 의외로 횟집이 아니었다. 회를 무척 좋아하는 전인태는 회를 그다지 좋아하지 않는 이정우를 배려해 한식집에서 기다리고 있었다. 안으로 들어서니 밖에서 볼 때와는 전혀 다르게 아주 넓었고, 매우 고풍스러운 문으로 칸칸이 나누어진 방은 얼핏 보기에도 족히 열 개 이상은 넘게 보였다. 계장이 기다리고 있는 방은 중간 지점에 있었다. 이정우가 가만히 문을 열고 들어섰다.

"어서 오게."

"그런데 이 밤중에 무슨 일로…."

"이 사람 성미하곤…. 자, 일단 목이나 축이면서 얘기하세."

몇 순배의 술잔이 돌때까지 전인태의 입에서는 별다른 말이 흘러나오지 않았다. 술 한 잔을 더 들이켠 그는 천천히 일어서 걸어 놓은 외투에서 무언가를 꺼내 상에 내려놓았다.

"이게 뭐죠?"

얼핏 보니 5백 주가 넘는 주식이었다.

"이건 이제 자네 거야. 조만간 자네 명의로 바꿔 놓겠네."

대체 무슨 말을 하고 있는지 감을 잡을 수 없었다.

"아니, 형님, 요즘 왜 이러시는 거예요? 그리고 이 주식을 왜 저한테…."

"아무 말 하지 말고 받아둬. 하나 있는 딸은 외국에서 자리를 잡았고, 우리 두 내외는 지금까지 모아 놓은 돈으로 충분히 살 수 있어. 그러니 받아둬. 자네가 이 돈을 어디에 쓰든 나는 아무 상관 안 하겠네."

"제가 이유라도 알아야 이걸 받든지 말든지 하죠."

가만히 이정우를 응시하는 전인태의 눈동자. 슬픔이 배어 있었다.

"정우야, 고맙고 미안하다."

"형님, 무슨 일인지 속 시원히 말씀 좀 해 보세요."

"이건 조만간 자네 명의로 바꿔 놓겠네. 더 이상 아무 말 하지 말게."

"형님…."

하지만 대답 없이 주식을 챙겨 일어선 전인태는 나갈 모양인지 외투를 찾아 걸쳤다. 무언가 하지 못한 말이 남아 있는 것일까. 문을 열려던 그는 고개를 돌렸다. 잠시 이정우를 응시하더니 입을 열었다.

"재민이 녀석, 자네를 아주 많이 닮았어. 훌륭하게 키워야지."

전인태는 이내 몸을 돌려 방을 나섰다. 형님의 뒷모습. 왜 그렇게 처량하게 보인단 말인가. 이정우는 그 자리에서 움직이지도 못하고 창가를 바라보았다. 창문 너머로 보이는 가로등 밑을 벗어나고 있는 남자. 형님이었다. 한없이 푹 떨어지는 고개에 주머니에 양손을 찔러 넣은 형님. 비틀비틀한 걸음은 아주 슬퍼 보였다. 대체 무슨 일이 있는 것일까. 그리고 그 주식은 또 뭐란 말인가. 이정우는 전인태의 모습이 완전히 사라질 때까지 그 자리에서 움직이지 않았다. 무언가 모르게 어깨를 짓누르는 느낌. 이정우는 그것을 부정하기라도 하려는 듯 고개를 흔들고 급히 일어섰다. 순간 그의 몸이 비틀거렸다.

"형님, 잠깐만요."

차에서 내리는 이정우를 구성민이 불렀다.

"왜 안 들어가고 여기 있어?"

"형님 기다리고 있었어요."

"왜? 무슨 일이라도 있는 거야?"

"요즘 계장님 어딘가 모르게 좀 이상하신 거 같지 않아요? 통 말씀도 없으시고, 먼 산 바라보시면서 한숨 쉬는 모습을 한두 번 본 게 아니거든요. 집안에 무슨 일이라도 있으신 건지….”

“사실 어젯밤에….”

이정우의 목소리는 거기에서 멈췄다.

“이 반장, 들어가지 않고 여기에서 뭐 하나?”

출근한 전인태가 차에서 내리며 말했다.

“안녕…하세요.”

구성민이 어정쩡하게 인사했다.

전인태의 얼굴은 어젯밤과는 전혀 다르게 보였다. 금방이라도 땅으로 추락할 것 같았던 모습은 완전히 사라지고 평소의 모습으로 돌아와 있었다. 아니 오히려 힘이 넘쳐 보였다. 이정우는 자신의 직감이 틀렸다는 것을 알았다. 쏟아지는 업무와 술이 과한 탓이리라.

“이놈의 겨울 날씨…. 빨리들 들어가지.”

전인태는 몹시 추운지 앞섶을 조이고 종종걸음으로 앞장섰다. 그것을 증명하듯 주차장을 지나치는 바람은 날카로운 소리를 내며 세 사람을 훑고 지나갔다. 예년에 비해 추위는 일찍 찾아왔다. 성탄절을 채 지나지 않은 시점에서 기온은 연일 더 떨어지고 있었다.

“아우, 추워. 형님, 우리도 그만 들어가죠.”

구성민이 거대한 덩치를 잔뜩 움츠렸다. 그 모습은 마치 애드벌룬을 닮아 있었다. 비교적 순탄하게 하루 일과를 보내고 다음 날로 들어섰다.

“형님, 어쩐 일이죠? 계장님이 아직까지 출근을 안 하시고….”

구성민이 걸어오며 말했다. 그때 뇌리를 스치는 직감. 이정우는 앉아 있던 의자에서 튕기듯 일어섰다.

“왜 그렇게 놀라고 그러세요?”

귀에 들어오지 않았다. 급히 전화기를 빼든 이정우는 전인태와 통화를 시도했다. 이미 예상한 대로 전화기의 전원은 꺼져 있었다. 결코 일어나서는 안 될 직감이 서서히 다가오는 듯 보였다.

"안 돼!"

이정우는 자신도 모르게 소리쳤다. 후배들의 시선이 일제히 향했다.

"형님, 왜 그러세요?"

"빨리 계장님을 찾아야 돼."

거의 울음에 가까운 이정우의 목소리. 이정우는 밖으로 뛰었다. 잠시 후 구성민 또한 무엇을 직감한 것일까. 부리나케 밖으로 향하는 이정우를 따라붙었다. 여지없는 칼바람. 하지만 추위를 느낄 겨를도 없이 재빨리 차에 올랐다. 경찰서를 벗어난 승용차가 도로에 올라 무섭게 질주했다.

"형님, 지금 어디로 가시는 거죠?"

구성민이 손잡이를 힘껏 잡으며 물었다.

"계장님이 가실 곳은 거기밖에 없어."

더 이상 차 안에선 어떤 말도 들리지 않았다.

"이 다음에 퇴직하면 이런 곳에서 여생을 마무리하고 싶어."

강물을 바라보던 전인태의 영상이 망막을 스쳤다. 이정우는 가속페달을 끝까지 밟았다. 신호와 속도를 무시한 차가 다른 차들을 이리저리 피하며 맹렬하게 질주했다. 하지만 무슨 이유인지 자동차의 속도가 서서히 줄어들기 시작했다. 설상가상으로 하늘에서 눈발이 날리기 시작했다. 이내 하나둘 흩날리던 눈발은 함박눈으로 변해 마구 쏟아졌다. 앞이 안 보이고 순식간에 도로가 빙판길로 변했다. 점점 줄어드는 속도는 조금이 지나서 완전히 멈췄다. 목적지가 바로 코앞이었지만 막힌 차들은 움직이지 않았다. 더 이상 시간을 지체할 수 없었다. 이정우는 차 문을 열어젖혔다.

"아니, 형님."

"성민아, 차 좀 부탁한다."

이정우는 눈길을 뛰었다. 가드레일을 넘어 언덕을 내려 달렸다. 얼음 과 눈으로 뒤덮인 수목이 얼굴을 할퀴고 지나갔다. 아픔은 느껴지지 않 았다. 숨이 턱까지 차올랐지만 뛰는 발을 멈추지 않았다. 드디어 누렇 게 변한 갈대숲이 펼쳐졌고, 그 너머로 눈에 덮여 꽁꽁 얼어붙은 긴 강 이 보였다. 이정우는 미친 듯이 갈대숲으로 뛰어들어 전인태를 찾았다. 하지만 사방을 두리번거려도 흔적을 찾을 수 없었다.

"형님! 안 됩니다. 형님!"

매서운 겨울바람. 흘러내리는 눈물과 콧물이 금세 얼어붙었다. 그때 무언가 보였다. 눈 덮인 강 위에 불룩 솟아 있는 사람의 형상. 옷차림으 로 보아 틀림없는 형님이었다.

"형님!"

갈대숲을 빠져나온 이정우는 한달음에 강 위에 도착했다. 계속 내리 는 함박눈. 전인태의 몸이 점점 눈에 묻혀갔다.

"형님! 안…."

이정우는 미친 듯이 눈을 긁어내렸다. 곧바로 눈에 들어오는 붉은 액 체. 전인태의 피였다. 이어서 얼음판과 내리는 눈이 흥건한 피로 인해 붉 게 물들어 갔다. 자세히 보니 예리한 칼날의 흔적. 왼쪽 손목에서 피가 흐르고 있었다. 이정우는 즉시 와이셔츠를 벗어 전인태의 손목을 칭칭 감고 경동맥을 짚어 보았다. 천만다행으로 미세하게나마 맥박이 뛰고 있었다. 벌거벗은 상체 위로 쏟아지는 눈발. 추위는 느껴지지 않았다.

"형님, 정신 차리세요!"

순간 전인태의 눈이 움찔거렸다. 하지만 몹시 힘든 듯 눈꺼풀을 들어 올리지 못했다. 동시에 입술이 달싹거렸다. 이정우가 귀를 바싹 가져갔다.

"정우야… 정말… 미안하다. 사실은…."

간신히 몇 마디를 말한 전인태의 고개가 밑으로 처지고 있었다.

"형님, 조금만 참으세요."

전인태를 들쳐 업은 이정우가 죽을힘을 다해 얼음판을 뛰었다. 두 사람이 빠져나간 얼음판. 내리는 함박눈은 무엇을 덮고 싶은 것일까. 눈은 여전히 그치지 않았다.

국민중심당 전당대회 캠프.

넓은 강당에 열화와 같은 박수 소리가 울리고 있었다. 족히 삼백 석 이상은 넘을 듯한 의자에서 빈자리는 찾아볼 수 없었다. 의자를 가득 채운 국민중심당 당원들. 누구를 맞이하는 것일까. 박수 소리는 그치지 않고 계속됐다. 그때 연단을 향해 서서히 걷고 있는 남자. 오십 초반의 지성적인 외모. 훤칠한 키에 자애로운 미소를 머금은 남자가 연단 앞에 바로 섰다. 국민중심당 대표로 새로 선출된 이석진 의원이었다.

"이석진!"

"이석진!"

구호와도 같은 외침. 넓은 강당이 떠나갈 듯 울려 퍼졌다. 허리를 깊게 숙여 인사한 그는 잠시 당원들을 둘러보고 천천히 입을 열었다.

"당원 여러분 안녕하십니까. 이석진입니다."

또 한 번의 외침이 시작되는 것을 알아챈 것일까. 이석진은 급히 손을 들어 그것을 막았다. 그의 행동에는 어떤 의미가 깃들어 있는 것인가.

일순간 장내가 조용해졌다.

"당원 여러분, 우리는 지금 각성할 때입니다. 축하와 기쁨은 국민과 하나될 때 비로소 의미가 살아나는 것이지, 좌익과 우익으로 분열된 현 상황에서는 어떤 의미도 찾을 수가 없습니다. 우리는 너무나 어처구니 없게도 시간호 사건이라는 엄청난 비극을 겪었습니다. 이것을 바라보는 시각에 좌익과 우익이 있어서는 안 됩니다. 하지만 현실은 다릅니다."

그때 캠프를 감싸는 어두운 그림자가 가까이 다가서고 있었다. 발 빠른 움직임. 무엇을 노리는 것일까. 캠프로 다가서는 그림자는 마치 잘 짜인 대본처럼 정확하게 움직이고 있었다. 잠시 침묵의 시간을 가진 이석진은 다시 입을 열었다.

"당원 여러분, 좌익의 개념이 무엇입니까. 흔히 국가를 전복하려는 사상을 좌익사상이라고 말합니다. 애석하게도 세상은 우리에게 좌익적인 짙은 색깔을 입혀 놓았습니다. 그럼 우리가 국가 전복을 노리는 사람들이란 말입니까?"

휘몰아치는 바람을 타고 아주 가깝게 다가서는 그림자. 활활 타오르는 눈빛은 마치 사나운 맹수의 눈빛과도 같았다. 마침내 목적지에 다다른 그림자는, 역시 정확한 자리에서 발을 멈췄다.

"당원 여러분, 세계적인 석학 '노암 촘스키'는 이렇게 말했습니다. '모든 정치적인 일은 계획되지 않은 일이 없다.' 만들어진 좌익과 우익, 정치성을 배제할 수 없습니다. 이념과 사상 또한 이와 다르지 않습니다. 너무나 분통 터지게도 정치권에서는 시간호 사건에 정치적인 색깔을 부여했습니다. 우리 국민중심당은 여기에 무엇이 있고, 어떤 이유가 있는지 낱낱이 밝힐 의무가 있습니다. 왜냐하면 국민이 우선시되는 나라가…."

캠프에 바싹 다가선 그림자는 마침내 임무를 달성했는지 그 자리를 조용히 벗어났다.

국정원.

국정원 대북 담당 제1차장 정문수는 문을 두드리는 노크 소리에 의자를 돌렸다. 건장한 요원 박창민이 들어섰다.

"어떻게 됐는가?"

"이석진이 국민중심당 당 대표로 선출됐습니다."

정문수의 얼굴이 몹시 구겨졌다.

"사상이 의심스러운 놈이 당 대표로 선출되다니 이거 아주 골치 아프게 생겼군."

"지금 국민중심당은 이석진을 중심으로 정부를 뒤엎을 획책을 꾸미고 있는 것 같습니다."

"획책이라니?"

"여기 있습니다. 놈의 목소리를 잘 짜 맞추면….."

박창민이 무언가를 건넸다. 바로 그때 또 다른 요원 김진호가 들어섰다. 그의 얼굴이 몹시 굳어 있는 것으로 보아 무언가 심상치 않은 일이 있는 것 같았다.

"박현수, 리정철, 이놈들이 어디로 갔는지 소재 파악이 전혀 안 되고 있습니다."

"뭐야?"

정문수는 왜 그렇게 놀라는 것일까. 얼마 전, 정문수는 태국의 정보원으로부터 북한을 탈출한 두 명의 남자를 보호하고 있다는 보고를 받았다. 그 즉시 모든 외교적인 수단을 통해 이들을 한국으로 데려올 수 있었다. 그 후, 탈북 경로와 사상, 북에 남아 있는 가족 등 면밀한 검증 결과 분명 탈북자로 위장한 간첩은 아니라고 판단했다. 그래서 탈북자 혜택 또한 문제없이 지원해 주고 있었다. 그런데 한 달 전, 박현수와 리정철의 집 근처에서 이상한 전파가 잡혔다. 아주 짧은 시간이라 수신 지점을 파악할 수 없었지만 무언가 이상했다. 그러던 중 바로 이틀 전, 두 사람이 동시에 감쪽같이 사라진 것이었다.

"그렇게 관리 감독을 철저히 했으면 이런 일도 안 일어나잖아!"

정문수가 책상을 치며 호통쳤다.

"죄송합니다."

김진호가 어쩔 줄 모르며 고개를 숙였다. 이놈들이 대체 사라진 이유는 무엇이란 말인가. 혹시 우리가 잘못 판단한 건 아닐까. 만약 그렇다면 그것으로 인해 무슨 일이라도 발생한다면…. 정문수는 머리가 아픈지 양쪽 관자놀이를 세게 눌렀다.

"소재 파악이 안 되는 놈들이 두 놈뿐인가?"

물음으로 보아 박현수, 리정철과 같은 관리 대상의 탈북자가 또 있는 모양이었다.

"사실은 같이 다니던 정형묵과 장순혁도 보이지 않다가 오후 들어서 소재가 파악됐습니다. 하지만 뭔가 찜찜한 구석이 있습니다. 박현수, 리정철과 접촉이 있었던 거 같은데 시침 떼는 모습이 영…."

우리가 이놈들을 정말 잘못 판단했다는 말인가. 만약 그렇다면 큰일이다.

"어떻게 할까요?"

하지만 정문수는 듣지 못했는지 아무 대답이 없었다. 그렇다면 어떻게 해야 하나. 그렇다면…. 잠시 후 정문수는 무엇이 생각났는지 김진호와 박창민을 가까이 불렀다.

"지금부터 내 말 똑바로 들어."

무슨 말을 듣는 것일까. 서서히 변해가는 김진호와 박창민의 얼굴. 마침내 김진호와 박창민이 아연실색했다.

"그건 위험 부담이 너무 크지 않을까요? 자칫 들키는 날엔. 그에 대한 파장은 어디까지 튈지 모르고 우리 힘으로 감당하기 어려울 수도 있습니다. 재고를 하심이⋯."

김진호는 무엇을 우려한 것일까.

"재고를 하라구? 이봐, 재고에 재고를 해서 얻은 결과가 겨우 이건가? 그런 생각으로 일할 생각이면 적성에 맞는 일을 찾아 봐."

정문수가 매몰차게 말했다.

"하지만 이건 전혀 다른 문제입니다."

"이것 봐, 김진호!"

정문수의 서슬 퍼런 눈빛. 깊게 허리를 숙인 김진호는 차장실을 빠져나갔다.

며칠 후, 다시 국민중심당 캠프.

"1팀, 준비됐다. 오버."

"2팀, 준비됐다. 오버."

여기저기서 들리는 무전음. 그와 더불어 발 빠른 움직임. 캠프를 감싸듯 사방에서 조여드는 그림자들.

"이석진!"

"이석진!"

기립 박수에 열화와 같은 호응. 이석진은 손을 들어 답례를 표했다.

바로 그때였다. 우당탕 소리와 함께 활짝 열리는 양문. 문을 열어젖힌 건장한 남자들이 연단을 향해 뚜벅뚜벅 걸어왔다. 느닷없는 사내들의 등장에 장내가 일순간 고요를 머금었다가 웅성거리기 시작했다.

"이 의원님, 국가보안법을 위반했다는 신고가 접수됐습니다. 우리와 같이 가주셔야겠습니다."

박창민이 앞섶에서 신분증을 꺼내며 말했다.

지금 대체 무슨 말을 하고 있단 말인가. 이석진은 도무지 영문을 모르겠다는 얼굴로 정문수를 바라보았다.

"조사에 협조해 주시기 바랍니다."

"나는 현역 국회의원 신분이오. 뭔가 착오를 하신 거 같군요."

"박현수와 리정철, 이 두 사람과 접촉했던 사실을 확보했습니다."

처음 들어보는 이름이었다.

"그 사람들이 대체 뭐 하는 사람들이란 말입니까?"

박창민이 사내들에게 고갯짓을 했다.

"끌고 가."

즉각 사내들이 양옆으로 달라붙었고, 양팔을 잡힌 이석진이 소리치기 시작했다.

"이건 나를 죽이기 위한 음모야!"

동시에 당원들이 연단을 향해 몰려들었다. 이것을 대비한 것일까. 밖에 있던 요원들이 안으로 뛰어들었다. 인정 없는 손과 발이 당원들을 향해 무차별적으로 날아들었고, 여기저기서 고함과 비명이 터졌다.

"순순히 갈 테니 그만하시오!"

이석진은 바로 눈앞에서 직접 보고도 믿을 수 없었다. 그는 사내들을 순순히 따랐다. 이 모습이 정녕 내가 사랑하는 대한민국이란 말인가.

두 눈이 저절로 감겨졌다.

"아주 잘했어."

정문수는 박창민의 어깨를 두드리며 공로를 치하했다.

"이제 그것을 뒷받침할 시나리오만 잘 만들면 돼."

입가에 웃음을 머금은 정문수. 그의 빠른 머리는 이미 한 치의 실수 없는 시나리오를 거의 완성시켰다. 탈북 당시부터 무언가 이상했던 박현수와 리정철. 국정원은 이석진 의원이 이들과 접촉했던 사실을 확보했고, 이들을 비밀리에 조사하던 중 감쪽같이 사라졌다. 시나리오는 이렇게 만들어지면 거의 완벽하다. 두 놈이 빨리 잡히면 국민은 우리를 칭찬해 줄 것이고, 늦게 잡힌다 해도 걱정할 필요는 없다. 왜냐하면 국민의 시선이 그만큼 이석진에게 쏠리는 것이기 때문이다. 한마디로 무엇 하나 손해 볼 것 없는 패를 쥔 셈이다. 어차피 국민중심당은 사상이 의심스러운 정당이지 않은가. 때문에 국민중심당의 위기는 그만큼 현 정부의 이득으로 돌아갈 것이다. 이제 정부와 긴밀한 협조만 마무리되면 이석진은 끝났다고 보아야 한다. 정문수는 절로 흐르는 웃음을 멈추지 않았다.

정치인과 국민의 관계

부산의 외떨어진 부두.

칠흑 같은 어둠 속. 시커먼 바다. 철썩이는 파도 소리가 들릴 뿐 사위는 고요했다. 그때 바다 가운데서 위아래로 움직이는 불빛. 몇 번을 더 깜빡인 불빛은 이내 완전히 사라졌다. 드디어 도착했다는 신호였다. 해변에 숨어 있던 사내는 급히 몸을 일으켜 앞으로 빠르게 이동했다. 살을 에는 바닷바람이 연신 불어왔다. 곧이어 첨벙거리는 소리가 들렸고, 역시 시커먼 무동력 구명정이 바로 앞에 도착했다. 두 사람이 매우 민첩한 동작으로 구명정에서 뛰어내렸다.

"이상 없었지?"

"네, 이상 없었어요."

"자, 그럼 빨리 내리자."

이어서 세 사람은 큰 나무 상자를 끌어내 모래사장에 가만히 내려놓고 주위를 두리번거렸다.

"왜 아직 안 오는 거야?"

사내들은 무엇이 급한지 연신 눈동자를 굴렸다.

"나, 이제 이 일 그만해야겠다. 러시아 경찰 놈들 갈수록 돈을 더 달라고 하니 뭐 남는 게 있어야 하지."

이들은 러시아를 드나들며 무엇을 가지고 온 것일까. 그때 멀리서 들리는 자동차 소리. 세 사람은 소리가 나는 방향으로 고개를 돌렸다. 믿을 수 없게도 자동차는 전조등을 전혀 밝히지 않은 채 모래언덕을 넘어오고 있었다. 곧바로 4륜구동 검은색 지프가 바로 앞에서 멈췄다. 잠시 후, 세 사람과 나무 상자를 실은 지프가 모래언덕을 넘어 사라졌다.

연신 거친 숨소리를 내뱉으며 도로를 달리던 지프가 야적장으로 들어섰다. 수많은 컨테이너 박스. 그것을 들어 올리는 대형 크레인. 눈이 내리는 야적장을 양철 갓등이 희미하게 밝혀주고 있었다. 컨테이너와 컨테이너 사이를 이리저리 달리던 지프는 마침내 불이 밝혀진 한 컨테이너 박스 앞에서 멈췄다. 곧바로 문이 열리고 세 사람은 컨테이너 안으로 나무 상자를 들고 들어갔다. 이어서 대형 드라이버를 이용해 나무 상자를 뜯어냈다. 놀랍게도 나무 상자 안에는 권총과 소총이 가득했다. 이들은 불법 무기를 거래하는 무기 밀매상이었다.

바로 그 시각, 야적장으로 들어서는 한 대의 승용차. 대형 크레인을 지나 줄지어 늘어선 컨테이너 박스를 서서히 지나치고 있었다. 일정한 속도. 두리번거리지 않는 것으로 보아 이미 목표물을 파악하고 있는 듯했다. 마침내 승용차가 검은색 지프 뒤에 멈춰 섰다. 재빠르게 차에서 내린 세 명의 남자들은 컨테이너 박스 앞으로 다가섰다. 앞서 있던 남자가 수신호를 보냈다. 동시에 문을 벌컥 열어젖힌 그들은 컨테이너 박스 안으로 뛰어들었다. 무차별적인 공격이 이어졌고, 순식간에 밀매상은 그들에게 제압됐다. 잠시 후, 나무 상자를 승용차에 옮겨 실은 그들은 빠르게 야적장을 빠져나갔다. 탈북자 박현수와 리정철, 그리고 운명이었다. 이들은 모두 북한 대외공작기관인 '35호실' 출신이었고, 최정예 요원들이었다. 나무 상자를 탈취한 이들은 무슨 일을 꾸미려고 하는 것일까.

"대좌 동지, 거사 일이 가까이 다가오고 있습니다."

박현수가 말했다.

"거사 일을 조금 더 늦춰야 할 이유가 생겼다."

"거사 일을 늦추다니요. 지금 무슨 말씀을⋯."

"그건 내가 결정할 일이야."

운명이 리정철의 말을 단호하게 잘랐다.

휘몰아치는 눈보라가 야적장에서 멀어지는 승용차를 계속해서 따라붙었다.

강가를 몰아치는 바람. 얼어붙은 갈대. 흩날리기 시작하는 눈발. 꽁꽁 얼어붙은 강물에 시선을 던진 이정우는 한참을 더 그 자리에 서 있었다. 거듭되는 비극과 슬픔으로 다소 풀려 있는 눈동자. 강물을 바라보는 그의 두 눈은 무엇을 생각하는 듯 초점이 잡혀 있지 않았다. "정우야, 정말 미안하다. 사실은⋯." 형님이 극단적인 선택을 하면서까지 하고 싶은 말은 무엇이었을까. 대체 내게 무엇을 말하려고 했던 것일까. 천만다행으로 전인태는 이정우의 빠른 발견과 대처로 목숨을 건질 수 있었다. 하지만 십여 일 가까이 의식불명 상태는 계속되고 있었다.

이정우는 발을 옮겨 꽁꽁 얼어붙은 강물 위를 걸었다. 전인태가 자살을 시도한 위치에 당도해 잠시 고개를 숙였다. 형님, 형님. 그는 무슨 해답을 들으려고 하는 것처럼 마음속으로 전인태를 몇 번이나 불렀다. "정우야, 정말 미안하다. 사실은…." 무엇을, 제가 왜, 형님을…. 마침내 돌아선 그가 무거운 발걸음을 옮기려고 할 때 전화가 걸려왔다.

"형님! 지금 어디세요?"

구성민의 다급한 목소리였다.

"무슨 일이야?"

"계장님이 깨어나셨습니다!"

"알았어."

곧바로 승용차에 올라탄 이정우는 가속페달을 힘껏 밟았다. 무서운 속도로 한참을 질주하던 승용차가 도심에 들어서 밀리기 시작했다. 이정우는 차와 차 사이를 이리저리 피하며 빠져나갔지만, 점점 줄어드는 속도는 이내 완전히 멈췄다. 어느새 세상은 캄캄한 어둠 속으로 달려가고 있었다.

같은 시각, 전인태가 입원하고 있는 병원.

9층에 위치한 전인태의 단독 입원실. 구성민이 입원실을 나서 복도에 발을 디뎠다. 그때 자신을 향해 날아오는 절도 있는 동작. 매우 젊은 순경이 거수경례를 올렸다.

"음, 벌써 근무 교대 시간인가?"

"네, 그렇습니다."

순경은 목소리 또한 절도 있었다.

"계장님은 지금 절대 안정이 필요한 상태야. 그런 일은 없겠지만 혹시라도 여기에 올라오는 사람들이 있으면 통제 잘하고, 면회객 또한 신분 확인을 철저히 하도록 해."

"알겠습니다. 그런데 어디 가시는 겁니까?"

"어디 가긴. 내려가서 담배 하나 피우고 오려구."

"아, 네."

순경의 어깨를 다독여준 구성민이 엘리베이터의 버튼을 눌렀다.

"선배님."

구성민이 엘리베이터에 발을 옮기려다 고개만 뒤로 돌렸다.

"왜, 할 말이라도 있나?"

"저, 실은…."

"뭔데 그렇게 뜸을 들이고 그래."

"제가 급히 근무 교대를 하다 보니 저녁을 거르고 왔습니다. 오시는 길에 빵이라도 사다 주시면 감사히 먹겠습니다!"

거수경례까지 올린 순경은 멋쩍게 웃음을 지었다.

"넉살 하나 마음에 드는군. 알았어. 오는 길에 사다 주지."

"감사합니다!"

이윽고 구성민을 실은 엘리베이터가 서서히 내려갔다.

바로 그 시각. 병원 로비로 들어서는 두 명의 사내. 잠시 주위를 둘러본 그들은 엘리베이터를 지나쳐 계단으로 뛰어올랐다. 순식간에 8층에 다다른 그들은 발소리를 죽여 9층으로 서서히 이동했다. 무엇을 노리는 것일까. 비상문을 조용히 잡아당긴 그들은 전인태의 입원실로 시선을 던졌다. 의자에 앉아 고개를 푹 숙이고 있는 순경. 귀에 이어폰을 꽂고 있는 모습이 스마트폰에 정신이 팔려있는 듯했다. 남자들이 천천히 발을 놀렸다. 아주 가깝게 접근할 때까지도 순경은 전혀 눈치를 채지 못하고, 연신 스마트폰을 들여다보며 웃음을 흘리고 있었다. 순간 순경이 무엇을 느낀 것일까. 급히 고개를 들었다. 자신을 내려다보고 있는 두 명의 사내.

"어떻게… 오셨어요?"

자신도 모르게 목소리가 떨려 나왔다. 그와 동시에 번갯불이 지나가고, 이어서 느껴지는 극심한 통증. 사내들의 무자비한 공격에 순경이 바닥에 쓰러지며 고통의 신음을 뱉었다. 최후의 발악이라도 하듯 필사적으로 손을 뻗어 사내의 발을 잡았다. 그 순간 사내의 발이 높이 올라갔다. 마침내 캄캄한 세상이 순경을 덮었다. 사내들은 곧바로 입원실의 문을 열어젖혔다. 이제 막 의식을 회복한 전인태는 곤히 잠들어 있었다. 사내들이 그를 향해 서서히 접근했다.

그 시각, 병원에 거의 다다른 이정우는 순간 눈을 위로 치켜떴다. 망막을 스치는 그 무엇. 그는 전인태의 자살 기도 때와 비슷한 상황에 불길한 직감을 받았다. 바로 앞에서 막히는 길. 그때처럼 눈은 내리지 않았지만 느껴지는 직감은 그때보다 더 불길했다. 이정우는 급히 휴대전화를 빼 들었다.

"성민아, 지금 어디야?"

"네, 지금 매점에서…. 그런데 무슨 일이세요?"

"빨리 계장님한테 가 봐!"

이정우가 차에서 튕기듯 빠져나와 도로를 달렸다. 무언가 직감한 구성민이 급히 몸을 돌려 엘리베이터를 찾았다. 하지만 엘리베이터는 층층마다 멈추며 쉽게 내려오지 않았다. 버튼이 부서져라 계속 눌렀지만 아직 지하까지는 5층이 더 남아 있었다. 욕설을 크게 내뱉은 그는 할 수 없이 계단으로 뛰어올랐다. 7층에 이르러 난간을 부여잡았다. 숨이 턱까지 차올랐지만 필사적인 힘을 다해 다시 계단을 뛰어올랐다. 그때 계단을 내려오는 두 사내가 보였다. 구성민은 환자복 차림의 남자들을 스쳐 올라갔다. 마침내 9층에 이르러 비상문을 열어젖혔다. 너무나 조용한 복도. 순경의 빈 의자. 구성민은 한달음에 달려가 입원실의 문을 열어젖혔다.

"김 순경!"

간신히 일어선 김 순경이 멍한 눈으로 피를 흘리며 자신을 바라보는 게 아닌가. 구성민은 곧바로 병상으로 뛰었지만 눈과 입이 벌어져 있는 전인태는 이미 숨이 끊어져 있었다.

"내려간… 두 놈."

김 순경이 더듬거리며 말했다.

"그놈들이었어!"

소리친 구성민이 복도를 벗어나 미친 듯이 계단을 뛰어내렸다. 순식간에 1층에 도착한 그는 로비를 빠져나가 사방을 둘러보았다. 그때 주차장을 빠져나오는 승용차. 환자복 차림의 두 남자가 자신을 흘깃 바라보며 지나쳤다. 그와 동시에 이정우가 도로를 뛰어오고 있었다.

"형님! 저놈들입니다!"

구성민의 손가락이 병원을 막 빠져나오는 승용차를 가리켰다. 이정우는 대기하고 있던 택시에 올라타 신분증을 내밀었다.

"공무 수행 중입니다. 차 좀 빌리겠습니다."

이정우의 택시가 승용차를 따라붙었다. 재빠르게 자신의 승용차에 오른 구성민 역시 사내들을 따라붙었다. 이것을 눈치챈 것일까. 사내들의 승용차가 속도를 내기 시작했다. 이정우와 구성민이 사내들의 승용차를 놓치지 않으려고 속도를 올렸다. 심하게 막혀 있는 반대 차선. 추월도 할 수 없는 상황이었다. 이윽고 외곽 도로로 들어선 세 대의 자동차가 무섭게 질주했다. 커브 길을 도는 세 대의 자동차에서 타이어 마찰음이 크게 들렸고, 가로수와 전신주가 순식간에 지나갔다. 순간 이정우가 속도를 올려 반대 차선으로 진입했다. 동시에 귀를 찢는 듯한 경음기 소리와 무수한 상향등이 날아왔다. 다시 제 차선으로 진입해 사내들의 승용차를 바싹 쫓았다. 사내들은 추월을 허용하지 않으려고 속도를 아주 능숙하게 조절했다.

그렇게 얼마를 달렸을까. 편도 2차선 도로가 3차선 도로로 넓어졌다. 2차선을 타고 가던 사내들이 급히 1차선으로 변경해 무섭게 속도를 올렸다. 바싹 따라붙은 이정우가 중앙선을 침범했고, 구성민이 2차선으로 진입해 속도를 올렸다. 두 사람이 옆으로 바싹 붙여 사내들을 가두면서 도로를 질주했다. 바로 그때였다. 급브레이크의 굉음과 심한 타이어 마찰음. 사내들의 승용차가 빙글빙글 돌았다. 이정우와 구성민이 동시에 옆으로 벌어져 충돌을 피했다.

마침내 거꾸로 돌아선 사내들의 승용차가 반대 차선으로 진입해 시야에서 멀어지기 시작했다. 이정우와 구성민이 급히 속도를 줄여 차를 돌렸다. 이어서 반대 차선으로 진입해 속도를 높였다. 하지만 언덕길을 오르는 사내들의 승용차가 시야에서 완전히 사라졌다. 포기할 순 없었다. 더욱 속도를 높인 이정우는 언덕길을 넘어서 승용차를 찾았다. 그때 산으로 오르는 콘크리트 길 커브에서 승용차의 미등이 순간 켜졌다가 사라졌다. 이정우는 천천히 콘크리트 길을 조금 지나 커브 길에 차를 세웠다. 잽싸게 차를 내린 그는 콘크리트 길을 오르기 시작했다. 오랜 시간 보수를 하지 않은 콘크리트 길은 군데군데 홈이 깊게 패여 있었다. 이정우는 드문드문 켜진 가로등 불을 의지해 앞으로 향했다. 뒤따라오던 구성민이 안 보이는 것으로 보아 아마도 길을 지나친 것 같았다.

그때 전방에서 들려오는 차를 내리는 소리. 이정우는 급히 몸을 돌려 택시 뒤에 숨었다. 아니나 다를까. 환자복을 입은 사내들이 천천히 길을 내려오고 있었다. 아직 택시를 발견하지 못한 사내들은 얼어 있는 길을 천천히 내려섰다. 사내들이 아주 가깝게 접근했다. 순간 택시를 발견한 사내들이 급히 몸을 돌렸다. 그와 동시에 권총을 빼든 이정우가 사내들을 겨누고 소리쳤다.

"경찰이다! 움직이면 발포하겠다."

이정우는 두 손을 올린 사내들을 향해 천천히 발을 옮기며 수갑을 빼들었다. 바로 그때 이정우와 사내들을 찾던 구성민이 속도를 높여 언덕을 내려오고 있었다. 순간 눈에 들어온 택시. 그와 동시에 이정우와 사내들이 보였다.

"형님!"

"성민아, 안 돼!"

미처 속도를 줄이지 못한 구성민이 이정우의 택시를 그대로 추돌했다. 순간 멍한 느낌. 이어서 엄청난 충격이 느껴졌다. 앞 유리에 머리를 심하게 부딪친 구성민이 피를 흘리며 쓰러졌다. 잠시 희미한 세상이 펼쳐지더니 마침내 캄캄한 세상이 그를 덮었다.

정복 차림의 이정우가 경찰청으로 들어서고 있었다. 그는 며칠 밤을 새운 탓으로 얼굴은 몹시 초췌해 보였고, 다리를 약간 절고 있었다. 전인태의 장례는 경찰청장 주관 하에 경찰장으로 결정됐다. 마침내 자리를 잡은 이정우가 모자를 고쳐 썼다. 바로 이어서 전인태의 장례식이 엄수됐다.

"일동 차렷!"

경찰 제복 차림의 사람들이 몸을 바로 했다.

"경례!"

수많은 흰 장갑의 손들이 전인태를 향해 일제히 올랐다. 잠시 후, 경찰청장이 연단 앞으로 올라와 조사弔詞를 낭독했다. 하지만 이정우의 시선은 전인태의 영정 사진에서 떨어지지 않았다. 경찰청장의 조사가 간간이 들려왔다.

"우리는 명백한 공권력에 대한 도전을… 범인들을 반드시 잡아서 그에 합당한 무거운 처벌을…."

"정우야, 정말 미안하다. 사실은…."

조사에 이어서 들려오는 형님의 목소리. 이윽고 두 개의 목소리가 하나로 합쳐져 귓속에서 웽웽거렸다. 귀가 따갑고 머리가 어지러웠다. 이정우가 두 손을 올려 귀를 틀어막았다.

"형님, 괜찮으세요?"

바로 뒤에서 속삭이듯 들려오는 목소리. 머리에 붕대를 칭칭 감은 구성민이었다.

"괜찮아."

이정우가 다시 자세를 바로잡았다. 잠시 후, 흰 국화를 손에 든 이정우가 입을 앙다문 채 전인태의 영정 앞에 헌화를 하고 돌아섰다. 순간 주체할 수 없는 눈물이 주르르 흘렀다. 그 뒤를 따라 구성민이 경례와 함께 헌화를 하고 돌아섰다. 마침내 1시간여에 걸친 장례식이 끝나고, 수십 명의 오토바이 경찰의 호위를 받은 전인태는 국립묘지로 향했다.

"부장님, 여기서부터 걸어가야 합니다."

차에서 내린 김 부장은 좁은 길을 걸었다. 그 뒤를 따르는 수많은 병력. 마치 전시에 나가는 군인의 모습 같았다. 그들은 한겨울 매서운 바람을 맞아가며 유병현의 은신처를 향해 나아갔다. 살을 에는 듯한 바람은 계속해서 불어왔고, 조금 전부터 내리기 시작한 함박눈이 앞길을 막아서고 있었다. 이십여 분을 걸었을까. 저 너머로 드넓은 평야가 펼쳐졌다. 김 부장은 휘몰아치는 맞바람을 피해 잠시 몸을 돌렸다.

"여기가 유병현이 숨어 있는 은신처가 확실한가?"

"신고 전화로 보았을 때 확실합니다."

김 경위가 대답했다.

"혹시 또 혼선을 주기 위한 건 아니겠지?"

"내용이 아주 구체적이고 유병현의 현재 상황을 막힘없이 말하는 것으로 보았을 때 확실합니다."

김 부장은 거듭되는 실수로 염려하는 기색이 역력했다.

"일단 여기까지는 들킬 염려가 없습니다. 하지만 여기를 벗어나면 얘기가 달라집니다."

"그래서 어떻게 하겠다는 건가."

"눈이 더 내리길 기다려 최대한 눈을 이용해 은신하면서 가야 합니다."

김 경위의 수신호에 병력이 몸을 낮추었다.

같은 시각, 유병현의 별장.

사나운 눈보라는 어디서부터 시작된 것일까. 연일 몰아치는 눈보라는 풀과 나무를 매섭게 때리며 별장을 지나 멀어져 갔다. 하지만 그것만으로 성에 차지 않는 것일까. 그 뒤를 바싹 쫓는 눈보라는 미처 몸을 일으키지 못한 풀과 나무를 더욱 사납게 때리며 지나갔다. 그때 별장의 문이 열리며 누군가 나오고 있었다. 초로의 노인 유병현이었다. 사나운 눈보라를 막으려는 듯 두꺼운 외투 차림으로 나온 그는 산 아래를 지그시 응시했다. 막힌 곳 없이 앞이 확 트인 평야. 그는 깊은 생각에 빠저 한참 동안 시선을 거두지 않았다. 내 인생도 한때는 저 평야처럼 막힌 곳 없이 펼쳐졌다. 그것은 불과 몇 달 전이었다. 하지만 지금은… 지금은… 지금은…. 그는 끓어오르는 분노를 참을 수 없는지 두 손을 말아 쥐었다. 그때 문이 열리며 여자가 모습을 드러냈다. 영양사 최경미였다.

"회장님, 바람이 몹시 찹니다. 안으로 들어가시지요."

하지만 유병현은 들어갈 생각이 없는지 몸을 돌리지 않았다.

"차라리 차가운 바람이 내 가슴속의 불 좀 꺼줬으면 좋겠네."

"언젠가는 회장님의 가슴속 불이 꺼질 날이 있을 겁니다. 그날까지 참고 이겨내셔야죠."

정확한 발음과 세련된 말투였다. 유병현은 그녀와의 첫 대화에서 왠지 모르게 호감이 갔다.

"그래, 학교에선 뭐를 전공했는가?"

"정치학을 전공했습니다."

"호오, 정치학을 전공했다구?"

정치학 전공의 영양사라…. 유병현은 갈수록 호감이 짙어졌다.

"그런데 어떻게 영양사의 길을 택했나?"

"넓게 보면 정치인과 영양사는 같은 직종이 아닐까 하는 생각에 영양사라는 직업을 선택했습니다."

"정치인과 영양사가 같은 직종이라구?"

"그렇게 생각합니다. 영양사는 사람의 건강을 도와주고, 정치인은 국가의 건강을 도와주는 사람이지요. 잘못된 영양으로 사람의 건강을 망칠 수 있듯이 잘못된 정책으로 국가를 병들게 할 수 있습니다. 제가 보기에 지금 대한민국의 건강은 곳곳이 병들어 있습니다. 물론 정치인만의 책임이 아니지만 통솔력이 없고 어떻게든 자신의 밥그릇만 챙기려고 하는 정치인의 책임 또한 간과하고 지나칠 수 없다고 생각합니다. 그 결과 시간호 안에서 마지막까지 자식의 이름을 부르고 엄마, 아빠를 외치던 꽃다운 어린 생명들과 일반인들은 국가의 구조를 받지 못하고 죽어갔습니다. 이미 병든 국가의 안일함이 원인이었죠."

최경미의 언변은 아주 유창했다.

"회장님, 이런 말씀까지 드리기 송구하오나 대통령은 자신이 국민과 약속했던 시간호특별법제정을 지키지 않았고, 특별조사위원회의 활동 또한 무력화시키는 입장을 묵묵부답으로 일관하고 있습니다. 이 모든 것들이 국가를 병들게 만드는 요인인데 그것을 치료하고자 하는 진실 규명을 외면하고, 오히려 피해자인 시간호 유가족에게 온갖 어두운 그림자를 덧씌워 역공을 퍼붓고 있습니다. 정치를 떠나 인간이라면 도저히 할 수 없는 짓이죠. 또한 이 정부는 회장님께 시간호 사건의 책임을 떠넘기려는 파렴치한 행태를 범하고 있구요. 여기에는 당연히 정치적인 계산이 깔려 있겠죠. 국민의 생명과 정치적인 계산, 무엇이 더 우선시돼야 하는 걸까요."

"그럼 내가 그 정치적인 계산속에서 어떻게 빠져나와야 하는가?"

유병현은 자신도 모르게 최경미를 의지하고 있는 듯했다.

"아주 많이 힘드실 수도 있습니다. 아니 어쩌면 회장님 생전에 빠져나오지 못할 수도 있습니다. 하지만 시간호 사건은 역사에 길이길이 남을 겁니다. 그 역사 속에서 진실이 밝혀지는 그날이 회장님이 여기에서 빠져나오는 길이 될 거라 생각합니다."

"내 생전에 빠져 나오지 못할 수도 있다…."

유병현은 혼잣말을 하듯 중얼거렸다.

"회장님, 이제 그만 선택을 하셔야 될 것 같습니다."

"그건 또 무슨 말인가?"

"정치적인 계산에 의해 만들어진 국민의 험한 눈초리와 비난의 목소리는 온통 회장님을 향해 있습니다."

유병현은 뜻을 알아차린 듯 지그시 눈을 감았다가 떴다.

"그러니까 내가 잡히지 않으면 그 험한 눈초리와 비난의 목소리는 계속해서 나를 따라다닐 거란 말이지? 그것을 조금이라도 상쇄시킬 수 있는 방법은 자수를 하거나 빨리 잡히거나…."

"죄송합니다. 저는 진심으로 회장님을 존경하고 사랑합니다."

최경미는 진심으로 미안한 얼굴을 들었다.

"후후후, 저기 올라오고 있군."

넓은 평야를 가득 채운 경찰들이 별장을 향해 뛰어오고 있었다.

"회장님, 죄송합니다. 제가 신고했습니다."

그것을 충분히 이해하는 유병현은 고개를 끄덕였다.

"지금까지 자네 말은 잘 들었네. 하지만 자네가 착각하고 있는 게 있어. 그게 뭔지 아나?"

최경미가 눈으로 물었다.

"넓게 보든지 좁게 보든지 상관없이 영양사와 정치인은 결코 같은 직종이 될 수 없네."

"무슨 말씀이신지…."

"일본에 '맵시벌'이라는 놈이 있어. 그놈은 '은먼지거미'를 숙주로 삼고 살지. 맵시벌에 의해 조종되는 거미는 자기도 모르게 거미집을 짓게 되고, 그 후에 벌이 거미의 몸속에서 부화해 거미의 피와 내장을 먹으면서 거미집에 매달려 안전하게 보호받게 되지. 내 말 무슨 말인지 알

겠나? 정치인들은 맵시벌 같은 놈들이야. 나는 은면지거미로 남고 싶지
않네."

"회장님, 빨리 피하셔야 됩니다!"

강 집사가 문을 벌컥 열고 나오며 소리쳤다. 하지만 유병현은 못다 한
말이 있는지 최경미의 얼굴에서 시선을 떼지 않았다.

"내가 여기를 떠나기 전에 마지막으로 조언 하나 해 주겠네. 자네의
정치인과 영양사가 같은 직종이라는 그 마음가짐 아주 훌륭해. 전공을
살려보게. 내가 비록 도와주지는 못하겠지만 마음속으로 빌어주겠네.
그리고 그동안 아주 고마웠어."

유병현이 최경미를 가볍게 안았다. 이내 돌아선 그는 강 집사를 따라
나섰다. 눈으로 덮인 산을 오르는 유병현. 그의 뒷모습을 바라보는 최
경미가 오열을 터트렸다.

마침내 산을 다 오른 김 부장이 병력을 향해 소리쳤다.

"빨리 수색해!"

하지만 유병현은 이미 어디로 갔는지 그림자도 보이지 않았다. 단지
최경미가 먼 산을 바라보며 눈물짓고 있을 뿐이었다. 마침내 머리끝까
지 화가 치민 김 부장이 소리치며 별장 문을 심하게 걸어찼다.

한 남자의 전화를 받은 서창운이 찻집으로 들어가고 있었다. 문을 열
고 들어선 그는 남자를 찾기 위해 주위를 둘러보았다. 찻집의 손님들은
모두 남녀 한 쌍이었고, 전화를 걸어왔을 것으로 보이는 남자는 없는 것
같았다. 서창운은 미인성형외과 의사이자, 의과대학 외래교수였다. 그
는 바로 어젯밤 이상한 전화를 받았다. 신분을 밝히지 않은 남자는 비밀
폭로의 협박과 함께 일방적으로 약속 시간과 장소를 정한 후 전화를 끊

은 것이었다. 창가의 빈자리를 찾아 자리를 잡은 그는 잠시 창밖으로 시선을 던졌다. 무표정한 얼굴로 거리를 오가는 수많은 사람들. 바로 어제까지는 자신도 거리의 사람들과 별반 다를 바 없이 움직였다. 기계적으로 돌아가는 그 일상의 무료함을 달래고자 딱 한 번의 실수, 그것이 오늘 자신을 옥죄어오는 치명적인 무기가 될 줄은 꿈에도 몰랐다.

겨울비가 내리는 어느 날이었다. 가방과 신문지로 머리를 가린 사람들이 버스정류장과 주차장으로 뛰고 있었다. 일기예보를 빗나간 겨울비에 미처 우산을 준비하지 못한 사람들은 발걸음을 바쁘게 움직였다. 병원 일을 막 끝내고 나온 서창운은 뛰는 듯 걸음을 옮겨 자신의 승용차 앞에 다다랐다. 그때 누군가 부르는 소리. 차 문을 열려던 손이 멈칫했다.

"선생님, 정말 죄송한데요…."

이십 중반 정도로 보이는 여자였다. 비에 흠뻑 젖은 그녀는 금방이라도 울음을 터트릴 것처럼 보였다.

"무슨 일 있어요?"

"정말 죄송한데요. 제가 지갑을 잃어버려서 집에 못 가고 있어요."

돈을 뜯어내기 위해 너무도 흔히 사용되는 전형적인 수법. 하지만 서창운은 쉽게 거절할 수 없었다. 얼마나 비를 맞았는지 입술이 푸르스름하게 변해 있었고, 부들부들 떨고 있는 모습이 몹시 애처롭게 보였다. 모습과 표정으로 보아 돈을 뜯어내기 위한 수법이 아닌 듯했다. 설령 그렇다 하더라도 그냥 지나칠 수 없었다.

"아, 그래요?"

지갑을 꺼낸 그는 5만 원을 선뜻 내밀었다.

"선생님, 만 원이면 충분합니다."

돈을 집어넣은 그는 다시 만 원을 내밀었다.

"정말 고맙습니다. 연락처라도 주시면 다음에라도 꼭 갚아드릴게요."

"아닙니다. 개의치 마세요."

깊게 고개 숙여 인사하고 몸을 돌린 여자는 다시 돌아섰다.

"참, 아까 이 건물에서 나오시던데 여기서 일하시는 분인가요?"

"아, 미인성형외과 의사입니다."

"네, 그럼 다음에 꼭 인사드리러 오겠습니다."

그렇게 잊히는 듯했다. 그러던 어느 날이었다. 주차장으로 향하는 서창운은 누군가 부르는 소리에 발걸음을 멈췄다.

"선생님, 저 기억하시겠어요?"

처음 보는 여자였다.

"누구신지…."

"사흘 전에 바로 이 자리에서 저한테 차비를 빌려주셨잖아요."

"아, 기억합니다."

비에 젖어 초췌했던 모습과는 전혀 달라 보였다. 생긋 웃는 모습에서 묘한 매력을 느낄 수 있는 여자였다. 비에 젖어 있던 모습과 어우러지며 묘한 매력은 한층 더했다. 서창운은 자신도 모르게 여자의 반달 같은 눈 속으로 빨려드는 거 같았다.

"오늘 그 빚을 갚으러 왔습니다."

그때 정중하게 거절했어야 했다. 왜 그렇게 하지 못했을까. 머리를 쥐어뜯고 싶었다. 문득 아무 일 없었던 기계적인 일상이 너무나 그리웠다. 그때 누군가 자리에 앉는 사내. 생각에서 깨어난 서창운은 고개를 돌렸다.

"제가 전화했습니다."

강한 억양. 조선족인가? 하지만 그건 중요한 게 아니었다. 자세히 보니 자신보다 십여 살이나 아래로 보이는 삼십 후반 정도의 눈매가 부리부리한 사내였다.

"일단 동영상이나 봅시다."

서창운이 말했다.

사내의 앞섶으로 천천히 손이 들어갔다. 서창운은 그 손이 빠져나오지 않기를 바랐다. 아니, 그 손을 잘라 버리고 싶은 충동을 느꼈다. 하지만 볼펜 모양의 몰카를 잡은 사내의 큼지막한 손은 이내 테이블에 가만히 내려앉았다. 이어서 가지고 온 노트북에 몰카를 연결했다. 영상을 바라보는 서창운의 얼굴이 몹시 구겨졌다.

"선생님을 올라탄 아가씨가 아주 미인이군요. 젖가슴과 엉덩이 또한 아주 일품입니다."

탈북자 리정철이 입가에 미소를 머금고 말했다.

이 동영상을 어떻게 찍었단 말인가. 도무지 이해할 길이 없었다. 하지만 지금 중요한 건 그것이 아니었다.

"아마도 아가씨 나이가 따님하고 비슷하게 보이는데…."

남자는 뒷조사까지 마친 모양이었다.

"그럼 내 아내가 시킨 짓이오?"

"아, 그런 건 아니니 안심하시오."

"좋소, 얼마를 드리면 되겠소?"

"후후, 돈이라… 우리는 돈을 원하는 게 아닙니다."

우리? 그럼 여기에 또 누가 있단 말인가. 서창운은 갈수록 그물 속으로 빨려 들어가는 느낌이었다.

"대체 누가 시켜서 이런 일을 하는 겁니까. 원하는 걸 말해 보시오."

"좋습니다. 얘기하죠. 우리가 원하는 건 성형수술입니다."

"성형수술?"

전혀 의외였다.

"그렇습니다. 저를 포함해서 한 사람 더."

"잠깐만요. 무슨 이유인지 모르겠지만 수술은 절차와 일정이 필요한 것이고…."

"모든 절차 생략하고 일정은 내일 밤이오."

서창운은 사내를 빤히 바라보았다.

"그건 도저히 불가능합니다."

"불가능하다…. 알겠소. 우리가 선생님을 인터넷에서 스타로 만들어 드리겠소."

리정철은 할 말을 다했는지 몸을 일으켰다.

"잠깐만요. 그게 저…."

"당연히 그러셔야죠. 그럼 허락하신 걸로 알고 내일 밤에 병원으로 가겠소."

서창운은 찻집을 빠져나가는 사내의 뒷모습을 뚫어지게 응시했다. 그때 망막을 스쳐가는 영상.

"가만…."

그는 무엇이 생각난 것일까. 위를 향한 눈동자가 그 자리에서 멈췄다. 맞았어. 그년도 한패였어. 그년은 나한테 의도적으로 접근한 거야. 이대로 당하고만 있지 않겠다. 연놈들이 감히 나를 가지고 논 대가가 어떤 건지 확실히 보여주마. 그는 무엇을 결심한 듯 급히 몸을 일으켰다.

☦ 고물상의 남자

그로부터 두 달 후.

이른 새벽이었다. 리어카에 파지와 빈병을 가득 실은 남자가 언덕을 서서히 내려오고 있었다. 깊이 눌러쓴 털모자와 마스크, 손에 낀 장갑은 금방이라도 손가락이 빠져나올 것처럼 몹시 닳아 있었다. 콧등까지 내려온 두꺼운 돋보기안경이 아주 무겁게 보였다. 이윽고 언덕을 다 내려선 남자는 길을 건너 고물상으로 들어섰다. 잔뜩 쌓아 놓은 파지와 잡철 더미를 지나쳐 작은 컨테이너 앞에서 리어카를 멈췄다. 그는 잠깐의 망설임과 노크도 없이 문을 열었다. 그의 행동으로 보아 고물상 주인과 매우 친한 것처럼 보였다. 문을 열고 들어서니 개조한 컨테이너 내부는 회사 사무실처럼 깔끔하게 정돈돼 있었다. 텍스로 마감해 놓은 하얀 천장에서 기다란 형광등에 불이 켜지며 방문자를 맞이했다. 불꽃이 활활 타오르는 석유난로 위의 주전자가 거친 숨소리와 함께 입김을 연신 뱉어내고 있었다. 남자는 돋보기안경을 벗어 금세 김이 서린 안경

알을 닦았다.

"아우 추워. 입춘이 지난 지가 언젠데 이렇게 추워?"

남자는 손이 몹시 시려운지 난로 위의 주전자로 손을 가져갔다.

"어이, 승혁이, 아직까지 자고 있는 겨?"

하지만 소파에서 잠든 남자는 쉽게 일어나지 못하고 몸을 뒤척이더니 귀찮은 듯 돌아누웠다.

"이봐, 승혁이, 어제도 늦게 들어왔나? 젊은 사람이 밤마실을 너무 좋아하면 못써. 옛말에 계집질도 봐가면서 하라고 했어. 내가 자네만 한 나이에 잘못 벗은 빤스 때문에 지금 이 모양 이 꼴이라고 말했지 않나."

남자는 마치 제 집에 들어온 듯 뜨거운 물을 연거푸 몇 잔 마시더니 일회용 커피를 한 움큼 집어 외투 주머니에 집어넣었다. 하지만 미처 꿰매지 못한 주머니에 들어간 커피는 바닥으로 떨어졌다. 남자는 아무렇지도 않은 듯 커피를 집어 바지 주머니에 구겨 넣었다.

"그리고 말이야⋯."

"아이고, 아저씨, 아침부터 무슨 말씀이 그렇게 많으세요?"

젊은 남자는 잠이 달아났는지 마침내 부스스한 얼굴로 일어났다. 하얀 얼굴에 이목구비가 뚜렷한 상당한 미남이었다. 마치 남자와 여자를 합쳐 놓은 듯한 아름다운 얼굴. 운명이었다. 놀랍게도 선글라스를 벗은 얼굴은 전혀 다른 사람처럼 보였다. 제 모습을 드러낸 하얀 얼굴은 위장으로 검게 칠했던 얼굴과는 전혀 달랐다.

"아저씨, 고물 가져오셨으면 무게 달아서 오세요."

"승혁이 자네는 아무리 봐도 이런 일을 할 사람처럼 안 보여."

"어디 이런 일 할 사람이 타고 난답니까?"

"그건 그렇다 치고 결혼을 안 했다 해서 해 주는 말이네. 자네는 그 인물을 믿고 밤마실을 자주 다니는 거 같은데, 남자는 자고로 빤스를 잘 벗어야 해. 순간 혹해서 벗은 빤스가 평생을 따라 다닐 수 있는 법이야. 늙은이 말이라고 흘려듣지 말고."

"아저씨, 돈 안 받아 가실 거예요?"

"알았네. 금방 무게를 달아서 오지."

문을 열려던 그는 다시 돌아섰다.

"왜 또 무슨 말씀이 남았어요? 그 빤스 얘기라면 사절입니다."

"자네들은 참 이상해. 무게와 개수를 속일 수도 있는데 한 번도 확인을 안 해 보잖아."

"사람이 사람을 못 믿으면 누굴 믿어요. 그리구요, 이건 비밀인데요, 저 사실은 빤스 안 입고 다니거든요."

"뭐? 예끼! 이 사람아."

두 사람이 컨테이너가 떠나갈 듯 소리 내어 웃었다. 웃음을 머금고 밖으로 나간 남자는 시간이 얼마 지나지 않아 다시 컨테이너로 들어섰다.

"근데 친구들은 이렇게 추운 날에 공사장에 갔나?"

"친구들이 아니라 일꾼들이라고 몇 번을 얘기했잖아요."

말이 떨어지게 무섭게 문이 열리며 두 사내가 컨테이너로 들어섰다.

"어, 이제들 오는구면."

"안녕하세요, 아저씨."

사내들이 고개 숙여 인사했다.

"이렇게 추운 날 어디를 갔다 오는 겨?"

"공장 철거 현장에 갔었는데 날씨가 추워서 그런지 사람들이 안 나왔더라구요."

눈매가 부리부리한 사내가 말했다.

"그럼 오늘은 일이 없는가?

"왜요? 또 부침개에 막걸리 생각나세요?"

"눈치 하나는…. 이 늙은이가 무슨 낙이 있겠나. 사실 자네들이 여기 온 뒤로 나는 아주 살맛이 나. 내 얘기를 들어주는 사람이 있기를 했나, 그렇다고 술 한잔 사준 사람이 있기를 했나. 그리고 고물 값은 또 어떤 가. 자네들은 다른 고물상보다 돈도 훨씬 후하게 쳐주잖아. 그동안 신 세 진 것도 많으니 오늘은 내가 전부 준비함세. 내가 올 때까지 어디들 나가지 말고 기다리게."

남자는 흥에 겨운 듯 콧노래까지 부르며 문을 열었다. 순간 휘몰아친 바람이 문을 때리고 지나갔다. 문이 닫힘과 동시에 사내들의 눈빛이 변 했다.

"접선은 어떻게 됐나?"

소파에서 몸을 일으킨 운명이 물었다.

"실패했습니다. 정보 당국 요원들의 미행을 곳곳에서 목격할 수 있었 습니다."

탈북자 리정철이 대답했다.

"얼굴을 고쳤다고 해도 많이 달라지진 않았어. 방심은 절대 금물이 야."

"네, 대좌 동지. 명심하겠습니다."

순간 운명이 눈을 치켜떴다.

"죄송합니다. 아직까지 사장님이라는 소리가 영 어색한가 봅니다."

박현수가 리정철을 거들었다.

"내 얘기 잘 들어. 우리는 이미 김정은 체제의 조선민주주의인민공화 국을 버렸어. 따라서 공화국은 더 이상 우리의 조국이 아니야. 우리는 새로 출발한다. 알겠나?"

"알겠습니다."

두 사람이 동시에 대답했다.

네온사인이 번쩍이는 거리로 들어선 성형외과 의사 서창운은 어딘가를 찾고 있는지 연신 주위를 두리번거렸다. 고개를 더 돌리던 그는 마침내 목적지를 찾았는지 몸을 돌려 발을 움직였다. 눈에 들어온 화려한 네온사인의 '야화'. 천태산 후배 박수명이 운영하는 룸살롱이었다.

"어서 오세요. 근데 혼자 오셨어요?"

짙은 화장의 여자가 문을 막 열고 들어서는 서창운을 반겼다.

"네, 사장님 좀 만나러 왔습니다."

"아, 사장님이 말씀하신 분이 선생님이시구나. 이쪽으로 오세요."

앞서 걷는 여자의 탐스러운 엉덩이가 좌우로 흔들렸다. 서창운은 자신도 모르게 시선이 아래로 향했다.

"엉큼한 선생님, 여기로 들어가시면 돼요."

어떻게 알았는지 여자는 묘한 웃음을 흘리며 서창운의 팔을 가볍게 잡았다가 놓았다. 몹시 무안한 서창운은 헛기침을 몇 번 내뱉고 문을 열고 들어섰다.

"기다리고 있었습니다. 박수명입니다."

서창운이 박수명이 내민 손을 어정쩡하게 잡았다.

박수명은 천태산의 죽음과 이정우와 구성민의 등장으로 잠시 몸을 웅크리고 있었다. 하지만 얼마 지나지 않아 타고난 천성인지 돈의 유혹인지 천태산으로부터 배운 흥신소의 영업까지 겸하고 있었다. 두 사람의 끊어졌다가 이어지는 대화가 잠시 동안 계속됐다.

"그러니까 이 사람들을 잡아서 어떻게 해 주길 바랍니까?"

박수명은 서창운이 내민 사진을 곁눈질로 응시하면서 물었다. 그런 모습이 매우 불량해 보였다.

"내가 원하는 건 놈들의 주둥이요. 다시는 허튼 짓 못 하도록 만들어 주시오."

"흠, 이 두 놈 인상을 보아 하니 힘깨나 쓸 것처럼 보이는데…."

천태산으로부터 배운 의뢰 비용을 올리는 수법이었다.

"이건 선불이고 일이 마무리되면 두 배를 더 주겠소."

봉투를 확인하는 박수명. 자신도 모르게 벌어지는 입을 급히 다물었다.

"좋습니다. 늦어도 이번 달 안에 좋은 소식 드리겠습니다."

"그리고 한 가지 더 있소. 그 두 놈은 얼굴을 바꾼 놈들이오. 무슨 이유로 얼굴을 바꿨는지 그 이유를 알아봐 주시오. 말투로 보아 조선족 같았소."

"조선족인데 얼굴을 바꿔요? 그럼 범죄를 저지르고 도망치는 놈들이란 말 아닙니까?"

자세를 고쳐 앉은 박수명은 사진을 들어 올려 자세히 들여다보았다. 가느다랗게 보이는 실핏줄. 예리한 칼날이 지나간 흔적인 듯했다.

"경찰에 신고할 수 없는 입장이니 사장님을 찾아 온 겁니다. 하실 수 없다면 다른 사람을 알아보겠소."

"잠깐만요. 사장님도 참 성미가 급하시긴."

박수명이 일어서는 서창운의 팔을 잡아 앉혔다. 잠시 생각하는 시간이 흘렀다.

"까짓 거 좋습니다. 조선족이라면 더 잘된 일이구요. 제깟 놈들이 우리나라에서 무슨 범죄를 저질렀는지 모르지만, 한번 걸린 이상 제 손을 빠져나갈 수는 없습니다. 쥐도 새도 모르게 처리해 드리죠. 아, 그리고 이것도 인연인데 아가씨 하나 보내드릴 테니 회포나 풀고 가시지요."

박수명이 흔쾌히 승낙하고 일어서며 말했다.

"괜찮소. 일이 마무리되면 그때 찾아오겠소."

곧바로 몸을 일으킨 서창운이 룸살롱을 빠져나갔다.

동장군의 기세는 꺾일 줄 모르고 계속되고 있었다. 입춘이 지나고 대동강 물이 풀린다는 우수가 거의 다가오고 있었지만 맹추위는 전혀 수그러들지 않았다. 아니, 오히려 기세를 더욱 확장할 것처럼 살을 에는 듯한 강풍이 연일 몰아쳤다. 그 강풍 속에서 이정우가 도로를 건너 포장마차로 들어섰다.

"형님, 여깁니다."

혼자 앉아 있던 구성민이 손을 들어 이정우를 불렀다.

"아니, 너 무슨 술을 이렇게 많이 마셨어? 그것도 혼자서."

구성민 앞에는 이미 빈 속을 드러낸 소주병이 다섯 병이나 있었다. 그것으로 양이 차지 않는 것인지 절반 이상 비워진 소주병을 들어 벌컥 들이켰다. 소주병을 소리 나게 내려놓은 그는 숙여지는 고개를 힘겹게 들어 올렸다가 다시 떨어뜨렸다.

"하여간 형님은 이 동생이 부르면 지구 끝까지라도 찾아오실 분이라니까."

구성민은 몹시 고마운 듯 몸을 일으켰다. 하지만 잔뜩 술에 취한 그는 몸을 제대로 가누지 못했다. 옷에 걸린 소주병이 바닥으로 떨어지며 요란한 소리를 냈다. 주인과 손님들의 시선이 일제히 날아들었다.

"죄송합니다. 제가 치우겠습니다."

이정우가 급히 몸을 숙여 깨진 소주병을 한쪽으로 밀어 넣고 구성민을 자리에 앉혔다.

"형님, 이 술에는 기쁨이 있고, 슬픔이 있고, 그리움이 있고 그리고 또 뭐가 있을까요? 아, 분노가 있고, 원통함이 있고 온갖 인생이 다 들어 있네요."

이정우가 안쓰러운 시선을 던졌다.

"성민아, 많이 마신 거 같은데 그만 가자."

"저요? 이 구성민이 겨우 소주 여섯 병에…. 저 아직 말짱합니다."

다시 고개를 떨어뜨린 구성민이 깊은숨을 내쉬었다.

"저는 형님 속을 도무지 모르겠어요. 왜 그렇게 감정 표현을 안 하세요? 저는 형님이 소리라도 지르고 술에라도 잔뜩 취해서 속에 있는 말 좀 했으면 좋겠어요."

"그래, 니 말이 맞다. 아내와 자식을 잃고도 제대로 말 한마디를 못 하고 있잖아. 바보 같지?"

"그런 말이 아니잖아요, 형님. 왜 여기서 형수님하고 규민이가 나와요?"

이정우가 말없이 담배를 빼 물었다.

"형님, 계장님은요… 저 때문에…."

"니 잘못 아니니까 그 얘기는 그만하자."

"아닙니다. 그때 제가 자리만 지키고…. 그 개새끼들."

"니 잘못 아니라니까."

잠깐의 침묵.

"하여간 형님은 이 동생 일이라면…."

"자, 이제 그만 가자."

이정우가 구성민을 부축해 일으켜 세웠다.

"이 구성민, 죽을 때까지 형님하고 같이 갈 겁니다."

이정우가 구성민의 등을 가볍게 토닥거렸다.

"저, 안 취했습니다. 혼자 나갈 수 있어요."

앞서 포장마차를 나서는 구성민은 약간 비틀거렸지만 걱정할 정도는 아니었다. 그는 참을 수 없는 울분을 식히려는 듯 차가운 바람에 몸을 맡겼다. 그 옆에 나란히 선 이정우 역시 바람에 몸을 맡겼다.

"성민아, 만약 인간에게 운명이 있다면 이 바람 같은 것은 아닐까?"

"운명이 바람 같은 것이라구요? 우리 형님, 갑자기 시인이 되셨네."

"그렇잖아. 바람이 어디서부터 시작됐는지 모르지만 나무에 치이고, 바위에 치이고, 또 건물에, 온갖 장애물에 치인 바람은 태어날 때 품었던 꿈은 펼쳐보지도 못하고 생을 마감하잖아."

"에이, 형님 시는 진짜 멋이 없네요. 시는요, 이런 겁니다."

잠시 목소리를 가다듬은 구성민이 조용히 읊조렸다.

"어디서부터 시작됐는지 모르는 바람은 사고에 치이고, 사건에 치이고, 그리고 정치에 치인다. 고로 꿈을 품었던 착한 바람은 이내 성난 바람으로 변해 세상을 할퀴고 돌아다닌다. 시는 이런 겁니다. 하, 내가 말하고도 멋있네. 저, 형사 때려치우고 시인 될까요?"

쓴웃음을 머금은 이정우가 지나가는 택시를 세웠다.

"오늘은 우리 집에 가서 같이 자자."

잠시 후, 택시에서 내린 이정우는 이미 잠든 구성민의 큰 덩치를 간신히 부축해 집 안으로 들어섰다. 소파에 눕히고 나니 거실이 꽉 찬 느낌이었다. 입은 옷 그대로 바닥에 드러누운 이정우는 잠시 천장을 바라보았다. 빛바랜 천장. 듬성듬성 보이는 거미줄. 그것을 보기 싫은 듯 시선이 벽으로 흐렸다. 멈춰 버린 벽시계. 이내 고개를 돌렸다. 먼지가 잔뜩 내려앉은 선풍기가 시선을 기다리고 있었다. 바로 일어선 그는 전등 스위치를 눌렀다. 그렇게 시간이 얼마나 흘렸을까. 이정우는 들려오는 소리에 눈을 떴다. 아직까지 창밖이 시커먼 것으로 보아 시간은 새벽인 듯했다. 천천히 소리가 나는 방향으로 고개를 돌렸다. 순간 그는 무엇을 보았는지 가느다란 눈을 크게 들어 올렸다. 식탁 의자에 앉아 있는 거대한 덩치. 구성민이었다. 가족사진을 들어 올린 그는 놀랍게도 어깨를 떨고 있었다. 소리를 죽여 가며 흐느끼고 있는 게 분명했다. 일어서려던 이정우가 중얼거리는 소리에 다시 몸을 눕혀 흐느끼는 작은 소리에 집중했다.

"규민아, 이 삼촌이…."

뒷말은 잘 들리지 않았다. 무슨 말이지 몇 마디를 더 중얼거린 구성민은 눈물 머금은 얼굴로 일어서 소파로 다가가 바로 몸을 눕혔다. 그 모습을 바라보는 이정우는 콧날이 시큰했다. 다시 고요한 침묵이 찾아들었고, 채 두 시간이 지나지 않아 아침이 밝아왔다.

"성민아, 어서 일어나라. 밥 먹고 출근해야지."

구성민이 부스스한 얼굴로 고개를 들었다. 구수한 북엇국 냄새가 진동했다.

"벌써 시간이 됐어요?"

대충 씻고 나온 구성민이 선 채로 북엇국을 후후 불어가며 마셨다. 그런 모습이 천진난만하게 보였다.

"무슨 밥을 그렇게 먹어? 아무리 바빠도 앉아서 천천히 먹고 가자."

"북엇국, 죽이네요, 형님. 그나저나 제가 어제 혹시 실수한 거라도 있나요?"

구성민은 여전히 서서 북엇국을 마시며 물었다.

"실수? 음, 실수 많이 했지."

"네? 아이고, 무슨 실수요?"

역시 천진난만한 표정.

"농담이고, 빨리 먹고 가자."

"참, 형님 썰렁하신 건 알아줘야 한다니까."

이윽고 식사를 끝낸 두 사람이 집을 나서 근무지인 경찰서에 도착했다. 똑똑. 차창을 두드리는 노크 소리. 주차하려던 이정우가 급히 차를 세워 창문을 내렸다.

"이정우 반장님이시죠?"

"네, 그런데요. 누구시죠?"

양복을 잘 차려입은 두 명의 건장한 사내. 느껴지는 분위기가 예사롭지 않았다. 그때 잠에서 깨어난 구성민이 사내들을 올려다보았다.

"잠깐 할 얘기가 있으니 시간 좀 내시오."

"누구신데 아침부터 명령조로 말합니까? 먼저 어디서 나왔는지 신분을 밝히세요."

구성민이 매우 못마땅하게 말했다.

"시간을 내라면 낼 것이지 무슨 말이 그렇게 많소."

옆에 서 있던 사내가 나서며 신경질적으로 대꾸했다.

"뭐? 이런 쌍."

화가 치민 구성민이 차에서 내려 사내들 앞으로 걸었다. 쫓아 내린 이정우가 구성민을 가로막았다.

"성민이 너는 저쪽으로 가 있어."

엄하게 말한 이정우가 사내들 앞으로 몸을 돌렸다.

"어디서 나왔습니까?"

"국정원에서 나왔소."

국정원? 국정원이 왜…. 앞선 사내의 당당한 자세는 전혀 흐트러짐이 없었다. 그때 누군가 주차장으로 뛰어나오고 있었다. 팀장 하진철이었다.

"제가 먼저 얘기를 한다고 하지 않았습니까. 여기서 이러실 게 아니라 일단 안으로 들어가시죠."

하진철이 국정원 요원들을 안내했고, 이정우와 구성민이 그 뒤를 따랐다. 잠시 후, 하진철과 단 둘이 마주 앉은 이정우는 무슨 말을 들은 것일까. 그의 얼굴이 급변했다.

"아니, 하 팀장. 대체 국정원이 무엇 때문에 이 사건을 이첩하겠다는 건가?"

이정우가 강한 불만을 표출했다.

"이미 상부에서 지시가 내려왔어요. 여러 말 하지 마세요."

"나는 절대 수긍할 수 없어. 그리고 계장님을 살해한 놈들의 얼굴을 알고 있는 사람은 성민이와 나뿐이야. 공조수사라면 모르겠지만 이 상황에서 국정원의 이첩이 말이 된다고 생각하나?"

"이것 보세요, 이 반장님. 지금 뭔가 착각하고 있는 거 같은데 나이 어린 후배가 먼저 팀장을 달았다고 해서 그렇게 막말을 해도 되는 겁니까? 지금까지는 돌아가신 계장님을 봐서 참아왔지만 앞으로는 지금처럼 무례한 행동 결코 용납하지 않겠습니다."

말을 마친 하진철이 먼저 일어섰고, 한숨을 길게 뱉은 이정우가 일어나 팀장실을 나섰다. 바로 그때 세 명의 남자가 이정우를 향해 저벅저벅 걸어왔다. 남자들의 눈빛이 예사롭지 않았다.

"이정우 반장님이시죠?"

이정우가 고개를 들어 올렸다.

"시경 내사과에서 나왔습니다."

내사과? 이건 또 무슨 말인가. 이정우는 갈수록 이상하게 돌아가는 상황에 정신을 차릴 수 없었다.

"시간호 시위를 주도했다는 신고가 접수됐습니다. 잠시 조사하겠습니다."

뒤통수를 호되게 얻어맞은 느낌.

"여기 서랍 좀 열어 주세요."

내사과 경찰이 이정우의 책상 서랍을 가리키며 말했다. 하지만 이정우는 그 자리에서 움직일 수조차 없었다. 내사과 경찰은 잠겨 있는 책상 서랍을 신경질적으로 잡아 뺐지만 잘 열리지 않는지 뒤를 돌아보고 말했다.

"야, 망치 가져 와!"

그와 동시에 구성민이 책상을 내리치며 일어섰다.

"지금 뭐 하는 거야! 도대체 무슨 근거로 그런 말을 하는 거야. 그리고 니들은 왜 보고만 있어? 그러고도 니들이 직장 동료야?"

동료들을 돌아보며 소리친 구성민이 서랍을 열고 있는 내사과 경찰의 멱살을 움켜잡았다. 멱살을 잡힌 내사과 경찰이 구성민의 엄청난 힘에 버둥거렸다.

"야, 구성민!"

하진철이 소리치며 다가갔고, 동료 형사들이 우르르 몰렸다.

"멱살 당장 풀어!"

"형님도 그러시는 거 아닙니다."

"뭐? 하, 이 새끼 봐라. 잘하면 나까지 치겠다?"

"구성민! 그 손 놔!"

정신을 차린 이정우가 급히 다가가 구성민의 멱살을 움켜잡아 벽으로 몰아붙였다.

"너, 함부로 행동하지 마."

자신을 바라보는 후배들의 눈빛. 이미 동정의 눈빛은 사라진 지 오래였다. 그 자리를 혐오스러운 눈빛이 차지하고 있는 것 같았다. 절대적인 이유. 시간호 유족이기 때문이었다. 구성민의 멱살을 움켜쥔 이정우가 분풀이라도 하듯 두 손을 강하게 떨어뜨렸다.

"잘하고 있어요, 잘하고 있어. 당장 자리로 안 돌아가!"

언제 들어왔는지 신임 계장이 경찰서가 떠나갈 듯 소리쳤다. 후배들과 하진철이 머쓱한 표정으로 자리로 돌아가 앉았다.

"이만 하면 당신들이 원하는 시간은 충분히 드린 거 같은데 더 이상의 시간이 필요합니까?"

몸을 돌린 이정우가 국정원 요원들을 향해 사납게 눈을 치켜뜨며 말했다.

"이것 봐, 이 반장, 지금 무슨 말을 하는 거야?"

계장의 말이 귀에 들어오지 않는 것일까. 곧바로 몸을 돌려 내사과 경찰들을 향해 이정우가 두 발을 성큼성큼 옮겼다.

"어떤 행동도 하지 못하게 나를 옭아매려고 하는 수작 그만하시고 돌아가시오."

"이 반장, 그만하지 못해!"

이 말 또한 들리지 않는 것일까. 이내 몸을 돌린 이정우는 가슴에서 신분증을 떼내 책상에 내려놓았다.

"아니, 형님!"

놀란 구성민이 얼른 신분증을 집어 내밀었다. 하지만 이미 마음이 떠난 이정우는 신분증을 받지 않았다.

"이 반장, 누가 뭐래도 자네는 대한민국 경찰이야. 지금 뭐 하는 건가?"

"이 시간 이후로 전 대한민국 경찰이 아닙니다. 한때나마 대한민국 경찰이었다는 게 부끄럽습니다. 아니 대한민국 국민이란 사실이 부끄럽습니다."

곧바로 몸을 돌린 그는 주차장으로 나가 자신의 승용차에 몸을 실었다. 강한 바람이 경찰서를 벗어나는 그의 차를 휘감고 지나갔다.

✆

고물상의 남자를 사랑하는 여자

    청명한 하늘. 오전까지 내리던 눈이 그친 거리에 따사로운 햇볕이 내리쬐고 있었다. 눈이 녹기 시작하면서 도로를 지나는 자동차가 금세 지저분해졌고, 눈이 녹은 물이 거리 곳곳에 흥건했다. 연일 계속됐던 강추위가 눈을 끝으로 물러나려고 하는 것일까. 거리를 지나는 사람들의 움츠린 어깨는 눈에 잘 띄지 않았다. 빨간색 작은 오토바이가 보행자들을 이리저리 피하며 횡단보도를 건너고 있었다. 하얀 헬멧 사이로 어깨까지 내려오는 긴 생머리가 잘 어울리는 것으로 보아 여자인 듯했다. 여자는 능숙한 솜씨로 횡단보도를 건넜다. 길 건너 서울다방의 유민주였다. 유민주는 무엇을 본 것일까. 오토바이를 급히 세웠다.

    "법규 위반했습니다. 면허증 제시 바랍니다."

    어디에 숨어 있었는지 젊은 교통경찰이 다가오며 말했다. 하지만 유민주는 면허증을 제시할 마음이 없는지 잠시 경찰을 바라보고 헬멧을 벗었다. 드러나는 하얀 얼굴. 빼어난 미모는 아니었지만 청순함과 어딘지 모를 섹시함을 동시에 갖추고 있는 묘한 느낌이 드는 여자였다.

"김 순경님, 자꾸 왜 이러세요. 몇 번을 말해야 알아들어요? 나는 이제 임자 있는 몸이에요."

"너야말로 왜 그래? 나랑 사귈 때는 언제고, 이제 와서 어디서 굴러먹다가 온 놈인 줄도 모르고 따라다녀?"

"내가 언제 김 순경님하고 사귀었다고 그래요? 김 순경님은 내 몸만 탐했던 거 아닌가요? 사람 많은 데서 억지 그만 부리시고 길 비키세요. 소리 지르기 전에."

"정말 이럴 거야?"

"김 순경님, 진짜…."

마지못한 김 순경이 길을 비켰다. 김 순경을 지나친 오토바이는 한 번 더 길을 건너 고물상으로 들어섰다. 잔뜩 쌓아 놓은 파지와 고철더미. 작은 컨테이너의 지붕. 햇볕이 잘 들어오지 않는 탓인지 채 녹지 않은 잔설이 군데군데 남아 있었다. 흙탕물을 잔뜩 먹은 오토바이가 금세 지저분해졌다. 유민주는 조심스럽게 오토바이를 몰아 컨테이너에 가깝게 세웠다. 그때 오토바이 소리가 들렸는지 컨테이너 문이 열리며 사내가 모습을 드러냈다. 하얀 얼굴의 남자, 운명이었다.

"승혁 아저씨, 나 기다린 거 맞죠?"

얼른 오토바이에서 내린 유민주는 몹시 반가운 얼굴로 운명의 팔짱을 끼고 안으로 들어섰다. 하지만 운명은 전혀 반가운 기색이 아니었다. 아니, 오히려 부담스러운 눈빛이었다.

"아, 추워. 아저씨, 나 따뜻한 물 한 잔만 주세요. 따뜻한 커피면 더욱 좋구요."

"어, 그래."

마지못해 등을 돌린 운명은 종이컵에 커피를 따랐다. 그것을 모르는 것일까. 아니면 알고도 그러는 것일까. 그녀는 고물상으로 들어설 때부터 싱글벙글한 얼굴이었고, 운명과 같이 있는 그녀는 아주 행복해 보였다. 그것만으로 부족하다고 생각한 것일까. 커피를 타고 있는 운명을 뒤에서 살며시 끌어안았다.

"민주야, 자꾸 이러면…."

무슨 말이 나올지 알고 있는 유민주는 운명의 말을 자르며 말했다.

"아저씨, 그런데 전에 무슨 일 했어요? 아무리 봐도 이런 일을 할 사람처럼 안 보이는데."

순간 운명은 보이지 않게 깊은숨을 내쉬었다.

"뭐, 대답 안 해도 상관없어요. 나는 아저씨가 과거에 어떤 사람이었건 전혀 상관없어요."

마침내 돌아선 운명이 무엇을 말하고 싶은지 유민주를 가만히 내려다보았다. 입술이 떨어지려는 동시에 그녀가 먼저 입을 열었다.

"아저씨, 또 나이 얘기하려고 그러죠? 그깟 나이차가 뭐가 그렇게 중요해요?"

"그게 아니라 나는…."

"나는 뭐요? 내가 깨끗하지 않은 여자라 그런 거예요? 아니면 어디 숨겨 놓은 처자식이라도 있는 거예요? 나는 아저씨를 위해 그 의사한테 몸까지 바쳤어요. 내가 돈을 보고 아저씨 부탁을 들어준 거라고 생각하세요?"

유민주의 두 눈에서 눈물이 주르르 흘렀다.

"민주야, 그런 말이 아니잖아."

"그렇죠? 아저씨. 그러니까 이 유민주는 누가 뭐래도 아저씨 여자예요. 아무 말 하지 말아요. 알았죠?"

금방 웃는 얼굴로 돌아온 유민주는 눈물을 닦으며 운명의 가슴에 얼굴을 묻었다. 이 불길한 느낌은 무엇이고, 믿을 수 없는 아늑한 느낌은 또 무엇인가. 힘없이 팔을 떨어뜨린 운명은 그저 멍한 시선으로 벽을 바라볼 뿐, 어떤 행동도 취하지 않았다.

"참, 내 정신 좀 봐. 아저씨, 오늘은 내가 아주 맛있는 저녁밥 해 줄게요. 요 앞 시장에 갔다 올 테니까 어디 나가지 말고 기다려요."

다소 아쉬운 표정의 유민주가 운명의 품을 벗어나며 말했다. 운명은 유민주의 오토바이 소리가 완전히 사라질 때까지도 움직이지 않고 그 자리에 서 있었다. 마침내 소파에 아무렇게나 몸을 부린 운명은 이마에 손을 짚었다. 전혀 예상하지 못한 변수였다. 성형외과 의사에게 접근시킨 유민주. 실수였단 말인가. 더 이상의 사건은 자칫 크나큰 실수로 돌아올 수 있다. 그래서 유민주를 이용한 것이다. 그런데 이것도 실수란 말인가. 운명은 불길한 느낌을 지우려는지 몸을 일으켜 찬물을 벌컥벌컥 들이켰다. 순간 그는 이상한 자신을 발견했다. 그것은 믿을 수 없게도 어떤 판단도 내릴 수 없는 자신 때문이었다. 실로 처음 있는 일이었다. 다시 물 한 잔을 들이켜려고 할 때 오토바이 소리가 들렸다.

"아, 무거워. 아저씨, 이거 좀 받아 주세요."

무표정한 얼굴의 운명이 고기와 생선으로 가득 찬 봉지를 받아 들었다.

"뭐, 도와줄 거라도 없나?"

턱을 잡아당긴 유민주가 운명의 목소리를 흉내 내서 말했다.

"빈말이라도 좋으니 이렇게 물어봐줘야 되는 거 아닌가요? 전 그럼 이렇게 대답할 거예요."

유민주는 잠시 목소리를 가다듬었다.

"아저씨는 이따가 음식을 맛있게 먹어주는 게 도와주는 거예요."

생글 웃으며 돌아선 유민주는 부지런히 오가며 음식 준비에 열중했다. 웃음이 떠나지 않는 얼굴. 유민주는 마치 세상을 다 얻은 것처럼 아주 행복해 보였다.

"참, 아저씨. 오늘은 일하는 오빠들이 안 보이네요. 그분들 말투도 그렇고 조선족 맞죠?"

"어…."

대답하기 싫은 듯 억지로 나온 운명의 짧은 한마디였다.

"그런데 그 오빠들 약간 수상한 데가 있는 거 같은데 그거 못 느꼈어요?"

운명의 얼굴이 순간 굳어졌다.

"아니, 눈빛도 그렇고, 가끔 거리에서 만나면 주위를 항상 두리번거려서요. 꼭 죄 짓고 도망 다니는 사람들 같기도 하고…. 하긴 그게 뭐가 중요해요? 나한테는 두 분 다 친오빠처럼 잘해 주시는데."

부지런히 손을 놀리던 유민주는 마침내 모든 요리를 끝냈는지 테이블에 갖가지 음식을 올려놓기 시작했다. 군침 도는 갈비찜과 깨소금을 보기 좋게 올린 갓 담근 김치, 생선조림 등등 테이블엔 금세 맛깔스럽게 보이는 음식이 즐비하게 놓였다. 그때 문이 열리며 리정철과 박현수가 들어섰다.

"이야! 이게 다 뭐야? 이 많은 음식을 혼자서 다 준비했어?"

리정철이 얼른 의자를 끌어와 앉으며 말했다.

"오빠들, 아저씨가 먼저 맛보기 전에는 안 돼요."

"우리도 그 정도는 알고 있다."

박현수가 군침 도는 혀를 날름거리며 말했다.

"다들 기다리고 있잖아요. 수저 여기 있어요."

하지만 운명은 유민주가 내민 수저를 바라만 볼 뿐 받지 않았다. 잠깐 동안 아주 불편한 침묵이 흘렀다.

"아저씨."

유민주의 눈에서 눈물 한 방울이 뚝 떨어져 내렸다. 끝내 수저를 받지 않은 운명은 천천히 몸을 일으켜 컨테이너를 벗어났다.

"승혁 아저씨는 아마 배가 고프지 않은가 봐요. 우리끼리라도 먹죠."

"민주야."

리정철의 애처로운 목소리였다.

유민주는 밥을 듬뿍 떠서 한입 크게 몰아넣었다. 밥을 미처 삼키기도 전에 입술에 작은 경련이 일었다. 이내 그녀는 어깨를 들썩이며 고개를 숙였다.

집으로 돌아온 유민주는 잠시 거울 앞에 서서 눈물 자욱이 선명히 남아 있는 자신의 얼굴을 바라보았다. 다시 또 두 눈에 눈물이 그렁그렁 맺혔다. 몸을 돌린 그녀는 침대에 몸을 부려 머리끝까지 이불을 뒤집어썼다. 날이 저물면서 한낮의 따뜻했던 기온은 급격히 내려갔다. 거기에 동승하듯 창문을 들이치는 바람은 음산한 소리를 지르며 멈출 기미를 보이지 않고 있었다. 머리끝까지 이불을 덮고 있던 유민주는 들려오는 전화벨 소리에 이불을 내렸다. 발신자는 다방의 마담 언니였다. 유민주는 만사 귀찮은 듯 다시 이불을 머리끝까지 끌어 올렸다. 이내 끊어진 전화는 일 분도 지나지 않아 다시 걸려왔다. 마담 언니의 성격을 잘 알고 있는 그녀는 할 수 없이 전화를 받았다.

"너, 지금 어디야!"

다짜고짜 들려오는 카랑카랑한 목소리였다.

"언니, 제가 오늘 몸이 아파서 하루 쉴게요."

"뭐? 야 이년아, 몸 아픈 년이 고물상의 놈팽이를 만나러 가? 왜, 그 놈이 결혼이라도 해 준다던? 이년아, 정신 차려. 분수를 알아야지. 여러 말 하지 말고 빨리 일하러 가. 프린스모텔 201호야."

"언니, 저 진짜 오늘은….."

"이년이…. 빨리 안 갈 거야?"

"알았어요."

할 수 없이 이불 속에서 빠져나온 유민주는 이마를 짚어 보았다. 뜨겁진 않았지만 어지럼증은 가시지 않았다. 대충 준비한 그녀는 오토바이를 몰고 프린스모텔로 향했다.

"어이, 오늘은 더 섹시해 보이는데?"

프린스모텔 카운터를 보고 있는 최상철이었다. 유민주를 마음에 두고 있는 듯 게슴츠레한 눈동자는 유민주의 몸 구석구석을 훑었다. 그것을 느낀 유민주가 고개를 돌려 사납게 쏘아보며 말했다.

"저, 오늘 기분이 안 좋거든요!"

"알았어, 알았다구."

획 돌아선 유민주는 계단에 발을 올렸다. 그때 문이 열리며 인상이 험악한 사내가 들어섰다.

"저 아가씨 잘 알아요?"

사내가 계단으로 올라서는 유민주를 가리키며 최상철에게 물었다.

"왜요? 저 아가씨가 마음에 들어요?"

"묻는 말에만 대답해. 잘 알아, 몰라?"

급변한 불량기 섞인 반말. 사내의 험악한 얼굴에 최상철이 움찔거렸다.

"네, 잘 알고 있는데….."

말이 끝나기도 전에 사내가 밖으로 나갔다.

"참, 저거 뭐 하는 놈이야?"

몹시 기분이 상한 말투였다.

201호에 다다른 유민주는 노크를 하려던 손을 순간 멈췄다. 하루 종일, 아니 처음 만났을 때부터 한시도 떠나지 않고 망막을 가득 채운 남자, 하얀 얼굴의 백승혁. 그녀는 몸을 팔러 나온 지금의 자신과 연결시키고 싶지 않으려는지 도리질을 했다. 곧바로 노크와 함께 문을 열고 안으로 들어섰다.

"호오, 얼굴 반반한데!"

팬티만 걸치고 있는 삼십 후반 정도로 보이는 남자는 아주 만족스러운 웃음을 흘렸다. 빨리 벗어나고 싶은 유민주는 겉옷을 재빨리 벗었다. 그 모습은 어찌 보면 다소 화난 행동처럼 보이기도 했다. 마침내 얇은 팬티와 브래지어만 남은 그녀의 알몸은 눈부시게 아름다웠다. 남자의 입에서 절로 감탄의 소리가 흘렀다.

"대단해."

"몸매 감상할 생각 말고 빨리 끝내요."

바로 그 시각, 한 무리의 사내들이 모텔로 들어섰다. 조금 전에 다녀간 험상궂은 사내가 최상철을 향해 얼굴을 바싹 디밀었다.

"아까 그년, 몇 호실로 들어갔어?"

"그건 말해줄 수….."

"잔말 말고 비상키 내놔."

살벌한 분위기에 최상철은 떨리는 손으로 비상키를 꺼내 내밀었다. 비상키를 낚아챈 사내가 계단으로 뛰어올랐다.

"멍청한 놈, 내가 저런 거를 데리고 일을 같이 하다니."

박수명이 중얼거렸다.

"야, 황태철! 너 여기 있는 방을 모조리 다 뒤질 거야?"

황태철을 부른 박수명은 고개를 돌렸다.

"비상키를 줬으면 호실도 말해야지."

"201홉니다."

거부하기엔 너무나 무서운 눈빛이었다.

"지금 뭐 하는 거예요?"

유민주가 다시 스위치를 눌러 전등을 껐다.

"왜 불을 끄고 그래. 불 켜고 하자구."

"변태 새끼."

"뭐? 이년이!"

남자가 우악스런 손을 뻗으려는 찰나 문이 세차게 열렸다. 다섯 명의 사내들이 우르르 뛰어들었다. 너무 놀란 유민주가 소리를 질렀고, 팬티만 걸친 남자의 얼굴이 심하게 굳어졌다. 불이 밝혀짐과 동시에 사내들의 험상궂은 얼굴이 드러났다.

"이 새끼야, 뭘 보고 있어. 빨리 옷 입고 꺼져."

구둣발로 저벅저벅 걸어온 박수명이 옷을 집어 남자의 면상에 집어던졌다. 옷을 주섬주섬 걸친 남자가 밖으로 나가고, 경찰이 아님을 알아챈 유민주가 무표정한 얼굴로 사내들을 바라보았다. 곧바로 박수명은 그녀의 팔을 잡아 침대로 끌고 갔다.

"이 손 놔요."

"우리가 너를 찾으려고 안 뒤져본 데가 없어."

박수명은 유민주를 끌어 침대로 밀었다.

"우리가 왜 너를 찾아온지 알지?"

박수명이 비릿한 웃음을 흘렸다.

"지금 무슨 말을 하는 거예요? 이렇게 단체로 몰려와서 포르노 영화라도 찍자는 건가요? 변태 새끼들."

"하, 이거 아주 물건이네."

표정이 급변한 박수명이 유민주의 따귀를 올려붙였다.

"우리가 포르노 영화나 찍을 놈들처럼 보여?"

담배를 꺼내 문 박수명은 주머니에서 사진을 꺼내 그녀 앞으로 던졌다.

"그놈들 지금 어딨어?"

순간 유민주는 엄습해오는 불길함을 감추지 못했다.

"제가 이 사람들을 어떻게 알아요? 처음 보는 사람들인데."

자신도 모르게 목소리가 약간 떨려나왔다.

"그래? 그럼 알게 해 줄까?"

박수명이 눈짓하자 두 명의 사내가 밖으로 나갔다. 잠시 후, 잔뜩 겁에 질린 카운터의 최상철이 사내들에게 붙잡혀 들어왔다. 박수명이 남자 얼굴에 바싹 다가섰다.

"너, 지금부터 거짓말하면 죽는다."

"저는 잘못한 게 하나도 없어요."

"그렇지, 잘못한 게 하나도 없지. 그러니까 내가 묻는 말에도 잘못하면 죽는 거야. 너, 이년 잘 알지?

"네, 조금….."

순간 박수명이 손을 들어 올렸다.

"아닙니다. 많이 알고 있습니다."

"그럼 이놈들도 잘 알고 있지?"

박수명이 내민 사진을 뚫어지게 응시하던 최상철은 사진을 쉽게 내려놓지 못했다.

"죄송합니다. 잘 모르겠⋯."

최상철은 박수명의 눈치를 살피며 우물거렸다. 순간 최상철의 얼굴에서 불빛이 번쩍했다. 따귀를 맞은 뺨이 얼얼했다.

"정말입니다. 저는 진짜로 모르는 사람들입니다."

"이 새끼가 진짜⋯."

"잠깐만요, 서울다방으로 연락해 보시면 알 수 있을 겁니다."

팔을 들어 방어 자세를 취한 최상철은 유민주의 눈치를 살피며 말했다.

"서울다방?"

"네, 바로 길 건너 삼거리에 있습니다."

박수명이 일어나 황태철을 가리키며 말했다.

"태철이 너는 우리가 올 때까지 여기 남아서 이년을 잘 지키고 있어."

"네, 잘 지키고 있겠습니다."

황태철이 비릿한 웃음을 흘렸다.

그로부터 한 시간 후, 새벽이 가까워지면서 또다시 눈이 내리기 시작했다. 내리는 눈을 맞으며 속옷 차림으로 거리를 뛰는 여자. 유민주였다. 신발도 신지 않은 그녀는 미친 듯이 고물상을 향해 달렸다. 무슨 큰일을 저지른 것일까. 핏물을 뒤집어쓴 얼굴은 넋이 나가 있는 것처럼 보였다. 눈을 부릅뜬 채 죽어 있는 남자. 자신이 생각해도 믿을 수 없었다. 유민주는 뛰면서도 고개를 심하게 흔들었다.

유민주와 단 둘이 남게 된 황태철은 표정이 급변하기 시작했다. 유민주는 황태철의 부담스러운 시선을 느꼈다. 문 앞에 서서 능글맞게 바라보는 눈빛, 뱀이 스멀스멀 지나가는 느낌이었다. 그리고 보니 속옷 차림이었다. 후다닥 몸을 일으킨 그녀는 옷을 챙겨 입기 시작했다. 바로 그때 뱀의 눈빛이 바로 코앞에 이르렀다. 유민주는 황태철의 우악스러운 손을 피해 벽으로 붙었다. 하지만 참을 수 없는 욕정으로 이미 달아오른 황태철의 몸을 피하기는 어려웠다.

"깨끗하지도 않은 년이 왜 도망가고 지랄이야."

얼굴을 바싹 디밀은 황태철은 우악스럽게 여자의 머리채를 잡아챘다. 머리 전체가 뜯겨나갈 것 같은 참을 수 없는 고통. 유민주는 자신도 모르게 황태철의 머리채를 힘껏 잡아 뽑았다. 머리카락이 한 움큼 뽑혀 나왔다.

"이런 쌍년."

화가 치민 황태철이 유민주의 따귀를 힘껏 올려붙였다. 쓰러지는 그녀의 눈에 재떨이가 들어왔다. 간신히 재떨이를 잡은 그녀는 다가오는 황태철의 머리를 힘껏 내리쳤다. 둔탁한 느낌과 짧은 비명. 핏물이 얼굴을 적시고 흐르던 시간이 정지했다. 아무것도 보이지 않는 멍한 시간이 지속됐다. 얼굴을 타고 흐르는 뜨듯한 액체의 느낌. 감긴 눈이 떠졌다. 정신을 차린 유민주는 눈을 부릅뜬 채 죽어 있는 황태철을 발견했다. 순간 터져 나오는 비명을 손으로 눌러 막았다. 그녀는 속옷 차림으로 모텔을 뛰어나가 무작정 고물상을 향해 달렸다.

"아저씨! 아저씨! 문 좀 열어주세요."

미친 듯이 컨테이너를 두드렸다.

"아니, 민주야. 얼굴이….."

순간 사태의 심각성을 깨달은 운명이 유민주를 재빨리 안으로 끌어당겼다.

"아저씨, 나 이제 어떡해요? 내가 사람을… 사람을….."

"어떻게 된 거야? 그 피는 또 뭐고."

유민주는 운명이 내민 따뜻한 물을 벌컥 들이켰다.

"아저씨."

운명을 끌어안은 그녀가 울음을 터트렸다.

같은 시각.

"태철이 이 새끼, 왜 이렇게 전화를 안 받아?"

서울다방에서 나온 박수명은 신경질적으로 전화를 끊었다.

"형님, 태철이 그 새끼 혹시 그 짓거리 하고 있는 거 아닙니까?"

"이 새끼가 중요한 시간에…."

화가 치민 박수명은 후배들을 이끌고 프린스모텔로 들어섰다.

"큰일 났습니다."

최상철의 얼굴은 금방이라도 울음을 터트릴 것처럼 보였다.

"왜, 경찰이라도 왔다 간 거야?"

"그게 아니구요… 죽었습니다."

"누가 죽었다는 얘기야?"

순간 박수명은 무엇을 느꼈는지 계단을 뛰어올라 201호 문을 열어젖혔다. 믿을 수 없는 현실에 눈과 입이 크게 벌어졌다. 피비린내가 진동했다. 박수명은 사내들과 재빨리 안으로 들어서 문을 잠갔다. 이상하게 일이 꼬이고 있었다.

"병신 같은 새끼."

"형님, 이제 어떡하죠?"

무슨 생각을 하는 것일까. 시신을 바라보는 박수명은 잠시 동안 미동도 하지 않았다. 마침내 그의 고개가 카운터 남자를 향하더니 사납게 눈을 부라렸다. 최상철이 움찔거렸다.

"너, 이름 뭐야?"

"네? 아, 최상철입니다."

"최상철, 지금부터 내 얘기 똑바로 들어. 우리는 오늘 여기에 온 사실이 없고, 오늘 여기서는 아무 일도 없었던 거야. 만약 이 일이 밖으로 새 나가는 날엔 너도 이 꼴 날 줄 알아."

다리에 힘이 풀린 최상철이 방바닥에 허물어지듯 주저앉았다.

"혹시라도 모르니 CCTV는 니가 알아서 처리해."

"CCTV는 고장난 지 일주일이 넘었습니다."

최상철이 허공을 주시한 채 힘없이 말했다.

잠시 후, 살인 사건 현장을 말끔히 치운 사내들은 모텔을 벗어나 승용차에 몸을 실었다. 어느새 굵어진 눈발이 승용차의 바퀴 자국을 덮어나갔다.

승용차에서 내린 서창운은 빠른 걸음으로 어디론가 향했다. 몹시 굳은 얼굴. 목적지와 가까워질수록 양미간이 좁혀지며 주름이 심하게 잡혔다. 그는 바로 어제, 기쁨과 걱정을 동시에 담은 전화를 받았다. 당원으로 소속된 여당에서 걸려온 전화였다.

"선생님, 축하드립니다. 우리 당 서울서초을 후보로 공천이 결정됐습니다."

전혀 기대도 안 하고 있던 상태에서의 전화. 국회의원 보궐선거가 다가오고 있었다. 내 모든 치부를 깨끗하게 지워야 한다. 하지만 박수명 이놈이…. 마음이 급한 서창운은 발걸음을 더 빨리했다. 이윽고 눈에 들어온 '야화'. 박수명이 운영하는 룸살롱이었다. 문을 심하게 열어젖힌 그는 안으로 들어섰다.

"어머, 선생님, 또 오셨네요."

처음 왔을 때 안내를 받았던 여자였다.

"여기 사장 나오라고 해요!"

서창운은 다짜고짜 소리를 질렀다. 소리를 들은 것일까. 중간쯤 되는 룸에서 박수명이 모습을 드러냈다. 하지만 그는 움직이지 않고 그 자리에서 손짓으로 서창운을 불렀다. 곧바로 몸을 돌린 그는 안으로 들어가 문을 닫았다. 상대방을 완전히 무시하는 행동이었다. 서창운은 피가 거꾸로 솟는 기분이었다. 머리끝까지 화가 치민 그는 한달음에 달려가 문을 세차게 젖히고 들어섰다. 마치 안개가 서린 듯 희뿌연 실내. 다섯 명의 사내들이 피우는 담배 연기가 안개처럼 자욱했다.

"아니, 그게 무슨 말이오! 의뢰를 성사시키지도 못하고 무슨 돈을 더올려 달라는 말이오."

서창운이 소리쳤다. 하지만 박수명은 술잔을 기울일 뿐 대답이 없었다.

"의뢰를 성사시키지 못했다…."

박수명의 후배가 일어서며 말했다. 짧은 머리에 덩치가 남산만 한 사내였다.

"이 아저씨, 뭐를 몰라도 한참을 모르시네. 의뢰 성사 얘기하지 말고돈이나 더 가져와."

사내는 손가락으로 서창운의 가슴을 툭툭 건드렸다.

"대체 무슨 돈을 더 올려 달라는 말이오."

기가 죽은 듯 서창운의 목소리가 조금 수그러들었다.

"우리 친구 하나가 아저씨 일을 하다가 죽었어. 이거 어떡할 거야. 이왕 왔으니 각서라도 씁시다."

무방비 상태로 있다가 호되게 뒤통수를 맞는 느낌이었다. 정신을 차릴 수 없었다. 내 공천은, 내 명예는 어떻게 된단 말인가. 하루아침에 모든 게 물거품이 될 것만 같았다.

"잠시 생각할 시간 좀 주시오."

"시간? 당연히 드려야지."

담배를 술잔에 비벼 끈 박수명이 히죽 웃으며 말했다.

이 일을 어찌해야 한단 말인가. 그 계집 하나 때문에 내 인생이 꼬이고 있다. 마침내 서창운은 결정을 내렸다.

"일을 아주 깔끔하게 처리해 줄 수 있겠소?"

"그깟 조선족 놈들, 이미 놈들이 있는 장소까지 알아냈습니다. 걱정하지 않으셔도 됩니다."

몸을 돌린 서창운은 사내들의 웃음소리를 들었다. 하지만 왠지 모르게 불길한 느낌을 지울 수 없었다. 그것을 부정하기 위해 문을 세차게 닫고 룸살롱을 벗어났다.

❡

삶의 희망이 사라진 철거 마을 주민들

사이렌을 울리며 도로를 질주하던 경찰차가 비포장도로로 내려서고 있었다. 그 뒤를 이어 경찰 승합차와 자가용이 비포장도로로 내려섰다. 얼어 있던 땅이 녹으면서 타이어에 달라붙은 진흙이 차체를 두드리며 요란한 소리를 냈다. 잠시 후, 한눈에 들어오는 저수지. 군데군데 얼음이 녹아 있는 저수지에 사람들이 몰려 있었다.

"여기 길 좀 비켜주세요! 길 비켜요!"

제복 경찰들이 점점 몰려드는 사람들을 통제하기에 바빴다. 차를 세운 구성민은 사람들을 헤치고 물가 가까이 접근했다. 낚시꾼에 의해 발견된 시신은 상태가 비교적 양호한 편이었다. 아마도 물속에 유기된 시간이 길지 않은 듯했다. 구성민은 시신을 꼼꼼히 살폈다. 둔기에 얻어맞은 듯 보이는 머리가 심하게 갈라져 있을 뿐, 다른 외상은 찾기 힘들었다. 사인은 금방 밝혀질 것 같았다. 잠시 후, 들것으로 시신이 옮겨졌다. 시신에 묶인 밧줄과 매달린 돌 때문인지 들것이 심하게 내려앉았다. 마침내 시신은 국과수 차량에 옮겨져 현장을 떠나갔다.

"선배님, 설마 이 사건도 이첩되는 사건이 되는 건 아니겠죠?"

광역수사대에 발을 들여놓은 지 얼마 되지 않은 신출내기 김형석이 었다. 그의 목소리엔 아주 당연하게도 허탈감이 담겨 있었다.

"선배님, 이게 뭐죠?"

주변을 탐색하던 김형석이 흙더미 속에서 신용카드 모양의 얇은 플라스틱판을 들어 올렸다.

"프린스모텔이라고 쓰여 있네요."

눈이 녹으면서 모습을 드러낸 프린스모텔의 카드키였다.

"모든 범죄는 흔적을 남기기 마련이다. 그렇죠, 선배님?"

하지만 구성민은 고개를 돌렸다가 다시 돌렸다. 정우 형님은 지금 어디 계신단 말인가. 전화도 불통이고 집 또한 다녀간 흔적이 없었다. 한 달간의 유예기간. 형님은 그 안에 돌아와야 한다. 그래야 사직을 면할 수 있다. 이정우의 사정을 잘 알고 있는 계장은 상부로부터 한 달간의 유예기간을 얻어낼 수 있었다. 그것은 또한 이정우의 매사에 신중함과 탁월한 수사 능력이 작용했다는 사실도 부정할 수 없었다.

"선배님, 무슨 생각을 그렇게 하세요?"

"어? 뭐라고 말한 거야?"

"참, 프린스모텔이요."

"아, 프린스모텔."

"선배님, 지금 당장 프린스모텔로 가보시죠."

"지금 당장? 이 사람아, 모든 일은 절차와 순서라는 게 있는 거야. 피해자의 얼굴과 신원도 파악이 안 돼 있는 상태에서 뭐라고 물어볼 텐가. 그리고 카드키가 피해자나 범인의 물건이라고 단정 지을 수도 없는 일이잖아."

구성민이 다소 어이없는 표정을 지었다.

"참, 선배님도⋯. 안 되면 되게 하라. 족치면 다 나오게끔 돼 있습니다."

구성민이 순간 웃음을 터트렸다. 자신만큼이나 덩치가 큰 김형석. 호탕한 성격 또한 비슷했다. 마치 십 년 전 자신의 모습을 보는 것 같았다.

"서에 들어갔다가 국과수로 가봐야 할 거야. 지문 채취할 수 있도록 카드키 잘 챙기고."

"네. 그나저나 선배님, 반장님이 돌아오실까요?"

형님은 과연 돌아올 것인가. 자신도 모르게 고개를 가로저었다.

그 시각, 이정우는 한 마을로 들어서고 있었다. 장대를 대신해 양옆으로 세워진 기다란 쇠파이프. 폐타이어를 중간중간 연결시켜 바람에도 흔들리지 않을 것처럼 보였다. 그 위에서 바람에 나부끼는 붉은 깃발. 언제부터 걸려 있었는지 빛바랜 글씨는 잘 보이지 않았다. 부서진 건물 잔해. 무질서하게 흩어져 있는 철근과 콘크리트. 군데군데 연기가 피어오르는 몹시 황량한 마을은 개발이라는 미명하에 철거 지역으로 지정된 마을이었다. 차에서 내린 이정우는 마을을 잘 알고 있는 듯 고개를 돌리지 않고 발걸음을 빨리했다. 몇 개의 부서진 건물을 지나 고개를 높이 들었다. 이미 계단이 사라진 건물엔 쇠파이프가 난간을 대신했고, 중간에 걸린 구멍 뚫린 철판이 계단을 대신했다. 이정우는 철판을 밟으며 위로 올랐다. 철판은 걸음을 옮길 때마다 쇳소리를 내며 몹시 흔들렸다. 그때 철판이 심하게 흔들리며 남자가 내려오고 있었다.

"아니, 이 반장님. 여긴 어쩐 일로⋯."

사십 후반으로 보이는 머리가 심하게 헝클어진 남자. 철거민대책위원장 고중석이었다.

"어떻게 지내시는지 궁금해서 한번 와 봤습니다."

첫인사로 보아 잘 아는 사람인 듯했다.

"저야 뭐…. 일단 올라가시죠."

건물 옥상에 자리 잡은 철거민대책본부는 공사 자재로 얼기설기 지어져 마치 창고 같았고, 열 평이 채 넘지 않아 보였다. 안으로 들어선 이정우는 뭔가 이상한 느낌을 받았다. 바깥 기온과 별 차이가 없기 때문이었다. 구석으로 치워진 석유난로는 언제까지 사용했는지 모르게 먼지가 심하게 내려앉아 있었다.

"이 반장님, 추우시죠? 극도로 지친 주민들이 대거 떠났습니다. 석유살 돈도 아껴야 하는 상황이죠."

1년 넘게 지속된 투쟁은 아직까지 진전 없이 계속되는 중이었다.

"시에서는 어떤 대책을 세우고 있는 겁니까?"

"대책은요. 그나마 건물과 집을 갖고 있는 주민들은 덜한데 세입자가 문젭니다. 이사 비용만 책정돼 있으니 그 돈을 받고 어디로 갑니까. 반장님도 아시다시피 여기는 옛날부터 사회적으로 소외된 사람들이 하나둘 모여서 이루어진 마을입니다. 그러다 보니 자연스럽게 전세나 월세 없이 사이좋게 지냈던 곳이구요. 결론적으로 세입자는 노숙자가 되든 굶어 죽든 상관없단 말 아닙니까?"

고중석은 울분을 터트렸다.

"그리고 대책본부의 청년들이 폭력 시위를 주도했다는 이유로 열흘 전에 경찰에 연행됐습니다. 아마도 실형을 피하기 어려울 것 같습니다. 일종의 경고인 셈이자 본보기죠. 이 나라가 누구를 위한 나라인지 도무지 모르겠습니다."

고개를 숙인 이정우는 무슨 생각을 하는지 사납게 눈을 치켜떴다.

"이거 제가 괜한 말을…."

"아닙니다."

그때 철판을 쿵쿵거리며 누군가 뛰어올라오고 있었다.

"아저씨!"

숨을 몰아쉬며 울음을 터트릴 것 같은 교복 차림의 여자아이는 시간호 사건으로 목숨을 잃은 큰아들 규민의 친구였고, 고중석의 딸 선화였다.

"그래, 선화야, 잘 있었지?"

"아저씨."

선화의 얼굴에서 순식간에 굵은 눈물이 주르르 흘렀다. 고중석이 고개를 들었고, 이정우가 살며시 손을 잡았다. 그때 손에 만져지는 껄끄러운 촉감. 화상을 입은 손등에 검은 주름이 심하게 잡혀 있었다.

"이 반장님, 그때는 정말 감사했습니다."

"아저씨, 그때 인사도 제대로 못 드리고…."

그때 무슨 일이 있었던 것일까. 이정우의 두 눈에 무언가 그려지는 게 있었다. 지난봄, 이정우가 한참 근무에 열중하고 있을 때였다.

"규민 아빠."

아내로부터 걸려온 전화. 매우 다급한 목소리였다.

"무슨 일인데 그래?"

"규민이가 선화네로 놀러갔는데 통화가 안 되고 있어요."

"선화? 선화가 누군데?"

"철거 마을에 사는 규민이 친구예요. 어떡해요?"

곧바로 몸을 일으킨 이정우는 부리나케 경찰서를 빠져나가 철거 마을에 도착했다.

"물러나라! 물러나라! 정부는 각성하라!"

철거를 반대하는 성난 구호. 북과 징소리가 귀를 파고들었다. 마을 입구에서부터 진을 치고 있는 경찰 병력과 머리에 붉은 띠를 두른 주민들의 살벌한 대치는 한 치의 양보도 허락하지 않을 것처럼 보였다. 이정우는 급히 발을 놀려 마을 입구로 들어섰다. 바로 그때였다.

"돌격!"

명령을 기다린 경찰 병력이 마을 안으로 쏟아져 들어갔다. 그와 동시에 화염병과 주먹 크기의 돌들이 건물에서 쏟아져 내렸다. 여기저기서 터지는 비명. '펑' 소리와 함께 터지는 화염병. 순식간에 불이 붙은 땅덩어리가 경찰 병력을 에워쌌다. 소화기와 물대포가 작렬했다. 이정우는 경찰 병력을 뚫고 무섭게 달렸다. 순간 뛰는 발이 멈췄다. 엄청난 충격에 잠시 정신이 혼미했다. 얼굴을 타고 흘러내리는 핏물. 돌에 맞은 이마가 찢어진 듯했다. 이정우는 고통을 무릅쓰고 다시 발을 놀려 천신만고 끝에 건물 안으로 들어섰다.

"규민아!"

이정우는 계단을 뛰어오르며 미친 듯이 아들을 불렀다. 멈추지 않고 흐르는 핏물에 두 눈이 따끔거렸다.

"규민아, 어디 있어!"

무언가 희미하게 들리는 소리에 계단을 뛰어오르는 발을 멈췄다. 소리가 나는 방향으로 급히 발을 옮겼다. 순간 이정우의 두 눈이 크게 벌어졌다.

"아…빠."

부서진 건물 잔해에 깔린 아들은 얼굴이 피투성이였고, 눈을 제대로 뜨지 못하고 있었다. 이정우는 사력을 다해 건물 잔해를 치우기 시작했다. 그러다 아들의 소리에 이정우의 손이 멈칫했다.

"아빠, 친구… 먼저…."

아들의 손가락은 구석을 가리켰다. 정신을 잃은 것일까. 쓰러져 있는 여학생은 미동도 없었다. 빨리 손을 써야 했다. 불이 붙은 공사 자재가 점점 가까워지고 있었다. 설상가상으로 육중한 콘크리트 덩어리가 앞을 가로막았다. 이정우는 쇠파이프를 이용해 콘크리트 덩어리를 들어올렸다. 하지만 콘크리트 덩어리는 끄떡도 하지 않았다. 혀를 날름거리며 다가오는 사나운 불길은 여학생을 잡아먹을 기세였다. 이정우는 죽을힘을 다해 쇠파이프에 힘을 주었다. 콘크리트 덩어리는 여전히 끄덕도 하지 않았다. 사나운 불길이 아주 가깝게 접근했다. 이정우가 마지막 힘을 모아 소리를 지르며 힘을 주었다. 마침내 콘크리트 덩어리가 벌러덩 뒤집혔다. 재빨리 달려간 이정우는 여학생을 들쳐 업었다. 그 순간 불길에 녹은 플라스틱 파이프가 여학생을 덮쳤다. 급히 피했지만 플라스틱 파이프는 여학생의 늘어진 팔을 때리고 지나갔다. 숨 돌릴 겨를이 없었다. 매캐한 연기가 코를 찔렀고, 불을 먹은 천장이 내려앉고 있었다.

여학생을 눕힌 이정우는 급히 몸을 돌렸다. 건물 잔해에 깔린 규민은 정신을 잃어가는 것처럼 보였다. 그때 들리는 처절한 비명과도 같은 무서운 소리가 들렸다. 비명을 머금은 천장이 급속도로 무너져 내렸다. 눈을 감은 이정우는 아들과 여학생을 몸으로 감쌌다. 등에 느껴지는 엄청난 충격에 의식이 점점 혼미해졌다. 귓가로 들리는 수많은 발걸음 소리에 이어 깨진 창문으로 물대포가 쏟아져 들어왔다. 마침내 이정우는 차가운 물을 맞으며 의식을 잃었다. 선화의 손등은 그때 입은 화상이었다.

"그때 반장님이 아니었으면 우리 선화는···."

고중석의 목소리가 잠겼다.

"아닙니다. 별말씀을···."

"그나저나 이 반장님, 들리는 소문에는 시간호특별법은 고사하고 시간호 사건의 진상 규명 특조위까지 많은 압박을 받고 있다고 하던데 그게 사실입니까?"

이정우의 굳어가는 얼굴을 본 선화가 끼어들었다.

"맞아요, 예산 삭감은 물론이고 독립성을 침해하는 조사를 받아야 할 기관의 공무원이 특조위 구성원으로 임명됐어요. 처음에 대통령이 약속했던 독립성은 찾아볼 수가 없게 됐죠. 오히려 조사 대상에 포함된 기관의 공무원들이 특조위 구성원으로 대거 임명됐고, 수적으로도 우위를 점하게 만들었어요. 그것도 부족하다고 생각했는지 공무원이 조사한 내용을 공무원이 심사한다는 내용까지 포함시켰다고 들었어요. 대체 정부는 뭘 숨기려고 하는지 도무지 모르겠어요."

선화는 마치 자신의 일인 양 감정을 실어가며 말했다.

"이 반장님, 그게 사실입니까?"

고중석은 믿을 수 없는 표정으로 물었다. 하지만 이정우는 어떤 대답도 하지 않았다. 아니 할 수 없었다. 한마디라도 하면 참을 수 없는 분노가 폭발할 것 같았기 때문이었다. 차마 자식 같은 아이 앞에서 실수를 보이고 싶지 않았다.

"아니, 어떻게 그런 말도 안 되는 일이···."

고중석은 철거 대책 업무 관계로 시간호 사건의 정부 대응 내용을 잘 모르고 있는 듯했다.

"그리고 처음에 정부는 장례비를 전부 부담하겠다고 발표한 게 아니었어요? 제 친구들도 그렇고 선생님도 그렇게 알고 계셨는데…. 그런데 그 장례비를 유족이 전부 부담해야 한다고 하더라구요. 처음부터 정부는 그런 방침을 정해서 하달했대요."

"나도 장례비는 정부가 부담해주는 걸로 알고 있었어. 그런데 그게 사실이 아니었다구? 그럼 그 소문은 대체 어디서부터 나왔단 얘기야?"

"저뿐만이 아니라 다들 궁금해하고 있어요. 처음부터 정부가 장례비를 유족한테 부담시킨다고 발표했다면 난리 났겠죠. 소문의 진원지가 어디인지 모르지만 정부는 입을 꾹 다물고 있었죠. 그러다가 이제는 국민들이 시간호 유족한테서 많이 돌아섰으니까 자기들 마음대로 하겠다는 얘기죠. 어쩌면 정부가 처음부터 이런 마음을 갖고 국민들이 돌아서게끔 작전을 짰었는지도 모를 일이구요."

모든 국민이 슬퍼하고 있던 그때, 정부는 돈이나 계산하고 있었다는 말과 다름없지 않은가. 고중석은 고개를 숙이고 있는 이정우의 얼굴을 차마 똑바로 바라볼 수 없었다. 한번 터진 선화의 입은 멈추지 않았다.

"우리 반 친구들은 뉴스가 개그 프로보다 더 웃긴다고 말하고 있어요. 경영 일선에서 진작 물러난 유병현이 갑자기 왜 등장해요? 숨바꼭질하려고 보여주는 것도 아니고. 유병현이 취미로 찍은 사진이 시간호 사건하고 무슨 연관이 있는 거죠? 개그보다 더 웃긴 개그라고 친구들은 개그 프로를 안 보고 뉴스를 본대요."

"허, 정치인이 국민을 위해 존재하는 것인지, 국민이 정치인을 위해 존재하는 것인지 모를 일이군."

고중석의 탄식 섞인 말이었다. 갑자기 일어선 이정우의 몸이 순간 휘청거렸다.

"아저씨, 괜찮으세요?"

"괜찮아."

윙윙거리며 귀를 파고드는 소음에 가슴이 무섭게 뛰고 있었다. 이정우는 빨리 이곳을 벗어나고 싶었다. 금방이라도 통제할 수 없는 분노가 폭발해 버릴 것만 같았다.

"저, 이만 가보겠습니다."

철판을 내려 밟는 소리가 크게 들렸다. 그 소리는 마치 무언가를 다짐하는 분노의 소리처럼 들리기도 했다.

"피해자 신원이 파악됐습니다."

구성민은 손을 뻗어 김형석이 내민 용지를 받아들었다.

이름: 황태철

나이: 32세.

주소: 서울시 구로구…

사인: 둥그스름한 둔기로 인한 두개골 파열과 과다 출혈

사망 추정 시간: 21일 새벽 1시~4시 사이

애석하게도 현장에서 발견된 카드키에선 지문이 검출되지 않았다. 승용차에 오른 구성민과 김형석이 프린스모텔로 향했다.

"선배님, 황태철의 사망 추정 시간이 21일 새벽이고, 그날은 최상철이가 카운터를 보고 있던 날입니다. 그리고 최상철은 황태철이 시신으로 발견된 다음 날 모텔을 그만뒀죠. 뭔가 냄새가 나죠?"

"그래서 그놈부터 잡아서 족치자구?"

"더 이상 생각해 볼 게 뭐가 있어요. 당연히 족쳐야죠."

"형석아, 내가 저번에 말했지. 모든 일은 절차와 순서가 있는 것이라고."

"아니, 여기서 절차와 순서 같은 게 필요해요? 그러다가 그놈이 눈치 채고 도망이라도 가는 날엔 어쩌시려구요. 닭 쫓던 개 지붕 쳐다본다는 말은 이런 경우를 두고 하는 말 같은데요."

"그래봐야 부처님 손바닥이야. 살인을 저지르고 시신을 유기할 정도로 간이 큰 놈이 황태철이가 시신으로 발견된 다음 날 다니던 모텔을 그만뒀다? 고로 그놈은 범인이 아니야."

"범인이 아니라구요?"

"정황상 최상철은 범인이 아니라고 봐야 해."

"어떤 정황이요?"

"잡아 족치자는 말만 하지 말고 잘 생각해 봐."

김형석이 잠깐 생각하는 시간이 흘렀다.

"잘 모르겠는데요. CCTV만 고장 나지 않았어도 문제없는 건데."

"그 점이 참 유감이지만 잘 생각해 봐. 현장에서 발견된 승용차의 바퀴 자국. 그럼 누군가 이미 죽은 시신을 싣고 와서 버렸다는 추론이 가능하지. 그리고 황태철이 살해된 날은 토요일이야. 그날 그 시간이면 최상철은 모텔을 떠날 수가 없었겠지. 그런데 황태철이 발견된 다음 날, 최상철은 잘 다니던 모텔을 특별한 이유 없이 그만뒀어. 왜 그만뒀을까?"

김형석이 고개를 갸웃했다.

"고로, 겁이 많은 최상철은 무엇을 숨기려고 모텔을 그만둔 것이다. 아직도 모르겠어?"

"그렇다면… 살해된 장소?"

"그렇지. 카드키가 말해 주잖아. 살해 장소는 바로 모텔이라고. 최상철은 그것을 본 것이고."

"아, 그러네요. 모든 게 딱 맞아떨어지네요."

그제야 김형석은 이해가 되는지 손바닥을 마주쳤다.

"그런데 카드키가 왜 거기에 떨어져 있었을까요?"

"모든 범죄는 흔적을 남긴다. 니가 한 말이잖아."

"그런가요? 하하하."

"그 모텔에는 총 열다섯 개의 룸이 있어. 거기를 전부 조사해야 될 거야."

"전부 다요?"

"왜? 너무 많다는 얘기야?"

"아니요. 너무 적어서요."

"너무 적으면 열 개를 조사해. 나는 다섯 개만 할 테니까."

"아이고, 그런 말이 아니잖아요."

프린스모텔에 도착한 두 사람이 문을 열고 들어섰다.

"아직도 여기에서 뭔가 찾을 게 있나요? 영장 없이는 어디도 들어갈 수 없어요."

나이 지긋해 보이는 모텔 여사장이 아주 불만 어린 투로 말했다.

"사장님, 수사에 협조 부탁드립니다."

구성민이 정중하게 말했다.

"몇 번을 말해야 해요? 영장 없이는 안 된다고. 그리고 현장에서 발견됐다는 카드키는 손님들이 얼마든지 장난으로 갖고 갈 수도 있는 물건이에요. 그거 하나로 수시로 드나드니 어디 장사를 해 먹을 수가 있어야지. 당신들이 드나든 후부터 손님이 반으로 줄었어요. 이건 어디에서 보상해 줄 건데요?"

"손님이 반으로 줄어요?"

"그렇다니까요."

여사장은 김형석의 말을 신경질적으로 받았다.

"그럼 이 업계에서 소문이 났다는 얘긴데 어디 성매매 알선 혐의로 조사 한번 받아 보실래요?"

뜨끔한 여사장이 김형석의 눈초리를 피했다. '제법인걸.' 구성민이 보이지 않게 웃음을 흘렸다.

"아이, 지겨워. 조금 있으면 손님들이 올 시간이니 그때까지만이에요."

여사장이 홱 돌아섰다. 의기양양한 김형석이 구성민을 따라 엘리베이터에 몸을 실었다. 마침내 꼼꼼한 조사가 시작됐다. 5층, 4층…. 하지만 어디에서도 살인 사건 현장을 찾기 힘들었다. 이제 남은 건 단 한 군데밖에 없었다. 201호. 여기서 찾지 못하면 수사 방향을 전면적으로 수정해야만 될 것 같았다. 202호에서 나온 두 사람이 복도에 발을 딛고 섰다.

"선배님, 정말 주인 여자 말대로 카드키는 손님 중 누가 장난으로 가져간 건 아닐까요? 황태철이 시신으로 발견된 다음 날 최상철이 그만둔 것도 우연의 일치일 수도 있구요."

다소 지친 목소리였다.

"형석아, 형사는 단 일 퍼센트의 가능성에도 최선을 다해 움직여야 하는 거야. 왜냐하면…."

"왜냐하면 뭐요?"

"왜냐하면 형사니까."

"참, 선배님도…."

"단, 일 퍼센트 201호를 향해 출발!"

웃음을 머금은 구성민이 김형석의 어깨를 감싸고 201호로 들어섰다.

순간 몸을 엄습해오는 알 수 없는 기운. 구성민은 고개를 천천히 돌리며 구석구석을 훑었다. 벽을 타고 흐르는 시선이 밑으로 떨어졌다. 구성민이 무엇을 발견한 듯 걸음을 옮겼다. 이어서 허리를 구부렸다.

"뭐라도 찾았습니까?"

구성민은 휴대용 랜턴을 밝혀 침대 밑을 비추었다. 그러고는 손을 뻗어 무언가를 잡아 들어 올렸다.

"어? 이거 머리카락이잖아요."

한데 뭉쳐져 심하게 구겨진 머리카락은 남자 머리카락으로 보였다.

"머리가 심하게 뭉쳐졌다는 얘기는 싸움의 흔적 같은데요."

"루미놀(혈흔감식용액) 뿌려 봐."

곧바로 두 사람의 눈이 크게 벌어졌다. 여기저기 흩어져 있는 짙은 형광색은 의심할 여지가 없는 혈흔이었다. 얼마 지나지 않아 국립과학수사연구소 요원이 도착했다.

"감식 결과는 얼마나 기다려야 되겠습니까?"

구성민이 혈흔을 채취해 일어서는 요원에게 물었다.

"최대한 빨리 연락드리겠습니다."

창가로 다가선 구성민이 전화기를 빼 들었다.

"조 형사, 난데 최상철이 소재 파악 좀 해. 지금 서로 들어갈 테니까."

"네, 알겠습니다."

모텔을 빠져나온 두 사람은 경찰서로 향했다. 어느새 가로등에 불이 밝혀지고, 김형석이 승용차의 전조등을 밝혔다.

"선배님, 발견된 모발과 혈흔의 주인이 황태철이 맞는다면 단독 범행일까요?"

"글쎄, 조사해 봐야 알겠지만 이런 경우는 보통 두 명 이상일 수 있어."

두 사람의 승용차가 점점 멀어지는 바로 그 시각. 오토바이에서 내린 유민주는 부리나케 컨테이너로 들어섰다.

"승혁 아저씨, 어떡해요? 아무래도 형사들이 뭔가를 잡은 거 같아요."

마치 운명이 위기에서 구해줄 구세주라도 되는 듯 유민주는 운명에게 매달렸다. 내가 뿌린 씨앗, 내가 거둬야 한다. 운명은 매달리는 유민주를 살며시 안았다. 운명의 품에 안긴 그녀는 연신 몸을 부들부들 떨었다.

"아저씨, 나 안 버린다고 약속해줄 수 있어요?"

"걱정 마, 아무 일 없을 거야."

"정말이죠?"

운명을 올려다보는 그녀의 눈가가 촉촉이 젖어 들었다.

"아저씨, 나 정말 괜찮은 거죠?"

몹시 불안한 그녀는 재차 물었다. 운명이 살며시 고개를 끄덕였다. 이내 소파에 몸을 부린 그녀는 다소 안심이 되는 듯 스르르 눈을 감았다.

"아저씨, 나 지금 너무 졸려요. 이리 와요. 옆에서…."

졸음을 못 이긴 그녀가 마침내 깊은 잠 속으로 빠져들었다. 쌔근거리는 숨소리. 잠든 그녀의 모습은 의외로 평화로워 보였다. 아주 가깝게 접근한 운명은 손을 뻗어 그녀의 손을 살며시 잡았다. 부드럽고 따뜻한 촉감. 이어서 밀려드는 아늑함. 순간, 모든 근심과 걱정이 사라지는 듯했다. 곧바로 밀려드는 얼굴을 달리한 근심과 걱정. 그의 입에서 깊은 숨이 흘렀다. 살며시 손을 놓은 그는 모포를 가져와 덮어 주었다. 잠시 그녀를 내려다본 그는 어디를 가려는지 문을 열었다. 그때 들려오는 목소리에 운명은 순간 발을 멈췄다.

"나, 아저씨 옆에만 있을게요."

꿈을 꾸는 것일까. 유민주는 눈을 감은 채 몸을 뒤척였다. 모포가 바닥으로 흘렀다. 다시 모포를 덮어준 운명은 살며시 문을 열고 나갔다. 고물상을 벗어난 그의 발이 점점 빨라졌다. 이내 뛰기 시작했다. 세상의 어둠을 벗어나기라도 하려는 듯 전속력으로 달렸다.

바로 다음 날, 프린스모텔에는 형사들이 부지런히 드나들었다. 곧바로 폴리스라인이 둘러지고 국립과학수사연구소 요원들과 형사들이 복도와 룸을 오가며 증거 수집에 열중했다. 감식 결과 201호에서 발견된 혈흔은 황태철의 혈액과 일치하는 것으로 밝혀졌다.

잠시 살인 사건 현장을 둘러본 구성민과 김형석은 최상철의 집으로 향했다. 자동차 시간으로 10여 분 남짓한 거리였다. 이윽고 근처에 다다른 승용차가 고물상을 지나쳐 다세대주택 앞에 멈춰 섰다. 심하게 갈라진 붉은 색깔의 벽돌은 듬성듬성 심하게 깨져 있었고, 흐린 날씨 탓인지 흉물스럽게 보였다.

"선배님, 여기 같은데요."

심하게 칠이 벗겨진 대문을 열고 들어서니 양옆으로 뻗어 있는 계단이 눈에 들어왔다. 계단 위로 은색 알루미늄의 작은 문들은 일렬로 죽늘어서 있었고, 3층으로 지어진 주택은 족히 이십여 가구가 넘을 것처럼 보였다. 다닥다닥 붙어 있는 집들은 마치 닭장 같은 모습이었다.

"301호는 어디로 올라가는 거야?"

김형석이 양쪽 계단을 둘러보며 말했다.

"형석아, 형사는 항상 주위를 꼼꼼히 살펴야 한다."

김형석의 넓은 등을 찰싹 때린 구성민이 손가락으로 가리켰다. 눈에 들어온 화살표 방향. 누군가 매직으로 1호와 2호 방향을 화살표로 그려

표시해 놓았다. 곧바로 좌측 계단으로 오른 두 사람은 301호 앞에 멈췄다. 똑똑. 인기척이 없었다. 재차 두드렸다. 역시 인기척이 없었다. 다시 노크를 하려던 김형석의 손이 멈칫했다. 삐거덕거리며 스르르 문이 열렸다.

"어? 문이 열려 있었네요?"

"최상철 씨."

구성민이 들어서며 다소 큰 소리로 불렀다. 앞을 막아서는 덧문 틈새를 막은 문풍지가 바람에 떨리고 있었다. 그때 무언가 발에 걸렸다. 신발이었다. 하지만 한쪽 신발은 멀리 달아나 구석에 처박혀 있었다.

"선배님."

구성민의 귀에 아무 말도 들어오지 않았다. 구성민은 다급히 문을 열어젖혔다. 최상철로 보이는 사내가 등을 보이고 의자에 앉아 있었다.

"최상철 씨!"

대답이 없다. 뛰어든 김형석이 의자를 다급히 돌렸다. 헉! 동시에 두 사람의 입에서 놀란 신음이 터졌다. 고개를 옆으로 떨어뜨린 최상철은 입이 벌어져 있었다. 구성민이 손가락을 뻗어 경동맥을 짚어 보았다. 이어서 힘없이 팔을 떨어뜨렸다.

"죽었어."

ʒ

바포메트

"야, 구성민. 너 일 이따위로 할 거야?"

팀장 하진철이 들고 있던 신문을 책상에 내동댕이치듯 내려놓았다. 대문짝만하게 실린 신문 머리기사에 구성민의 눈길이 향했다.

[우리 사회에서 경찰의 역할은 무엇인가. 목격자 보호에 신경도 쓰지 않는 경찰. 무능인가, 직무 유기인가. 우리는 이제 어떤 사건도 목격하면 안 된다. 왜냐하면 목숨을 보장받을 수 없기 때문이다. 총체적인 무능은 간과하고 국민 위에 군림하려고만 하는 경찰. 더 이상 민중의 지팡이가 아니다.]

기사는 앞서가도 너무 앞서가는 내용으로 가득했다. 구성민이 신문을 소리 나게 내려놓았다.

"구성민, 니가 제대로 하고 있는 게 뭐야. 일을 그 지경으로 몰고 갔으면 기자들이 눈치라도 못 채게 했어야 되는 거 아냐? 너 정말 일 이따위로 할 거야?"

"그건… 팀장님도 아시잖아요. 그 상황에서 최상철을….."

김형석이 끼어들었다.

"이 새끼가 어디서 주둥이를 놀려."

떨떠름한 표정의 김형석이 입을 다물었다.

"너는 잘한 게 뭐가 있다고 주둥이 놀리고 지랄이야!"

계장이 소리치며 걸어왔다.

"니들 내 얘기 똑바로 들어. 옷 벗기 싫으면 수단 방법 가리지 말고 범인 잡아와. 알겠어?"

"네, 알겠습니다."

"대답 똑바로 안 해?"

"알겠습니다!"

"빨리들 나가!"

형사들이 우르르 몰려 나갔다.

미국 케네디공항을 이륙한 여객기가 대한민국 인천국제공항에 착륙한 시간은 오전 8시를 조금 넘기고 있었다. 시간이 조금 지나 공항 로비로 들어서는 남자. 풍채가 당당했다. 김태광. 4선 의원으로 현 여당의 대표였다. 그는 아침 일찍 누구를 마중 나온 것일까. 보좌관 없이 자가용을 손수 운전해 온 그는 바쁘게 로비로 들어섰다. 평상복 차림의 남자가 3번 게이트를 빠져나오고 있었다. 일반인과 다름없이 입국 수속을 마치고 천천히 게이트를 빠져나오는 남자는 김태광이 기다리는 남자였다. 하지만 김태광은 남자가 이미 빠져나온 사실을 모르는 듯했다. 그가 기다리고 있는 게이트는 VIP 게이트였다. 그때 뒤에서 목소리가 들려왔다.

"김 의원, 언제까지 거기에 서 있을 것이오?"

김태광이 고개를 돌렸다. 자칭 깨달음의 남자, 돈오였다.

"돈오님."

"왜, 내가 일반 게이트로 나온 게 이상하오?"

"그런 건 아니지만…."

"진정한 강함은 보이지 않고 드러나지 않는 법이오. 그 이유가 뭐라고 생각하시오?"

"드러나는 순간 그 강함은 도전받을 수 있기 때문입니다."

"맞았소. 도전받을 수 있기 때문이지."

"하지만 돈오님, 지나친 숨김도 자칫 드러날 수 있을 거라 생각합니다."

"호오, 그런가요? 그 말 새겨듣겠소. 자, 갑시다."

김태광의 운전 실력은 매우 능숙했다.

양옆으로 펼쳐진 바다. 희뿌연 해무. 부드러운 곡선미와 함께 어우러진 대교는 무척 아름다웠다. 마치 신비스러운 미지의 세계로 나아가는 기분이었다.

"김 의원, 세상의 아름다운 건축물은 모두 여성미를 닮은 거 같소. 어떻게 생각하시오?"

돈오는 풍경이 주는 분위기에 젖어 있는 듯 물었다.

"맞습니다. 인천대교를 보더라도 여성의 곡선미를 완벽히 살린 걸작이죠. 그리고…."

"하지만 김 의원, 건축물과 개념은 분명히 다른 것이오."

"무슨 말씀이신지…."

"법과 관습, 문화가 여성적인 힘을 갖추고 있었다면 의심할 여지없이 세상은 지금보다 훨씬 평화로울 것이오. 우리는 그런 세상을 원하지 않지."

돈오의 의중을 파악한 김태광이 고개를 끄덕였다.

"시간호특별법, 특조위의 진상 규명은 넓은 의미로 여성의 마음을 닮았다 할 수 있지 않겠소? 시간호 희생자들을 어루만져주고 싶은 엄마와 같은 마음. 아니 그렇소?"

"네, 맞습니다. 그래서 아시다시피 국민의 마음이 시간호에서 멀어지게 만들어 놓았습니다. 우리 속담에 '목구멍이 포도청'이라는 말이 있습니다. 그 속담을 현실에서 완벽히 살려 놓은 셈이지요."

"법은 일종의 완력이오. 만약 여성의 마음을 닮은 법이 제정이 된다면 어떻게 될 거라고 생각하시오? 그 파장은 어디까지 퍼질지 아무도 장담할 수 없고, 권력을 위협하는 강력한 무기가 될 수 있다는 사실을 절대로 간과해선 안 됩니다."

"네, 명심하겠습니다."

어느새 서울 시내로 들어선 승용차는 한 호텔로 향했다. 한국호텔 스위트룸. 매우 고급스러운 도자기와 벽에 걸린 그림들은 미술관에서도 쉽게 볼 수 있는 것들이 아니었다. 흰 가운만 걸친 남자들이 넓은 창 너머로 들어오는 유유히 흐르는 한강의 물줄기를 바라보았다. 그들 앞에는 고급 양주가 원탁 테이블에서 입을 벌리고 있었다. 이 남자들은 정계와 재계, 언론사를 이끄는 대한민국의 막강한 엘리트 집단이었다. 문이 열리며 돈오와 김태광이 들어섰다.

"어서 오십시오."

"아, 앉아들 있으시오."

돈오가 일어서는 남자들을 향해 손짓했다.

"아주 시원한 차림 보기 좋습니다. 그것만큼이나 시원한 일처리가 뒤따라야 하는데…."

아마도 시간호를 언급하는 듯했다. 삼킨 뒷말에 무언가 찜찜한 여운이 담겨 있었다. 이들과 돈오는 구면이었다. 그것은 지극히 당연했다. 각국의 정계, 재계를 움직이는 사람들은 세계 경제에 막강한 영향력을 행사하는 돈오의 가문과 직간접적으로 연결돼 있었고, 결코 떨어질 수 없는 관계였다.

"한국의 혼란은 우리에게도 좋지 않소. 그래서 대책을 준비해 갖고 왔소."

"대책이라면 어떤 대책을 말씀하시는 겁니까?"

조동일보 사장 현일환이 물었다.

"금융정책에 관련된 사안이오."

"금융정책이요?"

"그렇소. 우리 연방준비은행에서 조만간 금리를 올릴 생각입니다."

"이 시점에서 금리를 올린다구요?"

다소 놀란 듯한 목소리와 여기저기서 탄식 섞인 숨소리가 들렸다.

"그렇게 되면 외환시장이 심하게 요동칠 수 있고, 투자 목적의 자금과 핫머니(투기 자금)가 대거 빠져나가면서 막대한 외환이 유출될 수 있습니다. 우리나라의 외환 보유고는 어떻게 될지…."

"이것 보시오, 김 장관, 자본은 곧 힘입니다. 돈을 깨달은 우리 가문은 먼 옛날부터 지금까지 은행을 운영하면서 돈의 흐름을 조정해왔소. 그런데 매우 애석하게도 지금 한국은 시간호 사건으로 인해서 돈의 흐름이 이상하게 흘러가고 있소. 또한 여기저기서 반목과 분열이 발생하고 정부 성토의 목소리가 또 언제 터져 나올지 알 수 없는 상황이오.

즉 어떤 이유로든 매개체만 제공된다면 이미 반목과 분열된 민심이 어떻게 작용할지 짐작하기 어렵다는 말이오. 그것을 잠재워야 하지 않겠소."

이게 무슨 대책이란 말인가. 오히려 한국의 경제를 더 수렁 속으로 빠트리려는 심산이었다. 자신들의 안위를 걱정하는 것일까. 아니면 다른 이유가 있는 것일까. 그것에 반대하는 목소리는 어디에서도 흘러나오지 않았다. 넓은 스위트룸에 숨소리만 크게 들렸다. 대한민국을 전부 사고도 남을 막대한 자본을 소유한 돈오의 가문. 그 입김은 실로 대단했다. 주위의 침묵은 경청의 침묵인 것인가, 아니면 외면의 침묵인 것인가. 돈오가 글라스의 양주를 천천히 들이켰다. 그의 목구멍으로 빨려 들어가는 황금빛 액체. 돈을 깨달은 가문이 마치 황금을 마시는 것처럼 보였다. 잠시 후, 침묵을 깨는 돈오의 목소리가 흘렀다.

"내가 너무 말이 많았소. 이제 심각한 얘기는 그만하고 성스러운 의식을 거행하겠소."

어떤 의식을 말하는 것일까. 몸을 일으킨 돈오는 들고 온 가방에서 잘 말려 있는 그림을 조심스럽게 꺼냈다. 경건한 눈빛. 흐트러지지 않는 자세. 미세하게 떨리는 양손. 펼쳐지는 그림은 무언가 아주 중요한 의미를 담고 있는 것 같았다. 이윽고 돈오는 완전히 펼쳐진 그림을 벽에 걸었다. 숨을 죽이고 그림을 바라보는 사람들. 그들의 얼굴이 마치 신을 대하듯 경외의 감정으로 가득 찼다. 크게 펼쳐진 그림은 인간 여성의 몸에 좌우로 날개가 달려 있었다. 얼굴은 염소의 모습. 머리에 두 개의 커다란 뿔이 솟아 있었고, 이마 정중앙에 오각형 별이 선명하게 보였다. 염소 형상의 '바포메트'였다. 그들의 상징인 것일까. 돈오가 그림 앞에 무릎을 꿇으니 모두가 따라서 무릎을 꿇었다.

▲ 바포메트

이어서 돈오의 중후한 목소리가 흘렀다. 그것은 흡사 주문과도 같았다.

"내가 보니 바다에서 한 짐승이 나오는데 뿔이 열이요 머리가 일곱이라. 그 뿔에는 열 면류관이 있고, 그 머리들에는 참람된 이름들이 있더라. 용이 짐승에게 권세를 주므로 용에게 경배하며 짐승에게 경배하여 가로되, 누가 이 짐승과 같으뇨 누가 능히 이로 더불어 싸우리요 하더라."(계시록 13장)

미처 날이 밝지 않은 새벽. 리어카에 고물을 잔뜩 실은 사내가 언덕길을 내려오고 있었다. 3월로 들어선 계절은 봄을 알리듯 바람은 그리 차갑지 않았다. 하지만 리어카를 잡은 사내는 추위를 많이 타는 것일까. 푹 눌러쓴 모자와 마스크로 얼굴을 가렸고, 두꺼운 점퍼 차림은 한겨울 옷차림 그대로였다. 이윽고 고물상으로 들어선 사내는 컨테이너를 두드렸다.

"고물 팔러 왔습니다!"

문을 두드려도 대답이 없는지 사내는 소리를 높였다.

"계세요? 고물 팔러…."

그때 문이 열리며 운명이 모습을 드러냈다. 서로를 바라보는 눈빛이 예사롭지 않았다.

"병아리 네 마리가 드디어 나타났습니다."

그들만의 은어일까. 곧바로 표정을 바꾼 운명은 주머니에서 무언가를 꺼내 내밀었다. 그때 리어카에 짐을 잔뜩 실은 초로의 노인이 고물상으로 들어섰다. 물건을 받은 사내가 잽싸게 품 안으로 집어넣었다.

"이제 보니 이 사람 때문에 이 동네 고물이 그렇게 없었구먼."

"영감님도 저만큼이나 아침 일찍 한 짐을 하신 거 같은데요."

"이 사람아, 이건 어제부터 꼬박 모은 거야. 그나저나 처음 보는 젊은이 같은데 이사 왔나?"

"네, 이사 온 지 이제 막 일주일 됐습니다. 일자리를 구할 때까지 당분간 이거라도 해야 될 거 같아서요."

"그렇지, 무슨 일이라도 해야지. 일자리가 없다고 불만만 가진 사람들은 아직까지 배가 덜 고파서 그래. 내가 소싯적에는 말이지 안 해본일이 없고, 안 해본…."

"사장님, 저 이만 가보겠습니다."

사내는 노인의 긴 설교를 감지한 듯 돌아섰다. 그때 문이 열리며 유민주가 얼굴을 내밀었다.

"할아버지, 안녕하세요."

많이 수척해진 얼굴. 그것 때문인지 가녀린 청순함이 돋보였다.

"승혁이 자네는 어디서 이렇게 이쁜 색시를 얻었는가. 빤스를 아주 잘 벗은 모양이군."

"어머, 할아버지도 참."

순간, 유민주 자신도 모르게 붉어진 얼굴. 그 속에 담긴 슬픈 미소. 여전히 엄청난 충격과 죄책감에서 벗어나지 못한 그녀는 표정을 바꾸더니 고개를 숙이고 살며시 문을 닫았다. 여자의 마음은 무엇일까. 직업여성 유민주. 그런 여자에게도 부끄러움이 남아 있단 말인가. 그것은 상대방에 따라서 달라지는 것일까. 운명은 자신도 모르게 마음이 무거워졌다.

바로 그 시각, 어스름한 어둠이 걷히면서 축구장이 딸린 체육공원이 선명하게 모습을 드러냈다. 언제부터 자리 잡고 있었던 것일까. 체육공원을 서성이는 사내들. 담배를 꼬나문 모습이 매우 불량해 보였다. 목표물을 찾은 사내는 망원경을 잡은 손의 움직임을 멈췄다.

"형님, 저년이 저기 숨어 있었네요."

"형님, 태철이 원수를 갚아야죠. 지금 당장 들이치죠."

"조용히 해 봐!"

박수명이 후배들의 말에 벌컥 소리치고 망원경을 빼앗아 잡았다. 망원경 안으로 들어온 하얀 얼굴의 남자. 말로 표현할 수 없는 압도적인 기운이 느껴졌다. 아주 미세하게 다리를 저는 것 같았지만 무언가 느껴지는 분위기가 예사롭지 않았다.

"그만 철수한다."

"네? 아니 저년을 바로 앞에 두고…."

이런 바보 같은 놈들을 믿고 일을 같이 했으니…. 곧 있으면 아침인데 뭘 어쩌겠다는 얘긴가. 박수명은 화가 치밀어 오르는 감정을 간신히 억눌렀다. 어찌 됐든 끝까지 같이 가야 할 후배들이 아닌가.

"오늘 밤, 여기서 다시 모인다. 의심받을 수 있으니 뭉쳐 다니지 말고 잘 숨어 있다가 다시 모이도록."

그때, 몹시 허름한 남자가 곁을 지나쳤다. 손에 들린 집게로 빈 깡통을 집어 들고 있는 자루에 집어넣었다. 남자는 보란 듯이 자루를 흔들며 지나쳤다. 빈 깡통 소리가 요란하게 들렸다. 도로를 건너가는 사내의 모습이 시야에서 완전히 사라졌다.

"최상철 그 약골 새끼, 그냥 겁만 주려고 했는데 어이없게 덜컥 죽어 버렸으니…."

"주둥이 함부로 놀리지 말라고 했지."

박수명이 사납게 눈을 부라렸다. 유민주. 그 이름만으로도 박수명은 피가 거꾸로 솟는 느낌이었다. 자신이 운영하는 룸살롱과 간통죄 폐지로 잠재 고객이 많은 흥신소. 하루아침에 모든 것을 잃었다. 유민주 네 년을 반드시 요절을 내주마. 박수명은 이를 부드득 갈았다. 완전히 아침이 밝았고, 운동을 나온 사람들이 체육공원으로 들어서고 있었다. 사내들이 뿔뿔이 흩어졌다.

그날 밤.

"민주야, 우리 오늘 나가서 외식할까?"

다가간 운명이 유민주의 손을 잡았다. 하지만 허공을 주시한 유민주는 대답이 없었다.

"옷 갈아입어. 나가서 외식도 하고, 오늘은 여기서 자지 말고 밖에서 자고 들어오자."

"아저씨, 나 정말 못 살 것 같아요. 어떡해요?"

유민주의 가녀린 어깨가 들썩이며 눈물이 주르르 흘렀다. 대체 이 여자를 어찌해야 되나. 마치 손발이 묶여 버린 듯, 어떤 판단도, 어떤 결정도 내리기 어려웠다.

"이제 아무 데도 못 가겠어요."

운명은 시계를 바라보았다. 벌써 12시를 넘어서는 시간. 빨리 움직여야 했다.

"아저씨가 지켜준다고 약속했지?"

눈물 어린 눈동자. 운명은 그녀를 일으켜 세웠다.

"정말 아무 데도 못 나가겠어요."

난감한 상황이었다.

그 시각, 구성민과 김형석은 밀리는 도로로 접어들고 있었다. 곧바로 경광등을 꺼내 자가용 지붕에 부착했다. 이어서 비상등을 켜고 차들을 이리저리 추월하며 질주했다.

"선배님, 박수명이 정말 체육공원으로 갈까요?"

"그거야 장담할 수 없지. 하지만 그놈은 지금 어디에도 없잖아. 황태철과 최상철을 살해하고 감쪽같이 사라졌어. 그놈이 정말 체육공원으로 갈지, 아니면 다른 곳으로 갈지 알 수 없지만 제보자를 믿어보는 수밖에."

구성민은 두 시간 전, 한 통의 제보 전화를 받았다.

"이름은 밝히지 않겠습니다. 당신들이 찾는 박수명이 오늘 밤, 공원 하천변 맞은편에 위치한 체육공원으로 갈 것입니다."

자신의 말만 하고 일방적으로 끊은 전화였다. 발신자 위치는 공중전화로 밝혀졌다. 이 제보를 어디까지 믿어야 한단 말인가. 구성민은 잠깐 갈등했다. 하지만 믿지 않을 수도 없었다. 이유는 살해된 황태철은 박수명과 항상 붙어 다니는 후배였고, 최상철의 집에서 박수명의 지문이 발견됐기 때문이었다. 이 사실을 알고 있는 사람은 경찰뿐이었다. 대체 제보자는 이 사실을 어떻게 알고 있단 말인가.

"선배님, 혹시 제보자가 박수명을 배신한 사람이 아닐까요?"

"그럴 수도 있을 거야."

하지만 구성민은 꼭 그렇지도 않을 것 같다는 생각을 지울 수 없었다.

"그런데 그놈이 야심한 시간에 체육공원으로 가는 이유는 또 뭘까요?"

"아마도 누구를 만나러 가겠지. 계속 도망 다니면서 살 수 없으니 뭔가 대책을 세우려고."

어느새 승용차는 체육공원에 다다랐다.

"선배님, 사람 그림자도 안 보이는데요."

차에서 내린 두 사람은 체육공원으로 들어섰다. 이어서 주머니에서 작은 막대기를 꺼내 밑으로 훑었다. 순식간에 길이가 죽 늘어난 경찰봉이었다. 체육공원은 보기보다 넓었다. 축구장을 가로질러 원통형으로 지어진 건물. 아마도 실내경기장 같았다. 두 사람은 최대한 가로등을 피해 어둠에 몸을 숨기고 천천히 주위를 탐색했다. 화장실을 뒤로 돌아 수목이 우거진 작은 등성이에 올랐다. 몸을 숨기면서 탐색하기엔 안성맞춤의 장소였다. 최대한 자세를 낮춘 두 사람은 부지런히 눈동자를 움직였다. 하지만 한참을 기다려도 박수명은커녕 사람의 그림자도 보이지 않았다.

"선배님, 아무래도 장난 전화 같은데요."

"형석아, 형사는 모름지기 인내심을 가져야 해. 왜냐하면…."

"왜냐하면 형사니까요."

들리지 않게 웃음을 터트리는 그 순간, 어디선가 홀연히 나타난 그림

자. 박수명이었다.

"반갑다, 박수명."

구성민이 급히 몸을 일으켰다. 순간, 다시 재빠르게 몸을 낮췄다.

"허, 이놈들 봐라."

그림자들이 계속해서 모여들었다.

"총 네 놈이나 되네요. 조금 무리가 있지 않을까요?"

사방이 트여 있는 체육공원. 자칫 하다간 놓칠 수도 있는 상황이 될 수도 있다. 급히 전화기를 빼든 구성민은 또다시 실수를 반복하지 않으려고 지원 요청을 시도했다.

"살인 사건 용의자들을 쫓고 있으니 근처 지구대에 지원 요청 바란다. 주소는…."

잠시 대화를 주고받은 사내들이 급히 발을 놀렸다. 구성민과 김형석이 조용히 따라붙었다. 도로를 건너간 사내들이 주위를 살피더니 고물상으로 들어섰다. 주택가에 위치한 고물상. 불이 꺼진 주변에 가로등만 간신히 불을 밝히고 있었고, 인적은 없었다. 사내들이 천천히 발을 움직여 컨테이너 바로 앞에 도착했다. 동시에 품 안에서 서슬 퍼런 칼을 꺼냈다. 박수명이 실린더를 잡아 천천히 돌렸다. 부드럽게 열리는 문. 사내들이 사납게 들이쳤다.

"헉!" 박수명이 바람 빠지는 소리를 흘렸다.

"아무도 없네요."

"형님, 눈치채고 도망친 거 같은데요."

뒤를 따라 고물상으로 들어선 구성민과 김형석은 손에 잡은 경찰봉에 힘을 주고 컨테이너로 접근했다. 천천히 손을 뻗어 실린더를 잡았다. 바로 그때였다. 경광등을 밝힌 두 대의 순찰차가 고물상으로 막 들어섰다. 그와 동시에 컨테이너의 문이 세차게 열렸다. 문에 맞은 구성민이 뒤로 벌렁 자빠졌다. 사내들이 쏟아져 나왔다.

"경찰이다!"

김형석이 소리치고 순찰차의 문이 벌컥 열렸다.

"경찰이다!"

하지만 사내들은 무자비하게 흉기를 휘둘렀다. 여기저기서 비명이 터지고, 흉기에 맞은 경찰이 쓰러졌다. 급히 일어선 구성민이 경찰봉을 휘둘렀다. 다리를 맞은 사내가 거꾸러졌다. 사내들이 도망치기 시작했다.

"형석아! 저쪽으로 가!"

뿔뿔이 흩어진 사내들이 사방으로 뛰었다. 경찰과 사내들의 뛰는 소리가 주택가를 흔들었다. 뛰던 박수명이 뒤를 돌아보았다. 골목을 막 빠져 나오는 엄청난 덩치. 룸살롱으로 찾아왔던 구성민이었다. 지긋지긋한 놈. 속으로 내뱉은 그는 주위를 살폈다. 바로 눈앞에 놀이터가 들어왔다. 재빠르게 미끄럼틀 밑으로 몸을 던졌다. 차가운 모래의 감촉이 훅 끼쳐 왔다. 구성민이 바로 앞까지 접근했다. 손으로 입을 틀어막아 숨소리를 죽였다. 순간, 무엇을 느낀 구성민이 그 자리에 우뚝 섰다.

"박수명, 이 근처에 있지? 잘 숨어 있어라. 잡히면 죽는다."

으르렁거린 구성민이 사방을 훑었다. 그때 무언가 스스슥거리는 소리에 시선을 밑으로 내렸다. 그와 동시에 일어선 박수명이 구성민에게 모래를 뿌렸다. 민첩하게 피한 구성민이 경찰봉을 휘둘렀다. 곧바로 이어지는 둔탁한 느낌. 박수명이 쓰러지며 모래에 얼굴을 박았다. 몸을 숙이던 구성민이 순간 허벅지를 만졌다. 밀려드는 극심한 통증. 칼이 지나간 자리에서 피가 흘렀다.

"형님, 피하세요."

뒤따라온 사내가 박수명을 일으켜 세웠다. 구성민이 사내의 등에 경찰봉을 휘둘렀다. 사내가 거꾸러졌다. 구성민의 몸이 점점 숙여졌다. 찢어진 다리에서 피가 계속 흘렀다.

"선배님!"

김형석이 뛰어오며 소리쳤다. 그때, 의식을 차린 박수명이 잽싸게 몸을 일으켜 골목으로 뛰었다.

"형석아, 저기."

하지만 박수명의 모습은 이미 사라진 후였다.

"선배님, 괜찮으세요?"

화가 치민 구성민이 모래 바닥을 힘껏 내리쳤다.

그 시각, 한 모텔.

"아저씨, 이리 와서 같이 자요."

바닥에 누워 천장을 올려다보는 운명은 아무 대답이 없었다.

"내가 부담스러운가요?"

운명이 고개를 돌렸다.

"그런 거 아니야."

"다 알고 있어요. 나를 바라보는 눈빛이 말해주고 있어요."

운명은 어떤 부정도, 긍정도 할 수 없었다.

가끔, 자동차 지나가는 소리만 들릴 뿐 밖은 고요했다. 두 사람의 말이 없는 긴 침묵이 그 뒤를 따랐다. 유민주는 잠이 든 것일까. 숨소리가 고르게 들렸다. 그렇게 한참을 누워 있던 운명은 천천히 몸을 일으켜 자고 있는 그녀를 가만히 응시했다. 몹시 수척해진 얼굴, 가녀린 청순함. 이 여자는 나로 인해 고통을 받고 있다. 연민의 감정이 물밀듯 밀려들었다. 운명은 자신의 입술을 가만히 가져가 그녀의 이마에 살며시 갖다 댔다가 뗴었다. 다시 바닥에 누운 그는 살며시 눈을 감았다. 유민주의 두 눈에서 눈물이 흘렀다.

철거 마을에서 나온 이정우는 사방을 두리번거렸다. 부드러웠던 인상이 어딘지 모르게 다르게 보였다. 그것은 아마도 변한 눈빛 때문인 것 같았다. 연신 사방을 탐색하는 그는 무엇을 경계하는 것일까. 철거민대책위원장 고중석과 청년들의 대화를 속으로 가만히 곱씹어 보았다.

"반장님, 우린 어차피 희망이 없습니다."

"반장님, 빠른 시일 안에 결정해 주십시오."

"최대한 지원 세력을 모아야 하니 그때까지 기다려 주시오."

"여기서 죽으나 거기서 죽으나 매한가지입니다."

삶의 희망이 사라진 철거 마을 주민들과 다짐한 이정우는 힘차게 서로의 손을 맞잡았다.

이윽고 승용차에 오른 그는 철거 마을에서 완전히 벗어나 시내로 들어섰다. 이정우의 시선이 걸려 있는 현수막에 꽂혔다. 속도를 줄인 그는 천천히 지나치면서 속으로 읊조려 보았다. 학교폭력, 가정폭력, 성폭력, 불량식품. 4대악척결. 반드시 사라져야 할 국가적인 과제였다. 그렇다면 여기에 한 가지를 더 포함시켜야 했다. 국민의 목소리를 외면하고, 국민의 억울한 사연을 풀어주지 않는 국가. 침묵과 물타기 수법으로 어물쩍 넘어가려는 것 또한 명백한 폭력이다. 즉 국가폭력이 포함돼야 했다. '4대악척결'은 국가폭력을 포함시켜 '5대악척결'이 돼야 했다. 그것은 어쩌면 이 사회에서 가장 시급하고 반드시 척결돼야 하는 국가적인 과제라고 보아야 한다. 진정 국민을 위한 국가라면 깨끗하게 근절시켜야 할 것이다. 하지만 현실은, 현실은, 현실은….

　화가 치밀어 오른 이정우는 가속페달을 힘껏 밟았다. 그 순간, 발을 급히 바꿨다. 급정거의 소음. 몸이 심하게 앞으로 쏠리며 이정우는 핸들을 잡은 손에 힘을 주었다. 연이어 들리는 급정거의 소음과 심한 경음기 소리. 욕설이 뒤따랐다. 누군가의 무단횡단으로 4차선 도로에 차들이 뒤엉켰다. 하마터면 보행자 사고를 낼 뻔했다. 고개를 돌린 이정우는 놀란 얼굴의 남자와 눈이 마주쳤다. 그때, 뇌리를 스쳐가는 기억이 있었다.

　"아니, 저놈이?"

　급히 고개를 돌려 뛰는 남자는 살인 용의자로 공개수배 중인 박수명이었다. 모자로 얼굴을 가렸지만 분명히 확신할 수 있었다. 거의 본능에 가까운 동작으로 급히 문을 열어젖힌 이정우는 차에서 뛰어내렸다.

　"아저씨, 차 놔두고 가면 어떡해요!"

　뒤를 따르는 경음기 소리와 욕설을 무시하고 급히 발을 놀렸다. 이미 경찰 신분이 아니었지만 그의 의식은 범인을 잡아야 한다는 일념으로 가득 찼다.

　"박수명, 거기 서!"

　급히 도로를 내려선 박수명은 하천변 자전거도로를 달리기 시작했다. 이정우가 따라붙었다. 마주 오던 자전거가 급히 방향을 바꿔 지나가고, 놀란 사람들이 길을 비켜섰다. 거리는 점점 좁혀졌다. 어느새 짙은 어둠이 세상을 덮었다. 하천을 가로지르는 다리가 바로 눈앞으로 다가왔다. 다리의 넓은 폭은 마치 터널처럼 보였고, 뛰는 박수명이 시커먼 다리 밑으로 들어갔다. 그 모습은 마치 거대한 입속으로 빨려 들어가는 것처럼 보였다. 그를 따라붙은 이정우가 다리 밑으로 들어섰다.

숨을 헐떡이며 고개를 부지런히 돌렸다. 하지만 캄캄한 다리 밑은 바로 앞의 사물도 분간하기 어려울 정도로 캄캄했다. 놈은 분명히 이 안에 있다. 다리 건너 자전거도로는 희미하게나마 사물의 형상을 알아볼 수 있었다.

그때, 돌이 구르는 소리가 들렸다. 이정우는 포장도로를 벗어나 흙 비탈로 올랐다. 또다시 돌이 구르는 소리가 들렸다. 귀를 집중하며 발을 놀렸다. 그때 날아온 돌이 이정우의 귀를 스치고 지나갔다. 돌은 쉬지 않고 날아들었다. 아마도 표적을 분간하기 힘든 박수명이 마구잡이로 돌을 던지는 것 같았다. 급히 허리를 숙인 이정우는 돌이 날아오는 방향으로 천천히 움직였다. 마침내 눈에 익은 어둠 속에서 움직이는 형상이 희미하게 보였다. 급히 접근해 박수명의 다리를 잡아챘다. 다리를 잡힌 박수명이 최후의 발악을 하며 마구 발길질을 했다. 순간, 머리에 심한 통증이 느껴졌다. 박수명의 발에 맞은 이정우가 고통을 무릅쓰고 급히 일어섰다. 이어서 박수명의 면상을 후려쳤다. 쓰러지는 박수명이 이정우를 잡고 흙 비탈을 굴렀다. 하나로 엉킨 두 사람이 계속 굴렀다. 마침내 평지가 느껴지더니 잠깐의 내리막에 이어 '첨벙' 소리와 함께 두 사람이 차가운 물속으로 빨려 들어갔다. 물에 빠진 박수명이 필사적으로 매달렸다.

"형사님, 살려…. 저, 수영 못해요."

박수명이 연신 물을 먹으며 두 손을 첨벙거렸다. 박수명을 잡아 뭍으로 끌어 올린 이정우가 버릇처럼 뒷주머니에 손을 찔렀다. 아주 당연하게도 수갑이 잡히지 않았다. 잠시 주위를 둘러본 이정우는 가느다란 노끈을 발견해 박수명의 두 손을 결박했다. 마침내 그는 깊은숨을 내쉬고 지친 몸을 눕혀 하늘을 바라보았다.

"그년만 아니었어도… 나는 이렇게… 되지 않았어."

먹은 물을 토해내며 간신히 말하는 박수명의 목소리에 다소 억울함이 묻어 있었다.

"살인을 한 놈이 그렇게 억울한가?"

이정우는 주머니를 뒤져 전화기를 빼 들었다. 다행히 물을 먹지 않은 전화기는 통화가 가능했다.

"네, 형님. 오늘도 술 한잔 하시게요? 시간 내기가 좀…."

구성민이 미안한 듯 우물거렸다.

"아니, 그거 때문에 전화한 건 아니고 며칠 전에 니가 말한 박수명을 잡아놨으니까 빨리 와서 데려가. 위치는 시민천 다리 밑이야."

"네? 박수명을 잡았다구요? 지금 바로 가겠습니다."

요란한 소리가 전화기 너머로 들려왔다.

"형사님, 최상철은 우리가 죽인 게 맞지만, 태철이는 우리가 죽인 게 아닙니다."

"범인들은 다들 그렇게 말해."

"정말입니다. 우리가 태철이를 왜 죽여요? 그날 몸 팔러 온 년이 태철이를 죽인 거라구요."

"그건 경찰서에 가서 할 얘기고 빨리 일어나."

두 손을 결박당한 박수명은 벤치로 향하는 동안에도 입을 쉬지 않고 움직였다.

"그년, 그거 보통 년이 아닙니다. 그러니까 몸이나 파는 주제에 아주 미남을 꼬셔서 살고 있죠."

"너, 주둥이 안 닥칠래?"

"제 얘기 좀 들어 보세요. 형사님도 아시다시피 저는 이번에 들어가면 인생 종치는 겁니다. 몇 달 전에 룸살롱으로 같이 오신 덩치 큰 형사님이 그랬죠. 성매매특별법위반에 그 뭐더라? 성폭력 그거 있잖아요, 몰카."

"성폭력범죄의 처벌 등에 관한 특례법 위반."

"네, 그거요. 그리고 저는 동종 범죄로 집행유예 기간이구요. 거기에다 불법 사채에 최상철 살해까지. 저는 정말 끝난 겁니다. 태철이를 안 죽였다고 해서 죄가 가벼워지는 것도 아닌데 제가 뭐 때문에 거짓말을 합니까. 하도 억울해서 그런 겁니다."

걸음을 멈춘 이정우가 그를 빤히 바라보았다.

"계속해 봐."

"그러니까요, 그날…."

박수명은 이미 모든 것을 포기한 듯 사건의 전말을 줄줄이 토해내기 시작했다. 의사 서창운의 의뢰. 관심 사항이 아니었다. 순간 이정우가 말을 끊었다.

"잠깐, 다시 말해 봐."

"고물상이요?"

고개를 끄덕인 이정우가 강한 의문을 표했다.

"얼굴이 무척 하얗고 기생오라비같이 생긴 놈인데 다리를 절고 있었어요. 예사 놈이 아닌 거 같더라구요. 그놈만 아니었어도 그날 아침에 일은 끝났을 겁니다. 그런 놈이 고물상에서 일한다는 게 좀 이상…."

그때 계단을 뛰어내려오는 소리가 크게 들렸다. 구성민이었다.

"형님!"

급히 뛰어온 그는 박수명의 손에 수갑을 채웠다.

"형님, 감사합니다. 우리가 이놈을 잡으려고…."

"성민아, 나 좀 도와줘야겠다."

"뭘를요?

잠깐 생각한 이정우는 다시 말했다.

"아니야, 내가 다시 연락할게."

차도로 올라서니 승용차는 길 가장자리로 옮겨져 있었다. 아마도 누군가 차를 옮겨놓은 것 같았다. 승용차에 오른 이정우는 가속페달을 밟았다. 얼굴이 하얀 남자. 과연 시간호 폭파와 김현태 살해 용의자일까? CCTV에 찍힌 용의자의 얼굴은 아주 검은 얼굴이었다. 그렇지만 박수명의 진술을 결코 간과해선 안 될 것 같다는 직감은 지나치기 어려웠다. 확인해 보아야 한다. 이정우가 고물상으로 향하는 이유였다.

30여 분을 넘게 달리니 긴 하천이 눈에 들어왔고, 자그마한 다리를 건너 체육공원이 보였다. 그 길 바로 건너 희미한 불을 밝히고 있는 간판. 고물상을 알리는 간판이었다. 무작정 들어갈 순 없었다. 주위를 둘러본 그는 체육공원 주차장으로 들어섰다. 고물상이 한눈에 들어오는 장소였다. 이정우는 창문을 내렸다. 고물상 안쪽에 자리 잡은 자그마한 컨테이너. 양철 갓등이 컨테이너를 내려다보고 있었다. 시간은 9시를 조금 넘어섰다. 그때, 리어카를 끄는 노인이 고물상으로 들어가는 모습이 보였다.

급히 차에서 내린 이정우는 도로를 건너 분식집이 딸린 상가로 들어섰다. 고물상과 아주 가까운 위치였다. 이윽고 컨테이너 문이 열리며 여자가 모습을 드러냈다. 여자는 몹시 불안한 듯 사방을 훑어보며 노인에게 돈을 건네주고 문을 닫았다. 박수명이 말한 여자이리라. 하지만 여자는 관심 대상이 아니었다. 남자는 없는 것일까. 불안에 떨고 있는 여자가 모습을 드러냈다는 건 남자가 없다는 사실을 말해주고 있었다.

아무래도 시간을 기다려야 될 것 같았다. 분식집 앞으로 나온 그는 퉁퉁 불어 있는 꼬치어묵을 입속으로 몰아넣었다. 그 와중에도 연신 고개를 돌려 고물상을 주시했다.

"아줌마, 혹시 저 고물상 잘 아세요?"

이정우가 뜨거운 국물을 삼키며 주인 여자에게 물었다.

"아유, 말도 마세요. 그제 저녁인가 난리가 났었죠. 강도가 든 모양인데 출동한 경찰이 강도하고 싸우면서 두 명이나 다쳤다고 하더라구요. 두 사람이 그날 용케 저기에 없었던 게 다행이지 하마터면 큰일 날 뻔했죠."

주인 여자의 말에는 천만다행이라는 느낌이 묻어 있었다.

"언제부터 저기서 고물상을 했습니까?"

"음, 몇 달 안 됐어요. 먼저 하던 사람이 팔고 나갔으니까 아마 작년 늦가을쯤이었던 거 같은데…. 지금 들어온 승혁이 총각이 떡도 돌리고 동네 노인정이나 어린이집을 찾아다니면서 일도 도와주고 그래요. 요즘 보기 드문 사람이라고 동네에서 칭찬이 자자해요."

뭔가를 은닉시키기 위한 전형적인 수법인 것인가. 남자를 보지 않고서는 판단을 내릴 수 없었다.

"근데 아무리 봐도 그 총각은 고물상이나 할 사람처럼 보이지 않아요."

직감에 확신이 더해지는 느낌이었다.

"근데 아까 보니까 여자만 있는 거 같은데 남자는 어디 간 모양이죠?"

"글쎄요, 그건 잘…. 근데 뭐 때문에 그렇게 묻는 거죠?"

주인 여자의 물음은 처음에 했어야 할 물음이었다.

"아닙니다. 칭찬이 하도 자자해서 그냥 물어본 겁니다."

이정우가 둘러댔다.

"아, 그럼 아저씨도 이 동네에 사세요?"

"네."

짧게 대답한 이정우는 계산을 치르고 도로를 건너 승용차로 향했다. 아무래도 잠복해서 확인해 봐야 될 것 같았다. 다시 경찰이라는 직업으로 돌아온 느낌이었다. 한참을 시동을 걸지 않은 차에 앉아 있으니 몸이 떨리며 한기가 찾아왔다. 하지만 시동을 걸 순 없었다. 자칫 의심받을 수 있기 때문이었다. 어느새 시간은 자정을 한참 넘어 새벽으로 들어서고 있었다. 여전히 고물상은 양철 갓등만 불을 밝힌 채 그대로였고, 컨테이너의 문은 열리지 않았다. 혹시 남자가 안에 있는 것은 아닌가? 그것은 아닐 것이다. 문을 빠끔히 열며 불안한 눈초리로 돈을 건네주던 여자. 남자는 없다고 보아야 했다.

시간이 지날수록 긴장감은 더해졌다. 그렇게 얼마나 기다렸을까. 드디어 한 남자가 고물상으로 들어서고 있었다. 잽싸게 차에서 내린 이정우는 카메라를 꺼내 셔터를 계속해서 눌렀다. 그때 카메라 렌즈 속으로 뒤를 돌아보는 남자의 얼굴이 크게 들어왔다. 몹시 하얀 얼굴. 남자의 얼굴은 무척이나 아름다운 얼굴이었다. 이정우는 힘없이 카메라를 떨어뜨렸다. 시간호 폭파 용의자의 얼굴이 아니었다. 너무 예민하게 반응한 것일까. 그렇지만 어디선가 본 듯한 얼굴은 기억날 듯하면서 기억나지 않았다. 다시 차에 오른 이정우는 시동을 걸었다. 그놈은 반드시 내 앞에 나타날 것이다. 이유는 모르겠지만 마치 따라오라는 듯 증거를 남겼던 놈이 아닌가. 이윽고 이정우의 차가 주차장을 빠져나가 도로로 접어들었다.

하늘에서 비가 내리기 시작했다. 봄을 알리는 가느다란 빗줄기. 비라도 맞고 싶었다. 마치 커다란 바윗돌이 짓누르고 있는 느낌을 도저히 지울 수 없었다. 주택가를 벗어나 한적한 도로에 차를 세운 그는 밖으로 나가 가느다란 빗줄기에 온몸을 맡겼다. 차가운 바람이 스쳐지나가고 빗줄기가 몸을 파고들었다. 그때 무엇이 생각난 듯 이정우가 고개를 갸웃했다. 놈은 변장술에 뛰어난 놈이 아닌가. 바로 이어서 불현듯 스쳐가는 영상. 김현태 살해 용의자를 바로 눈앞에서 놓친 오성호텔이었다. 러시아어를 구사하며 자신들을 비웃듯 호텔을 빠져나간 여자. 선글라스의 몹시 검은 얼굴. 고물상 남자의 하얀 얼굴이 겹쳐지며 하나의 얼굴이 자리를 잡았다.

"그놈이야!"

급히 몸을 돌린 이정우는 승용차에 올라타 가속페달을 힘껏 밟았다. 형언할 수 없는 긴장과 극도의 분노가 몸을 휘감았고, 공포에 질려 있는 아내와 아들의 모습이 지나갔다. 두 눈에서 눈물이 흘렀다. 신호와 속도를 무시하며 고물상에 도착한 그는 차를 내려 고물상으로 들어섰다. 컨테이너와 가까워질수록 흐르는 눈물은 점점 더 거세졌다. 두 눈엔 오직 컨테이너만 보일 뿐 아무것도 보이는 게 없었다. 그는 이미 이성을 잃은 상태였다. 이정우는 컨테이너의 문을 세차게 열어젖히고 안으로 뛰어들었다. 캄캄한 어둠 속에서 무언가 희미한 형상이 자신을 향해 접근해 왔다. 이정우는 다짜고짜 면상을 후려쳤다. 고통의 비명이 들리는 동시에 또 다른 형상이 민첩하게 접근해 오며 주먹을 뻗었다. 그것을 피하지 않은 이정우는 형상을 향해 주먹을 휘둘렀다. 얼굴이 돌아가고 주먹에 둔탁한 느낌이 전해졌다. 이정우와 형상이 동시에 쓰러졌다. 이어서 머리에 느껴지는 엄청난 충격. 이정우는 정신을 잃었다.

"규민 아빠, 어서 일어나요."

이불을 뒤집어쓴 이정우는 못 들은 척 코를 골았다. 아내와 아들의 속삭이는 소리가 들린다. 이정우는 가만히 귀를 기울였다.

"하나, 둘….."

숫자를 세는 소리.

"셋!"

동시에 물총을 들고 나온 이정우가 아내와 아들을 향해 물총을 난사했다.

"아빠, 그만!"

아내와 아들을 껴안은 이정우는 침대로 쓰러졌다.

"오늘은 아빠가 이겼지?"

아들의 웃음소리와 아내의 어이없는 고운 눈 흘김. 승리에 도취한 이정우가 크게 웃었다. 한참을 웃고 있는 그때, 믿을 수 없는 일이 펼쳐졌다. 물총을 들고 있던 아들이 사라지고 아내가 소리 없이 방을 나섰다. 이어서 아무것도 보이지 않는 암흑이 찾아왔다. 이정우는 미친 듯이 소리쳤다. 하지만 마치 실어증이라도 걸린 듯 도무지 말을 할 수 없었다. 너무 놀란 그는 몸을 솟구치며 두 눈에 있는 힘을 다했다. 눈앞에 펼쳐진 흐릿한 세상은 잠시 동안 계속됐다.

이윽고 천장에 매달린 백열등이 보였다. 시멘트 벽이 그대로 드러난 창문이 없는 내부는 아마도 지하실인 듯했다. 세 사람의 형상이 바로 눈앞에서 움직이고 있었다. 가운데 서 있는 하얀 얼굴의 남자. 희미한 불빛이지만 자신이 찾고 있던 남자가 분명했다. 순간 눈이 뒤집혔다. 무작정 달려들어 하얀 얼굴의 남자를 후려쳤다. 또다시 눈물이 흘렀다. 두 남자가 동시에 달려들었다. 몸을 솟구쳐 머리로 얼굴을 강타하고 정강이를 걷어찼다. 남자가 비명을 지르며 쓰러졌다. 그때, 각목을 손에

쥔 또 다른 남자가 손을 높이 들었다. 피하기엔 이미 늦었다. 이정우가
두 눈을 질끈 감았다. 바로 그 순간 하얀 얼굴이 소리쳤다.

"멈춰!"

두 남자가 엉거주춤 뒤로 물러섰다. 하얀 얼굴이 한 걸음 앞으로 다가
오며 말했다.

"형님, 오랜만입니다. 기다리고 있었습니다."

운명이 이정우를 향해 손을 내밀어 악수를 청했다.

❧

진실과 거짓 사이

하늘을 찌를 듯 쭉쭉 뻗어 있는 수를 헤아릴 수 없는 침엽수. 햇빛이
잘 들어오지 않을 정도로 수목이 우거진 숲 속이었다. 그때, 경계의 신
호일까. 산새 소리가 요란해졌다. 사방에서 풀을 헤치는 소리와 함께
홀연히 나타난 대규모의 병력이 숲을 에워쌌다.

"부장님, 저쪽 길입니다!"

김 경위가 소리쳤다.

"교활한 늙은이, 당신은 이제 끝이야."

화가 난 듯 혼잣말을 내뱉은 김 부장은 길을 바꿔 앞으로 빠르게 움
직였다. 대규모의 수색조는 유병현을 가두기 위해 점점 포위망을 좁혔
다. 숲 속을 수색한 지 거의 한 달이 다 돼가고 있었다. 이제 그는 더 이
상 도망칠 길이 없었다. 그렇게 한참을 나아가니 갈대숲이 펼쳐졌고,
그 중간에 자연적으로 만들어진 저수지가 보였다. 간격을 벌린 수색조
는 저수지를 중심으로 조심스럽게 걸음을 옮겼다. 이제 유병현이 도망

칠 길은 한 곳뿐이었다. 바로 저수지였다. 빠져 죽거나 잡히거나 그가
선택할 몫이었다.

"회장님, 이제 그만 나오시지요!"

마침내 승리감에 도취한 김 부장이 저수지를 향해 소리쳤다. 저수지
에 가까워질수록 묘한 흥분이 뒤를 따랐다. 이제는 시간호 사건에서 깨
끗하게 벗어나 우리가 일으킨 바람을 하나하나 정리해야 한다. 이 작업
을 위해 우리는 그동안 얼마나 많이 고심했는가. 아련한 추억으로 다가
오는 느낌은 승리감을 확신하는 승자의 교만일까. 설령 교만이면 어떤
가. 교만은 즉 승자만이 누릴 수 있는 보상이고, 만족이고, 쾌감이다.
이제 늙은이만 잡으면 멋진 승리, 완벽한 승리이리라.

"회장님, 이제 편하게 좀 갑시다."

김 부장이 미소를 머금고 말했다.

갈대숲이 점점 끝나가고 저수지가 가까워졌다. 김 부장이 발을 빠르
게 움직였다. 마침내 은빛으로 물결치는 저수지가 한눈에 들어왔다. 순
간 그의 얼굴이 굳어졌다.

"허!"

김 부장이 바람 빠지는 소리를 흘렸다. 당연히 있어야 할 유병현이 보
이지 않았다. 수색조를 돌아본 그는 어떤 말도 할 수 없었다.

"유병현은 대체 어디에 있단 말이야!"

김 부장이 소리쳤다. 물결치는 소리가 자신을 비웃는 소리처럼 들렸
다. 김 부장은 힘 빠진 몸을 돌릴 수밖에 없었다. 그때 발끝에 무엇인가
걸렸다. 고개를 숙였다. 소주병이었다. 의문을 표한 그의 눈동자가 천
천히 이동해 불룩 솟아 있는 갈대에 머물렀다. 갈대 사이로 살짝 삐져
나온 옷자락. 아주 가깝게 접근해 고개를 숙였다. 김 부장은 하마터면

소리를 지를 뻔했다. 사람의 시체였다.

"여기야!"

김 부장의 소리에 수색조가 일제히 몰렸다. 곧바로 시신을 덮고 있던 갈대가 치워졌다. 김 부장은 하나라도 놓치지 않으려는 듯 시신을 뚫어져라 보았다. 이윽고 갈대가 완전히 치워졌다. 등을 보인 시신은 땅에 얼굴을 박고 있었다.

"빨리 확인해 봐!"

김 부장이 애가 타는 얼굴로 소리쳤다. 시신의 몸이 서서히 돌아서고 있었다. 그것을 바라보는 김 부장은 심하게 뛰는 가슴을 진정시킬 수 없었다. 모두가 숨을 죽였다. 마침내 완전히 돌아선 시신의 얼굴이 두 눈 속으로 빨려 들어왔다. 순간 드리운 침묵과 정적. 김 부장이 고개를 더 바싹 디밀었다. 시신은 사망한 날짜를 추정하기 어려울 정도로 심하게 훼손돼 있었다. 아니, 이미 백골만 남아 있는 상태였다.

"부장님, 체형으로 봤을 때 유병현하고 비슷한 거 같은데요."

김 경위가 한 발짝 뒤로 물러서며 말했다.

뭔가 콱 막힌 느낌. 이 시점에서 어떻게 해야 한단 말인가. 김 부장은 고심하지 않을 수 없었다.

"부장님, 이제 어떻게 해야 하죠?"

"이 시신은 유병현이 확실해."

김 부장의 목소리엔 확신이 서려 있었다. 이미 백골만 남은 시신. DNA 검사는 둘러대면 된다. 하지만 저 소주병은…. 바보 같은 놈들. 소주병을 빨리 숨겨야 했다. 김 부장은 소주병을 집기 위해 주위를 살피더니 급히 몸을 굽혔다. 잽싸게 소주병을 집어 품 안으로 집어넣었다. 다행히 아무도 본 사람이 없었다. 그의 얼굴이 안정을 찾았다.

"김 부장, 나는 술을 절대 마시지 않는 사람이오."

유병현의 말이 귓가를 스친다.

"술에는 인생이 담겨 있다고 말하지만, 그것은 인생을 모르는 사람들이 하는 말이오. 감정을 조절하기 힘든 시간은 빼앗긴 시간이오. 나는 단 한순간도 내 감정을 벗어나 빼앗긴 시간을 경험하고 싶지 않소. 그것은 소중한 인생을 빼앗기는 것과 다름없지. 그래서 나는 절대 술을 입에 대지 않는 것이오."

그런데 누가 소주병을…. 하마터면 실수할 뻔했지 않은가. 만약 이대로 언론에 발표했다면…. 지나가던 개가 웃을 일이다. 김 부장은 품 안에 든 소주병을 힘 있게 움켜잡았다. 누구도 알아채기 힘든 김 부장의 연기. 가히 타의 추종을 불허할 만한 그의 연기는 완벽했다. 이제 모든 게 끝났다. 우리는 완벽한 승리를 거머쥔 것이다. 회장님, 고맙습니다. 등을 돌린 김 부장이 소리 죽여 웃었다. 김 경위가 그의 모습을 가만히 바라보았다.

한사랑병원.

박수명이 검거되면서 사건은 또 다른 국면으로 접어들었다. 서창운은 형사 입건됐고, 유민주는 황태철 살해 용의자로 지목됐다. 하지만 박수명 일당에 의해 최상철이 살해되면서 결정적 증거가 없어진 셈이었다. 또한 서창운에 의해 얼굴을 바꾼 두 남자의 신원도 밝혀지지 않은 상태였다. 매우 복잡하게 얽혀 있는 사건은 진전이 없으면서 난항을 예고하고 있었다. 구성민과 김형석이 한사랑병원으로 들어서 엘리베이터를 기다리고 있었다. 그때 뒤에서 들려오는 소리.

"형사님, 잠깐만요."

정신과 의사 강예원이었다.

"유민주 씨 만나러 오셨나요?"

구성민이 고개를 끄덕였다.

"그러지 않아도 막 연락드리려던 참이었어요."

"결과는 어떻게 나왔습니까?"

성질 급한 김형석이 물었다.

"일단 휴게실로 올라가시죠."

세 사람이 엘리베이터에 몸을 실었다. 옥상으로 들어서니 카페 같은 휴게실이 중앙을 조금 벗어나 자리 잡고 있었다. 그 둘레로 이름을 알 수 없는 작은 정원수들이 마치 휴게실을 감싸고 있는 듯 잘 심어져 있었다. 세 사람이 안으로 들어섰다. 강화유리 너머로 밖이 훤히 내다보이는 휴게실은 매우 경관이 좋았다. 강예원이 자판기에서 커피를 뽑아와 두 사람에게 권하며 말을 꺼냈다.

"유민주 씨는 지금 심한 정신적 충격을 받은 상태입니다. 안정이 필요한 상태죠."

"그럼 실어증이 맞는다는 얘깁니까?"

구성민이 물었다.

"글쎄요, 아직까지 정확한 진단이 나오지 않은 상태라…. 일종의 함묵증 같기도 해요."

"함묵증이요?"

"네, 과거로부터 이어져 온 상처와 최근의 스트레스가 심리적인 요소에 영향을 미쳐 침묵을 유지하는 증상이요. 흔히 실어증과 착각할 수 있는데, 유민주 씨는 실어증과 함묵증 그 중간 상태인 거 같아요. 아주 특이한 경우죠."

"그럼 일부러 말을 하지 않는다는 말 아닙니까. 그렇다면 데리고 가서 윽박질러서라도 취조를 해야죠."

김형석이 어이없다는 투로 말했다.

"설령 함묵증이라고 해도 그렇게 윽박지른다고 해서 입이 열리는 현상이 아니에요."

"그건 또 무슨 말입니까?"

"지금 상황에서 심한 스트레스는 극단적인 상황으로 몰고 갈 수 있다는 사실을 간과해서는 안 돼요."

"극단적인 상황이라면 자살을 말하는 겁니까?"

구성민이 물었다.

"네, 맞아요. 자살할 수도 있어요. 증거도 없는 시민이 경찰의 과잉 취조로 자살했다. 그러면 경찰로서도 아주 난감하겠죠. 그래서 저는 환자를 보호하기 위해 입원을 권유했던 겁니다."

"참 이거야 원."

말 그대로 난감한 상황이었다. 무거운 분위기가 잠깐 흘렀다.

"그럼 전 이만…."

강예원이 인사하고 휴게실을 나갔다.

"선배님, 이럴 경우에 이정우 반장님이라면 어떻게 했을까요?"

"형석아, 내가 그걸 알면 이러고 있겠냐?"

"그럼 일단 한 번 가보시죠."

"어딜 간다는 말이야?"

"어디긴요, 유민주 병실이지."

"야, 그건…."

붙잡을 새도 없이 휴게실을 빠져나간 김형석은 계단을 성큼성큼 내려 걸어갔다. 이윽고 유민주의 병실 앞에 도착한 김형석이 노크를 하려고 손을 뻗었다. 그때 문이 열리며 모습을 드러내는 하얀 얼굴의 남자. 운명이었다. 잠깐의 침묵. 운명이 입을 열었다.

"민주는 지금 막 잠이 들었습니다."

"잠깐 얼굴이나 좀 보고 가겠습니다."

김형석이 막무가내로 문손잡이를 잡아당겼다. 순간 운명이 그 손을 낚아챘다. 엄청난 악력. 김형석은 순간 놀라움을 감출 수 없었다.

"형사님들, 오늘은 안 됩니다. 다음에 오십시오. 제가 부탁드리겠습니다."

운명이 정중하게 말하고 깊게 허리를 숙였다가 폈다. 서로를 바라보는 눈빛에 묘한 긴장감이 흘렀다. 그것을 깨려는 듯 구성민이 입을 열었다.

"백승혁 씨, 잠깐 얘기 좀 하죠."

세 사람은 다시 계단을 올라 휴게실에 자리 잡았다.

"사건이 발생한 그날, 백승혁 씨는 유민주 씨하고 같이 있었다고 말했는데 유민주 씨와 어떤 관계입니까?"

구성민이 말하고 반응을 살폈다.

잠깐 망설인 운명이 대답했다.

"결혼할 사입니다."

순간 구성민은 속으로 쾌재를 불렀다. 결혼할 사이라면서 망설인 이유가 무엇인가. 무언가 있다.

"결혼할 사이라구요? 좋습니다. 두 분이 만난 지 6개월 정도 됐다고 했는데 꽤나 빠른 속도네요. 뭐 그건 그렇고, 우리가 알아본 바로는 유민주 씨가 삼거리 서울다방에서…."

운명이 발끈하고 나섰다.

"형사님, 여기에서 제 여자의 과거를 꺼내는 이유가 뭡니까? 이 사건이 과거와 무슨 연관이 있다고."

구성민은 또 한 번 쾌재를 불렀다. 과거와 연관이 없는지 어떻게 단정할 수 있는가.

"아, 그건 미안하게 됐습니다. 참, 그리고 고물상에서 일했다던 두 남자는 아직도 연락이 없는 겁니까?"

"네, 하도 성실해 보여서 채용했는데 지금은 어디로 갔는지 연락이 안 되고 있습니다."

"그래요?"

구성민이 운명을 압박해 들어가고 있는 그때, 이정우는 서울공원 시간호 희생자 합동분향소로 향하고 있었다.

줄에 매달린 노란 리본의 물결, 시간호 희생자들을 기리기 위한 국민의 마음이 담긴 리본이었다. 잠시 발걸음을 멈춘 이정우는 색이 몹시 바랜 노란 리본을 바라보았다. 비와 바람, 눈보라를 모두 겪으며 노란색이 거의 탈색돼 흰색에 가까운 리본. 시간호 사건을 바라보는 대한민국의 현주소를 보는 것 같았다. 지금까지 시간호 사건은 아무것도 밝혀진 게 없다. 그런데 무엇 때문에 이토록 빨리 잊혀야 되는 것일까. 과연 국민을 위해서 빨리 잊혀야만 되는 사건일까. 도무지 이해할 수 없는 일이었다. 깊은숨을 내쉰 그는 분향소 안으로 들어섰다. 믿을 수 없게도 처음이었다. 삼백여 명이 넘는 희생자들의 영정 사진은 보이지 않는 장벽 너머에 있었다. 그것을 뚫고 들어선 것이었다. 안내원이 건네준 리본을 가슴에 매단 그는 옆으로 이동해 방명록을 한참이나 바라보았다. 펜을 움켜쥔 손이 부들부들 떨렸다. 이윽고 펜을 움직여 무언가 크게 그렸다.

?

물음표였다. 끊임없이 묻고 또 묻는 물음표. 도대체 왜, 왜, 왜! 이정우는 속으로 부르짖었다. 시간호특별법제정과 특별조사위원회의 활동을 집요하게 방해하고 축소시키는 정부. 역겨움이 느껴진다. 잠시 후, 간신히 감정을 수습한 그는 한 송이 국화를 손에 들고 천천히 걸었다. 발을 움직일 때마다 수많은 슬픔의 눈동자들이 따라오고 있었다. 마치 무언가를 갈구하듯이. 마침내 중간쯤에 이르러 발을 멈췄다. 활짝 웃고 있는 아내와 아들. 분명 웃고 있는 얼굴이었다. 하지만 어떻게 보면 울고 있는 얼굴처럼 보였다. 다시 바라보니 분명 울고 있는 얼굴이었다. 아내와 아들뿐만이 아닌 영정 사진 속 희생자들이 모두 울고 있었다. 눈물을 참은 이정우는 고개를 숙이며 눈을 감았다. 질끈 감은 두 눈이 부르르 떨리면서 시간호 폭파 용의자 운명이 자리를 잡았다.

"형님, 믿을 수 없겠지만 나는 시간호 폭파범이 아닙니다. 내가 시간호 폭파범이었다면 무엇 때문에 형님을 여기까지 유인했고, 나를 알아챈 형님을 왜 죽이지 않았겠습니까."

운명의 슬픈 눈동자. 하지만 이정우는 그의 말을 믿을 수 없었다. 모든 증거가 확실하지 않은가.

"내가 어떻게 당신 형이야. 개수작 떨지 마. 나는 지옥에 가서라도 반드시 네놈을 처단할 것이다."

리정철과 박현수에게 팔을 잡힌 그는 작지만 강한 어조로 말했다.

"나도 형님의 심정을 충분히 이해합니다. 그럼 어디서부터 시작할까요?"

운명이 잠시 말을 멈췄다가 다시 말을 꺼냈다.

"음, 나는 형님을 아주 잘 알고 있습니다."

"그건 또 무슨 개소리야."

"흥분하지 말고 들어 보세요. 지금으로부터 이십여 년 전, 강원도 철원의 비무장지대를 기억할 것입니다. 형님이 군대 있을 때 얘기죠. 그때 비무장지대에서 한 인민군을 만난 사실, 아마도 평생 잊지 못할 사건일 것입니다. 내 얼굴을 보고도 기억하지 못하겠습니까?"

이정우가 뚫어지게 운명의 얼굴을 바라본다. 이윽고 두 눈이 크게 벌어졌다.

"아니, 당신은 그때….."

"이제야 나를 알아보시겠습니까?"

그제야 이정우는 하얀 얼굴의 남자가 처음부터 낯이 익었던 이유를 알 수 있었다. 그때 비무장지대에서 무슨 일이 있었던 것일까.

1990년대 초, 강원도 철원군 비무장지대.

마치 용광로 같은 폭염이 연일 계속되고 있었다. 칠흑 같은 어둠을 상쇄시키려는 듯 구름에 숨어 있던 달빛이 고개를 살짝 내밀었다. 그치지 않고 들려오는 풀벌레 소리와 가끔 들려오는 소쩍새 소리는 주위의 긴장을 전혀 모르는지 지저귐을 멈추지 않았다. 전방을 주시한 채 '엎드려 쏴!' 자세를 취하고 있는 이정우. 그는 수색대 매복조였다.

이정우는 이마에 무언가 기어가는 느낌에 엉겹결에 손을 뻗어 살며시 이마를 찰싹 때렸다. 빠지직. 풀벌레 으깨지는 소리가 귓전을 울렸다. 아뿔싸. 이미 늦었다. 이마에 맺혔던 땀과 풀벌레가 터지며 쏟아지는 액체가 동시에 눈으로 흘렀다. 땀과 함께 흘러내린 액체는 눈의 쓰라림을 유발시켰다. 순간 불안감이 엄습했다. 이정우는 불안감을 감추려는 듯 고개를 돌려 매복조를 살폈다. 시커멓게 위장한 얼굴에서 달빛을 머금은 눈동자들이 전방을 주시하고 있었다. 눈의 쓰라린 통증은 좀처럼 가시지 않고 오히려 점점 더 심해졌다. 자신도 모르게 손이 계속해서 눈으로 향했다.

"이 병장님, 잠깐만요."

바로 옆에서 속삭이듯 들려오는 목소리.

손수건을 꺼낸 정근수가 수통을 거꾸로 들어 입구를 막았다.

"여기 있습니다."

이정우는 물에 적신 손수건을 잽싸게 눈으로 가져갔다. 통증이 경감되는 시원한 느낌. 하지만 불안감은 가시지 않았다. 무슨 이유일까. 왠지 모르게 오늘 밤이 아주 길게 느껴진다. 철모를 고쳐 썼다.

"고맙다."

이정우가 정근수에게 손수건을 건네려던 순간이었다. 스스슥. 풀이 스치는 소리에 풀벌레 소리가 그쳤다. 근처에 무언가 있다. 평소의 소리와는 분명히 다르다. 이정우가 땅바닥에 몸을 더욱 밀착시켰다. 소총을 움켜쥔 손이 자신도 모르게 떨렸고, 가슴이 심하게 방망이질 쳤다. 잠깐의 정적. 다시 또 들려오는 풀이 넘어지는 소리. 이정우는 방아쇠에 손가락을 걸고 두 눈에 힘을 주었다.

"저쪽이야!"

작지만 강한 외침. 다다다다. 선임하사의 수신호에 매복조가 일제히 뛰었다. 시커멓게 물든 세상이 심하게 흔들렸다. 타타타타탕. 총격전이 일었다.

"엎드려!"

수많은 불빛이 비 오듯 날아다녔다. 총탄에 맞은 수목이 꺾이며 매복조를 덮쳤다. 이정우는 총탄이 날아오는 방향으로 소총을 정신없이 난사했다. 얼마나 지났을까. 이윽고 선임하사가 급히 손을 들어 사격 중지 신호를 보냈다. 동시에 손가락으로 방향을 가리켰다. 사방으로 산개한 매복조가 희미한 달빛 속으로 스며들었다. 경계 자세로 얼마나 뛰었는가. 이정우의 입에서는 금방이라도 숨넘어갈 것처럼 몹시 거친 숨이 계속됐다. 땀은 비 오듯 흐르고, 밀려오는 긴장감에 다리가 점점 풀렸다. 그때였다. 스스슥. 풀이 스치는 소리. 매복 당시의 소리와 동일한 소리였다. 돌아보니 자신 혼자뿐이었다. 거듭 밀려드는 긴장감. 가슴이 터질 것처럼 심하게 뛰었다. 소총을 움켜쥔 손에서 땀이 홍건히 배어나왔다. 소리가 나는 방향으로 천천히 발을 움직였다. 바로 그때, 시커먼 그림자가 바로 앞에서 벌떡 일어섰다. 인민군이었다.

"손들어!"

이정우와 인민군이 동시에 총을 겨눴다. 희미한 달빛이 두 사람을 비추었다.

"총 내려!"

인민군이 사납게 말했다. 이정우는 순간 당황했다. 달빛에 비친 인민군의 얼굴이 너무나 앳돼 보였고, 마치 소녀 같은 느낌을 받았다. 남자인지 여자인지 구분이 안 갈 정도로 아름다운 얼굴이었다. 아마도 자신보다 서너 살은 아래일 듯 보였다. 하지만 총을 든 적군이다. 방심은 절대 금물이다. 자칫 목숨을 빼앗길 수 있다. 두근거리는 심장 소리. 방아쇠를 당겨야 한다. 아니면 내가 죽는다. 이정우는 방아쇠의 손가락에 힘을 주었다. 하지만 떨리는 손가락을 통제하기 어려웠다. 총구에 쏠려 있는 두 사람의 시선이 언제까지나 계속될 것 같았다. 숨이 막히고 결단을 내리기 어려운 시간이 계속 흘렀다.

인민군이 몸을 움직이던 그때, 이정우의 시선이 아래로 향했다. 인민군의 자세가 흐트러지고 있기 때문이었다. 헉! 짧은 숨소리. 군화를 흥건히 적시고 있는 붉은 액체는 분명 피였다. 얼핏 보아도 상당한 양이었고, 피는 멈추지 않고 계속 흘러내리고 있었다. 아마도 총격전에 의한 상처이리라. 그것을 증명하기라도 하듯 인민군의 얼굴은 몹시 일그러져 있었고, 두 눈의 깜빡거림은 아주 느리게 움직이고 있었다. 지금 이 자세로 시간만 기다리면 된다. 그와 동시에 빨리 손을 쓰지 않으면 죽을 수도 있겠다는 실로 믿기 어려운 생각이 교차했다. 너무나 앳돼 보이는 하얀 얼굴. 어찌 보면 가녀린 소녀의 얼굴 같기도 했다. 이정우는 자신도 모르게 앞으로 한 걸음 옮겼다.

"움직이지 마!"

다시 눈을 부릅뜬 인민군이 사납게 말했다.

이정우의 시선이 잽싸게 총구로 향했다. 하지만 이대로 보고 있을 순 없었다. 연민의 감정이 적대 감정을 밀어내고 자리를 잡았다. 거듭되는 믿기 어려운 감정이었다.

"빨리 손을 쓰지 않으면 너는 위험해."

다시 한 걸음을 옮겼다. 인민군이 방아쇠의 손가락에 힘을 주었다.

"자, 그러면 셋을 셈과 동시에 총을 내려놓는다."

"종간나 새끼, 그 말을 어떻게 믿을 수 있나."

인민군을 바라보는 이정우는 잠시 그 자리에서 무엇을 생각하는 듯했다.

"그러면 내가 먼저 총을 내려놓겠다."

이정우는 발밑에 가만히 총을 내려놓고 두 손을 천천히 들어 올렸다.

"이러면 믿을 수 있겠나?"

하지만 인민군은 여전히 총구에서 시선을 떼지 않았다. 이정우가 앞으로 한 걸음 더 다가서자, 깊은숨을 내쉰 인민군이 마침내 소총을 거두었다. 다리를 걷어 보니 상처는 보기보다 깊었다. 조금만 늦었어도 생존에 지장을 가져올 만한 상처였다. 잽싸게 러닝셔츠를 벗은 이정우는 인민군의 상처를 감싸고 꽁꽁 묶기 시작했다.

"무슨 목적으로 여기까지 왔나?"

마침내 지혈을 끝낸 이정우가 물었다.

"목적은 없어. 일종의 담력 훈련이야. 그리고 정말 고맙⋯."

말을 끝맺지 못한 인민군은 피를 너무 많이 흘린 탓인지 옆으로 기울어지는 몸을 간신히 지탱하며 힘겹게 다시 말을 꺼냈다.

"이렇게 보니 나보다 나이가 훨씬 많은 거 같은데 형이라 불러도 되겠소?"

급변한 존댓말과 입술에 드리운 희미한 미소. 해맑게 보였다. 인민군에게 형이라⋯. 이정우가 미소 지었다. 그때 인민군의 몸이 다시 기울었다.

"이봐, 정신 차⋯."

이정우의 말이 끝나기도 전에 수많은 발걸음 소리가 들렸다. 바라보니 아군이었다. 급히 몸을 곧추세운 인민군이 잽싸게 총을 들고 일어섰다. 실로 놀라운 정신력이었다.

"흔적은 내가 지울 테니 여기서 빨리 빠져 나가게."

"남조선 동무, 이 은혜는 죽을 때까지 잊지 않겠습니다."

두 사람이 힘찬 악수와 함께 뒤로 돌아섰다.

"동무."

다시 돌아선 인민군이 이정우를 불렀다.

"내 이름은 김강민입니다. 동무의 이름이라도 기억하고 싶습니다."

"이정우. 잘 가게."

"정우 형."

여운이 길게 남은 마지막 말. '정우 형.'

마침내 그때의 영상이 사라졌다.

"그때 형님이 아니었다면 나는 물론이고 내 가족도 무사하지 못했을 것입니다. 나는 그때 입은 총상으로 다리를 약간 절게 됐지만 영광의 상처였습니다. 결과적으로 공로를 인정받아 대외공작기관인 '35호실'에 차출됐으니까요. 하지만 정보원으로 해외 활동을 하면서 자연스럽게 김정일과 후에 김정은 체제를 부정하지 않을 수 없었고, 탈북자와 유학생들을 규합해 조직을 결성했습니다."

"목숨을 구해준 대가가 이거란 말인가!"

이정우의 분노가 활활 타올랐다.

운명이 깊은숨을 내쉬었다. 그 숨소리가 어딘지 모르게 슬프게 들렸다.

"믿지 않으시겠지만 시간호 폭파범은 제가 아닙니다. 시간호를 폭파시킨 테러리스트는 '운명'이라는 암호명을 사용하는 사람입니다. 우리 조직은 우연히 시간호를 폭파시킨다는 정보를 입수하게 됐고, 그래서 테러를 막기 위해… 하지만…."

이건 또 무슨 말인가. 서서히 빨려 들어오는 김강민의 슬픈 눈동자. 이정우의 얼굴이 점점 변하기 시작했다.

시간호 사건 당일.

전속력으로 시간호를 따라잡은 시간호 폭파범 운명은 서서히 속도를 줄이며 옆으로 고개를 돌렸다. 좁은 평야를 건너 질주하는 시간호 열차와 속도를 맞추기 위함이었다. 주머니에서 리모컨을 꺼내 잠시 바라보더니 엄지손가락을 들어 올렸다. 바로 그때였다. 부스럭거리는 소리. 버튼을 누르려던 엄지손가락이 중간에서 멈췄다. 뒷좌석에서 일어서는 시커먼 그림자. 너무 놀란 그는 리모컨을 떨어뜨렸다. 그와 동시에 시커먼 그림자가 낚싯줄로 운명의 목을 걸었다. 승용차가 굉음을 지르며 지그재그로 질주하기 시작했다. 갑작스러운 사태에 옆을 지나던 자동차들이 급정거를 했고, 추돌을 피한 자동차가 도로를 이탈해 가로수를 들이받았다. 그림자는 낚싯줄을 힘 있게 잡아당겼다. 곧바로 운명의 목에서 검붉은 피가 솟구치기 시작했다. 운명은 사력을 다해 떨어진 리모컨을 간신히 잡았다.

"안 돼!"

그림자가 낚싯줄을 더욱 세게 잡아당겼다. 운명의 엄지손가락이 버튼 위에서 멈췄다. 마침내 그의 고개가 옆으로 떨어졌다. 재빨리 운명을 밀치고 운전석으로 건너간 그림자는 운전대와 리모컨을 동시에 잡았다. 순간 그림자의 얼굴이 심하게 굳어졌다. 이미 버튼은 눌러져 있는 상태였다. 시간호 열차 화장실에 설치해 놓은 전자장치가 푸른빛을 멈추고 붉은빛을 쏟아내기 시작했다.

"나는 그때 시간호를 놓쳤고, 곧바로 시간호 최초 역으로 달렸습니다. 놈을 잡기 위해서였죠. 하지만 놈이 어디로 갔는지 행방을 알 수 없었습니다. 그때, 조직에 연락해 놈의 승용차 번호를 알아냈고, 거기서 놈을 기다렸지만 끝내 시간호 폭파를 막지 못했습니다. 그 후로 나는 철저히 운명의 모습으로 변장해 활동했던 것입니다. 놈들에게 혼란을 주기 위함이었죠."

지금까지 죽은 자를 쫓고 있었단 말인가. 너무나 허탈했다.

"그럼 지금까지 살해된 사람들이 시간호와 연결돼 있단 말인가?"

허탈함과 다소 의심이 사라진 목소리였다.

"시간호와 연결돼 있는지 모르지만 뭔가 감추는 게 있는 사람들입니다."

"대체 시간호는 어디까지 연결돼 있는 건가."

"매우 유감이지만 아직까지 그 배후를 찾을 수 없었습니다. 하지만 그 조직의 마수는 정치인과 기업인은 물론이고, 종교인, 학자, 언론인, 심지어는 경찰 조직까지 미치지 않는 곳이 없을 정도입니다."

순간 이정우는 깜짝 놀란 표정을 지었다. 표정을 알아챈 운명이 말했다.

"그렇습니다. 무엇 때문인지 모르지만 전인태 계장은 자살을 시도한 것이고, 그 조직은 비밀이 발설되지 못하도록 전인태 계장이 병원에서 깨어나자마자 살해한 것입니다."

"정우야, 미안하다. 사실은…."

전인태 계장의 말이 떠올랐다. 이정우는 전인태 계장이 그 조직의 일원이었다니 실로 믿을 수 없었다.

"형님, 계장님 살해 사건은 어쩌면 미제 사건으로 남을 거 같습니다. 들리는 소문에 사건을 맡은 국정원에서 형식적인 수사만 하고 있지, 진행도 그렇고 흐지부지하는 게 눈에 보일 정도랍니다. 저로서도 이해하기 힘든 부분입니다."

구성민의 말이었다.

그때, 분향소를 심하게 두드리는 소리에 목소리와 영상이 모두 사라졌다. 수많은 영정 사진의 슬픈 눈동자가 고개를 드는 이정우를 마주 바라보았다. 우르릉 쾅, 우르릉 쾅. 빗줄기는 마치 자신의 존재를 알리려는 듯 천둥 번개를 동반해 분향소를 심하게 두드렸다. 이윽고 몸을 돌린 이정우는 서서히 걸음을 옮겨 출입구로 향했다. 영정 사진의 슬픈 눈동자들이 분향소를 벗어나는 그를 끝까지 따라붙었다. 밖으로 나온 이정우는 쏟아지는 빗줄기에 몸을 맡겼다. 천천히 걷던 걸음이 점점 빨라졌다. 이정우는 이내 뛰기 시작했다. 자신의 승용차를 지나치고 주차장을 완전히 벗어났지만 이정우의 뛰는 발은 멈추지 않았다.

우르릉 쾅, 우르릉 쾅. 어두워 있던 세상이 대낮처럼 밝아졌다가 다시 어두워졌다. 마침내 발을 멈춘 이정우는 숨을 몰아쉬며 가로수를 붙잡았다. 입술에 경련이 일기 시작하더니 이정우의 어깨가 들썩거렸다. 흘러내리는 침과 콧물이 쏟아지는 빗물에도 잘 씻겨 내려가지 않았다. 나무를 잡은 이정우는 소리 죽여 울었다. 굵은 빗줄기는 점점 더 거세지고 있었다.

리어카의 고물을 다 부린 한 남자가 컨테이너의 문을 두드렸다.

"사장님, 고물 다 부렸습니다."

남자를 바라본 운명이 돈을 꺼내 건넸다.

"아이구, 이렇게나 많이…. 감사합니다."

남자가 허리를 깊이 숙였다.

"저, 죄송하지만 커피 한 잔 마실 수 있습니까?"

"네, 그러시지요."

컨테이너로 들어선 그는 주변을 둘러보며 종이컵에 커피를 따랐다. 그때 밖에서 들려오는 소리. 운명이 밖으로 나갔다. 잠시 밖의 반응을 살핀 남자는 무엇을 하려는 듯 고개를 급하게 이리저리 돌렸다. 마땅한 장소를 찾은 것일까. 움직이던 시선이 마침내 천장에서 멈췄다. 다시 밖을 살핀 그는 주머니를 뒤져 드라이버를 꺼냈다. 소파로 풀쩍 뛰어올라 천장의 텍스 하나를 풀어내기 시작했다. 그때 고물 값을 건네준 운명이 몸을 돌렸다. 드라이버를 잡은 남자가 손을 빠르게 움직였다. 세 개의 나사를 풀고 마지막 한 개가 남았다. 운명이 컨테이너를 향해 걸음을 옮기기 시작했다. 남자의 얼굴이 굳어지기 시작했다. 한 개 남은 나사가 잘 풀어지지 않았다. 발걸음 소리가 점점 가깝게 들렸다.

"이런 제기랄."

아무래도 다시 나사를 채워야 될 것 같았다.

그때, 하늘이 도와주는 것일까. 다시 발걸음 소리가 점점 멀어지기 시작했다. 이어서 빈 병과 빈 깡통 쏟아지는 소리가 들렸다. 한 개 남은 나사를 완전히 풀어낸 남자는 무언가를 꺼내 천장에 가만히 올려놓고 텍스를 조립하기 시작했다. 그런데 한 개 남은 나사가 또 문제를 일으켰다. 억지로 풀어졌던 탓일까. 나사선이 무뎌져 좀처럼 돌아가지 않았다. 인사하는 소리가 들렸고, 발걸음 소리가 아주 가깝게 들렸다. 걸리면 모든 게 끝이었다. 식은땀이 흘렀다. 이러지도 저러지도 못하는 상황. 어떻게 해야 하나. 급히 소파에서 내려선 그는 컨테이너의 문을 잠갔다. 다시 소파로 올라서 나사를 힘껏 조였다. 하지만 잘 돌아가지 않았다. 그때 문손잡이가 돌아가는 소리. 이어서 문 두드리는 소리가 크게 들렸다.

"지금 안에서 뭐 하세요? 문 열어요!"

남자는 나사에 더욱 힘을 주었다. 마침내 텍스가 약간 갈라지며 나사가 완전히 돌아갔다. 급히 소파에 드러누운 남자는 눈을 감고 코를 골았다. 그와 동시에 열쇠를 이용해 문을 열고 들어선 운명이 어이없는 눈으로 남자를 바라보았다.

"이봐요. 여기서 잠을 자고 있으면 어떡해요?"

남자는 몹시 피곤한 얼굴로 눈을 비비고 몸을 일으켰다.

"아, 죄송합니다. 너무 피곤해서 깜빡 잠이 들었네요."

"그런데 문은 왜 잠갔습니까?"

"아, 저는 잠을 잘 때 문을 잠그는 습관이 있어서요. 순간 집으로 착각했나 봅니다. 죄송합니다."

남자는 뒷머리를 긁으며 몹시 미안한 표정으로 밖으로 나섰다.

"잠깐만요."

눈치챘단 말인가. 남자의 얼굴이 몹시 굳어졌다.

"왜 그러시죠?"

"이걸 빠트리고 가시는 거 같아서요. 이거, 댁의 물건 아닙니까?"

드라이버를 건네는 운명의 탐색하는 듯한 눈빛. 남자가 그 눈빛을 피하며 드라이버를 받았다.

"아, 네. 감사합니다."

마침내 고물상을 완전히 벗어난 남자는 체육공원으로 들어서 승용차에 몸을 실었다.

"조 형사, 수고 많았다."

구성민이 말했다.

"아이고, 말도 마십시오. 경찰에 몸담은 지 십 년이 넘었지만 이렇게 가슴 졸여본 건 처음입니다."

그는 이마에 맺힌 땀방울을 닦으며 말했다.

구성민이 웃음 지으며 그의 어깨를 가볍게 두드렸다.

"선배님, 한번 들어 보시죠."

김형석이 말했다.

무전기의 주파수를 맞춘 구성민은 볼륨을 조금 올렸다. 저벅저벅 걷는 소리에 이어 TV 소리가 무전기를 타고 흘러나왔다. 조 형사가 컨테이너에 설치한 것은 고성능 도청 장치였다.

저놈은 분명 무언가를 숨기고 있다. 구성민은 자신의 직감을 믿었다.

"선배님, 그런데 저놈이 뭔가를 숨기고 있는 건 확실한 겁니까?"

김형석이 물었다.

"왜, 또 잡아 족치고 싶어서?"

"이런 거는 영 체질에 안 맞아서…."

"참, 성질머리하곤. 너는 그 급한 성격만 고치면 참 유능한 형사가 될 수 있을 텐데…."

조 형사가 핀잔을 줬다.

"조용히들 하고. 당분간 돌아가면서 잠복해야 되니까 들키지 않게 신경 써서 움직여."

그 시각, 소파에 누워 있던 운명은 천장의 텍스에 시선이 꽂혔다. 한쪽 귀퉁이가 조금 갈라져 있는 텍스. 잠시 텍스를 바라본 그는 별일 아니라는 듯 시선을 다시 내렸다. 이어서 몸을 일으킨 그는 소파에 앉아 무엇을 생각하더니 밖으로 나가 승용차에 몸을 실었다.

"선배님, 저놈이 어디 가는 거 같은데요."

김형석이 말했다.

"눈치채지 못하게 따라붙어."

어느새 해가 저문 도시를 가로등과 상점의 간판이 불을 밝히고 있었다. 두 대의 차를 앞에 끼워주고, 운명의 차를 따라붙는 조 형사의 운전 실력은 수준급이었다. 번화가로 들어선 운명의 차가 커다란 공용주차장으로 들어서 멈췄다. 곧바로 차를 내린 그는 어디론가 향했다. 조 형사가 멀찌감치 차를 세우고 시동을 껐다.

"잘못하면 들킬 수 있으니 나 혼자 갔다 올 테니까 여기서 대기해."

구성민이 말하고 차에서 내렸다.

운명은 어딘가를 찾고 있는 듯 연신 주위를 두리번거렸다. 그때 무엇을 발견한 것일까. 운명은 걸음을 빨리해 건물 안으로 들어갔다. 꽃집이었다. 따라붙은 구성민이 발을 멈추고 맞은편 건물로 들어서 동태를 살폈다. 잠시 후, 꽃을 한아름 들고 나온 운명이 도로를 건너 병원으로 들어갔다. 유민주가 입원해 있는 병원이었다. 픽, 하고 웃음을 흘린 구성민이 대기하고 있는 차로 향했다.

"어? 그놈을 놓친 겁니까?"

조 형사가 차창을 두드리는 구성민에게 물었다.

"아무것도 아니야. 꽃을 사 들고 병원으로 들어갔으니까."

"따라 들어갈까요?"

김형석이 물었다.

"괜한 경계심만 높일 수 있으니 그럴 필요 없어. 나는 서로 들어갈 테니까 너희들은 체육공원으로 다시 가서 보초 좀 서. 특히 형석이는 체질에 안 맞는다고 게으름 피우지 말고."

구성민이 말하고 몸을 돌렸다.

그 시각, 유민주는 침대에서 일어나 창밖으로 시선을 던졌다. 이어서 창문을 활짝 열고 눈을 감았다. 많은 비의 영향인지 비가 그친 도시의 밤공기는 비교적 쾌적하게 느껴졌다. 그때, 노크 소리와 함께 운명이 들어섰다.

'아저씨….'

유민주는 도무지 말이 나오지 않았다.

"민주야, 차차 좋아질 테니까 너무 조급하게 마음먹지 마."

살며시 미소 지은 운명은 가져온 꽃을 꽃병에 꽂았다. 순식간에 좁은 병실이 꽃향기로 가득 찼다.

'아저씨, 미안해요.'

그것을 알아들은 것일까. 한 발 앞으로 다가선 운명이 그녀의 얼굴을 가만히 들어 올렸다.

"민주야, 미안해하지 마. 무슨 일이 있어도 너를 지켜줄 거야."

유민주의 두 눈에 눈물이 맺혔다.

'고마워요, 아저씨. 그리고 사랑….'

유민주는 비록 속말이라도 끝까지 할 수 없었다. 그것까지 알아챌 것만 같았기 때문이었다.

"나, 오늘 여기서 자고 갈 거야."

유민주가 화들짝 놀라며 얼굴이 몹시 붉어졌다.

"뭘 그렇게 놀라고 그래. 안심해. 나는 여기 간이침대에서 잘 테니까."

'아니, 그게 아닌데.'

어느덧 밤이 깊었고, 불이 꺼진 병실에 고요한 침묵이 찾아들었다. 시간이 얼마나 지났을까. 유민주는 잠이 오지 않는 듯 연신 몸을 뒤척이더니 옆으로 돌아누웠다. 이어서 시선을 내려 자고 있는 운명의 얼굴을 가만히 바라보았다. 가슴이 뭉클하며 눈물이 흘렀다. 가녀린 목을 길게 뺀 그녀가 입술을 가져가 운명의 입술에 살짝 포갰다. 감미로운 느낌. 영원히 느끼고 싶은 순간. 이대로 시간이 정지했으면. 그녀는 포갠 입술을 쉽게 뗄 수 없었다. 그때, 운명이 몸을 움직였다. 화들짝 놀란 그녀가 얼른 돌아누워 눈을 감았다. 마침내 아무 소리도 들리지 않는 깊은 침묵이 병실을 가득 채웠다.

누명을 선택한 남자

한산한 도로. 지나가는 차량은 별로 보이지 않았다. 차에서 내린 이정우는 고개를 들어 하늘을 바라보았다. 그의 마음과는 달리 하늘은 아주 청명했다. 그때, 속도를 줄인 차가 가까이 접근해 멈췄다.

"형님."

구성민이었다. 이정우가 그의 차에 올랐다.

"형님이 부탁해서 가져오긴 했는데, 형님도 잘 아시잖아요. 휴대전화 통화 조회는 영장 없이 안 된다는 거. 아주 애먹었습니다. 그런데 무슨 일 때문에 그러시는 거죠?"

구성민이 들고 있던 서류 봉투를 건네며 물었다.

"나도 아직까진 뭐가 뭔지 모르겠어. 일단 확인해 봐야 뭔가 가닥이 잡힐 거 같으니까."

"그나저나 형님, 언제까지 이렇게 지내실 겁니까?"

"시간호가 왜 폭파됐는지 그 이유를 찾아야지."

"형님이 지금 무슨 일을 하고 계신지 모르겠지만 항상 몸조심하셔야 합니다."

"그래, 고맙다."

"식사는 제대로 하고 다니시는 겁니까?"

이정우의 얼굴은 광대뼈가 보일 정도로 움푹 들어가 있었다.

"나중에 또 연락할게."

이정우가 웃음 지으며 차 문을 열었다.

"네, 저도 바빠서 서로 들어가 봐야겠네요."

구성민이 떠나고 이정우는 자신의 승용차에서 서류 봉투를 개봉했다. 전인태 계장의 통화 기록. 잠시 그것을 바라본 이정우는 속으로 날짜를 계산했다. 그것은 삼 개월의 정직 처분 때 전인태가 낚시터를 찾아왔을 때와 자살을 시도하기 직전 자신을 한식집으로 불러냈던 그날이었다. 즉 눈에 띄게 심경의 변화를 보였던 그때였다. 분명 그 날짜를 중심으로 누군가와 어떤 통화가 이루어졌을 것이다. 이정우는 확신했다. 한참 기록을 훑어 내려가던 그의 눈동자가 중간쯤에서 멈췄다. 같은 번호가 계속 나타났다. 뒷장을 넘기니 그 번호는 사라졌다. 끝까지 넘겼다. 더 이상 그 번호는 보이지 않았다. 형님이 심경의 변화를 보였던 그날을 중심으로 잦은 통화를 했던 이 번호의 주인을 찾아야 한다. 이 사람은 반드시 무언가 알고 있을 것이다. 또 한 번 구성민의 신세를 져야 할 것 같았다. 이정우는 전화기를 빼 들었다. 전화를 끊고 한참을 기다리니 전화가 걸려왔다.

"형님, 이거….."

구성민이 머뭇거렸다.

"왜, 명의자를 못 알아낸 거야?"

"아뇨, 알아냈는데 그게 좀….."

구성민은 무언가 말하기 어려운 듯 계속 머뭇거렸다.

"명의자가 누군데 그래?"

"김수창입니다."

"그 김수창?"

이정우 또한 놀란 듯했다.

"네, 맞아요. 그 김수창. 주소는 서울시 강남구 130번지구요. 하지만 지금은 혜성병원에 입원 중이랍니다."

6선 의원으로 정부의 요직을 두루 섭렵하고 한때 대통령 후보로까지 이름을 올렸던 김수창. 산수(傘壽, 팔순)를 바라보는 나이에 지금은 비록 정계를 떠나 있었지만, 그의 영향력은 미치지 않는 곳이 없다고 말할 정도로 정계에 막강한 힘을 과시하고 있는 인물이었다. 전화를 끊은 이정우는 막막한 심정이었다. 이런 인물을 어떻게 조사해야 하나. 조사는 커녕 만나기도 어려울 것 같았다. 하지만 절대 포기할 순 없다. 차를 돌린 이정우는 혜성병원으로 향했다.

엄청난 규모를 자랑하는 혜성병원. 총 이만 평이 넘는 대지에 삼십 개가 넘는 진료 과와 의과대학, 연구소가 딸린 혜성병원은 병상만 해도 천 개가 넘을 정도로 규모가 어마어마한 병원이었다. 이정우가 혜성병원에 도착한 시간은 오전 11시를 조금 넘기고 있었다. 입구부터 심어져 있는 다양한 나무는 마치 숲 속으로 들어가는 기분이 들 정도로 아스팔트길을 따라 빽빽하게 심어져 있었다. 2분여를 달리니 20층이 넘을 것 같은 건물이 눈에 들어왔다. 총 23층, 혜성병원 본관이었다. 양옆으로 자리 잡은 세 개의 부속 건물이 본관을 떠받들고 있는 것처럼 보였다.

차를 주차시킨 이정우는 병원으로 들어서 김수창의 병실을 확인했다. 1인용 병실. 1701호였다. 그런데 들어갈 방법이 막막했다. 일단, 엘리베이터에 몸을 실은 그는 16층에서 내려 계단을 올랐다. 살며시 비상문을 열고 바라보니 짐작한 대로 건장한 경호원들이 문 앞을 지키고 있었다. 정상적인 방법으로 김수창을 만나기란 사실상 불가능할 것 같았다. 그때, 불현듯 스치는 생각. 이정우는 다시 계단을 내려 엘리베이터에 몸을 싣고 지하로 향했다. 그가 향하는 곳은 세탁실이었다. 이 역시한 층을 더 내려가 계단을 올랐다. 비상문 앞에 이르러 가만히 문을 열었다. 바라보니 엄청나게 큰 대형 세탁기가 요란을 소리를 내며 돌아가고 있었다. 그는 빠른 시선으로 주변을 살폈다. 지금은 점심시간. 그것을 증명하듯 세탁실의 사람들이 하나둘 엘리베이터를 타고 올라갔다. 마침내 세탁실은 남자 한 사람만 남았다. 안으로 들어선 이정우는 성큼성큼 걸었다.

"어떻게 오셨어요?"

세탁실의 남자가 들어서는 이정우를 보고 물었다.

"아, 연락 못 받으셨어요?"

"무슨 연락이요?"

"오늘 여기서 자원봉사 하러 나온 사람입니다."

"자원봉사요? 그런 연락 못 받았는데요. 아! 혹시 자원봉사가 아니라 사회봉사 명령 받고 온 사람 아닌가요?"

이정우가 머뭇거렸다. 졸지에 범죄자가 된 심정이었다.

"그러게 사람은 죄를 짓고 살면 안 돼요. 그나저나 잘됐네요. 안 그래도 같이 일하는 녀석들이 밥을 어찌나 늦게 먹는지 열불이 난 적이 한두번이 아니었는데, 내가 올 때까지 자리만 지키고 있어요."

말을 마친 남자는 곧바로 세탁실을 나가 엘리베이터에 몸을 실었다.

이정우는 세탁물이 실린 구루마를 살폈다. 의사 가운은 없었다. 수십 개나 되는 구루마를 전부 뒤졌지만 의사 가운은 보이지 않았다. 시간이 촉박했다. 사람들이 도착할 시간이었다. 이런 바보 같은…. 의사 가운이 환자복과 같이 있을 수 없지 않은가. 고개를 돌리니 세탁기 옆으로 작은 문이 보였다. 이정우는 망설이지 않고 문을 열고 들어섰다. 예상대로 보기 좋게 접힌 의사 가운은 바구니에 담겨 선반 위에 놓여 있었다. 잽싸게 그중에 하나를 집어 들고 이정우는 세탁실을 나섰다.

화장실에서 옷을 갈아입은 이정우는 잠시 거울 앞에서 의사 가운을 걸친 자신의 모습을 바라보았다. 퀭한 눈동자에 언제 감았는지 모를 정도로 부스스한 머리. 의사의 모습이라기보단 환자의 모습과 더 가깝게 보였다. 물을 묻혀 머리를 대충 손질하고 준비해 온 안경을 착용하니 제법 그럴싸해 보였다. 그의 지성적인 외모가 의사의 이미지를 받쳐주는 듯 보였다. 이정우는 화장실에서 나와 김수창의 병실로 향했다. 딩동. 17층을 알리는 소리. 한 차례 심호흡을 내쉰 이정우는 병실을 향해 걸었다. 두 명의 건장한 경호원이 의자에서 일어나 성큼 걸어왔다.

"좀 전에 주치의가 다녀가셨는데 선생님은 어떻게 오셨습니까?"

경호원이 위아래를 훑으며 물었다.

"아, 깜빡 잊고 전해드리지 못한 말씀이 있다고 해서 제가 대신 전해드리러 왔습니다."

이정우가 경호원의 눈길을 피하지 않고 말했다.

"그래요? 그럼 제가 전해드리겠습니다."

"아, 직접 뵙고 전해드리라고 해서요."

"우리는 허락된 사람만 들여보낼 수 있습니다. 주치의 이건하 박사님께 연락해 보도록 하겠습니다."

경호원이 전화기를 빼 들었다. 어느 정도 예상은 했지만 아주 난감한 상황이었다. 전화기 너머로 들려오는 송신음. 경호원들의 날카로운 눈빛. 자칫 김수창을 만나보지도 못하고 봉변을 당할 것만 같았다. 이정우가 사납게 눈을 치켜뜨며 말했다.

"이것 보시오! 허락된 사람만 들여보낸다니 그건 누가 정한 수칙입니까. 여긴 병원입니다. 어떤 환자도 병원의 수칙을 따라야 하는 것이지, 환자를 살피러 온 의사를 가로막는 수칙은 대체 누가 만든 겁니까. 좋습니다. 정 그렇다면 저는 이대로 가겠습니다. 추후 내가 당한 수모를 의원님께 그대로 전하겠습니다."

몸을 돌린 이정우는 성큼성큼 걸어 엘리베이터의 버튼을 눌렀다. 하늘이 도와주는 것일까. 주치의가 계속 전화를 받지 않는 듯 경호원이 전화기를 내려놓았다.

"선생님, 잠시만요."

시종일관 묵묵히 서 있던 경호원이 뛰어와 이정우의 팔을 잡았다.

"아, 이거 실례 많았습니다. 의원님께 여쭤보고 올 테니 잠시만 기다려 주세요."

다소 기가 꺾인 경호원이 병실로 들어갔다가 나왔다.

"의원님은 절대 안정이 필요하신 분입니다. 10분이 넘는 대화는 가급적 자제해 주시기 바랍니다."

고개를 끄덕인 이정우는 병실로 들어섰다. 순간 자신도 모르게 입이 벌어졌다. 움푹 들어간 눈에 심하게 튀어나온 광대뼈. 반쯤 감긴 눈동자. 마치 살아 있는 해골을 보는 듯했다. 고개를 돌리는 모습이 몹시 힘겹게 보였다. 이런 사람한테 무슨 말을 해야 한단 말인가. 이정우는 김수창을 바라만 볼 뿐 입이 떨어지지 않았다. 그때, 김수창이 먼저 입을 열었다.

"주치의가 보내서 왔다구?"

의외로 발음은 정확했고, 목소리는 그다지 힘들게 느껴지지 않았다.

"거짓말을 하려면 좀 더 그럴싸하게 했어야지. 허허. 나를 만나러 온 목적이 뭔가?"

이정우는 죽음을 바로 눈앞에 둔 것 같은 팔순 노인에게 무슨 말부터 꺼내야 할지 몰랐다. 하지만 주어진 시간은 10분이었다. 짧은 시간에 무엇을 알아내야 했다.

"돌아가신 전인태 계장으로부터 들은 얘기가 있어서 왔습니다."

김수창의 눈빛이 약간 동요하는 듯 보였다. 이정우가 그것을 포착했다.

"그런데 왜 거짓말을…. 아, 경찰을 그만둔 모양이군."

잠시 침묵이 흐르고 김수창이 다시 입을 열어 물었다.

"전인태가 무슨 말을 했었나?"

"폭파된 시간호에 대해서 잠깐 얘기했습니다."

"자네는 시간호 사건과 어떤 관계에 있는 사람인가?"

"시간호 사건으로 아내와 아들을 잃었습니다."

"그렇군, 매우 유감이네."

시간은 계속해서 흘렀다. 5분여만 지나면 경호원들이 들어올 것이다. 이 시간이 지나면 다시는 김수창을 만나지 못할 것 같았다. 이정우는 마음이 조급해졌다.

"폭파된 시간호가 정치와 어떤 상관이 있다고 말했었나?"

이정우가 묻고 싶은 말이었다. 말을 멈춘 김수창은 돌렸던 고개를 바로 해 천장을 바라보며 다시 말했다.

"세상에는 보이는 것과 보이지 않는 것이 있어. 그 보이지 않는 게 세상을 움직이는 것이네."

"그럼 그 보이지 않는 게 시간호를 폭파시켰다는 말씀인가요? 전인태 계장을 살해한 사람들도 그들 짓이구요? 전인태 계장은 뭐를 알고 있었고, 거기에서 어떤 위치에 있었던 겁니까?"

"보이지 않는 게 시간호를 폭파시켰다?"

김수창은 비웃음에 가까운 웃음을 흘렸다.

"그런 황당하고 허무맹랑한 소리를 어디서 들었는가. 보이지 않는 게 전부 세상에 혼란을 가져오는 어둠의 세력이라고 생각하나? 너무 순진하고 터무니없는 발상이야. 그리고 전인태와 얼마나 가까운 사이였는지 모르지만 전인태는 나와 먼 친척 관계인 사람이었네."

형님이 먼 친척이었다구? 그렇다면 번지수를 잘못 찾은 게 아닌가. 이정우는 벽에 부딪히는 느낌이었다. 김수창은 잠시 무언가를 생각하더니 다시 입을 열었다.

"아내와 자식의 억울한 죽음에 진실을 알고 싶어 하는 마음 충분히 이해해. 자네와 같은 상황이면 누구든지 진실을 밝히려고 할 것이야. 세상엔 가족보다 소중한 것이 없으니까. 그런데 정부는 그것을 허용하지 않으려 하고 있어. 무엇 때문인 것 같나?"

"대체 무엇 때문에 정부는 시간호 사건의 진실 규명을 집요하게 방해하는 겁니까?"

"그걸 몰라서 묻는 건가? 과연 국민을 위한 위정자가 얼마나 있을 거라고 생각하나. 진정 국민을 위한다면 과거 이승만은 반민특위(반민족행위처벌특별위원회)를 해체시키지도 않았을 것이야. 그리고 거슬러 올라와서 박정희, 전두환은 국민을 이념으로 옭아매서 억압하지도 않았을 것이고."

"또한 시간호 사건의 진실 규명도 명확히 이루어졌을 테구요."

이정우가 이를 부드득 갈며 말했다.

"그렇지, 이 모두가 권력을 유지하기 위한 수단인 것이지. 나는 이제 할 말을 다 했어."

이정우가 한숨을 흘렸다. 결국 아무것도 얻은 게 없었다. 힘없이 몸을 돌릴 수밖에 없었다.

"나 좀 도와주겠나?"

김수창이 돌아서는 이정우를 불렀다. 이어서 손가락으로 서랍을 가리켰다.

"맨 아래 서랍을 열어보면 작은 비닐봉지가 있을 거야. 그것 좀 꺼내주게."

봉지를 받아든 김수창은 느릿한 동작으로 봉지를 개봉해 파란색의 알약을 꺼냈다. 그것을 바라보는 그의 눈동자가 미세하게 떨리는 것처럼 보였다. 순간 무엇을 느낀 이정우는 급히 손을 뻗었다. 하지만 알약은 김수창의 입속으로 들어갔다.

"지금 뭐 하시는 겁니까!"

"이 알약은 몸 안으로 들어가는 즉시 녹아 없어지는 물질이야. 부검해도 나타나지 않는다는 말이지. 내가 지금까지 살아 있었던 이유가 여기에 있었구먼."

김수창은 마지막을 정리하려는 듯 천천히 눈을 감았다. 그때, 못다 한 말이 남아 있는 것일까. 다시 눈을 뜬 그는 이정우를 지긋이 바라보며 말했다.

"자네가, 아니 세상 사람들이 과연 진실을 알 수 있을 거라 생각하나?

어림도 없는 일이야."

"의원님, 대체 시간호에는 어떤…."

이정우의 말이 끝나기도 전에 김수창이 몸을 심하게 뒤틀기 시작했다. 헉헉대는 숨소리에 이어 동공이 크게 벌어지고 고개가 홱 돌아갔다. 순식간에 일어난 일이었다. 이정우는 마치 악몽을 꾸고 있는 느낌이었다. 간신히 정신을 차린 그는 떨리는 손을 가져가 김수창의 경동맥을 짚어 보았다. 맥박이 느껴지지 않았다. 김수창은 이미 숨이 끊어져 있었다.

"허."

이정우가 바람 빠지는 소리를 흘렸다. 꼼짝없이 살인범으로 몰릴 형국이었다. 진실을 말한다 한들 믿어줄 사람도 없을 것 같았다. 정부와 언론은 분명 자신들의 유리한 방향으로 정치화시킬 수도 있다. 지금까지 그래왔지 않은가. 이정우의 순간 판단이었다. 그릇된 판단인가. 자신도 알 수 없었다. 분명한 건, 여기를 빠져나가야 무엇이든 할 수 있을 것 같았다. 정부와 언론이 칼자루를 쥐고 있는 도마 위에 순순히 오르고 싶지도 않았다. 그때, 노크 소리가 들렸다. 그 소리는 마치 천둥 치듯 크게 다가왔다. 그 자리에 선 이정우는 어떤 대답도 할 수 없었다. 천둥 치는 노크 소리가 또 들렸다. 일단 무슨 수를 써서라도 이곳을 벗어나야 한다.

"네, 잠시만요. 이제 다 됐습니다."

이정우는 최대한 침착하게 말하고 모포에 손을 가져갔다. 김수창을 머리끝까지 덮어주고 나니 깊은숨이 절로 흘렀다. 최대한 침착해야 한다. 속으로 몇 번을 말한 그는 천천히 문을 열고 병실을 나섰다.

"의원님께서 지금 막 잠이 들었습니다. 전 그럼 이만…."

엘리베이터 앞에 이르러 버튼을 눌렀다. 손가락이 떨렸다. 엘리베이터 올라오는 속도가 너무 길게 느껴졌다. 뒤를 돌아본 이정우의 얼굴이 몹시 굳어졌다. 한 명의 경호원이 보이지 않았다. 고개를 더 돌렸다. 병실 문이 열려 있었다. 14층, 15층, 16층에 이른 엘리베이터는 또 멈췄다. 제발 빨리! 바로 그때, 병실에서 경호원의 비명 같은 소리가 들렸다. 동시에 도착한 엘리베이터가 입을 벌렸다. 다행히 타고 있는 사람은 아무도 없었다. 재빨리 안으로 들어선 그는 닫힘 버튼을 누르고 22층을 눌렀다.

"잡아!"

엘리베이터를 놓친 경호원들이 비상문을 열어젖히고 계단을 뛰어 올랐다. 22층에 도착한 엘리베이터가 입을 벌렸다. 이정우는 고개를 내밀어 복도를 살폈다. 계단을 뛰어 올라오는 소리가 크게 들렸다. 다시 1층을 눌렀다. 엘리베이터가 내려가기 시작했다. 순조롭게 내려가던 엘리베이터는 13층에 이르러 멈추더니 거의 층층마다 사람들을 태우기 시작했다. 마음이 조급했다. 자칫하면 잡힐 수도 있을 거 같았다. 10층에서 내려 복도를 달렸다. 공중에 떠 있는 복도는 별관과 통해 있었다. 순식간에 별관에 이른 그는 계단을 뛰어내렸다. 1층까지 쉬지 않고 내려오니 땀이 비 오듯 흐르고 금방이라도 쓰러질 것만 같았다. 이정우는 이를 악물고 주차장으로 달려 승용차에 몸을 실었다. 그제야 숨을 돌릴 수 있었다. 하지만 곧바로 이어지는 분노와 슬픔. 순간 어머니와 어린 아들이 몹시 보고 싶어졌다. 하지만 연락할 수도 갈 수도 없는 상황이었다. 이윽고 분노를 머금은 이정우의 승용차가 혜성병원에서 완전히 벗어났다.

다음 날, 언론은 병원에서 살해된 김수창을 집중 보도했다. 신문을 읽고 있는 구성민은 몹시 일그러지는 얼굴을 숨길 수 없었다.

[시간호 유족이자, 전직 경찰 이정우. 그는 무엇 때문에 김수창을 살해했을까. 경찰에 따르면 그는 시간호에서 아내와 아들을 잃은 것으로 드러났고, 시간호 시위를 보이지 않게 주도해 조사를 받았던 사실이 있었다고 한다. 이에 경찰은 시간호 유족들을 집중 조사해 어떤 연관이 있는지 반드시 밝혀내겠다는 강한 의지를 보이고 있다. 그것은 곧 경찰의 신뢰 회복과 폭력으로 시작한 시간호 시위가 살인까지 갈 수도 있다는….]

구성민은 더 읽을 수 없는지 신문을 팽개치듯 내려놓았다. 그때, 팀장 하진철이 목소리를 높였다.

"내 얘기 잘 들어. 이 반장 사건은 강·폭력 2팀에서 맡은 사건이야. 최대한 수사에 협조해 주고 한때 우리 팀 반장이었다고 감싸주는 일이 있어선 절대로 안 돼. 그는 김수창 씨를 살해한 살인범이야."

구성민이 발끈하고 나섰다.

"아니, 누가 언론에 대고 이렇게 흘린 겁니까. 정우 형님이 언제 시간호 시위를 주도하고 조사를 받았습니까. 있지도 않은 얘기를 지어내서 언론에 흘린 사람이 누구냐구요. 그리고 정우 형님이 김수창 씨를 죽였다는 결정적인 증거도 없잖아요. 정우 형님은 법정에서 유죄판결을 받을 때까진 엄연히 무죄입니다."

"야, 구성민. 너 지금 그걸 말이라고 하는 거야? 우리가 언론에다 흘렸다고 생각해? 그리고 이 반장이 죄가 없다면 병원에서 왜 도망갔겠어. 감싸줄 거를 감싸줘야 할 거 아냐. 이 반장은 경찰의 신뢰와 명예를 땅에 추락하도록 만들고 있어."

그때 계장이 걸어오며 말했다.

"이 반장이 김수창 씨를 진짜로 살해한 것인지 나도 믿어지지 않지만, 지금 시점에서 그건 중요하지 않아. 중요한 건 국민의 시선이야. 요근래 들어 경찰의 무능과 안일함을 질타하는 목소리가 계속해서 높아지고 있는 실정이야. 하 팀장 말대로 경찰의 신뢰와 명예 회복을 위해서라도 이 반장은 빨리 잡혀야 해. 사소한 거 하나라도 감추지 말고 적극 협조할 수 있도록 하고…. 특히 성민이 너는 이 반장하고 각별히 친한 사이였으니까 이 반장이 어떤 연락을 할 수도 있어. 아니 분명히 연락할 거야. 나중에 가서 문젯거리로 만들지 말고 연락이 오면 바로 보고해. 이 반장이 해외로 도주할 수도 있으니까. 내 말 알겠나?"

"알겠습니다."

구성민이 마지못해 대답했다.

계장이 돌아가고 다시 하진철이 입을 열었다.

"고물상에 설치한 도청 장치에서 의심이 갈 만한 내용이라도 포착된 거 있어?"

"그게 아직…."

구성민이 우물거렸다.

"박수명이 그놈 말만 믿고 잘못 짚은 거 아냐? 원래 그런 놈들은 물귀신처럼 물고 늘어지는 습성이 있거든."

"그건 아닌 것 같습니다. 고아로 자랐다던 백승혁도 그렇고, 갑자기 실어증인지 함묵증인지 걸린 유민주도 의심스러운 점이 한두 가지가 아닙니다. 설령 유민주가 황태철을 죽이지 않았다고 하더라도 뭔가 있는 건 확실합니다."

김형석이 말했다.

"도청 장치는 불법인 거 잘 알고 있잖아. 만약 우리가 잘못 짚은 게 확연해지고 도청 장치를 들키기라도 하는 날엔 여론에 뭇매를 맞을 수 있다는 걸 각오해야 해. 다들 알고 있다시피 도청 장치는 계장님한테 보고 안 하고 한 거야. 그러니까 그 뭔가를 반드시 찾아내야 해."

"넷, 알겠습니다."

김형석이 처진 분위기를 만회하기 위해 일어서서 크게 말했다.

"좋아. 계속 수고하고, 괜히 어수선한 분위기에 휩쓸리지 마. 자, 빨리들 움직여."

승용차에서 내린 운명은 잠시 주위를 둘러보더니 네온사인이 번쩍이는 한 주점으로 들어갔다. 그때, 맞은편 건물에서 주점으로 들어가는 운명을 유심히 바라보는 사내. 그 역시 주위를 둘러보더니 건물에서 벗어나 주점으로 향했다. 문을 열고 들어서 바라보니 복층으로 이루어진 주점은 족히 백 평은 훨씬 넘을 것처럼 보였다. 아래층 중앙의 스테이지에서 반라의 무희가 요염한 몸짓과 눈빛으로 남자들을 유혹하고 있는 듯 보였다. 운명은 여자에게 눈길 한 번 주지 않고 구석에 자리를 잡고 앉았다. 위층으로 오른 사내가 자리를 잡고 운명을 내려다보았다. 두꺼운 뿔테 안경과 덥수룩한 수염. 안경을 거의 가릴 정도로 내려온 머리. 이정우였다. 어두컴컴한 붉은빛의 실내조명은 그를 전혀 다른 사람처럼 만들어 놓았다. 그때, 운명이 고개를 돌려 이정우를 바라보고 살며시 고개를 끄덕였다. 곧바로 일어선 이정우는 주점을 나가 맞은편 건물로 향했다. 그렇게 몇 번이나 위치를 바꿔 미행이 없음을 확인한 이정우와 운명은 찻집으로 들어서 창가에 자리를 잡았다. 종업원이 차를 들고 오자, 이정우가 안경을 매만졌다.

"대체 어떻게 된 일입니까?"

운명이 물었다.

"나도 모르겠어. 캐면 캘수록 점점 더 미궁 속으로 빠져드는 기분이야."

이정우가 한숨을 흘렸다.

"설마, 형님이 김수창을 살해…."

"아니야, 그는 자살했어."

"자살이요? 그렇다면 김수창이 죽기 전, 아무 말도 하지 않았습니까?"

"아무 말도…."

고개를 숙이던 이정우는 무언가 생각난 듯 다시 고개를 들었다.

"가만, 그 역시 보이지 않는 세력을 언급했어."

"역시 그렇군요."

운명은 무언가 알고 있는 듯했다.

"그 역시 비밀단체의 회원일 가능성이 큽니다."

"그 비밀단체라는 게 어떤 단체를 말하는 것인가?"

"어디서부터 시작해야 할까요. '코페르니쿠스'의 지동설, 아니 그보다 현실에 가까운 얘기부터 해 보죠."

이정우가 귀를 기울였다.

"남조선의 중앙은행은 한국은행입니다. 여기서 화폐를 발행하면서 통화량을 조정하고 있죠. 이 한국은행은 당연히 국가에서 관리하는 은행입니다. 그런데 미국 화폐인 달러화를 발행하는 은행은 미국의 '연방준비은행'인데, 이 은행은 미국 정부로부터 철저히 독립돼 있는 민간은행입니다."

이정우는 얼핏 들은 기억이 있는 것 같았다. 운명의 말은 계속됐다.

"1929년 10월 말에 뉴욕 증권시장에서 일어난 일련의 주가 대폭락 사건. 통화량을 줄여 경제 대공황을 불러 온 사건입니다. 하루아침에 직장을 잃고 집까지 넘어간 사람들이 대거 거리로 쏟아져 나왔죠. 경제 공황의 주범으로 연방준비은행이 지목되기도 했습니다. 일명 '검은 목요일'로 잘 알려져 있는 사건이죠."

"아니, 그렇게 해서 얻어지는 게 뭔가?"

"자신들의 부를 불리면서 인간을 조종하는 것이죠."

"인간을 조종한다고?"

"그렇습니다."

주머니를 뒤진 운명은 지갑에서 미화 1달러를 꺼내 내밀면서 다시 말했다.

"여기를 보세요."

운명의 손가락이 지폐 뒷면, 왼쪽 원 안의 피라미드를 가리켰다.

"피라미드는 총 13층으로 그려져 있습니다. 13이란 숫자는 성스러운 숫자이고, 그들이 신봉하는 숫자이기도 합니다. 맨 위에 위치해 빛을 뿜어내는 눈은 '전시안'이라고 해서 전지전능한 신의 눈을 의미합니다. 그리고 여기 영어를 보겠습니다."

1달러를 가까이 가져간 운명은 원 안의 영어를 천천히 읽으며 설명했다.

"Annuit Coeptis. 신은 우리가 하는 일을 좋아하신다. 그럼 무슨 일을 좋아한다는 말일까요? 바로 이겁니다. Novus Ordo Seclorum. 신세계 질서. 즉, 신세계 질서를 이룩한다. 이 말은 이미 공공연히 잘 알려진 사실입니다."

연이어 놀라운 표정을 짓던 이정우는 의문의 표정으로 바뀌었다.

"그럼 시간호 사건에 비밀단체가 개입돼 있다는 말처럼 들리는데, 나로서는 도무지 이해하기 힘들어."

"물론 아닐 수도 있습니다. 제가 여기서 말하고 싶은 건, 미국의 역대 대통령들이 이 비밀단체의 회원이기도 하고, 그들의 이익에 적극 협조하는 정책을 폈다는 사실을 말하고 싶은 겁니다. 미국 초대 대통령인 워싱턴을 비롯해 루즈벨트, 클린턴, 부시, 철학자, 기업인, 종교인에 이르기까지 그 비밀단체의 회원은 수도 없이 많습니다. 돈의 흐름을 이용해 인간을 조종해 신세계 질서를 이룩하기 위해서죠."

북한 '35호실' 최정예 정보원이었던 운명의 말은 멈추지 않았다.

"그런데 미국 대통령이었던 링컨은 돈의 흐름이 전쟁보다 더 무섭다는 걸 알아챘습니다. 그 후에 케네디는 베트남전쟁 종식을 선언해 미국 군수산업이 원했던 전쟁 확산을 거부하는 정책을 계획합니다."

가만히 듣고 있는 이정우는 계속되는 운명의 말에 깊이 빨려 들어갔다.

"케네디는 연방준비은행에서 발행하는 달러화를 미국 행정부 산하 재무부에서 발행할 수 있는 법안을 추진하기에 이릅니다. 보이지 않는 세력은 가만히 보고 있을 수가 없었겠죠. 이것이 링컨과 케네디의 죽음에 많은 의혹이 있는 이유입니다. 그들은 돈의 흐름을 이용해 세상을 움직여 왔고, 움직여 가고, 앞으로도 멈추지 않을 것입니다. 세계에서 일어나는 전쟁, 각국의 정치는 돈의 흐름을 용이하게 만드는 수단일 뿐이니까요."

그때, 앞자리에서 손님이 일어서는 소리에 잠시 말이 중단됐다가 다시 이어졌다.

"과거 십자군전쟁과 1, 2차 세계대전, 또 베트남전쟁과 이라크전쟁에 그들이 개입했다는 설은 이미 아주 오래전부터 정보계에 암암리에 떠돌고 있었습니다."

"그 모두가 돈의 흐름을 용이하게 만들기 위한 수단이란 말이군."

"그렇습니다."

이정우가 한숨을 길게 내쉬면서 물었다.

"그렇다면 보이지 않는 세력을 견제하거나 방해하는 세력은 존재하지 않는단 말인가?"

운명이 어두운 표정을 지었다. 그 표정의 의미는 무엇일까.

"그들은 언제라도 위협받을 수 있는 종교를 억압하고, 또한 견제할 수 있는 새로운 종교를 만들기도 하죠. '마르틴 루터'의 종교개혁으로 도전받을 수 있는 세력을 와해시키는 데 성공하고, '프리드리히 니체'를 통해 신을 죽이기에 이릅니다. 이제 지상에서 더 이상 그들한테 도전할 수 있는 세력은 존재하지 않습니다. 이 모두가 자본 즉 돈의 힘이었죠."

"대체 그 세력의 손은 어디까지 미쳐 있는 건가?"

"그들의 손은 미치지 않는 곳이 없습니다. 남조선의 정치인과 기업인, 학자, 언론인과 심지어는 종교인까지 미치지 않는 곳이 없을 정도입니다. 가히 상상을 불허하죠. 그 손은 우리 공화국에도 미쳐 있을 정도니까요."

갈수록 암울해지는 현실과 점점 두꺼워지는 장막. 순간 이정우는 모든 것을 포기해 버리고 싶다는 생각이 들었다. 그때 떠오르는 아내와 규민의 얼굴. 엄마와 형이 어딘가에서 자고 있다고 믿고 있는 재민. 남편으로서, 아빠로서 할 일은 해야 하지 않은가. 하지만 현실은, 현실은, 현실은….

이정우는 심한 자괴감과 죄책감을 동시에 느꼈다.

"만약 시간호 사건에 그들이 개입해 있다고 해도 그것을 밝힐 수 있는 방법은 없지 않은가."

이정우가 다소 힘 빠진 목소리로 물었다.

"네, 불가능합니다."

운명이 천천히 고개를 끄덕이며 대답했다.

"그럼 시간호를 폭파시킨 테러리스트가 어디로부터 지령을 받았다는 정보를 알 수 있는 방법은 없겠나?"

"애석하게도 현재로선 알 길이 없습니다. 우리도 정보 장사꾼을 통해 우연히 얻은 정보니까요. 하지만 시간호 사건이 돈의 흐름과 관련이 있을 것이라는 소문이 나돌고 있습니다. 그래서 이 긴 얘기를 했던 것이구요."

이정우의 표정이 급변했다.

"혹시 김수창으로부터 더 이상 들은 얘기는 없습니까?"

"전혀."

"그럼, 전인태 계장은요?"

이정우가 고개를 가로저었다.

"정우야, 미안하다. 사실은⋯." 형님의 마지막 말. 형님은 대체 무슨 말을 하고 싶었던 것일까. 이정우의 표정이 다시 어두워졌다.

"알겠습니다. 제가 안전한 거처를 마련해 놨으니 일단 거기에 숨어 계세요."

운명이 이정우를 도와주는 이유는 무엇일까. 과연 이십여 년 전, 자신의 목숨을 살려준 이유가 전부일까.

10년 전, 북한 평안북도 룡천역.

향기로운 꽃향기가 마을로 들어서는 한 사내의 콧속으로 스며들었다. 무슨 일을 하려는 것일까. 사내의 경직된 몸과 몹시 긴장된 얼굴은 봄의 풍경과는 전혀 어울리지 않았다. 시간은 낮 12시에 점점 가까워지고 있었다. 시계를 바라보는 사내는 몹시 초조한 듯 발걸음을 빨리했다. 그때, 화차가 들어오고 있었다. 몹시 굳어지는 사내의 얼굴. 접근하는 사람들을 막아야 했다. 사내는 뛰면서 소리쳤다.

"거기서 벗어나야 합니다!"

하지만 거리가 너무 멀었고, 화차 소리에 목소리는 전혀 들리지 않는 모양이었다. 사내는 사력을 다해 뛰었다. 고개를 돌리는 사내의 얼굴이 재차 크게 일그러졌다. 오전 수업을 마친 룡천소학교의 어린 학생들이 대거 학교 정문을 통과해 나오고 있기 때문이었다. 설상가상이었다. 화차가 왜 여기로 온단 말인가. 저건 신의주에 있어야 한다. 그런데 어떻게…. 김정일을 암살하려던 거사가 전혀 엉뚱한 방향으로 흐르고 있는 것이었다. 바로 그때였다. 사내가 순간 발을 멈췄다. 화차 지붕에서 불꽃이 번쩍했다. 이어서 전기 스파크가 크게 일었다. 사람들이 신기한 광경에 주위로 몰려가고 있었다. 어린 학생들이 그 뒤를 따라 우르르 뛰어갔다. 잠깐 동안 얼이 빠진 모습으로 있던 사내는 미친 듯이 뛰며 목이 터져라 외쳤다.

"거기서 벗어나!"

목소리를 들은 사람들이 뒤를 돌아보았다. 화차가 아주 가깝게 접근했다.

"거기서 벗어나란 말이야!"

그 순간, 지축을 울리는 엄청난 굉음. 사나운 불길과 함께 수천 발의 빛의 무리가 한꺼번에 쏟아져 나왔다. 사내는 무의식적으로 몸을 엎드렸다. 빛을 머금은 수천 조각의 유리 파편이 총알처럼 날아가 사람들을 덮쳤다. 귀를 찢을 듯 들리는 처절한 비명, 고통의 신음. 순식간에 룡천

역이 아비규환의 세상으로 변했다. 그것을 바라보는 사내의 눈에서 눈물이 흘렀다. 그때, 또다시 이어지는 굉음. 곧바로 연쇄 폭발이 일었다. 믿을 수 없다는 듯한 사내의 눈빛. 사내는 그것을 보고 싶지 않아 두 눈을 질끈 감았다. 파편과 엄청난 화염이 룡천소학교를 덮쳤다. 사내가 눈을 떴을 때는 뼈대만 앙상하게 남은 룡천소학교의 모습만 남아 있었다. 김정일 암살 거사는 죄 없는 주민들과 어린 학생들만 희생되는 처참한 결과를 가져왔다.

이날, 김정일은 중국 방문을 마치고 북한으로 귀환하여 신의주역을 통과하게 되어 있었다. 그런데 신의주역에 있던 화차는 신의주 역장의 안전을 고려한 조치로 룡천역으로 이동시키고 있던 것이었다. 인화 물질로 가득 찬 화차는 언제 무슨 일이 발생할지 모른다는 그의 판단이었던 것이다.

사내가 눈물을 머금고 몸을 일으켰다. 현장을 빨리 벗어나야 했다. 하지만 발이 떨어지지 않았다. 그는 고통으로 몸부림치는 어린 학생들을 향해 뛰었다. 인권 유린이 자행되는 우리 공화국. 인권의 불모지인 우리 공화국. 기아와 빈궁에 시달리는 우리 공화국. 어린 학생들을 들고 뛰는 그의 눈에서 슬픔과 분노의 눈물이 쉬지 않고 흘렀다. 이제 공화국에선 더 이상 희망을 기대하기 힘들다. 나는 공화국을 떠날 것이다. 마치 여자 같은 사내의 하얀 얼굴. 김정일 암살 거사에 가담했던 운명이었다. 마침내 현장을 벗어난 그의 몸이 완전히 사라졌다.

외신은 이날 룡천 폭발 사고로 천여 명의 사상자가 발생했다고 공식 발표했다. 또한 국가안전보위부는 치밀한 비밀 수사로 김정일 암살의 배후와 가담자를 찾아내 처형했다. 이때 북한을 떠난 운명은 홍콩 마카오에서 북한 유학생과 지식인들을 포섭해 조직을 결성했다. 훗날을 도

모하는 것일까, 아니면 다른 목적이 있는 것일까. 한국으로 건너와 계획했던 일까지 변경하면서 이정우를 기다린 이유는 무엇일까.

마침내 천천히 몸을 일으킨 운명이 발을 움직였다.

"가만…."

이정우의 소리에 운명이 발을 멈췄다.

"뭐 생각난 거라도 있습니까?"

이정우는 무엇이 생각난 것일까. 그날 한식집. 전인태의 목소리가 어렴풋하게 들리는 것 같았다. "이건 이제 자네 거야. 조만간 자네 명의로 바꿔 놓겠네." 형님은 무슨 이유인지 5백 주가 넘는 주식을 내게 주려고 했다. 지금 생각해 보아도 이해할 수 없는 행동이었다.

"뭔데 그러세요?"

운명이 재차 물었다.

"형님은 자살 기도 전에 엄청난 액수의 돈을 주려고 했어."

"돈이요?"

"정확히 말하면 주식이었지. 5백 주가 넘는 주식."

"주식이요?"

"나는 그때 형님이 인생을 정리하는 것처럼 어렴풋이 느꼈어. 그래서 다음 날 낚시터로 달려가서 자살을 기도한 형님을 발견할 수 있었던 거야. 무엇 때문에 형님은 나에게 주식을 주려고 했던 것일까. 지금 생각해 봐도 이해할 수 없는 일이야."

줄곧 떠나지 않고 머리에 박혀 있는 목소리가 또 울렸다. "정우야, 정말 미안하다. 사실은…." 이정우는 이 시점에서 모든 것을 정리해 봐야 될 것 같다는 생각이 들었다.

"우리, 천천히 정리해 보자구."

운명이 의자를 바싹 끌어당겼다.

"형님은 자살 기도 직전, 나한테 많은 양의 주식을 양도하려고 했었어. 그전에 미안하다는 말을 수도 없이 했었고. 왜 그랬을까?"

잠시 말을 끊은 그는 다시 말을 이었다.

"형님이 미안함의 대가를 주식으로나마 보상해 주려고 했다는 결론을 얻을 수 있지 않을까? 그 미안함의 대가가 비밀단체의 회원이기 때문은 아닐 테고…. 그렇다면 그 미안함의 대가는 시간호 사건과 연결지을 수 있겠지?"

"그 중압감을 못 이겨 자살을 기도했던 것이구요."

운명이 거들었다.

"그렇지."

"그런데 전인태 계장은 왜 주식을 양도하지 않은 상태에서 자살을 기도했을까요?"

잠시 침묵이 흘렀고, 이정우가 입을 열었다.

"미안함이 탈색돼 버리는 그 무엇이 있다고 봐야 하겠지. 그것은 당연히 부정적인 의미를 가진 무엇일 테고. 그 부정적인 무엇은 주식이 양도되는 즉시, 나의 반응 같은 것은 아닐까? 그래서 차마 주식을 양도하지 않은, 아니 양도하지 못한 상태에서 자살 기도를 했다고 봐야 해."

잠시 또 침묵이 흘렀고, 이정우가 다시 입을 열었다.

"그렇다면 형님이 나에게 양도하려고 했던 주식이 어떤 유형의 주식인지 그것부터 파악해야 될 것이야."

"그래야겠군요. 그것을 알아낼 수 있는 방법이 있습니다."

이정우가 두 눈을 번득였다.

"일단 갈 데가 있습니다."

한국을 떠나다

뷔페식당이었다. 테이블에 놓여 있는 많은 음식들. 하지만 어찌된 일인지 음식은 잘 줄어들지 않고 있었다. 김을 모락모락 피어올리던 스프는 이미 차갑게 식어 있었고, 면발이 퉁퉁 불어 있는 잔치국수는 금방이라도 그릇을 빠져나올 것처럼 보였다. 한쪽으로 치워져 있는 접시에 담긴 고기가 조금 줄어 있을 뿐이었다.

창가를 바라보고 있는 조 형사는 무엇을 확인하려는 것일까. 벌써 한 시간 가까이 고정된 시선은 움직이지 않고 있었다. 그때 크게 벌어지는 조 형사의 눈동자. 조 형사는 무엇이라도 잘못 본 듯 두 눈을 창가에 가까이 밀착시키고 찻집을 나서는 두 사람을 뚫어지게 응시했다. 틀림없다. 반장님이다. 결코 잘못 본 게 아니었다. 안경과 길게 내린 앞머리로 얼굴을 가렸지만, 내가 어찌 반장님을 몰라볼 수 있겠는가. 그런데 왜 반장님이 백승혁과 같이 나온단 말인가. 도무지 짐작할 수 없었다. 백승혁. 분명히 무언가 있다. 급히 자리에서 일어선 조 형사는 식당을 나와 두 사람을 따라붙었다. 구성민의 지시로 체육공원에서 김형석과 교대한 조 형사는 운명의 뒤를 밟았다. 여기서 전혀 예상 못한 운명과 접촉한 이정우를 본 것이었다. 그의 미행은 매우 조심스럽게 이어졌다.

자정을 달려가는 시간. 어두컴컴한 골목길. 세 사람의 그림자만 움직일 뿐 인적은 없었다. 골목골목을 이리저리 옮겨 다니던 이정우와 운명은 다시 몸을 돌려 외곽도로 쪽으로 방향을 틀었다. 5분여를 걸으니 폐교된 학교가 시커먼 몸체를 웅크리고 있었고, 그 옆으로 정자가 딸린 작은 주차장이 보였다. 두 사람은 학교와 주차장을 지나 낡은 다세대주택 앞에 발을 멈췄다. 잠시 또 주위를 둘러본 그들은 유리가 깨져 없어진 현관문을 열고 주택으로 들어섰다.

"형님, 이쪽입니다."

운명이 지하 계단으로 내려가며 말했다.

위층으로 발을 옮기려던 이정우가 다시 몸을 돌렸다. 그때, 낯선 얼굴의 사내와 눈이 마주쳤다. 걸음을 멈춘 그는 낯선 얼굴의 사내를 뚫어지게 응시했다. 심하게 금이 가 있는 거울. 거울 속 남자는 분명 자신이었지만 매우 낯설게 느껴졌다. 그것은 결코 안경과 머리 모양이 달라진 외모만은 아니었다. 몸속 구석구석, 세포 하나하나까지도 변해 있는 것 같았다. 불과 1년도 지나지 않은 시간. 그 시간은 공허함의 시간이었고, 분노의 시간이었고, 절규의 시간이었으며 한탄의 시간이었다. 거울 속 남자는 그것을 알고 있는 것일까. 몇 조각으로 나누어진 얼굴은 제각각 다른 표정을 짓고 있는 것 같았다.

"형님, 들어오시지 않고 뭐 하십니까?"

다시 계단을 올라온 운명이 말했다.

이정우와 거울 속 남자가 서로 등을 돌렸다.

"어서 오세요. 이옥화예요."

집으로 들어서던 이정우는 순간 발을 멈췄다. 인사를 건네는 사람은 삼십 중반으로 보이는 여자였기 때문이었다. 짧은 커트 머리에 호리호리한 몸. 운동복 차림이 활동적으로 보였다.

"네… 안녕하세요. 이정웁니다."

이정우가 어정쩡하게 인사했다.

열 평 남짓해 보이는 방 안에는 크고 작은 복사기가 벽 쪽으로 붙어 있었고, 얼핏 보아도 매우 고급스러운 카메라가 책상 위에 놓여 있었다. 고개를 조금 옆으로 돌리니 고무인과 철인 등 용도를 알 수 없는 직인이 눈에 들어왔다. 그것은 자그마한 나무 상자에 담겨 있었고, 어림잡아도 십여 개가 넘을 것처럼 보였다. 손때가 많이 묻어 있는 것으로 보아 수시로 사용하는 것 같았다. 이정우와 운명이 의자에 자리를 잡았고, 이옥화가 주방으로 향했다.

"옥화는 몇 차례 해외 순방 공연을 갔다 온 이후, 자연스럽게 공화국의 체제를 부정하게 돼서 탈북하게 됐습니다."

"해외 순방 공연? 그렇다면 배우?"

"배우는 아니구요. 조선영화방송음악단에서 특수 분장을 담당했었죠. 그 외에도 남다른 재주를 많이 갖추고 있습니다. 형님이 지금 보시고 있는 것처럼."

잠시 주위를 둘러본 운명이 덧붙였다.

"우리한테는 보석 같은 존재죠."

이옥화의 뒷모습을 잠시 바라본 이정우가 다시 시선을 돌렸다.

"말꼬리를 잡혀서는 안 됩니다. 성격도 아주 괄괄하고 직설적인 여자라…."

운명이 속삭이듯 말했다.

그때, 이옥화가 커피를 들고 와 테이블에 내려놓으며 말했다.

"제가 여자라서 이상한가요?"

"아닙니다. 저는 당연히…."

"당연히 남자가 있을 줄 알았다. 그런데 전혀 예상 밖으로 여자였다. 이 말이죠?"

말꼬리를 잡혔단 말인가. 답변이 궁색한 이정우가 머뭇거렸다.

"그럼 지금까지 남자들이 한 일이 뭐죠? 계급을 만들고, 그 계급을 지키기 위해 반목과 분열을 일삼고, 그래도 뜻대로 되지 않으면 전쟁을 일으켜 죄 없는 사람들을 죽이기까지 하죠. 남자들의 머릿속에는 조화와 화목이란 개념이 존재하지 않아요. 설령 그것이 존재한다고 해도 그것은 그 자체로서의 목적이 아닌 거래로서의 목적일 뿐이에요. 제 말이 틀렸나요?"

이정우는 말문이 막혔다.

같은 시각, 주차장 어둠 속에 몸을 숨기고 있던 조 형사는 모습을 드러내 이정우와 운명이 들어간 주택으로 서서히 발을 옮겼다. 녹이 잔뜩 슬어 있는 방범창. 커튼이 드리워진 창문에서 희미한 불빛이 새어 나오고 있었다. 몸을 낮게 숙여 창가로 바싹 접근한 조 형사는 방범창에 귀를 갖다 댔다. 하지만 말소리는 전혀 들리지 않았다. 조급증이 일었다. 어떻게 해야 하나. 정말 반장님이 김수창을 살해했을까? 자문의 대답은 '아니오'였다. 그런데 백승혁이 문제였다. 반장님과 백승혁, 어떤 연결고리가 있단 말인가. 몸을 일으킨 조 형사는 주택의 주위를 빠르게 돌았다.

이옥화의 말은 계속됐다.

"그리고 수많은 영웅과 애국자는 거의 대다수가 남자들로 구성돼 있죠. 참 아이러니한 세상이죠. 저도 물론 영웅과 애국자를 싫어하는 건 아닙니다. 목숨 바쳐 독립운동을 했던 안중근 의사, 존경할 만한 분이죠. 하지만 만약 안중근 의사의 가족이 권력과 국가로부터 버림을 받았다고 한다면 과연 안중근 의사는 독립운동을 했을까요? 안중근 의사뿐만 아니라 그 수많은 독립운동 투사의 가족들이 권력과 국가로부터 버림을 받았다고 한다면 지금의 모습으로 우리 공화국과 남조선이 존재했을까요?"

이건 또 무슨 말인가. 지금까지 한 번도 생각해 보지 않았다. 그렇지만 폐부 깊숙이 와 닿는 느낌을 부정하기 힘들었고, 어떤 대답도 할 수 없었다. 만약 자기 가족이 권력과 국가로부터 버림을 받았다면 우리가 알고 있는 애국자의 이름은 달라지지 않았을까.

듣고 있던 운명이 끼어들었다.

"인권이 유린되고 법이 통하지 않는 우리 공화국과 시간호 유족이라는 이름에 온갖 부정적인 이름을 만들어 어둡게 덧칠해 놓은 남조선의 차이점이 무엇일까요?"

이정우는 여기에서 무엇을 다짐하는 것일까. 곧바로 그의 두 눈이 빛을 머금었다. 하지만 눈빛과는 달리 굳게 다문 입술은 열리지 않았다. 그때, 주택과 주택 담장 사이로 들어선 조 형사는 불빛이 새어 나오는 창문에 바싹 기댔다. 그러자 무슨 소리가 들리는 듯했다. 아주 작은 소리지만 간간이 들리는 소리는 사람의 목소리가 분명했다. 조 형사는 목소리에 집중했다.

"제가 너무 말이 많았죠? 하지만 잘 생각해 보세요. 국민과 권력의 관계에 대해서. 과연 권력이 국민을 위해서 존재하는 것인지, 아니면 국민이 권력을 위해서 존재하는 것인지."

이옥화의 말은 이정우가 끊임없이 묻고 또 물었던 말이었다. 이옥화는 말하는 중에도 자신의 일을 놓지 않고 있었다. 사진을 붙이는 손놀림이 아주 능숙해 보였다. 복사기가 드르륵거리며 내용물을 쏟아 놓았다. 이정우가 그것을 유심히 바라보았다.

"이제 다 됐어요. 사진은 일부러 조금 흐리게 만들었어…."

바로 그때, 운명은 무엇을 느낀 것일까. 급히 손가락을 들어 입술에 갖다 댔다. 이옥화가 말을 멈췄다. 누군가 있다. 의자에서 천천히 일어선 운명은 조심스럽게 창가로 다가갔다. 창밖에 어른거리는 그림자. 예사로 지나칠 문제가 아니었다. 번개 같은 동작으로 창문을 열어젖혔다. 운명은 빠른 시선으로 사방을 훑었다. 아무도 보이지 않았다. 하지만 무언가 께름칙한 기분. 훅 끼쳐 오는 새벽 공기는 어딘가 다르게 느껴졌다.

"여기서 나가야 합니다."

간단히 짐을 챙긴 이옥화는 두 사람을 따라 나섰다.

"어디로 가는 건가?"

이정우가 조용히 물었다.

"남은 작업을 마저 해야 하니 고물상으로 가야죠."

잠시 운명을 바라본 이정우가 다시 고개를 돌렸다. 대로로 나온 그들은 택시에 몸을 실었다. 이정우는 차창 너머로 시선을 던졌다. 지나가는 가로수, 가끔 눈에 띄는 사람들, 수많은 불빛들. 차창 너머의 세상은 그대로인 것 같았다. 아니, 그대로였다. 아무것도 변한 게 없는 그대로인 세상. 그대로인 세상에서 변한 게 있다면 이정우 자신의 가족뿐이었다. 하루아침에 도망자 신세로 전락해 버린 이정우 자신. 이정우는 절로 한숨이 흘렀다.

새벽 공기를 머금은 택시가 한참을 달려 체육공원을 지나 고물상 앞에서 멈췄다. 바로 그때, 체육공원으로 한 대의 승용차가 들어서고 있었다. 조 형사였다. 그는 무전기의 볼륨을 올렸다. 곧바로 선명한 소리가 무전기를 타고 흘렀다. 차를 마시는 듯 홀짝대는 소리와 백승혁의 목소리. 무언가 쾅쾅대는 소리는 나무 탁자에 무엇을 올려놓고 찍는 소리처럼 들렸다. 잠시 후, 여자의 목소리가 들렸다.

"그 여권은 어떤 사람도 알아채기 힘들 정도로 아주 정교하게 만들어졌어요. 경찰이었던 이 반장님도 분별하기 힘들 정도로. 제 선물입니다."

무전기에 귀를 기울이던 조 형사는 순간 깜짝 놀란 표정을 지었다. 그제야 이정우 반장이 무엇 때문에 백승혁을 만났는지 그 이유를 알 수 있었다. 위조 여권 브로커 백승혁. 조 형사의 판단이었다.

또 흘러나오는 목소리는 백승혁이었다.

"행선지는 일본 '나리타공항'입니다. 도착하면 안내원이 기다리고 있을 겁니다. 이미 예매는 해 놓았으니 내일 오후 2시까지 김포공항으로 가십시오. 시간을 꼭 지키셔야 합니다. 형님도 아시다시피 지금 모든 공항과 항만을 비롯해 심지어는 밀항선으로 사용할 수 있는 선박까지 형사들의 손이 미치지 않는 곳이 없습니다. 본청과 광수대의 수사망이 점점 좁혀오고 있으니 그 비행기를 놓치면 다시는 한국을 빠져나갈 수 없습니다."

반장님이 일본으로 도주한단 말인가. 조 형사는 급히 전화기를 빼 들었다.

"뭐? 형님이 백승혁과 같이 있다구?

구성민이 깜짝 놀란 듯 물었다.

"네, 틀림없습니다. 아무래도 백승혁은 위조 여권 브로커 같습니다. 반장님이 그놈의 도움을 받아 한국을 빠져나가려는 거 같은데 어떻게 할까요. 들이칠까요?"

"형님이 한국을 빠져나가려 한다구?"

"네, 행선지는 일본 나리타공항이라고 말했습니다."

거듭되는 충격인 것인가. 전화기에선 아무 소리도 흘러나오지 않았다. 잠시 후, 구성민이 말했다.

"백승혁은 예사 놈이 아니야. 아무리 형님이 같이 있다고 해도 자칫 봉변당할 수도 있으니 섣불리 접근하지 마. 내가 갈 때까지 잘 감시하고 있어. 조 형사도 짐작하겠지만 형님은 절대 김수창을 죽일 사람이 아니야. 뭔가 있을 거야. 형님과 백승혁이 움직이는 대로 바로바로 연락하고."

"알겠습니다."

경찰서를 빠져나온 구성민은 승용차에 몸을 실었다. 백승혁, 그놈은 대체 누구인가. 위조 여권 브로커? 그것만으로는 뭔가 부족하다. 자신의 직감은 이미 다른 곳을 향해 달려가고 있었다. 형님과 놈이 해외로 도주하기 전에 그것을 알아내야 한다. 고물상까지는 평소 20여 분 남짓한 거리였다. 시간은 새벽 2시를 넘어가고 있었다. 한산한 도로로 들어선 구성민은 신호와 속도를 무시하고 가속페달을 힘껏 밟았다. 맹렬하게 도로를 질주한 승용차가 체육공원으로 들어섰을 때는 채 10여 분도 흘러 있지 않았다. 구성민은 재빨리 조 형사의 승용차로 갈아탔다.

"형님과 백승혁이 아직 고물상에 있나?"

구성민이 물었다.

"네, 그런 거 같습니다."

"또 다른 내용은 없고?"

"네, 특이한 내용은 없습니다."

구성민은 무전기의 볼륨을 최대로 올렸다. 하지만 사람의 목소리는 흘러나오지 않았다.

"가만⋯."

구성민은 무엇을 느낀 것일까. 고개를 갸웃했다.

"왜요?"

"잘 들어봐. 이건 무슨 소리지?"

구성민과 조 형사가 무전기에 귀를 바싹 기울였다. 휘휘거리며 흘러나오는 소리는 바람 소리 같았다.

"선배님, 바람 소리 같은데요?"

"빨리 따라와!"

대체 형님이 무엇 때문에 일본으로 도주하려는 것일까. 그렇다면 모든 죄를 인정하는 것이나 다름없지 않은가. 구성민은 고물상으로 뛰면서도 생각을 멈추지 않았다. 무슨 수를 써서라도 형님을 막아 진실을 밝혀야 한다. 그렇지 않으면 형님은 영원히 도망자로 살아야 한다. 순식간에 컨테이너에 이른 구성민은 권총을 빼 들고 가만히 문손잡이를 돌렸다. 그와 동시에 세차게 문이 열렸다. 구성민이 재빠르게 몸을 비켰다. 세차게 열린 철문이 구성민의 머리를 스치고 지나가며 컨테이너의 몸체를 심하게 때렸다. 두 사람은 사방을 살폈다. 불이 환하게 밝혀져 있는 내부에는 사람의 그림자도 보이지 않았다. 심하게 불어오는 바람. 뒷문이 활짝 열려 있었다.

"눈치챘을 리는 없습니다."

조 형사가 자신을 변호하듯 말했다.

구성민은 깔끔한 사무실처럼 개조된 컨테이너의 내부를 샅샅이 훑으며 뒤졌다. 하지만 무엇 하나 의심 살 만한 물건은 보이지 않았다. 구성민의 시선이 천장으로 향했다. 혹시 도청 장치가 발각된 건 아닐까?

"도청 장치 확인해 봐."

조 형사는 책상 서랍을 열어 드라이버를 꺼내들고 소파로 올랐다. 조금 갈라진 텍스. 억지로 들어간 나사가 조금 비뚤어져 있는 것까지 변하지 않고 그대로였다. 그래도 안심할 순 없는 일이었다. 드라이버를 잡은 손에 힘을 주었다. 잠시 후, 도청 장치가 자신이 얹어 놓은 그대로 눈에 들어왔다.

"선배님, 이상 없습니다. 어떻게 할까요? 이제 수거할까요?"

"당연히 수거해야지. 출국 시간까진 얼마나 남은 거지?"

"오후 2시니까 11시간이 조금 덜 남았네요."

어떻게 해야 하나. 구성민은 고민하지 않을 수 없었다. 그의 머릿속은 어떻게든 이정우를 만나봐야 한다는 일념으로 가득 찼다. 하지만 속일 수도 없지 않은가. 바로 그때, 고물상으로 무수한 빛이 쏟아져 들어왔다. 구성민과 조 형사가 급히 몸을 돌려 밖으로 나갔다. 구성민의 얼굴이 삽시간에 일그러졌다. 차를 내리는 사람들은 사건을 맡은 강·폭력 1팀 형사들이었다. 구성민과 조 형사를 밀치다시피 해서 컨테이너로 들어간 형사들이 부지런히 손과 발을 움직였다.

잠시 후, 짧은 머리의 뚱뚱한 형사가 낭패한 표정으로 컨테이너를 나와 구성민을 향해 저벅저벅 걸었다.

"구성민, 너 이렇게 나올 거야? 왜 우리한테 먼저 얘기 안 했어? 김수창 씨 사건은 우리가 맡은 사건이야."

그는 사나운 표정으로 말했다.

그때, 뒤따라온 1팀장 최성택이 다짜고짜 구성민의 멱살을 움켜잡았다.

"너, 뭐 하는 새끼야!"

"팀장님, 그래서 말인데요, 오늘 오후 2시에…."

구성민이 조 형사를 향해 급히 눈짓했지만 때는 이미 늦었다.

"2시에 뭐! 계속해 봐."

최성택이 멱살을 풀면서 말했다.

"김포공항에서 2시에 일본으로 도주한답니다."

"그건 또 어떻게 알았어?"

조 형사가 난감한 표정을 지었다.

"좋아, 그건 나중에 듣기로 하고 그 정보 확실한 거지?"

"네."

"작전을 변경한다. 여기서 모두 철수해."

최성택의 지시에 자동차에 오른 형사들이 고물상을 빠져나갔다.

"선배님, 죄송합니다. 저도 모르게 그만…."

조 형사가 고개를 숙였다.

"아니야, 미안할 거 없어."

어떻게 해야 하나. 이제 형님은 공항에서 붙잡힐 것이다. 형님의 다정다감한 눈빛, 형수님의 수줍은 미소. 규민의 의젓한 얼굴. 구성민은 가슴 한편이 무너져 내리는 것 같았다. 구성민과 조 형사가 빠져나간 고물상에 적막이 찾아왔다.

사람들이 빠져나가 적막이 감도는 고물상으로 긴 그림자가 접근하고 있었다. 다소 힘이 빠진 걸음걸이. 축 늘어진 어깨. 금방이라도 눈물을 쏟을 것 같은 붉게 충혈된 눈동자. 유민주였다. 맞은편 건물에 숨어서 모든 것을 지켜본 그녀는 천천히 컨테이너로 들어섰다. 몸을 휘감고 지나가는 차가운 바람이 마치 비수처럼 느껴졌다. 그녀는 바람을 맞으며 한참을 그 자리에 서서 움직이지 않았다.

"민주야, 내가 지켜준다고 약속했지?"

백승혁의 목소리가 귓전을 울린다. 하지만 아저씨는 다시는 돌아오지 않을 것 같았다. 모든 게 나 때문이야. 바닥에 주저앉은 유민주는 초점 없는 시선으로 사방을 둘러보았다. 흐르던 시선이 싱크대에서 멈췄다. 이어서 목소리가 들리고 포근한 감촉이 느껴졌다.

"아저씨, 나는 아저씨가 전에 무슨 일을 했던 전혀 상관없어요."

뒤에서 아저씨를 끌어안은 자신의 목소리였다. 마치 꿈만 같았다. 눈물이 주르르 흘렀다. 이제 내가 갈 곳은 거기밖에 없어. 몸을 일으킨 그녀는 벽에 걸려 있는 자신의 옷을 바라보았다. 아저씨의 옷과 나란히 걸려 있는 옷들. 가져가고 싶지만 가져가고 싶지 않았다. 아저씨와의 추억이 영원히 사라질 것 같았기 때문이었고, 아저씨의 옷만 덩그러니 걸려 있는 모습을 차마 바라볼 수 없을 것 같았다. 고물상을 나서는 그녀는 몇 번이나 뒤를 돌아보았다. 잠시 후, 유민주가 도착한 곳은 삼거리 서울다방이었다.

"아이고, 이게 누구야."

자다 일어난 정 마담이 놀란 표정으로 말했다. 여전히 말문이 트이지 않는 유민주는 고개만 깊이 숙였다.

"아직까지도 말이 안 나와? 하긴, 이 빌어먹을 놈의 세상에서 누가 우리 같은 서민의 말을 귀담아듣겠어. 어쩌면 더 잘된 일인지도 모르지만 너도 참 기구한 인생이다. 어쩌다가⋯."

정 마담이 유민주를 살며시 안아 주었다.

"그건 그렇고, 경찰이 몇 번이나 찾아왔었다. 그날 니가 프린스모텔에 간 일이 없다고 딱 잡아뗐지만 경찰은 쉽게 믿지 않는 눈치더라. 어쩌다가 그런 누명까지 쓰게 됐어? 참 빌어먹을 놈의 세상."

정 마담은 마치 삶의 고달픔이 세상 탓이라는 듯 '빌어먹을 놈의 세상'을 연발했다.

"니가 여기 온 걸 보니 갈 데가 없어서 온 거 같은데 너만 좋으면 여기서 지내. 참, 그리고 일은 안 해도 돼. 고물상 승혁이가 니가 빚진 돈 다 갚아주고 갔다. 니가 다시 오면 잘 대해주라는 말도 남기고."

그 말을 듣고 있는 것인지, 듣고 있지 않는 것인지 유민주의 표정은 다방에 들어섰을 때와 변함이 없었다.

"우리, 술 한잔 할까?"

유민주의 대답도 듣지 않은 정 마담은 주방으로 들어가 소주와 마른 오징어를 들고 나왔다.

"말 많던 계집애가 하루아침에 이게 뭐야. 그러게 이년아, 사람은 제 분수를 알아야 한다고 누차 말했잖아."

몇 잔 술에 얼굴이 붉어진 정 마담이 오징어 다리를 씹으며 말했다. 이미 육십을 훨씬 넘긴 얼굴이 더 늙게 보였다. 그것은 아마도 세상의 모진 풍파를 겪은 탓이리라.

"이년아, 깡소주만 마시지 말고 안주도 먹어."

유민주 역시 술에 취한 듯 얼굴이 붉어졌다. 어느새 테이블에는 두 병의 소주가 비워졌고, 정 마담이 또 한 병의 소주병을 비틀었다. 취기가 많이 오른 것일까. 정 마담의 입에서 구슬픈 노랫소리가 흘렀다. 그녀가 술에 취할 때마다 즐겨 부르는 '목포의 눈물'이었다.

사공의 뱃노래~ 가물거리면~

삼학도 파도 깊이 스며드는데~

부두의 새악시~ 아롱 젖은 옷자락~

이별의 눈물이냐 목포의 설움~

정 마담의 구슬픈 노랫소리에 유민주가 일어나 춤을 추기 시작했다. 위로 뻗은 양손이 노래를 타고 흘렀다.

정 마담의 노랫소리는 계속됐다.

삼백 년 원한 품은~ 노적봉 밑에~

임 자취 완연하다 애달픈 정조~

눈을 감은 유민주는 양손으로 머리를 감싸고 천천히 몸을 흔들었다. 수천 마리의 반딧불이 그녀의 주위로 몰려들었다. 그녀의 얼굴이, 그녀의 손이 빛을 머금었다. 마치 빛의 무리가 움직이는 것처럼 보였다. 이윽고 빛의 무리는 예리한 칼날로 변했다. 그녀가 몸을 움찔거리기 시작했다. 예리한 칼날은 그녀의 얼굴을 찌르고, 손등을 찌르고 가슴 깊숙이 파고들었다. 가슴을 움켜잡은 그녀는 춤을 멈추지 않았다. 그것은 춤이 아니라 처절한 몸부림이었다. 그녀의 눈에서 눈물이 흘렀다.

유달산 바람도 영산강을 안으니~

임 그려 우는 마음 목포의 노래~

유민주를 바라보는 정 마담이 눈물을 흘리며 노래를 멈췄다.

"미친년."

유민주를 끌어안은 정 마담이 소리 내어 울었다.

본청과 광역수사대 형사들이 김포공항에 도착한 시간은 오전 11시를 조금 넘기고 있었다. 팀장 최성택의 지시에 따라 수염과 가발로 변장한 형사들이 승합차에서 내렸다.

"다시 한 번 말하지만, 이 반장은 아주 예리한 사람이야. 자칫하다가 놓칠 수도 있으니 섣불리 접근하지 마."

형사들은 자신들의 위치를 알고 있는 듯 빠르게 흩어졌다. 빗자루를 손에 든 청소부와 택시 기사로 위장한 형사들이 공항을 지나치는 사람들을 예리하게 훑었다. 어느새 시간은 오후 1시에 가까워지고 있었다. 공항 검색대 직원으로 위장한 최성택은 점점 마음이 초조해지기 시작했다. 이제 조금 있으면 출국 수속이 끝날 시간이다. 그런데 이 반장은 왜 모습을 드러내지 않는단 말인가. 아무리 변장을 했다 해도 이 많은 형사들의 눈을 피하기는 불가능하다. 혹시 잘못된 정보인가? 최성택은 모자를 고쳐 썼다.

그 시각, 구성민은 승용차의 속도를 높이고 있었다.

"선배님, 이러다가 들키기라도 하면 어떡하시려구…."

시계를 바라본 구성민이 속도를 더 높였다.

"아니, 선배님."

조 형사의 목소리엔 심한 걱정이 담겨 있었다.

이윽고 김포공항에 도착한 승용차가 주차장으로 들어서 멈췄다. 구성민이 차를 내렸다.

"선배님, 아무리 생각해도 이건 아닙니다."

"너도 형님이 김수창을 살해했을 거라고 생각하냐?"

"그건, 아니지만… 그래서 어떡하시려구요. 설령 반장님을 만났다고 치죠. 다음에 뭘 어떻게 하실 건데요?"

조 형사의 말이 옳았다. 뭘 어떻게 할 방법이 없었다. 자신이 여기까지 온 이유도 모를 것 같았다.

"선배님, 그런데 이상합니다. 시간이 벌써 한 시 반이 넘었는데 반장님은…."

그때, 구성민은 무엇이 생각난 것일까.

"조 형사, 가볼 데가 있다."

삼십여 분을 달려 고물상에 도착한 두 사람이 급히 컨테이너로 들어섰다.

"여기에 뭐가 있어요?"

대답 없는 구성민은 천장을 유심히 살폈다.

하하하. 구성민이 느닷없이 웃음을 터트렸다. 조 형사의 눈동자가 구성민의 시선을 좇아 한 자리에 머물렀다.

"아니!"

그 역시 어이없는 웃음을 흘렸다. 도청 장치를 숨겨 놓았던 텍스는 그대로였지만 두 칸 건너 텍스는 귀퉁이가 조금 떨어져 있었다. 아마도 뜯어냈던 흔적 같았다. 철저하게 속은 것이었다. 그렇게 생각하니 모든 게 맞아 떨어졌다. 그날, 병원 휴게실에서 백승혁의 목소리가 비웃는 소리처럼 들렸다.

"유민주 씨와 어떤 관계입니까?"

"결혼할 사입니다."

잠깐 망설인 백승혁의 대답이었다.

"유민주 씨는 삼거리 서울다방에서…."

"형사님, 여기에서 제 여자의 과거를 꺼내는 이유가 뭡니까? 이 사건이 과거와 무슨 연관이 있다고."

백승혁, 놈의 의도적인 실수였다. 나는 그것도 모르고 연신 쾌재를 불렸지 않은가. 놈은 그런 나를 보고 얼마나 비웃었을까. 심한 모멸감과 함께 분노가 치솟았다.

"선배님, 우리는 철저하게 속은 겁니다."

조 형사가 믿을 수 없다는 듯 말했다.

"백승혁, 그놈은 처음부터 우리를 갖고 놀았어. 모든 병력을 한곳으로 이동시키고 형님과 함께 유유히 한국을 빠져나간 것이야. 아마도 행선지는 일본이 아니겠지?"

백승혁에 대한 분노의 감정과 형님이 무사히 한국을 벗어났다는 안도의 감정이 동시에 교차했다. 컨테이너를 나서는 조 형사가 다시 돌아서 책상을 걷어찼다.

ꙮ

마카오

    중화인민공화국의 특별 행정구 마카오. 16세기 포르투갈인이 처음 정착한 이래 약 450년간 포르투갈의 식민지였으며, 1999년 12월 20일 중화인민공화국에 반환되었다. 홍콩 국제공항을 빠져나온 두 사람이 택시에 몸을 실어 자그마한 항구로 들어서고 있었다. 이정우와 운명이었다. 형사들의 추격을 보기 좋게 따돌린 그들은 홍콩으로 입국해 마카오로 향하는 중이었다. 차창을 바라보는 이정우는 한 가지 생각에 집중해 있었다. 그것은 구성민에 대한 생각이었다. 어쩔 수 없는 선택이었다고 변명을 해 보아도 너무나 미안한 생각은 떠나지 않았다. 지금까지 연락을 하지 않은 이유이기도 했다. 구성민을 난처한 입장에 빠트리지 않기 위해서.

    택시에서 내린 그들 앞에 나룻배가 와서 멈췄다. 마카오와 홍콩 사이를 정기적으로 왕복하는 전통 나룻배였다. 하지만 키를 잡은 사내는 나룻배를 운영하며 생계를 유지하는 사람처럼 보이지 않았다. 한쪽에 나룻배를 정박시킨 사내가 매우 민첩한 동작으로 두 사람 앞으로 올랐다.

"대좌 동지, 기다리고 있었습니다."

사내가 운명을 향해 거수경례를 올렸다. 탈북자 리정철이었다. 한국에서 박현수와 함께 얼굴을 바꾼 이들은 얼마 전 마카오에 들어와 있었다. 그들은 잠시 걸어 마카오행 페리호에 올랐다.

"이 반장님, 또 보게 되는군요."

운명에게 거수경례를 올렸던 사내가 손을 내밀어 악수를 청했다. 나를 알고 있단 말인가? 이정우는 사내의 얼굴을 처음 보는 것 같았다.

"아직도 반장님에게 맞은 정강이가 얼얼합니다."

사내가 껄껄거리며 웃었다. 이정우는 그제야 생각난 듯 사내가 내민 손을 맞잡았다. 사내는 이정우가 운명의 정체를 파악한 그날, 지하실에서의 격투를 말하는 것이었다. 희미한 전등불의 지하실. 눈이 뒤집혀 있는 그때 사내의 얼굴이 기억나지 않는 건 당연했다.

"정식으로 인사드리겠습니다. 리정철입니다."

"그땐 미안하게 됐소."

"아닙니다. 제가 맞을 짓을 했죠. 감히 대좌 동지의 형님을…."

운명과 리정철이 동시에 웃음을 터트렸다. 하지만 이정우는 웃음이 나오지 않았다. 단지 희미한 미소만 입가에 자리 잡았다가 사라졌다. 시간호 사건 이후로 지금까지 변하지 않고 반복되는 현상이었다. 평소 웃음이 많은 편은 아니었지만 지금과 같은 웃음의 순간에선 크게 웃음을 터트리곤 했었다. 무의식적으로 튀어나오려던 웃음까지도 구속받고 있는 것이었다. 고개를 돌린 이정우는 잔잔한 바다를 바라보았다. 어느새 페리호는 마카오로 들어서고 있었다. 저녁이 가까운 탓인지 푸른 빛깔의 바다가 검게 변해가고 있었다. 페리호에서 내린 세 사람은 도박과

환락의 도시 마카오에 발을 디뎠다. 시내로 들어서 조금 걸으니 포르투갈의 영향을 많이 받은 탓인지 마치 유럽에 온 기분이었다.

"형님, 저 버스를 타시죠."

이정우가 운명이 가리킨 쪽으로 고개를 돌렸다.

"어디로 가는 건가?"

"세나도로 가야 합니다."

"세나도?"

물음으로 보아 이정우는 마카오에 처음 오는 것 같았다.

"네, 마카오의 중심이죠."

버스에 오르니 간편한 차림의 사람들로 몹시 붐볐고, 들려오는 언어는 모두 제각각이었다. 아마도 마카오 여행자들인 듯했다. 귀에 익은 한국어도 가끔 들려왔다. 이윽고 가다 서다를 반복한 셔틀버스가 세나도 광장에 도착했다. 버스에서 내린 세 사람은 물이 뿜어져 오르는 분수대에 자리를 잡았다.

"안내원이 올 때까지 여기서 기다리시죠."

운명이 말했다.

"중국 속의 작은 유럽이라 불리는 마카오 여행은 세나도 광장에서 시작된다고 합니다."

리정철의 말소리에 이정우는 잠시 여행자들로 몹시 붐비는 광장을 둘러보았다. 그리 크지 않은 규모에 광장을 둘러싼 유럽풍 건물이 아주 이채롭게 보였다. 고개를 숙이니 물결무늬가 새겨진 타일 바닥이 이국적으로 다가왔고, 마치 몸을 흔들면서 춤을 추고 있는 것 같았다.

바로 그때, 여행객들의 환호성이 이어졌다. 세나도 광장에 조명이 밝혀진 것이었다. 피부색이 다른 전 세계에서 모여든 여행객들이 카메라와 스마트폰을 연신 눌러가며 사진 촬영에 바빴다. 광장이 조명을 밝히면서 여행자들의 눈을 매혹시키고 있었다. 주변의 다양한 상점과 기념품점, 각종 먹거리를 파는 식당들이 어우러진 광장은 마치 도시 자체가 살아 움직이는 것처럼 생동감이 넘치게 보였다. 하지만 광장을 가만히 바라보는 이정우의 얼굴은 표정에 변화가 없었다.

그때, 누군가 다가오며 눈짓했다. 이정우와 운명, 리정철이 몸을 일으켜 사내를 따라 나섰다. 사내와 일정한 간격을 유지한 세 사람은 화사한 파스텔 톤의 건축물들을 지나 매우 고풍스러운 성당 앞에서 발을 멈췄다. 뒤를 돌아본 사내가 고개를 조금 숙여 보이고 성당 안으로 들어갔다. 그렇게 잠시 기다리니 눈매가 날카롭게 보이는 사내가 성당 안에서 나와 다시 눈짓했다. 그는 리정철과 함께 북한을 탈출한 박현수였다. 다시 일정한 간격을 유지한 그들이 발을 움직였다. 몹시 붐비는 세나도 광장이 점점 멀어졌다. 어디로 가고 있는 것일까. 거기에는 무엇이 있단 말인가. 과연 거기에 가면 시간호 사건의 전말을 알 수 있는 것일까. 광장을 벗어나는 이정우는 끊임없이 이어지는 생각을 멈출 수 없었다.

광장을 완전히 벗어난 그들은 마카오 중앙우체국을 지나 민정청사를 또 지나쳤다. 옆길로 들어서니 5층 높이의 건물들이 눈에 들어왔다. 아파트처럼 보이는 건물은 골목길 양옆으로 펼쳐져 있었고, 음식점과 상점, 주택이 붙어 있는 복합건물이었다. 여행자들로 보이는 사람들이 골목에서 쏟아져 나왔다. 아마도 단체 여행자들인 듯했다. 그때, 여행자들 틈으로 스며든 박현수가 모습을 감췄다. 잠시 발을 멈춘 운명은 그것을 알고 있는 것일까. 여행자들이 지나가기를 기다려 다시 천천히 발을 움직였다.

마침내 그들이 도착한 곳은 시계방이었다. 비로소 박현수가 들어서는 운명을 향해 거수경례를 올렸다. 늙수그레한 수염이 더부룩한 남자가 점방의 셔터를 내렸다. 시계 초침 소리가 작은 점방을 울렸다.

"처음 뵙겠습니다. 이정웁니다."

이정우가 늙은 남자에게 고개를 숙였다. 하지만 늙은 남자는 고개만 한 번 끄덕였을 뿐, 무표정한 얼굴에 말이 없었다.

"조선말을 할 수도, 알아듣지도 못하는 분입니다. 비어 있는 공간을 우리가 세를 얻은 것이니까요. 당연히 우리가 어떤 일을 하고 있는지 관심도 없고 알지도 못합니다."

말을 마친 박현수는 수많은 시계가 걸려 있는 벽을 잡고 살며시 밀었다. 눈에 들어온 것은 아래로 내려가는 계단이었다. 이정우가 마지막으로 계단을 내려가자 드르륵거리며 다시 벽이 닫혔고, 셔터 올리는 소리가 들렸다. 지하실에 발을 디딘 이정우의 두 눈이 휘둥그레졌다. 좁은 지하실은 컴퓨터에 둘러싸여 있었고, 비교적 젊은 나이의 사람들이 컴퓨터에서 눈을 떼지 않았다. 마치 경찰청 정보 분실에 들어와 있는 느낌이었다. 차이점이 있다면 크기가 작고, 주변이 몹시 지저분하다는 것 외엔 차이점을 찾을 수 없었다.

"우리 공화국에서도 손에 꼽히는 해킹 실력을 갖춘 동지들입니다."

운명이 걸음을 옮기면서 말했다.

"전인태 계장이 시간호 사건과 어떤 연관이 있었는지 곧 알게 되실 겁니다."

걸음을 멈춘 운명이 한 남자의 등을 토닥이며 덧붙여 말했다. 뛰어난 실력의 해커들이 손이 보이지 않을 정도로 키보드를 빠르게 두드렸다. 드디어 전인태의 계좌 추적이 시작된 것이었다. 키보드를 두드리는 소리가 지하실을 울렸다. 이정우의 가슴이 무섭게 뛰기 시작했다.

가까스로 정직 처분을 면한 구성민은 김형석과 함께 찻집으로 들어섰다. 한 시간 전에 걸려온 전화. 박수명의 범행으로 종결지어질 것 같은 황태철 살인 사건이 뜻밖의 제보 전화에 의해 사건의 판도가 달라질 것 같았다. 두 사람이 초조한 마음으로 제보자를 기다리고 있었다. 삼십 분을 넘게 기다렸지만 제보자는 모습을 드러내지 않고 있었다. 약속 시간을 이십 분이나 넘긴 것이었다.

"선배님, 혹시 장난 전화 아닐까요?"

김형석이 물었다.

제보 전화는 공중전화로 걸려왔다. 정말 장난 전화인가. 구성민은 속이 타는지 물을 벌컥 들이켰다.

"선배님, 장난 전화 같으니 그냥 가시죠."

"십 분만 더 기다려 보고 나가자."

일어서던 김형석이 다시 의자에 앉았다. 다시 또 십 분이 흘렀다. 화가 치민 구성민이 다시 물 한 잔을 들이켜고, 컵을 소리 나게 내려놓았다. 그때, 제복 경찰이 찻집으로 들어섰다. 얼굴이 제법 곱상해 보이는 순경이었다. 나이는 이십 중반쯤으로 보였다. 주위를 둘러본 그는 구성민과 김형석의 앞으로 다가왔다.

"혹시…?"

그가 누구인지 직감한 구성민이 눈으로 물었다.

"넷, 순경 김영훈입니다. 제가 전화했습니다."

"제보자가 너였어?"

김형석이 어이없다는 투로 물었다.

"죄송합니다."

"좋아, 그건 그렇고, 뭘 가지고 있다는 거야?"

구성민이 물었다.

의자에 앉은 김영훈은 스마트폰을 꺼내 동영상을 실행시켜 두 사람 앞에 내밀었다. 동영상을 바라보는 두 사람의 눈동자가 휘둥그레졌다. 피가 잔뜩 묻어 있는 얼굴로 프린스모텔을 빠져나오는 여자. 유민주였다. 촬영된 시간을 살펴보니 황태철의 사망 추정 시간과 비슷했다. 사건의 판도를 뒤집을 결정적 증거였다.

"대체 이 영상을 어떻게 찍은 건가?"

구성민이 동영상에서 눈을 떼며 물었다.

"그리고 왜 제보를 공중전화로 했고, 지금까지 숨기고 있었던 이유가 뭐야?"

연이은 질문이었다.

잠깐 동안 망설인 김영훈이 입을 열었다.

"사실, 이 자리에 나오기까지 많이 망설였고, 조금 전까지도 나오지 않으려고 했습니다. 유민주는 제가 좋아했던 여자니까요. 하지만 유민주는 언제부턴가 고물상 남자한테 빠져 저를 거들떠보지도 않더라구요. 그래서 그날, 담판을 지으려고 유민주의 뒤를 밟았습니다. 기회를 노렸던 거죠."

"그러니까 유민주의 약점을 잡아서 자기 여자로 만들기 위해 기회를 노렸단 말이지?"

"네, 죄송합니다."

구성민의 물음에 김영훈이 고개를 숙이며 대답했다. 결과적으로 결정적 증거였지만 그 과정에 한숨이 절로 흘렀다. 잠시 후, 동영상을 전송해 준 김영훈이 몸을 일으켰다.

"전, 그럼 이만 가보겠습니다."

인사를 올린 김영훈이 찻집을 빠져나갔다.

"선배님, 프린스모텔을 빠져나오는 유민주의 표정과 옷차림으로 보아 계획에 없는 우발적 살해인 것 같습니다. 그 충격으로 실어증인지 함묵증인지 걸려서 말도 못 하고, 자기가 좋아했던 백승혁은 어디로 갔는지 알 수도 없고. 알고 보니 유민주는 아주 불쌍한 여자였네요."

김형석이 안쓰럽게 말하고 덧붙였다.

"김영훈 그놈, 경찰이라는 놈이 여자 약점이나 잡으려고 하다가 이 지경까지 일을 키웠네요. 그때 유민주가 모텔로 들어갈 때 잡아서 말리기만 했어도 사건은 일어나지 않았을 텐데."

묵묵히 듣고 있는 구성민도 착잡한 심정을 가눌 길이 없는지 쉽게 자리에서 일어나지 못하고 있었다.

"선배님, 유민주를 꼭 잡아넣어야 할까요?"

"그건 또 무슨 말이야?"

"생각해 보세요. 박수명 마지막 선고 공판일이 얼마 남지 않았어요. 그 안에 우리가 결정적 증거를 제시하지 않으면 박수명이 모든 죄를 뒤집어쓰고 들어가는 거잖아요. 그래서…."

살며시 미소 지은 구성민이 말을 잘랐다.

"그래서 어차피 그런 놈은 이 사회에 나와 봐야 아무 쓸모가 없고, 유민주에게 살해된 황태철 그놈도 사회에 기생충 같은 놈이었으니 그냥 덮어두자. 그런 말이야?"

"그렇죠, 우리만 입 다물고 있으면 누가 알겠어요?"

"그럼 김영훈 순경은 어떻게 할 거야? 사건 진행을 보고 있을 텐데."

"아까 선배님도 보셨잖아요. 동영상을 삭제시킨 거. 불러다가 족치면 지가 어떻게 하겠어요."

"성질머리하곤."

구성민이 껄껄거리며 웃었다.

"농담이었습니다. 법과 질서를 바로잡아야 할 경찰이 그러면 안 되죠."

찻집을 나서는 구성민은 가슴 한편이 마치 물먹은 솜처럼 무거워지는 것을 느끼지 않을 수 없었다. 서울다방에 가까워질수록 구성민의 발걸음이 점점 느려졌다. 어쩌면 김형석의 말은 농담이 아니었을 것이다. 내가 동의만 했다면 그는 분명히 그렇게 했을 것이다. 그것은 나 또한 다르지 않다. 왜 그러고 싶지 않겠는가. 할 수만 있다면 덮어 두고 싶다. 순간 구성민은 동영상을 제공한 김영훈의 면상을 후려치고 싶은 충동을 느꼈다.

마침내 두 사람이 다방으로 들어섰다.

"아이구, 지겨워. 또 뭘 물어보려고 왔어요?"

정 마담이 쌀쌀맞게 말했다.

"유민주 씨, 안에 있죠?"

"아니, 몇 번을 말해요. 그날 민주는 프린스모텔에 간 일이 없다니까."

그때, 유민주가 주방에서 모습을 드러냈다.

"유민주 씨, 가시죠."

구성민이 무겁게 말했다.

고개를 숙인 유민주가 순순히 형사들을 따라 나섰다.

"아이고, 이것아, 어떻게 된 거야?"

유민주를 붙잡은 정 마담이 믿을 수 없다는 표정을 지었다. 잠시 그 자리에 선 유민주는 정 마담을 향해 깊이 고개를 숙이고 다방을 빠져나갔다. 정 마담은 정적이 감도는 다방에서 한동안 움직이지 않았다. 아니 움직일 수도 없었다. 무언가에 꽁꽁 묶여 있는 기분이었다. 마치 넋이 나간 듯 그 자리에 한참을 서 있던 정 마담이 마침내 눈물을 주르르 쏟았다. 그녀의 입에서 눈물 젖은 노래가 흘렀다.

사공의 뱃노래~ 가물거리면~

삼학도 파도 깊이 스며드는데~

끊어졌다가 이어지는 노래는 계속됐다.

부두의 새악시~ 아롱 젖은 옷자락~

노래를 멈춘 정 마담은 무엇을 보고 있는 듯 허공을 주시했다. 자신의 노래에 손을 휘저으며 춤을 추고 있는 유민주가 망막을 채웠다. 이내 그 춤은 처절한 몸부림으로 변해 있었다. 유민주가 바로 눈앞에 있는 것 같았다. 눈물은 계속해서 흘렀다. 그녀의 입에서 세상을 한탄하는 목소리가 흘렀다.

"빌어먹을 놈의 세상, 지지리 복도 없는 년."

지하실의 숨 막힐 듯 계속되는 공기는 쉽게 끝을 보이지 않고 있었다. 의자에 앉아 있던 이정우는 몸을 일으켰다. 벌써 수백 번을 반복했던 행동이었다. 벌써 이틀이 지나고 삼 일째로 접어들었다. 최고의 해커들마저도 뚫고 들어갈 수 없는 보안 장벽에 혀를 내두르며 점점 지쳐가고 있었다. 몇 시간의 시간차를 두고 잠깐씩 시도하는 침투가 계속 이어졌다. 그것은 발각될 것을 우려한 까닭이었다. 그때, 한 남자의 목소리가 지하실을 울렸다.

"드디어 뚫었습니다!"

그와 동시에 다른 남자의 목소리가 이어졌다.

"발각됐습니다. 쫓아오고 있어요."

급히 일어선 운명이 모니터 앞으로 뛰었다.

"어디서 쫓아오고 있는 거 같나?"

"국정원 같습니다."

"국정원?"

"네."

국정원이 금융 전산망까지 관리하고 있지는 않을 것이다. 운명은 이해할 수 없었다.

"확실한가?"

"아무래도 관리자가 우리의 침투를 진작 알아차렸던 것 같습니다."

"계속 진행해."

"네? 그렇게 되면 우리의 위치가 발각되는 건 시간문제입니다."

"우리의 위치는 이미 발각됐다고 봐야 해. 우리를 속이기 위한 놈들의 전술이야. 이 시간이 아니면 알아낼 수 없어. 빨리 그것을 알아내고 우리는 여기에서 철수한다. 어차피 여기는 우리가 있을 자리가 아니야."

이정우는 모든 상황을 숨죽이고 지켜보았다. 드디어 키보드를 강하게 두드리는 소리가 들렸다. 이어서 인쇄기가 드르륵거리며 글자가 빼곡히 박힌 용지를 토해냈다. 키보드 두드리는 소리가 완전히 멈추고 컴퓨터의 모든 전원이 꺼졌다. 이정우는 떨리는 손으로 용지를 집어 들었다. 그의 눈에 들어온 것은 무엇일까. 고정된 눈동자가 의구심을 가득 품고 있었다. 이정우 옆으로 다가간 운명이 뭔가 알겠다는 듯 고개를 끄덕였다.

"전인태 계장은 코스피 200지수 '풋옵션'을 매수한 것입니다."

"주가가 떨어질수록 돈을 번다는 풋옵션을 말하는 것인가?"

"네, 여기를 보세요. 전인태 계장은 코스피지수가 전저점을 갱신한 날, 풋옵션을 매수했네요. 그 결과 투자한 삼천만 원이 삼십억이 넘는 엄청난 돈으로 돌아왔구요. 아마도 시간호 사건으로 주가가 곤두박질 칠 것이라는 것을 알고 매수한 것 같습니다."

"형님이 미리 알고 매수했다구?"

이정우는 믿어지지 않는다는 표정을 지었다.

"네, 그런 거 같습니다. 미국 911사태 때, 옵션 시장에서 무려 500배 이상의 수익이 나왔다는 것은 이미 잘 알려진 사실입니다. 온갖 의문을 갖고 있는 911테러는 몇 세대가 지나도 그 진실은 밝혀지지 않을 겁니다. 아니 영원히 밝혀지지 않을 수도 있습니다. 과연 그때, 풋옵션을 걸어 놓은 사람들은 누구일까요. 911테러에서 밝혀지지 않은, 아니 밝힐 수 없는 사안입니다."

"그럼 시간호 사건에도 이런 음모가 개입돼 있다는 말인가?"

"유감이지만 시간호 사건 또한 예외가 아닐 거라는 생각이 드는군요. 하지만 형님이 바라는 진실을 알기란 불가능에 가깝습니다. 누가 여기에 얽혀 있고, 과연 비밀단체가 시간호에 개입돼 있는지 알 길은 없습니다. 우리가 알 수 있는 건 여기까지입니다."

권력자와 국민의 관계는 무엇이란 말인가. 권력자와 국민… 권력자와 국민…. 이정우는 속으로 몇 번을 되뇌었지만 명확한 해답을 찾을 수 없었다. 순간 온몸이 마치 전기에 감전된 듯 전율이 이는 것을 느꼈다. 이내 참을 수 없는 분노가 치솟았다. 이정우의 입에서 마침내 다짐하고 다짐했던 한마디가 흘렀다.

"난세에 필연적으로 뒤따라오는 것이 무엇이겠는가."

'이제부터 시작이다.' 이정우를 바라본 운명은 속으로 읊조렸다. 그는 이십여 년 전, 비무장지대에서 이정우의 눈빛을 읽은 것은 아닐까. 그래서 지금껏 그를 지켜보며 기다린 것이었을까. 그것과 더불어 남북한의 시국이 두 사람을 필연적으로 엮어준 것은 아닐까. 결정 내린 이정우와 운명이 굳게 손을 잡았다. 그때였다. 무수한 발걸음 소리가 머리 위에서 들렸다.

"빨리 여기서 철수한다."

돌아선 운명이 모든 전등 스위치를 내렸다. 칠흑 같은 어둠이 찾아왔다.

손전등을 밝힌 박현수가 캐비닛을 한쪽으로 밀었다. 눈에 들어온 것은 무쇠로 만들어진 맨홀 뚜껑이었다.

"도시를 관통하는 하수구입니다."

만약을 염두에 둔 것일까. 이들은 놀라울 정도로 치밀했다. 하수구 안으로 한 사람씩 몸을 집어넣었다. 머리 위에서 들리는 무수한 발걸음 소리는 무엇인가를 밀고 끄는 소리로 변해 있었다. 이내 드르륵거리며 벽이 열리는 소리가 들렸다. 위치가 발각된 것이었다.

"빨리 서둘러."

작지만 강하게 말한 운명은 맨홀 뚜껑을 닫으며 고개를 끄덕였다. 바로 그때, 누군가 뚜껑을 들어 올렸다. 이정우였다. 곧바로 맨홀을 빠져나온 그는 운명을 향해 고개를 끄덕였다. 손전등의 불빛이 지하실을 훑었다. 이정우와 운명이 계단 밑으로 바싹 붙었다. 계단을 내려서는 발걸음 소리. 두 명의 사내들이었다. 손전등이 혀를 날름거리며 사방을 훑었다. 계단을 내려오는 소리가 묵직하게 들렸다. 사내들이 무엇을 느꼈는지 그 자리에 멈춰 권총을 빼 들었다. 그와 동시에 이정우와 운명이 손을 뻗어 사내들의 발을 힘껏 낚아챘다. 곧바로 비명이 터졌고, 계단을 구른 사내들이 바닥에 얼굴을 박았다. 잠시 반응을 살핀 운명이 전등 스위치를 올리고 혼절해 있는 사내들을 잠시 바라보았다.

"곧 들이닥칠 겁니다."

이정우와 운명이 맨홀 안으로 몸을 집어넣었다. 역한 냄새가 훅 끼쳐왔다. 머리를 숙이고 발목 위까지 차 있는 지저분한 물을 첨벙거리며 하수구를 뛰었다. 5분여를 정신없이 뛰다 보니 하수구가 여러 방향으로 갈라졌다.

"이쪽입니다."

잠시 그 자리에 멈춘 이정우는 여러 갈래로 뻗어 있는 하수구를 바라보고 몸을 뒤로 돌렸다.

"형님, 뭐 하세요?"

뒤를 돌아본 운명이 물었다.

다시는 돌아갈 수 없는 길. 다시 몸을 돌린 이정우는 운명과 함께 하수구를 뛰었다.

곰팡이가 심하게 슬어 있는 담장. 무거워 보이는 가방을 손에 든 여자가 담장을 지나 파란색 대문 앞에 멈췄다. 잠시 주위를 둘러본 여자는 망설임 없이 주택으로 들어섰다. 기다렸다는 듯 집 안에서 뛰어나온 리정철이 여자를 구석진 방으로 안내했다. 이정우와 운명이 조선영화방송음악단 이옥화를 맞이했다.

마카오 시내를 벗어난 이정우와 운명은 한 찻집에서 발을 멈췄다.

"형님, 이거 귀에 꽂으세요."

이정우는 운명이 내민 언어변환기를 받아 귀에 꽂았다.

"뜨거운 음료수로 주시오."

앞장서 찻집으로 들어선 운명이 카운터를 지나치며 광동어(중국 광동성, 홍콩, 마카오에서 사용되는 언어)로 말했다.

뜨거운 음료수? 이정우는 그들만의 암호일 거라 생각했다. 카운터의 여자가 몸을 일으켰다. 잠시 자리를 잡고 기다리니 중국 전통 복장을 한, 사십 후반 정도로 보이는 여자가 차를 들고 자리에 앉았다.

"오랜만이네요."

"잘 있었습니까?"

"네, 같이 오신 분은…."

언어변환기를 통해 들려오는 소리에 이정우가 머리를 숙였다.

"한국에서 온 이정웁니다."

한국말을 알아들을 수 없는 여자가 눈치껏 인사했다.

"같이 일할 분입니다."

운명의 말에 여자는 자리에서 일어서 두 사람을 안내했다. 뒷문을 통해서 나오니 화사한 꽃들이 피어 있는 작은 정원이 보였고, 정원을 지나친 그들은 또 다른 문을 열고 들어섰다. 짙은 붉은색 커튼을 걷고 들어가니 2층으로 통하는 나무 계단이 보였다.

"댁들이 무슨 일을 하는지 잘 모르겠지만 성공을 기원할게요."

이정우가 살며시 고개를 숙였다.

여자가 몸을 돌려 나가고 이정우와 운명은 나무 계단을 올랐다. 순간 이정우는 놀라움을 금할 수 없었다. 시계방은 비교가 되지 않을 정도로 엄청난 컴퓨터가 망막을 가득 채웠다.

"형님, 이제부터 시작입니다."

1주기 추모 행사

그로부터 4개월 후, 대한민국.

무더운 한여름. 버스와 자가용의 행렬이 도로를 질주하고 있었다. 에어컨이 고장 난 것일까. 버스 안의 사람들은 땀을 뻘뻘 흘리고 있었다. 하지만 누구 하나 부채질하는 사람도 보이지 않았다. 그것은 버스를 뒤따르는 자가용의 사람들도 다르지 않았다. 이윽고 버스와 자가용이 넓은 주차장으로 들어섰다. 문이 열리며 대거의 사람들이 아스팔트에 발을 내렸다. 시간호 유족들이었다. 그들은 자식과 부모가 시간호에서 죽어가던 그 순간의 고통을 조금이라도 느껴보려는 것이었는지 자동차를 내려 합동분향소로 걷고 있는 지금까지도 부채질을 하지 않았다.

눈에 들어온 노란 리본. 시간호 사건 1주기를 맞아 그날을 잊지 않겠다는 듯 낡아 있던 노란 리본이 모두 깨끗한 리본으로 바뀌어 있었다. 이것은 아픔을 함께하는 일부 시민들이 자발적으로 참여해 준 덕분이었다. 말 그대로 일부 시민이었다. 정부와 언론에 의해 찢기고 찢겨 사회적 죄인으로 만들어진 지 이미 오랜 시간이 흐른 지금 대거 국민들의 참여는 기대하기 어려웠다. 그만큼 대한민국은 이 사건에서 눈을 감고 등을 돌렸다.

합동분향소 앞에 도착한 시간호 유족들은 준비된 의자에 앉았다. 잠시 후, 구슬픈 추모곡이 들리며 설치된 대형 스크린에 희생자의 사진이 하나둘 지나갔다. 자신들의 자식과 부모의 얼굴이 지나갈 때마다 오열이 터졌다. 그때, 맑아 있던 하늘이 갑자기 어두워졌다. 빗방울이 하나둘 떨어지기 시작했다. 강한 흙냄새가 콧속으로 훅 끼쳐 왔다. 빗방울이 점점 굵어지더니 이내 마구 쏟아졌다. 강한 빗속에서도 추모 행사는 멈추지 않고 계속 진행됐다. 흰옷을 입은 사람들이 단상에 등장했다. 그들의 손에는 시간호를 의미하는 종이로 만든 모형 기차가 들려 있었다. 기차를 들고 있는 한 여자의 입에서 구슬픈 노랫소리가 흘렀다. 이연실의 '찔레꽃'이었다.

엄마 일 가는 길에 하얀 찔레꽃
찔레꽃 하얀 잎은 맛도 좋지
배고픈 날 가만히 따 먹었다오
엄마 엄마 부르며 따 먹었다오

밤 깊어 까만데 엄마 혼자서
하얀 발목 바쁘게 내게 오시네
밤마다 꾸는 꿈은 하얀 엄마 꿈
산등성이 너머로 흔들리는 꿈

엄마 엄마 나 죽거든 앞산에 묻지 말고
뒷산에도 묻지 말고 양지쪽에 묻어주

비 오면 덮어주고 눈 오면 쓸어주
내 친구가 날 찾아와도 엄마 엄마 울지 마

여기저기서 흐느끼는 소리가 들렸다. 울음소리를 머금은 노래가 넓은 행사장에 계속 울렸다.

울 밑에 귀뚜라미 우는 달밤에
기럭기럭 기러기 날아갑니다

가도 가도 끝없는 넓은 하늘을
엄마 엄마 찾으며 날아갑니다

가을밤 외로운 밤 벌레 우는 밤
시골집 뒷산 길이 어두워질 때

엄마 품이 그리워 눈물 나오면
마루 끝에 나와 앉아 별만 셉니다

울음을 머금은 노래를 끝내고 그들은 종이로 만든 기차에 불을 붙여 하늘을 향해 날렸다. 그렇게 1차 행사를 끝내고 2차 행사를 준비하고 있을 때였다. 사람들이 수군거리기 시작했다. 모두의 시선이 뒤로 쏠리는 것으로 보아 누군가 온 것 같았다.

"대통령이 왔대요."

누군가의 소리가 들리는가 싶더니 경호원들의 호위를 받으며 대통령이 모습을 드러냈다. 가운데에 선 박미자 대통령. 그 옆으로 비서실장과 장관으로 보이는 사람들이 합동분향소로 걸어오고 있었다. 그런데 뭔가 이상해 보였다. 수행원들의 가슴에는 모두 시간호 희생자들 추모의 상징인 노란 리본이 달려 있었는데, 유독 대통령의 가슴에는 노란 리본이 달려 있지 않았다. 행사장의 모든 사람들이 달고 있는 노란 리본을 대통령은 달고 있지 않았다. 시간호 유족들에 대해 다분한 불만의 표시로 보였다. 무언가 몹시 탐탁지 않은 박미자 대통령의 표정이 그것을 말해주고 있었다.

지금까지 정부와 언론이 시간호 유족들에게 저질렀던 행동이 과연 어떤 것이었는지 그것으로도 모자란다고 생각한 것일까. 국민 앞에서 자신의 입으로 말한 약속을 하나도 지키지 않았고, 그 약속을 지키라는 눈물 어린 호소가 대통령의 심기에 많은 불편을 심어주었단 말인가. 대체 누가 누구를 대상으로 시위를 벌이고 있는 것인지 도무지 모를 일이었다. 저 표정이 과연 시간호 1주기를 맞아 추모 행사장에 나타난 국가원수의 표정이란 말인가. 이 모습을 바라보는 행사장의 사람들은 그 자리에서 일어나지도 않고 다시 고개를 돌렸다.

"형님, 이만 가시죠."

행사장에서 조금 떨어진 나무 밑에서 들려오는 소리였다. 이정우와 운명이었다. 대통령을 지켜보는 두 사람의 얼굴은 전혀 다른 사람 같았다. 굽지 않은 허리가 이상해 보일 정도로 그들의 얼굴엔 심한 주름이 잡혀 있었다. 누가 보아도 초로의 노인 얼굴이었다.

대통령의 일행이 분향소와 아주 가까워졌다. 그때, 갑자기 이정우가 분향소를 향해 뛰었다.

"아니, 형님!"

운명이 따라붙었다.

이정우는 분향소의 입구를 막아섰다.

"대통령님은 여기에 들어가시면 안 됩니다."

이정우가 눈물로 호소했다.

"노인장, 지금 뭐 하는 겁니까. 어서 비키세요!"

수행원이 이정우를 붙잡았다. 비는 계속해서 내리고 있었고, 일제히 일어선 행사장의 사람들이 분향소를 바라보았다. 돌연한 사태에 카메라를 짊어진 기자들이 플래시를 터트리며 이정우 앞으로 마이크를 가져갔다.

"대통령님의 빈 가슴을 어린 영혼들에게 보여주시겠습니까? 부탁합니다. 이만 돌아가세요."

수행원에게 붙잡힌 이정우가 물러서지 않고 계속 말했다.

"엄마와 같은 마음으로 꽃을 피워보지도 못한 어린 영혼들을 어루만져줄 수 없다면 돌아가세요."

행사장 곳곳에서 울음이 터졌다. 빗소리와 울음소리가 행사장을 가득 채웠다.

"대통령님, 부탁드립니다. 제발 돌아가세요."

이정우가 그 자리에서 무릎을 꿇었다.

"형님."

이정우를 바라보는 운명의 눈시울이 붉어졌다.

"이만 갑시다."

침울한 표정의 대통령이 마침내 돌아섰다. 이정우는 대통령이 사라진 후에도 무릎을 꿇은 모습 그대로 한참을 그 자리에서 일어나지 않았다. 다가간 운명이 이정우를 천천히 일으켜 세웠다.

"형님, 가야 합니다. 모두 기다리고 있습니다."

이정우는 행사장을 벗어나는 내내 자꾸만 뒤를 돌아보았다.

유민주의 마지막 선고 공판일이었다. 아직까지도 말이 트이지 않은 그녀는 모든 진술을 서면으로 대신했다. 진술 과정에서도 백승혁에 대한 내용은 최대한 자제했다. 죄수복을 입은 유민주가 법정으로 들어섰다. 정 마담이 들어서는 유민주를 바라보며 눈시울을 적셨다. 검사의 심문이 이어지는 과정에서 일어나 소리를 지른 정 마담은 몇 번이나 주의를 받았다. 잠시 후, 검사와 변호사의 발언이 모두 끝났고, 판사의 선고만 남았다.

"피고, 일어나세요."

유민주가 천천히 몸을 일으켰다.

정 마담이 숨죽이고 지켜보았다.

"선고하겠습니다. 자기방어를 위한 과정에서 우발적으로 발생한 살인이 인정되지만, 의도적인 증거인멸로 경찰 수사의 혼선을 가져와 사건을 덮으려고 한 혐의 또한 인정됩니다. 따라서 본 법정은 이와 유사한 사건의 양형을 적용해 징역 6년을 선고한 원심을 확정합니다."

중형이었다. 순간 정 마담이 일어서 소리쳤다.

"민주는 누명을 쓰고 있는 거야. 6년이라니… 다시 선고하라구!"

정 마담은 그 자리에서 법정모독죄로 즉결심판에 회부됐다. 고개를 숙인 유민주가 법정을 빠져나가 호송 버스에 몸을 실었다. 유민주는 차창 너머의 세상을 바라보았다. 세상의 풍경을 밀치고 망막에 그려지는 얼굴 백승혁. 승혁 아저씨는 지금 어디에 있을까. 눈물이 주르르 흘렀다. 유민주는 세상을 보기 싫은 듯 눈을 감았다. 땅거미가 내려앉은 세상에 어둠이 다가오고 있었다. 호송 버스가 국도를 지나 자동차 전용도로로 들어서고 있을 때였다. 한참을 잘 달리던 버스가 한쪽으로 약간 기우는 것처럼 보였다. 그렇게 얼마 달리지 않은 버스는 심하게 기울었다.

"무슨 일 있나?"

호송 경관이 운전석을 보고 물었다.

"아무래도 펑크가 난 거 같습니다."

"에이, 하필 여기에서…. 이제 얼마 안 남았는데 그냥 갈 수 없겠나?"

"안 될 거 같습니다. 스페어타이어로 교체하고 가야 될 것 같습니다."

운전 경찰이 비상등을 작동시키고 호송 버스를 갓길에 정차시켰다. 버스에서 내린 운전 경찰은 능숙한 솜씨로 펑크 난 타이어를 분리시켰다. 눈을 들어 올린 유민주가 밖을 바라보았다. 그녀의 두 눈에 도로를 건너오는 다섯 명의 남자들이 보였다. 무단 횡단을 하는 남자들은 백발에 주름이 가득한 노인들이었다. 쌩쌩 달리는 자동차 전용도로를 노인들은 아슬아슬하게 건너오고 있었다. 그중에 한 노인은 몸이 불편한 것일까. 양옆에 선 남자들에 의해 부축을 받으면서 오는 모습이 매우 불편해 보였다. 어스름한 저녁. 거리가 있어서인지 얼굴은 알아보기 힘들었다. 뛰었다가 멈추는 모습이 매우 위험해 보였다.

"아니, 저 노인들이…."

보다 못한 호송 경관이 버스에서 내려 소리쳤다.

"빨리 돌아가세요. 위험합니다!"

하지만 노인들은 듣지 못했는지 무단 횡단을 멈추지 않았다.

그때, 유민주의 입에서 큰 소리가 터졌다.

"위험해요!"

귀를 찢는 급브레이크 소리에 이어 차에 받힌 노인이 하늘을 날았다. 몸이 불편해 보이는 노인이었다. 이십여 미터를 날아가 땅에 떨어진 노인은 미동도 하지 않았다. 곧바로 연쇄 추돌이 일어났다. 귀청을 울리는 급브레이크 소리가 연이어 들렸다. 호송 버스의 경관들이 버스에서 내려 도로를 건너뛰었다. 의자에서 일어선 유민주가 놀란 얼굴로 도로 건너를 바라보았다. 그때, 누군가 차에 오르는 사람이 있었다. 역시 주름이 가득한 노인이었다. 유민주가 의아한 표정으로 얼굴을 들었다. 노인의 입에서 놀라운 목소리가 흘렀다.

"민주야."

운명이었다.

'아저씨!'

비록 노인으로 변장했지만 사랑하는 남자 백승혁을 어찌 못 알아보겠는가.

'여길 어떻게….'

"민주야, 내가 지켜준다고 약속했지?"

말이 나오지 않는 유민주는 놀란 눈을 크게 떴다. 운명이 유민주를 와락 끌어안았다.

"여기서 빨리 벗어나야 해."

능숙한 솜씨로 수갑을 푼 운명은 유민주를 데리고 버스에서 내렸다. 도로를 건너간 경관들의 얼굴이 이상하다는 표정을 지었다. 차에 받힌 노인은 사람이 아니라 마네킹이었고, 무단 횡단을 하던 노인들은 어디로 갔는지 모습을 찾을 수 없었다.

"잠깐만요. 유민주!"

경관들의 얼굴이 뻣뻣하게 굳어졌다. 급히 다시 도로를 건너 호송 버스에 도착했을 때는 수갑만 덩그러니 뒹굴고 있었다.

형님이 들어와 있다. 해안가 마을에 도착한 구성민은 섬으로 향하는 연락선에 몸을 실었다. 구성민이 향하는 곳은 이정우의 고향이었다. 형님은 분명 이곳으로 올 것이다. 선수船首에서 바다를 바라보는 구성민의 손에는 신문이 들려 있었다. 시간호 1주기 행사 때 대통령을 가로막은 노인의 사진. 구성민은 그 노인이 이정우가 확실하다고 판단했다. 유민주의 호송 버스 탈출 사건이 그의 판단을 뒷받침해 주었다. 구성민은 무언가 심상치 않은 일이 다가오는 것을 느꼈다. 그것을 부정하고 싶은 것일까. 그는 머리를 심하게 흔들었다.

어느새 연락선이 자그마한 섬에 도착했다. 내리쬐는 햇볕을 머금은 선착장의 모래알들이 몹시 반짝거렸다. 모래땅에 발을 내린 구성민은 모자를 꾹 눌러썼다. 그 자리에서 잠시 생각을 더듬은 그는 언젠가 한 번 와본 적이 있는 이정우의 고향 집으로 향했다. 그때, 그의 휴대전화가 부르르 떨었다. 팀장 하진철이었다.

"네, 형님."

"지금 어디야?"

전화기 너머에서 들려오는 목소리는 매우 건조했다.

"탐문 수사 중에 있습니다."

"알았어."

전화를 끊은 구성민은 길게 한숨을 내쉬었다. 하진철은 이정우 도주 이후 구성민을 심적으로 압박하고 있었다. 구성민이 논과 밭을 지나 작은 언덕을 내려서고 있을 때였다. 누군가 부르는 소리가 들렸다.

"성민아."

돌아보니 노인이었다. 구성민은 노인으로 변장한 이정우를 금방 알아보았다.

"아니, 형님."

두 사람이 힘차게 서로를 끌어안았다.

"기다리고 있었다."

이정우는 연신 불안한 눈으로 사방을 살피면서 말했다.

"안심하세요, 형님. 저 혼자 왔습니다."

"너한테 누를 끼치는 거 같아 정말 미안하구나."

"무슨 말씀이세요, 형님. 그전에도 말했지만 이 구성민 죽을 때까지 형님과 함께합니다."

"성민아, 사실은….."

구성민이 그의 입을 막았다.

"형님, 아무 말 하지 마세요. 어디로 가서 어디에 있었는지 또 어디로 갈 것인지, 누구와 함께 있고 무슨 일을 할 것인지 아무것도 말하지 마세요. 저 대한민국 경찰입니다. 제 마음이 흔들리지 않을 것이라고 자신할 수 없습니다. 죄송합니다."

"그래, 나도 한때는 대한민국 경찰이었지. 지금은 범죄인이 돼서 도망다니고 있지만."

이정우가 허탈하게 웃었다.

"성민아, 그때 생각나지? 2002년 월드컵 때 그 식당. 마치 누구의 입이 더 크나 재보기라도 할 것처럼 입을 크게 벌리고 고기를 먹었었지. 이제 다시는 그때로 돌아갈 수 없을 거야. 나는 대한민국이라는 우리나라를 제일 사랑했고, 대한민국 국민이란 사실이 늘 자랑스러웠어. 내가 사랑했고, 내가 자랑스럽게 느꼈던 대한민국은 이게 아니었는데….”

“형님….”

구성민은 이정우의 마음을 충분히 이해할 수 있었다.

“저는 형님이 김수창 씨를 살해하지 않았다는 사실을 잘 알고 있습니다. 누명을 벗을 생각은 없습니까?”

“이제 그럴 필요가 없어졌어.”

“네? 필요가 없어지다니요.”

“나 좀 도와줘야겠다.”

구성민은 무슨 말을 듣고 있는 것인지 연신 고개를 끄덕였다.

“알겠습니다. 염려 마세요, 형님.”

구성민은 이유도 묻지 않고 대답했다.

구성민의 휴대전화가 또 부르르 떨었다. 발신번호를 확인하는 그의 얼굴이 일그러졌다. 또 하진철이었다.

“구성민, 지금 어디야?”

“탐문 수사 중이라고 말씀드렸잖아요, 형님.”

자신도 모르게 목소리가 거칠어졌다.

“이 반장이 한국으로 밀입국했다는 정보가 입수됐어.”

“형님이요? 혹시 잘못된 정보 아닌가요?”

“그러니까 조사를 해 봐야 될 거 아냐. 빨리 들어와.”

“알겠습니다.”

전화를 끊은 구성민은 이정우를 돌아보았다.

“형님이 무슨 일을 하시던 간에 어머니와 재민이는 제가 지켜드리겠습니다. 혹여 어떤 과정에서 도움이 필요하시거나 문제가 발생하면 언제든지 불러 주세요. 항상 기다리고 있겠습니다."

"성민아…."

이정우와 구성민이 다시 한 번 서로를 힘차게 끌어안았다.

"자칫 의심받을 수도 있으니 이만 가보겠습니다."

슬픈 얼굴의 구성민이 몸을 돌렸다.

한눈에 보아도 매우 고급스러운 승용차가 환하게 전조등을 밝히고 조용한 시골 마을로 들어서고 있었다. 마을을 그냥 지나치는 것으로 보아 시골 마을이 목적지는 아닌 거 같았다. 10여 분을 더 달린 승용차는 산 중턱에 이르러 원목으로 지어진 육중한 건물 앞에 멈췄다. 무엇을 믿는 것일까. 뒷좌석에서 밖을 바라보는 사내의 표정은 매우 자신감에 넘쳐 보였다. 하지만 다른 각도로 보면 다소 거만해 보이는 표정으로 보이기도 했다.

이준성. 31세, 현 여당의 정책위원장이며 박미자 대통령의 아들이었다. 일찍 아버지를 여읜 그는 미국으로 건너가 학업에만 열중했다. 그 결과 이른 나이에 정치학박사 학위를 받았고, 어머니가 대통령에 당선되자, 한국으로 돌아와 자신의 야망을 펼칠 수 있는 정계에 뛰어든 인물이었다. 정치권의 일각에선 어머니의 후광을 등에 업은 그를 질투 어린 시선으로 바라보는 이도 적지 않았다. 하지만 뛰어난 능력은 인정할 수밖에 없었다.

이윽고 승용차가 스르르 열린 육중한 철 대문을 넘어 넓은 뜰에 정차했다. 깔끔하게 쓸린 넓은 뜰이 한눈에 들어왔고, 잘 정돈된 뜰 중앙에는 승용차의 전조등을 머금은 이름 모를 꽃들이 저마다의 자태를 뽐내며 한껏 만개해 있었다. 이준성의 단독 별장. 혼자만의 사색을 즐기기 위해 가끔 찾아오는 곳이었다. 밤늦게 이곳을 찾은 것으로 보아 무언가 깊이 생각할 것이 있는 모양이었다. 차에서 내린 이준성은 습관적으로 정원을 가로지르는 바람결을 음미했다. 별장에 올 때마다 빠지지 않는 행동이었다. 몸을 스쳐가는 바람결은 실로 기분 좋은 바람이었다. 순간을 만끽하려는 듯 심호흡을 깊게 들이켰다.

"어서 오십시오."

이미 별장에서 대기하고 있던 건장한 경호원들이 그를 맞이했다. 이준성은 경호원의 인사를 뒤로하고 실내로 들어섰다. 곧바로 거실을 가로질러 정면으로 보이는 방의 문이 열렸다. 역시 건장한 경호원들이 들어서는 이준성을 향해 고개를 숙이고 다시 문을 닫았다. 근접 경호원들이었다. 누구도 침입하기 어려운 철통 경호였다.

깔끔하게 정돈된 별장 실내. 고사목으로 만들어진 테이블에는 각 나라의 지난 일주일 신문이 가지런히 놓여 있었었다. 그 옆으로 박물관에 있어야 어울릴 것 같은 중세 유럽의 고급스러운 작은 항아리가 조명을 받아 은은하게 빛을 쏟아 놓았다. 곧이어 클래식풍의 아름다운 선율이 흐르고, 소파에 깊게 파묻힌 이준성이 지그시 눈을 감았다. 입술에 피어오르는 엷은 미소. 자기도취에 취한 듯 보였다. 그때 밖에서 들리는 우당탕거리는 소리. 이어서 무언가 쓰러지는 소리. 음악에 취해 있던 이준성이 현관을 바라보았다. 그와 동시에 실내의 문이 열리며 근접 경호원들이 뛰어나왔다.

"긴급 상황입니다."

귀에 꽂은 리시버를 통해 들려오는 다급한 말이었다.

"밖에 무슨 일인가?"

경호원들이 현관으로 천천히 발을 옮겼다.

"거기, 무슨 일 있나?"

경호원은 무전기와 연결된 리시버를 만지며 재차 물었다. 하지만 응답이 없다. 있을 수 없는 일. 경호원들이 일제히 권총을 빼 들었다. 무언가 심각한 일이 발생한 것 같았다. 경호원들의 얼굴이 긴장으로 물들었다. 이준성은 심하게 뛰는 가슴을 애써 진정시키며 자리에서 천천히 일어섰다. 바로 그때였다. 탕! 탕! 천둥 치듯 들려오는 총소리. 이준성은 하마터면 그 자리에 주저앉을 뻔했다.

"영식님을 보호해!"

경호원들이 빙 둘러서 이준성의 몸을 감쌌다. 탕! 탕! 또다시 들려오는 천둥 치는 소리. 현관 바로 앞인 듯했다. 바로 그때 심하게 문이 열리며 경찰 제복의 남자들이 뛰어들어 왔다. 네 명의 건장한 경찰들. 계급은 경장과 경사들이었다.

"위험합니다. 피하셔야 합니다! 경호원들이 보이지 않습니다."

앞서 있던 경사의 다급한 목소리에 정신을 차릴 수 없었다.

"당신들은 어디 소속입니까? 그리고 우리 경호원들이 보이지 않는다니 무슨 말입니까?"

"설명드릴 시간이 없습니다. 영식님을 안전한 곳으로 모시라는 긴급 지시가 내려왔습니다."

경호원들은 어떤 상황인지 도무지 감을 잡을 수 없었다. 밖으로 나와 보니 제 위치에서 경계를 서고 있어야 할 경호원들이 한 명도 보이지 않았다. 실로 믿기 어려운 상황이었다. 어찌된 일인지 무선통신도 이루어지지 않았다.

"아마도 경호원들이 침입자를 쫓아간 것 같습니다. 그리고 지원 병력이 곧 도착할 겁니다. 협력해서 빨리 여기를 수습하시고 관할 지구대로 오십시오."

경호원이 경찰이 내민 명함을 받아들었다.

"우리는 어떤 지시도 받은 적 없습니다. 그러니 잠시만 기다려 주십시오. 상부에 알아보겠습니다."

경호원이 이준성을 태우고 막 출발하려던 순찰차를 붙잡고 말했다.

"시간이 없다고 했지 않습니까. 아주 급한 긴급 상황입니다. 침입자는 총을 소지한 놈입니다. 만약 영식님에게 무슨 일이라도 생기면 그 책임은 누가 지겠습니까. 빨리 여기를 피해야 합니다."

경호원은 예기치 않은 사태에 쉽게 판단을 내릴 수 없었다. 하지만 어떤 일이 있어도 영식님의 곁을 떠나서는 안 된다는 것쯤은 잘 알고 있었다. 아무리 경찰이라 하더라도 영식님과 동행해야 했다.

"그렇다면 제가 이 차에 동승해서 가겠습니다."

"좋습니다. 타시죠."

잠시 후, 이준성과 경호원을 태운 순찰차가 시골 마을을 벗어났다.

바로 다음 날, 청와대.

대한민국이 발칵 뒤집혔다. 현직 대통령의 아들이 별장에서 감쪽같이 납치된 사건이 터진 것이었다. 더더욱 믿을 수 없는 것은 경호원들의 눈앞에서 납치됐다는 사실이었다. 납치범들이 탈취한 순찰차는 시골 마을에 인접한 강가에서 발견됐고, 이준성과 동승했던 경호원은 차 안에서 후두부를 심하게 강타당해 의식불명인 상태였다. 외곽을 담당했던 경호원들 또한 별장 뒤쪽에서 의식을 잃은 채로 발견됐다. 일각에선 시간호 사건과 김현태 살해 사건, 이준성 납치 사건이 어떤 연관성이 있을 것이라는 분석을 내놓기도 했다. 하지만 현재까지는 어디까지나 추측일 뿐, 이렇다 할 근거가 없는 말이었다.

대통령 비서실장 고명호는 춘추관으로 향하는 대통령의 뒷모습을 말없이 바라보았다. 어머니의 마음. 대통령은 대통령이기 전에 한 아들의 어머니였다. 춘추관으로 들어서니 기자들의 카메라 소리가 요란하게 들렸다. 단상에 올라선 대통령은 의외로 침착한 모습이었다. 하지만 눈물을 참고 있는 것일까. 카메라를 응시한 얼굴이 아주 가끔 미세하게 떨리는 것처럼 보였다. 대통령의 담화가 시작됐다.

"국민 여러분, 너무나 애석하게도 우리 대한민국에 크고 작은 사건들이 연이어 터지고 있습니다. 이럴 때일수록 유언비어에 현혹되지 마시고 혼연일체하여…."

대통령의 말이 끊어졌다가 다시 이어졌다.

"단결하는 모습을 보여주어야 합니다. 단결하는 국민만이 국가를 지탱할 수 있고, 단결된 국민으로 지탱된 국가는 어떤 아픔도, 어떤 위기도 슬기롭게 극복할 수 있는 것입니다. 국민 여러분, 저에게 힘을 실어주십시오."

극도의 감정을 절제하고 있는 듯 대통령은 한 글자, 한 글자 또박또박 말했다. 그러나 감정을 못 이긴 것일까. 마침내 대통령의 눈에서 눈물이 흘렀다. 보다 못한 비서실장이 연단으로 올라서 대통령을 부축해 내려갔다.

비무장지대

비무장지대는 남북과 UN 협정에 따라서 전쟁에 쓰이는 무기나 시설을 설치하지 못하도록 약속한 땅이다. DMZ(Demilitarized zone)라고 불리기도 한다. 한반도의 비무장지대는 1953년에 맺은 '한국휴전협정'에 준해 만들어졌다. 동서 길이 248㎞이며, 군사분계선을 중심으로 남쪽 2㎞ 지점을 남방한계선, 북쪽 2㎞ 지점을 북방한계선으로 한다. 비무장지대는 충돌을 막기 위한 완충지대로서의 기능을 하는 것이기 때문에 비무장지대 안에서나 비무장지대를 향해서는 어떠한 적대 행위도 하지 못하게 되어 있다.

고속도로 톨게이트를 빠져나온 17인승 승합차가 강원도로 들어서 질주하고 있었다. 한참을 더 달린 승합차는 철원을 지나 김화읍 와수리로 접어들었다. 승합차는 다시 마현리 방향으로 꺾어 들어갔다. 시간은 밤 10시를 조금 넘기고 있었다. 잠시 후, 아치형의 철 구조물에 크게 쓰인 글자가 들어왔다.

'여기서부터 민통선입니다.'

동부전선 민간인 출입 통제선이었다. 속도를 늦춘 승합차가 바리케이드가 설치된 초소 앞에서 멈췄다. 검은 양복 차림의 건장한 사내가 운전석에서 내렸다.

"어떻게 오셨습니까?"

소총을 든 상병 계급장의 사병이 사내에게 물었다. 순간 사내는 믿을 수 없다는 표정을 지었다.

"육본(육군본부)에서 연락받은 거 없나?"

사내의 목소리에 위엄이 서려 있었다. 사병이 의아한 얼굴로 사내를 바라보았다.

"아직 연락을 못 받았단 말인가?"

사내가 재차 물었다.

"지금 무슨 말씀을 하시는 겁니까. 그리고 어디서 나오셨는데 반말을 하시는 겁니까."

사내가 앞섶에서 신분증을 꺼내 내밀었다. 신분증을 확인하는 사병의 얼굴이 급변했다. 사내는 대통령 경호대 소속 경관이었다.

"죄송합니다. 잠시만 기다리십시오."

경례를 올린 사병이 초소로 들어가 장교를 앞세우고 다시 나왔다.

"중위 박현욱입니다. 대통령 경호대에서 무슨 일로 오셨습니까?"

박현욱은 말하면서 승합차 안을 살폈다. 십여 명이 넘을 것 같은 남자들은 선글라스를 착용하고 있었고, 모두 검은 양복 차림이었다.

"대체 육본에선 지금까지 뭘 하고 있단 말이오. 시간이 급박합니다. 어서 길을 비키시오."

육본이라는 말에 박현욱은 자신이 뭔가 큰 잘못을 저지르고 있는 것은 아닌지 얼굴이 굳어졌다.

"영식님의 납치범들이 이 부대 소속 전초중대 하사관들로 밝혀졌소."

"네?"

너무 놀란 박현욱은 잠시 멍한 얼굴로 사내를 바라보았다.

"알겠습니다. 부대에 연락하겠습니다."

"지금 정신이 있는 것이오? 만약 놈들이 눈치라도 챘다면 영식님의 신변이 위태로울 수 있다는 걸 모른단 말이오? 놈들이 눈치를 채기 전에 빨리 체포해야 합니다. 어서 길을 내주시오."

박현욱과 사병이 길을 비켰다. 승합차에 올라탄 사내가 한마디를 덧붙였다.

"육본에서 연락이 올 때까지 이 일은 절대 비밀이오. 영식님의 신변이 걸려 있으니 명심하시오."

민통선을 통과한 승합차는 마현리로 들어서 속도를 줄이더니 불이 꺼진 한 농가주택 뒤에서 멈췄다.

"여기서부터는 걸어가야 합니다."

이정우였다. 주위를 살피는 그의 눈에 불을 밝히고 있는 각 초소가 들어왔다. 이십여 년 전, 자신이 근무했을 당시와 별다른 차이가 없었다. 차이가 있다면 초소의 위치가 조금 바뀌었고, GOP(휴전선 철책 관리 전초부대)까지 가는 길은 그대로였다. 변하지 않은 게 신기할 정도였다.

"빨리 서둘러야 합니다."

운전석에서 내린 사내가 말했다.

박현수와 리정철이 내렸고, 철거민대책위원장 고중석이 차례로 내렸다. 그 뒤를 잇는 남자들은 몇 명의 탈북자와 철거민 마을의 청년들이었다. 이정우를 비롯해 남자들의 손에는 모두 권총과 소총이 들려 있었고, 등에는 무거워 보이는 가방이 짊어져 있었다. 앞장선 이정우는 기억을 더듬었다. GOP까지 거리는 2㎞ 남짓. 그때의 기억을 살려 최대한 안전지대로 이동하면서 아직까지 제거되지 않은 지뢰를 조심해야 했다. 몸을 바싹 수그린 그들은 지형지물을 이용해가며 천천히 이동하기 시작했다. 물이 차 있는 논을 건널 때는 간격을 크게 벌려 이동했고, 초소 가까이에선 낮은 포복으로 바닥을 기며 나아갔다. 모두의 얼굴에서 긴장감을 머금은 굵은 땀방울이 쉬지 않고 흘렀다. 다행인 건 검은색의 양복이 은신의 역할을 톡톡히 해 주고 있었다. 후방 지원을 위해 숨어 있는 것일까. 운명의 모습은 보이지 않았다.

이윽고 그들은 GOP 가까이 접근했다. 그때, 하늘이 도와주는 것일까. 오전부터 잔뜩 찌푸려 있던 하늘에서 비가 내리기 시작했다. 금세 굵어진 빗줄기가 폭우로 변했다. 그 자리에서 멈춘 그들은 GOP의 철책을 살폈다. 최대한 통문(비무장지대 입구)에서 멀리 떨어진 곳으로 다시 이동했다. 한 지점에 이르니 두 명의 초병이 전방을 주시한 채 경계 자세를 취하고 있었다.

"여기서 잠시만 기다리세요."

리정철이 뒤를 돌아보며 작은 소리로 말했다. 몸을 숙인 리정철과 박현수가 초병들 뒤로 가깝게 접근했다. 등을 보이고 있는 초병들은 여전히 전방을 주시하고 있었다. 비는 세차게 쏟아졌다. 리정철과 박현수가 급경사로를 단숨에 뛰어올랐다. 그와 동시에 초병들의 급소를 찾아 눌렀다. 기절한 초병들을 초소에 눕히고 연장을 꺼내 철책을 잘라냈다. 잠시 후, 철책을 무사히 통과한 그들은 비무장지대로 들어서서 땅에 바싹 엎드렸다.

"여기까지도 문제였지만 GP(북방한계선 최전방 감시초소)까지 가기는 더 문젭니다."

몸을 엎드린 이정우가 낮은 소리로 말했다. 그때 나이가 지긋해 보이는 탈북자가 나서며 말했다.

"여기서부터는 나한테 맡기시오."

"무슨 좋은 수라도 있는 겁니까?"

리정철이 물었다.

"내가 제3국으로 탈북하기 전에 휴전선을 넘어 탈북 계획을 세웠던 적이 있었소. 바로 이 앞까지 넘어왔다가 가족이 생각나 다시 넘어갔지. 어디로 가면 안전하게 갈 수 있는지 잘 알고 있소. 아마 남조선에서는 철책절단사건으로 잘 알려져 있을 것이오."

말을 마친 남자가 몸을 숙여 걸었다. 일이 잘 풀리려는 것일까. 간격을 벌린 그들은 남자를 따라 이동했다.

같은 시각, 민통선 초소.

중위 박현욱은 승합차에 탑승했던 사람들의 얼굴이 불현듯 떠올랐다. 대통령 경호대 모두 선글라스를 착용하고 있었지만 나이가 많이 들어 보였기 때문이었다. 당시는 너무 놀라 지나쳤지만 생각해 보니 어딘가 모르게 이상했다. 이 불길한 느낌은 무엇인가. 확인을 해 봐야 될 것 같았다. 박현욱은 무전기에 손을 가져갔다.

"통신보안 중위 박현욱입니다."

그는 무슨 소리를 들은 것일까. 박현욱의 얼굴이 뻣뻣하게 굳어졌다.

"지금 무슨 소릴 하는 거야!"

무전기에서 들려오는 소리였다. 박현욱은 덜덜 떨리는 손으로 무전기를 내려놓았다. 잠시 후, 동부전선 전방부대에 비상이 걸렸다. 민통선 초소에 도착한 지프의 문이 열렸다. 곧바로 지휘봉을 든 사내가 지프에서 뛰어내렸다. 사단장이었다. 박현욱이 떨리는 몸으로 부동자세를 취했다. 그는 순간 번갯불을 보았다. 따귀를 맞은 볼이 얼얼했다.

"너, 이 새끼! 근무를 어떻게 서는 거야!"

사단장이 소리쳤다. 박현욱은 차마 '죄송합니다'라는 말도 할 수 없었다.

"그놈들이 어디로 간다고 했어?"

"전초중대로 간다고 했습니다."

박현욱이 울음 섞인 목소리로 간신히 대답했다.

몇 분 지나지 않아 헌병대의 지프와 무장 군인들을 태운 군용 트럭이 민통선 안으로 쏟아져 들어갔고, 이를 따라 민통선 안으로 들어가는 경찰차의 경찰들은 권총에 실탄을 장착했다. 비가 쏟아지는 여름밤 군경 합동작전이 펼쳐졌다. 마현리로 들어선 군경은 어렵지 않게 승합차를 발견했다. 곧바로 채취된 여러 개의 지문은 경찰청 주민정보데이터베이스로 전송됐다. 군경은 승합차의 구석구석을 살폈다.

여전히 비는 그치지 않고 세차게 쏟아지고 있었다. GP 철책에 거의 도달한 이정우 일행은 요란한 소리에 밑을 내려다보았다. 수많은 불빛이 GOP를 대낮처럼 환하게 밝히고 있었고, 통문이 열렸다. 그 즉시 통문을 통해 수많은 군용차량이 GP를 향해 무서운 속도로 올라오고 있었다. 그 뒤로 무장 군인들이 소총을 거머쥐고 사방을 헤치며 차량을 뒤따랐다.

"빨리 서둘러!"

리정철이 철책을 자르고 있는 박현수를 향해 말했다. 그와 동시에 '다다다다' 하는 소리가 빗소리와 함께 들렸다. GP에서 뛰어나오는 군인들의 군홧발 소리였다.

"다 됐습니다."

박현수가 다급하게 말했다. 그때 사방에서 서치라이트의 불빛이 날아왔다.

"모두 무기를 버리고 손들어!"

조준 자세를 취한 대위가 걸어오며 소리쳤다.

바로 눈앞에서 이렇게 끝나는 것인가. 이정우는 인정할 수 없었다. 조준 자세를 취한 군인들이 점점 가깝게 접근했다.

"여기서 빠져나갈 길이 없습니다."

고중석의 울음 섞인 목소리였다. 서치라이트의 불빛 안에 꼼짝없이 갇힌 것이었다. 설상가상으로 통문을 통과한 군용 트럭이 바로 밑에까지 접근했다. 말 그대로 빠져나갈 길이 없었다. 그때 이정우는 무슨 생각을 한 것일까. 천천히 일어선 그는 북한 초소를 향해 소총을 난사했다. 뜻을 알아차린 일행이 일제히 소총을 거머쥐고 이정우와 합세해 북한 초소를 향해 방아쇠를 당겼다. 곧바로 북한 초소에서 총알이 날아들었다.

"이런 제길. 모두 엎드려!"

대위가 소리쳤다. 접근하던 군인들이 일제히 몸을 엎드렸다. 빗발치듯 무수히 날아드는 총알은 그치지 않고 계속됐다. 수목이 꺾이고 총알에 맞은 서치라이트가 빛을 잃고 떨어졌다.

"빨리 들어가시오!"

이정우가 일행에 대고 소리쳤다. 잘린 철책 안으로 한 사람씩 기어들어가기 시작했다. 이정우 일행의 최종 목적지는 추진철책 안의 영토였다.

다음 날, 청와대.

고명호 대통령 비서실장 주재로 긴급대책회의가 열렸다. 회의실 안의 공기는 무거우면서도 차갑게 느껴졌다. 대한민국을 또 한 번 발칵 뒤집어 놓은 사건. 실로 전대미문의 사건이었다. 대책 관계자들의 입은 분위기를 반영한 듯 드문드문 이어지고 있었다.

"마음 같아서는 그 안으로 치고 들어가고 싶은데 이거야 원."

뜻대로 할 수 없다는 사실에 고명호의 목소리엔 화가 묻어 있었다. 사실이 그랬다. 북한과의 협의 없이 무장 군인들을 추진철책 안으로 투입시킬 수도 없는 상황이었다. 그것은 북한과의 정전협정 위반이 되는 것이고, 자칫 크나큰 불상사가 일어날 수도 있기 때문이었다.

"여기서 제일 시급한 점은 북한과의 관계 개선일 것입니다."

국가안보실장 권태진이 말했다. 그것을 모르는바가 아니다. 하지만….

"우리는 시간호 사건을 북한의 테러로 규정해 북한에 주적이라는 용어를 지금도 철회하지 않은 상황이오. 이 시점에서 과연 북한이 우리와 협의할 것이라 보시오?"

고명호가 무겁게 말하고 덧붙였다.

"북한은 지금 대남방송에서 추진철책의 접근을 일절 용납하지 않겠다고 입장을 밝히지 않았소!"

"우리가 그동안 자충수를 너무 많이 둔 건 아닙니까?"

"지금 무슨 말을 하는 것이오?"

고명호가 정무수석 최인국을 향해 눈살을 심하게 찌푸렸다.

"시간호 유족 이정우. 이 사람은 김수창 의원 살해 용의자이기도 합니다. 그리고 탈북자들과 고중석, 철거민 마을 사람들. 이상하게도 이 사회의 소외계층 사람들만 모여 있어요. 월북도 아니고 이 사람들이 대체 거기에 들어간 목적이 무엇일까요? 요구 사항도 없고 도무지 속셈을 모르겠으니."

표정을 푼 고명호가 답답하다는 듯 말했다. 정부는 실로 어떤 선택도 할 수 없는 상황에 처해 있었다.

"일단은 대화를 시도해 요구 사항을 들어봐야 될 것 같습니다."

그렇게 결과 없는 회의가 끝나갈 무렵이었다. 노크 소리에 이어 비서실의 남자가 들어와 고명호의 귀에 대고 무언가 속삭였다. 너무 놀란 고명호의 얼굴이 뻣뻣하게 굳어졌다. 잠시 좌중을 둘러본 그가 무겁게 입을 열었다.

"이정우 그놈들이 영식님을 납치했다고 밝혔소."

GP.

심하게 무더운 날씨였다. 무장 군인들과 각 언론사의 기자들이 연신 땀을 흘리며 추진철책을 바라보고 있었다. 각 언론사는 영식을 납치했다는 메시지를 들고 왔던 남자의 말을 속보로 보도했다. 남자는 자신을 박현수라고 밝혔다. 그렇게 두 시간이 흘렀고 아직까지 요구 사항은 전달받지 못한 채 GP에서 추진철책만 바라보고 있는 중이었다. 그때 기자들 틈에서 수군거리는 목소리가 들렸다.

"대통령이 오고 있답니다."

시간이 얼마 지나지 않아 통문을 통과한 군용 지프가 GP로 올라왔다. 방탄조끼를 입은 대통령이 지프에서 뛰듯이 내렸다. 대통령이기 이전에 어머니의 마음이 먼저 작용한 것인가. 대통령은 위험을 무릅쓰고 추진철책으로 몸을 바짝 붙였다.

"대통령님, 도발이 있을 수 있습니다. 위험합니다."

사단장의 말에도 대통령은 추진철책을 잡은 손을 놓지 않았다.

"설마 제 아들이 저기에 같이 있는 건 아니겠죠?"

대통령이 고개만 돌리고 물었다.

"그건 아닙니다. 망원경으로 살펴본 결과 영식님은 저기에 없는 것으로 확인됐습니다."

"그럼 다른 누가 데리고 있다는 말입니까?"

"다른 누구일 수도 있고, 혼자일 수도 있습니다."

대통령의 입에서 탄식 섞인 숨이 흘렀다.

"아직까지도 요구 사항이 없는 겁니까?"

"네, 아직까진…."

사단장이 우물거렸다.

"대통령님, 일단 GP로 올라가서서 상황을 지켜보시는 게 좋을 것 같습니다."

대통령은 GP로 올라가면서도 추진철책 안에 머물렀던 시선을 거두지 않았다. 그렇게 또 애가 타는 시간이 흐르고 있을 때, 추진철책 안에서 누군가 뛰어오고 있었다. 모두의 시선이 일제히 향했다. 바라보니 영식을 납치했다는 메시지를 들고 왔던 남자였다. 사단장이 GP에서 곧바로 내려섰다. 추진철책에 가깝게 접근한 박현수는 무언가 적힌 용지를 건네고 바로 몸을 돌렸다. 사단장의 손에 들린 용지를 촬영하기 위해 기자들이 벌 떼처럼 몰려갔다.

"김 대위! 지금 뭐 하고 있는 건가."

사단장이 소리치듯 말했다.

"그렇게 몰려가시면 안 됩니다."

김 대위와 군인들이 기자들의 앞을 가로막았다.

"거기에 뭐가 적혀 있는 겁니까!"

뒤로 밀리는 기자들 틈에서 들려오는 목소리였다.

"제가 천천히 읽어드리겠습니다."

사단장이 손수건을 꺼내 이마에 흐르는 땀을 닦으며 말했다. 잠시 후, 사단장의 입에서 이정우 일행의 요구 사항이 흘렀다.

1. 물과 음식을 제공할 것.

2. 비상 구급약을 제공할 것.

3. 천막과 모포, 랜턴을 제공할 것.

4. 네트워크를 연결한 컴퓨터를 제공할 것. 우리의 입장은 네트워크를 통해 밝히겠다.

5. 마지막으로 우리가 어떤 위협을 받았다고 판단될 때, 대통령의 아들은 영영 보지 못한다는 사실을 명심하기 바란다.

읽기를 마친 사단장이 침통한 표정으로 GP로 올라섰다.

"그게 끝입니까?"

앞에 있는 기자가 물었다. 사단장의 입에선 아무 소리도 흘러나오지 않았다.

"선배님, 반장님이 대체 뭐를 하시려고 이러는 걸까요?"

생각에 잠겨 있는 구성민은 김형석의 말을 듣지 못한 것일까. 대답이 없었다. 그때 그의 전화기가 부르르 떨었다. 통화를 하는 그의 얼굴이 몹시 굳어졌다. 구성민은 곧바로 의자에서 일어나 밖으로 향했다.

"선배님, 어디 가세요?"

김형석이 따라붙었다.

"너는 여기에 있어. 나 혼자 가볼 데가 있으니까 따라오지 마."

형님과 백승혁이 계획했던 일이 그거였어. 그래서 나를 기다리고 있었던 거야. 승용차에 몸을 실은 구성민은 이정우의 고향 집으로 향했다.

"아이고, 이게 무슨 일이여. 경찰들이 왔다 가고 말도 아니여."

이정우의 어머니가 맨발로 뛰어나와 구성민의 손을 덥석 잡으며 말했다.

"어머니, 너무 놀라지 마세요. 형님은 무사할 겁니다. 근데 재민이는 어디 갔어요?"

"학교에서 아직 안 왔는데…."

말이 떨어지기 무섭게 책가방을 멘 재민이 대문을 열고 들어섰다.

"어? 성민이 삼촌. 근데 우리 아빠 지금 무슨 일 하고 있어? 선생님들이 아빠 대단한 사람이라고 하던데."

"그래, 재민아. 삼촌하고 아빠 보러 가야지."

"우와, 정말?"

"그럼, 정말이지. 어머니, 빨리 짐 챙기세요. 형님 있는 데 가셔야죠."

추진철책 안.

GP로부터 천막과 모포, 구급약과 약간의 음식이 제공됐다. 이정우 일행을 바라보는 북한 초소의 병사들은 아주 재미있는 표정으로 시선을 거두지 않고 있었다. 곧바로 천막이 설치되고 모포와 매트리스가 천막 안에 깔렸다. 천막 설치를 끝낸 사람들은 가운데로 모여 빙 둘러앉았다. 이정우가 좌중을 둘러보면서 입을 열었다.

"김정은은 언제 어떻게 마음이 변할지 모르는 사람입니다. 한국과 모종의 협의가 이루어지기 전에 국민들의 공감을 얻어 내는 게 중요합니다. 우리의 안전을 위해서일 수도 있지만 최종 목적이기도 하니까요."

"반장님 말이 맞습니다. 지금은 북한이 저렇게 우리를 바라보고 있지만, 한국과 어떤 협의가 이루어지면 즉각적으로 움직일 수 있습니다. 그 안에 국민의 공감대를 충분히 이끌어내야 합니다."

잠시 좌중을 둘러본 고중석이 덧붙여 말했다.

"우리가 바라고 있는 나라는 이런 나라가 아닙니다. 어떤 희생을 치르더라도 우리는 끝까지 가야 합니다."

고중석의 힘이 깃든 말에 천막 안의 사람들이 웅성거리며 목소리를 높였다.

"난세는 새로운 세상의 도래를 기다리는 과정이라고 봐야 합니다. 그래서…."

철거민 마을 청년의 말이 끝나기 전에 GP에서 신호 소리가 들렸다. 바라보니 GP에서 내려선 병사들이 컴퓨터와 전원을 연결해 사용할 수 있는 전선을 들고 내려서고 있었다. 드디어 네트워크가 연결된 컴퓨터가 조달됐다. 곧바로 네트워크가 연결된 컴퓨터가 설치되고 박현수가 카메라를 조정했다. 이어서 한 인터넷 방송으로 연결시켰다. 카메라 앞에 선 이정우의 얼굴이 전국 각 가정과 직장인들의 컴퓨터에 크게 클로즈업됐다. 전대미문의 초유의 사건을 일으킨 이정우 일행은 국민의 시선을 집중시키기에 충분했다. 이정우가 카메라를 정면으로 응시했다.

같은 시각, GP.

컴퓨터 모니터를 바라보는 대통령은 몹시 긴장하고 있었다. 이정우의 한마디에 아들의 생사가 위협받을 수도 있다고 생각하니 자신도 모르게 입술이 덜덜 떨렸다. 대통령이 모니터를 뚫어지게 쳐다보았다. 카메라를 정면으로 응시한 이정우가 천천히 입을 열었다.

　"국민 여러분, 우리 모두는 도시를 만들고 국가를 건설하는 일에 참여했습니다. 누구를 위해서 도시를 만들고 국가를 건설하는 일에 참여했겠습니까. 여기 이 사람들을 바라봐 주십시오."

　카메라가 돌면서 천막 안의 사람들을 비추며 지나갔다.

　"이 사람들이 누구를 위해서 도시를 만들고 국가를 건설하는 일에 참여했겠습니까. 그것은 기업인을 위한 것이 아니었고, 정치인을 위한 것은 더더욱 아니었습니다. 그것은 바로 부모와 자식, 형제자매 즉 가족을 위해 도시와 국가를 건설하는 일에 참여했던 것입니다."

　이정우는 잠시 뜸을 들이는 시간을 보내고 다시 입을 열었다.

　"그러나 애석하게도 도시와 국가를 건설했던 부모와 자식, 형제자매들은 정치적인 목적을 위한 희생물로 전락해 버렸습니다. 남북한의 현실이 그것을 아주 잘 말해주고 있습니다. 부모와 자식, 형제자매, 나 자신은 그 자체로서의 목적을 지니고 있는 것이지, 그 누구의 목적을 위한 희생물이 아니라는 것입니다."

　이정우의 말 어디에서도 시간호 사건, 시간호 유족이라는 이름은 단 한마디도 찾아볼 수 없었다. 그것은 자칫 한쪽으로 치우칠 수 있고 목적이 훼손될 수 있기 때문이었다. 잠시 말을 멈춘 그는 무언가 중대한 말을 하려는 듯 두 눈에 힘을 주었다. 모니터를 바라보는 대통령은 몹시 긴장한 것일까. 침 삼키는 소리가 크게 들렸다. 잠시 후, 이정우의 입에서 대한민국을 경악시키고도 남을 엄청난 말이 흘렀다.

　"우리는 지금 이 자리, 남북 그 어느 나라의 영토가 아닌 이 자리에 새로운 국가를 세울 것입니다. 새로운 나라의 건국을 선포합니다."

"지금 무슨 말을…."

너무 놀란 대통령이 제대로 말을 잇지 못했다. 참모진과 기자들의 입이 크게 벌어졌다. 두 눈으로 보고도 믿을 수 없는 일이었다. 그들의 놀란 시선은 모니터에서 떨어지지 않았다.

"우리는 이 자리에 관광특구를 조성해 관광산업을 발전시킬 것이고, 각국의 정보를 취합해 정보를 팔 것입니다. 우리의 새로운 국가는 남과 북의 완충지대로서 의미가 있을 것입니다. 아울러 희망자에 한해 남녀노소 연령 제한 없이 입주를 받겠습니다. 새로운 국가 건설에 동참해 주십시오."

"저들은 지금 국가반역죄를 범하고 있는 것입니다."

사단장이 눈을 부릅떴다. 사단장의 말을 들은 것일까. 이정우의 두 눈이 빛을 머금었다.

"정부에 경고합니다. 우리의 힘을 과소평가하지 마십시오."

여기에서 인터넷 방송은 중단됐다. 그때, 기자들이 웅성거리기 시작했다.

"와수리 일대에 정전 사태가 벌어졌답니다."

국정원.

대북 담당 제1차장 정문수는 수화기를 무겁게 내려놓았다. 와수리 일대만 정전 사태가 벌어진 게 천만다행이다. 만약 대도시에 이와 같은 일이 발생했다면 그 여파는…. 생각만 해도 끔찍한 일이 발생할 것이다. 놈들이 추후, 어떤 테러를 감행해 올지…. 정문수는 신경질적으로 문을 밀어붙이고 나섰다. 컴퓨터에 집중해 있는 요원들이 그의 눈치를 살폈다.

"진행 상황은 어떤가?"

정문수는 이정우 일당의 IP 주소를 묻고 있는 것이었다. 하지만 어디에서도 바라는 대답은 들려오지 않았다. 불편한 시간이 흐르고 있을 때, 요원 박창민과 김진호가 들어섰다. 잔뜩 긴장한 박창민은 앞섶에서 두 장의 사진을 꺼내 내밀었다.

"GP에서 보내온 사진입니다. 거기에 있어야 할 한 놈이 없습니다."

정문수가 사진을 가깝게 들어 올렸다.

"이건 경찰청에서 보내온 사진입니다."

이정우를 도와 어딘가로 사라진 백승혁이 보이지 않았다.

"백승혁은 지금 어디에서 은신하고 있다는 얘깁니다. 또한 후방 지원 세력이 없다면 불가능한 일이구요."

"지금부터 1팀은 수단 방법을 가리지 말고 백승혁을 찾는 데 주력하도록!"

"알겠습니다."

민첩하게 등을 돌린 요원들이 문을 열고 사라졌다. 실로 난관이었다. 설령 이정우 일당이 모두 소탕된다 해도 난관은 또 있다. 그 난관을 극복해야 한다. 정문수는 생각을 멈추지 않았다. 위기에서 탈출할 좋은 수를 찾아야 한다. 몸을 돌린 정문수는 생각에 집중했다. 이내 무엇을 찾은 것일까. 이용할 놈은 그놈밖에 없어. 그의 얼굴이 차츰 안정을 찾아갔다.

꿈의 제국

다음 날, 이정우가 건국을 선포한 지 하루가 지나 있을 뿐인데 대한민국이 요동치기 시작했다. 그것은 이정우 일행을 지지한다는 목소리가 높아지고 있기 때문이었다. 비밀기관 대선 개입으로 국민들은 정부에 대한 불신이 이미 극에 달해 있었고, 거기에 국가 기간산업의 민영화는 정부에 등을 돌리게 만드는 요인으로 충분했다. 이에 정부는 매스컴과 각 채널을 통해 국민 통합만이 어지러운 세상을 극복할 수 있다고 외쳤지만, 이미 돌아선 국민에게 그것은 공염불이나 다름없었다. 그것을 증명하듯 차량에 짐을 잔뜩 실은 사람들이 전방으로 이동하고 있는 모습이 속속 보였다. 이를 막는 군인과 심한 실랑이를 벌이는 모습이 곳곳에서 눈에 띄었다.

이정우는 정부에 강력하게 경고하고 나섰다.

"우리는 희망자에 한해 입주를 받겠다고 밝혔습니다. 허나 정부는 헌법에 보장된 거주 이전의 자유를 허락하지 않고 있습니다. 그것은 곧

국민의 권리를 박탈하는 행위입니다. 또한 헌법에는 '모든 국민은 인간으로서의 존엄과 가치를 가지며, 행복을 추구할 권리를 가진다.'라고 규정하고 있습니다. 이런 명백한 사실도 무시하고 국민의 권리를 침해하는 정부는 스스로 자신의 존재를 부정하는 것이고, 정부로서의 역할을 포기하는 것이나 다름없습니다. 따라서 이미 존재 이유를 상실한 정부에 등을 돌려, 우리에게 향하는 시민들의 발걸음은 지극히 당연한 것입니다. 경고합니다. 입주를 희망하는 시민들의 길을 막지 마십시오."

또 한 번 엄청난 사태가 일어났다. 곳곳에서 통신 두절 상태가 발생한 것이었다. 불행 중 다행이라면, 통신 두절은 이동통신에 국한돼 있었다. 하지만 이것은 말 그대로 경고인 셈이었다. 이정우 일행이 앞으로 어떤 큰 사태를 발생시킬지 누구도 예상할 수 없었다. 전방 지역으로 짐을 실은 차량들이 계속해서 몰려들었다. 이에 국가 존립에 심각한 위협을 느낀 정부는 북한과 긴밀히 협상에 들어갔고, 즉각 진압 요원들을 구성하기 시작했다.

오전 10시를 조금 넘긴 시각, 구성민의 승용차가 최전방을 향해 질주하고 있었다. 차창을 바라보는 이정우의 어머니는 아무 말이 없었고, 얼굴에 웃음꽃을 함박 피운 재민은 작은 입을 멈추지 않았다.

"삼촌, 아빠한테 가면 엄마하고 형아도 같이 있는 거지?"

구성민은 순간 어떤 대답도 할 수 없었다. 녀석은 무엇이 좋은지 싱글벙글한 얼굴로 계속 말했다.

"삼촌, 형아가 올 때 선물 사 갖고 온다고 했다. 헤헤."

녀석은 가방을 뒤지더니 무언가를 꺼냈다. 꼭꼭 싸매 놓은 검정 비닐봉지를 풀어 큼지막한 알사탕 두 개를 꺼내 보였다.

"이거, 엄마하고 형아 하나씩 줄 거야."

녀석은 엄마와 형이 아빠와 같이 있을 것으로 철석같이 믿고 있었다.

"재민아, 사실은…."

목이 메어 말을 잇지 못한 이정우 어머니가 차창으로 고개를 돌리며 눈물을 훔쳤다. 이윽고 승용차는 김화읍 와수리로 들어섰다. 한 식당을 지나 골목으로 꺾어 들어갈 때, 승용차가 전조등을 조작해 불빛을 깜빡거렸다. 구성민이 응답으로 전조등을 조작하고 승용차에서 내렸다.

"어머니, 재민이하고 여기서 잠시만 기다리세요. 금방 다녀오겠습니다."

구성민이 사내의 승용차로 옮겨 탔다.

그 시각, 농가주택.

운명은 두꺼운 이불을 덮고 있는 유민주를 가만히 내려다보고 있었다. 긴장의 연속인 것일까. 다가오는 앞날이 몹시 불안한 것일까. 유민주는 고열에 시달리고 있었다.

"민주야, 이렇게 쉬고 있으면 괜찮아질 거야."

운명이 유민주의 손을 가만히 잡았다.

'아저씨.'

유민주는 희미한 미소를 보낼 뿐, 도무지 말이 나오지 않았다. 자신이 생각해도 답답하고 또한 너무 미안했다. 운명은 유민주의 표정만으로 그것을 알아챈 듯 말했다.

"민주야, 미안해하지 마. 미안해할 사람은 나야."

'아저씨, 아저씨는 나를 사랑하는 게 아니라 동정인가요?'

자신을 바라보는 운명의 미소로 보았을 때 동정인지 사랑인지 유민주는 판단하기 어려웠다. 슬픈 시선을 내린 그녀는 속말을 멈추지 않았다.

'아저씨가 하시고자 하는 일을 저는 도무지 모르겠어요. 이렇게 해서 얻어지는 게 뭔가요? 꼭 이렇게 해야만 되는 건가요? 우리가 살고 있는 세상에서 그냥 살아가면 안 되나요? 저는 차라리 지금이라도 돌아갈 수만 있다면 돌아가겠어요. 아저씨만 옆에 있어준다면 6년이라는 세월을 이겨낼 수 있어요. 그리고 왜 이렇게 불길한 느낌이 드는지 모르겠어요.'

역시 유민주는 다가오는 앞날이 몹시 불안한 것이었다. 그러나 운명은 그것을 모르는 듯 유민주를 내려보는 얼굴에 미소가 서렸다. 눈을 감은 유민주가 서서히 잠 속으로 빠져들었다.

구성민이 탑승한 승용차는 논과 밭을 지나고 있었다. 조금 올라가니 외떨어진 농가주택이 보였고, 대문이 열려 있었다. 승용차는 대문 안으로 들어서 멈췄다.

"여깁니다."

그러나 사내는 차 문을 열 수 없었다. 구성민의 우악스러운 손이 사내의 목을 파고들었다. 사내가 몸을 심하게 버둥거렸다. 그러나 극히 짧은 순간이었다. 버둥거리던 그의 몸이 이내 축 늘어졌다. 사내를 눕혀 놓은 구성민은 마당으로 나섰다. 방은 두 개. 그의 시선이 신발을 벗어 놓은 방 앞에서 멈췄다. 권총을 빼 들고 천천히 접근했다. 문을 세차게 열어젖힌 그는 방 안으로 뛰어들었다. 속았다. 방 안에는 아무도 없었다. 몹시 긴장한 그는 방을 천천히 나섰다. 그때였다. 손에 느껴지는 충격. 발차기에 권총이 달아났다. 구성민이 급히 뒤로 물러섰다.

"나를 찾고 있나? 네놈의 정체를 밝혀라."

역시 한 발 물러선 운명이 말했다.

"우리의 힘은 미치지 않는 곳이 없고, 우리의 말을 거역할 수 있는 사람은 존재하지 않는다."

"역시 그랬군."

"백승혁, 운명은 어디 있나?"

"너를 진작 알아보지 못한 게 실수였다."

"그건 내가 할 소리야!

두 사람은 서로를 알아보는 것일까. 서서히 움직이는 발놀림에 팽팽한 긴장감이 흘렀다.

"나를 찾아온 목적이 뭔가?"

"내 임무는 운명으로 행세한 너를 찾아내 제거하는 것이다. 거듭 묻겠다. 운명은 어디 있나?"

"놈은 내 손에 죽었어."

"절대로 용서할 수 없다."

발을 옮긴 구성민이 민첩하게 주먹을 날렸다. 가까스로 주먹을 피한 운명의 발차기가 작렬했다. 구성민이 팔을 들어 막았다. 팔에 묵직하게 느껴지는 충격. 위력이 상당했다. 앞으로 전진한 구성민이 운명의 멱살을 잡아 마당에 메다꽂았다. 운명이 고통의 신음을 흘렸다. 구성민이 달려들었다. 운명이 민첩하게 몸을 일으켰다. 난타전이 일었다. 일격을 맞은 구성민이 쓰러졌다. 그의 눈에 기다란 각목이 보였다. 재빠르게 각목을 움켜잡은 구성민은 운명의 다리를 후려쳤다. 이어서 고개를 수그리는 운명의 머리를 향해 각목을 휘둘렀다. 머리를 정통으로 맞은 운명이 피를 뿌리며 쓰러졌다. 회심의 미소를 흘린 구성민이 빠르게 접근했다. 순간 운명의 품에서 단도가 빠져나왔다. 손을 떠난 단도는 구성민의 가슴을 파고들었다. 구성민이 비명을 지르며 쓰러졌고, 그의 눈에 떨어진 권총이 보였다. 가슴에서 피가 뿜어져 나왔다. 운명이 권총을 향해 기었다. 하지만 구성민의 손이 빨랐다. 한 손으로 가슴을 움켜쥔 그는 운명을 향해 총을 겨눴다.

"네놈은 이제 끝이야."

아, 이렇게 끝나는 것인가. 운명이 눈을 감았다. 바로 그때였다. 방문이 열리며 유민주가 모습을 드러냈다.

"아저씨!"

놀랍게도 그녀가 소리를 지르며 달려 나왔다. 구성민이 떨리는 손으로 방아쇠를 당겼다. 탕! 총소리와 함께 잠깐 동안 세상이 정지됐다. 유민주가 시선을 내렸다. 가슴에서 피가 흘렀다.

"민주야!"

총에 맞은 유민주가 옆으로 쓰러졌다. 가까스로 기어간 운명이 유민주의 손을 잡았다. 유민주를 바라보는 구성민의 눈빛이 잠시 흔들리는가 싶더니 이내 제자리를 찾았다. 이를 앙다문 그는 방아쇠를 당겼다. 탕! 운명의 가슴이 붉게 물들었다.

"민주야, 끝까지… 지켜주지… 못해서 미안…."

"아저씨, 사랑해요."

유민주의 고개가 땅으로 떨어졌다.

"민주야, 사랑…."

탕! 또 한 발의 탄환이 운명의 이마를 뚫고 지나갔다.

가까스로 몸을 일으킨 구성민은 승용차로 다가가 문을 열었다. 사내의 시신을 내려놓은 그는 승용차에 몸을 싣고 대문을 나섰다. 그의 가슴에서 검붉은 피가 계속 흐르고 있었다.

구성민이 빠져나간 마당으로 한 무리의 사내들이 들어섰다. 잠시 그들은 믿을 수 없는 눈으로 널브러진 시신을 바라보았다.

"대좌 동지!"

사내들이 이미 숨이 끊어진 운명과 유민주를 들쳐 업었다. 그때였다.

건장한 사내들이 대문으로 들어서 총을 빼 들었다.

"국정원에서 나왔다."

국정원 요원들이 사내들을 체포했다.

그 시각, 이정우는 무언가 불길한 느낌에 사로잡혀 있었다. 불현듯 떠오르는 느낌은 구성민의 얼굴로 변해 나타났다. 이어서 천태산 홍신소의 몰카. 몰카 복원에 성공한 선배가 살해된 사건이 확연히 떠올랐다. "이 반장, 이게 대체 뭔가." 선배의 숨 가쁜 소리는 계속 이어졌다. "이놈은 김현태 살해 용의자로 전국에 수배령이 떨어졌던 놈 아닌가. 그리고 갑자기 들이친 이놈들은 대체 누군데 시체를 들고 나가는가." 복원 성공이었다. "제가 즉시 거기로 가겠습니다." 여기서부터 이상했다. 그때, 선배는 분명 나한테 먼저 전화를 했을 것이다. 나는 선배 전화를 끊자마자 성민이에게 전화했다. 그런데 성민이는 이미 선배의 전화를 받았다고 했고, 바로 출발하겠다고 말했다. 시간이 안 맞는다. 이정우의 얼굴이 점점 굳어졌다. 구성민의 의심스러운 행동은 계속해서 떠올랐다. 시간호 생존자 최 병장을 만나고 오는 날 공사 현장에서 괴한의 습격과 전인태 계장님 살해범들을 체포하려는 순간, 성민이의 택시 추돌. 모든 게 의도적이었다. 이정우는 믿을 수 없었다.

"구성민!"

그의 소리가 메아리쳤다.

마을로 들어선 구성민은 자신의 승용차로 갈아탔다. 이정우의 어머니와 재민이 놀란 눈을 크게 떴다.

"아니, 이게 어찌된 일인가?"

"괜찮습니다, 어머니. 그냥 조금 다쳤어요."

구성민은 더듬거리며 말하고 승용차를 출발시켰다. 칼이 뽑힌 가슴에서 피는 계속 뿜어져 나왔다. 그는 옷을 여며 그것을 가렸다. 이윽고 민통선 초소에 도착한 그는 차창을 내렸다.

"여기, 이정우 씨 어머니와 아들입니다. 잘 부탁합니다."

초소로 뛰어 들어간 중위 박현욱은 떨리는 손으로 무전기를 잡았다.

"재민아, 아빠한테 가야지."

"삼촌, 많이 아픈 거야?"

"아니야, 괜찮아."

구성민이 보이지 않게 눈물을 흘렸다.

"어머니, 그럼 안녕히 가십시오."

두 사람을 초소에 내려준 그는 차를 돌려 가속페달을 힘껏 밟았다. 순간 그의 차가 기우뚱하더니 도로를 벗어나 추락했다. 거꾸로 보이는 세상. 아름답다. 눈꺼풀이 아주 무거워졌다. 이정우의 얼굴이 망막에 그려졌고, 형수 한선영과 규민이 차례로 그려졌다. 형님, 저는 차마 형님을 죽일 수 없었습니다. 그래도 어머니와 재민이는 끝까지 지켰습니다. 형님, 그만큼 하셨으면 충분합니다. 이제 그만하세요. 이내 눈꺼풀이 감겼다. 그의 고개가 축 늘어졌다.

기자들과 군인들이 GP에서 뛰어내렸다. 이정우 어머니와 재민이 지프에서 내렸다.

"저리들 비키세요!"

군인들이 몰려드는 기자들을 통제하기에 바빴다. GP에서 대통령과 사단장이 내려섰다. 사단장은 몸을 낮춰 재민의 손을 잡았다.

"몇 살이지?"

부드러운 목소리였다.

"여덟 살이요."

"근데요, 대통령 할머니. 우리 아빠하고 엄마, 형아는 어디 있어요?"

고개를 돌린 재민이 호수 같은 눈망울을 깜빡거리며 물었다.

"대통령님, 영식님을 무사히 구출했답니다!"

누군가의 외침이었다. 돌아보니 대령 계급장의 뚱뚱한 남자였다.

"그게 정말인가요?"

대통령의 눈에서 눈물이 흘렀다.

"어디 다친 데는 없다고 합니까?"

"안심하십시오. 전혀 다친 데가 없고 아주 건강한 모습이랍니다. 영
식님이 대통령님을 엄마라고 부르며 애타게 찾고 있다고 말했답니다."

안도의 숨을 흘린 대통령이 몸을 돌리려고 할 때 재민이 앞으로 나섰다.

"대통령 할머니, 이거 하나 드세요."

어떤 상황인지 알 수 없는 녀석은 천진난만하게 비닐봉지에 꽁꽁 싸
매둔 알사탕 하나를 내밀었다.

"형아는 수학여행 가서 맛있는 거 많이 먹고 왔을 거예요. 그러니까
형아는 안 줘도 돼요."

고개를 돌린 이정우의 어머니가 눈물을 훔쳤고, 대통령이 알사탕을
받았다. 그때 총소리가 들리기 시작했다. 북한 초소에서 추진철책 안으
로 기관총이 난사됐다. 천막이 찢어지고 곳곳에서 비명이 터졌다. 순간
재민은 달려오는 남자와 눈이 마주쳤다. 아빠였다.

"아빠!"

총소리가 무슨 의미인지 깨달은 재민이 알사탕을 내던지고 추진철책

앞으로 뛰었다. 뛰는 이정우는 믿을 수 없는 눈으로 재민을 바라보았다.

"재민아!"

순간 어깨에 타는 듯한 통증이 느껴졌다. 쓰러진 이정우는 재민을 향해 미친 듯이 기었다. 뒤를 돌아본 재민이 외쳤다.

"우리 아빠 좀 살려주세요!"

잽싸게 다가간 군인이 재민을 안고 뛰었다. 재민의 입은 멈추지 않았다.

"우리 아빠는 우리나라를 제일 사랑했어요. 근데 우리나라가 왜 우리 아빠를 안 구해줘요?"

이미 북한과 모종의 합의가 이루어진 것일까. 그것이 아니면 자칫 더 크게 치달을 수 있는 상황을 염려한 것일까. 군인들은 경계 자세만 취하고 있을 뿐 어떤 행동도 하지 않았다. 굉음과 총소리는 멈추지 않았다. 리정철과 박현수가 피를 흘리며 쓰러졌고, 총에 맞은 고중석이 땅에 얼굴을 박았다. 재민이 미친 듯이 울부짖었다. 이정우가 필사적인 힘을 모아 몸을 일으켰다. 동시에 등과 옆구리에 총알이 박혔다. 그의 몸이 마치 고목 쓰러지듯 땅으로 떨어져 내렸다. 이정우가 힘겹게 눈을 들어 올렸다. 하늘이 보인다. 얄밉도록 맑은 하늘이다. 이정우의 고개가 서서히 돌아가 재민을 향했다. 눈물이 주르르 흘렀다.

"재…민아."

검붉은 핏물이 입술을 타고 흘렀다. 그의 눈동자가 군인들에게 둘러싸여 있는 어머니에게 옮겨 갔다.

"엄…마."

이정우는 다시 고개를 돌려 하늘을 바라보았다.

우리가 꿈꾸던 나라는 모두가 잘사는 나라가 아니고, 모두가 행복한 나라는 더더욱 아니다. 그런 나라는 있을 수 없기 때문이다. 우리는 단지 국민의 억울함을 풀어주는 나라, 억울한 국민이 없는 나라를 꿈꾸었을 뿐이다. 이런 우리의 꿈이 지나친 욕심이었을까… 지나친 욕심이었을까… 지나친 욕심…. 그의 두 눈이 스르르 감겼다.

그로부터 한 달 후.

TV를 바라보는 김 부장은 표정 변화가 없었다. 미국 연방준비은행의 금융정책이 발표된 것이었다. 표정이 없던 김 부장이 웃음을 흘렸다. 그 웃음의 의미는 무엇일까. 곧이어 속보가 올라왔다. 국민중심당 이석진 의원이 이정우 일당을 이용해 국가 전복을 계획했던 사실이 드러났다는 내용이었다.

"멋있어."

김 부장이 크게 웃음을 터트렸다. 하지만 곧바로 표정이 급변했다.

현 정부는 유난히 말도 많고 탈도 많은 정부다. 정보기관 불법 대선개입과 시간호 사건. 총리로 인준된 김현태 살해 사건과 가히 상상을 넘어선 이정우의 테러. 모두 시간호와 연결된 사건이었다. 또한 시간호 사건 당일 자리를 지키지 않았던 대통령. 이 심한 얼룩은 역사에 길이 길이 남을 것이다. 이 모든 것을 국민의 의식에서 지우는 방법은 한 가지뿐이다. 우리 역사가 자학사관에 빠져있다는 명분을 내세워 심한 얼룩을 후손들에게 가르치지 않으면 될 게 아닌가. 그리하여 우리는 완전한 승리를 쟁취하는 것이다.

김 부장의 얼굴이 또다시 웃음을 머금으려고 할 때 전화가 걸려왔다.

"허허, 김 부장. 잘 지내고 있소? 나 유병현이오."

끝.